浙江大学侨福出版基金资助出版

马孔多神话与魔幻现实主义

许志强◎著

钱江新潮文丛

中国社会科学出版社

图书在版编目（CIP）数据

马孔多神话与魔幻现实主义/许志强著．—北京：中国社会科学出版社，
2009.6

ISBN 978-7-5004-7623-8

Ⅰ.马… Ⅱ.许… Ⅲ.现代文学－文学研究－哥伦比亚 Ⅳ.I775.065

中国版本图书馆 CIP 数据核字（2009）第 022755 号

责任编辑　郭晓鸿（guoxiaohong149@163.com）
特邀编辑　陈定家
责任校对　周　昊
封面设计　格子工作室
技术编辑　戴　宽

出版发行　**中国社会科学出版社**
社　　址　北京鼓楼西大街甲 158 号　　邮　编　100720
电　　话　010－84029450（邮购）
网　　址　http://www.csspw.cn
经　　销　新华书店
印　　刷　北京君升印刷有限公司　　装　订　广增装订厂
版　　次　2009 年 6 月第 1 版　　印　次　2009 年 6 月第 1 次印刷
开　　本　710×1000　1/16
印　　张　22.25　　插　页　2
字　　数　360 千字
定　　价　38.00 元

丛书总序

　　浙江大学是一所人文璀璨、名师荟萃的全国重点大学，前身是 1897 年创办的求是书院。百年浙大，一路风雨又一路辉煌。在这块深厚的土地上，它不仅哺育了马叙伦、马一浮、沈尹默、苏步青、王淦昌、贝时璋、张其昀、谈家桢、卢鹤绂等众多的文化名人和科学大师，而且在长期的办学中形成了堪称典范的求是精神。尤其是在竺可桢主政期间，于极其艰难的西迁办学中更是把这种"求是"精神发挥到极致，使浙大声名远播，成为"当时中国最好的四所大学之一"。

　　浙大中文系办学历史悠久。往远说，可追溯到林启主持的求是书院。当时办学伊始，书院即开设国文课程，先后延请宋恕、陈去病、马叙伦、沈尹默、张相等著名学者授业讲学——以此算起，中文系已历春秋百有十载；往近说，则源于 1920 年的之江大学国文系和 1928 年的国立浙江大学国文系——就此而言，中文系悠然已有九十余年历史。它前后历经西迁时期、龙泉分校时期，后又融合之江大学国文系、浙江大学国文系两大主脉。1952 年全国高校院系调整，中文系被划归由浙大"母体"孵化出来的新的分支——新成立的浙江师范学院。嗣后 1958 年，浙江师范学院与新组建的杭州大学合并，称杭州大学；从这时开始，浙大中文系便进入了"杭大中文系"时代，迎来了一个新的发展阶段。"杭大中文系"的系名，一叫便是整整四十年，并已在社会和学界赢得良好的声誉。直到 1998 年，原浙江大学、杭州大学、浙江医科大学、浙江农业大学四校合并成立新的浙江大学，中文系在经历了一番分分合合之后又返回到了它的母体怀抱。

现在的浙大中文系是以原杭大中文系为主体的，自然，它也整合了其他相关的师资力量。

浙大中文系建系以来，人才辈出，具有深厚的学术积累。祝文白、缪钺、刘大白、郁达夫、丰子恺、许钦文、夏承焘、姜亮夫、钱南扬、胡士莹、徐声越、陆维钊、任铭善、王季思、郑奠、王驾吾、孙席珍、王西彦、蒋礼鸿、徐朔方等一大批在国内外学界享有盛誉的杏坛名师、学术名流都曾于此任教。他们实践的"传承创造"的学术精神和追求的"卓然独立"的学术境界，为中文系的发展，包括有特色、有影响的学科的创建，也包括有特色、有发展后劲的梯队的形成，奠定了坚实的基础。百年沧桑，艰难困苦，玉汝于成。"近代科学的目标是什么？就是探求真理。科学方法可以随时随地而改变，这科学的目标，蕲求真理，也就是科学的精神，是永远不会改变的。"回顾往昔，我们更加真切地体会到了竺可桢老校长在20世纪40年代所讲的这句话的深刻含意，也愈发怀念为中文系发展作出贡献的诸多前辈和老师，并由然萌生了在前人基础上进一步拓宽和发展中文系的一种强烈的责任感、使命感。

我们高兴地看到，经过几代人共同不懈的努力，浙大中文系已发展成一个实力雄厚，在国内很具声誉和影响的系科。特别是1995年被批准为国家基础学科研究与人才培养基地以来，更是在各个方面都有长足的发展，在全国同类专业的高校排名中一直居于前列。中文系也由原先单一的汉语言文学专业，发展成为由汉语言文学、中国古典文献学、编辑出版学三个本科专业和一个影视与动漫编导方向的立体多元、结构合理的"大中文"专业。目前，中文系已有中国语言文学一级学科博士点以及中国语言文学学科博士后流动站，汉语言文字学、语言学及应用语言学、文艺学、中国古代文学、中国古典文献学、中国现当代文学、比较文学与世界文学七个二级学科具有博士学位授予权。中国古典文献学为国家重点学科，中国古代文学、中国古典文献学、汉语言文字学、文艺学四个学科为浙江省省级重点学科。汉语史研究中心为教育部人文社会科学重点研究基地。现有在编教师50人，其中教授26人（博士生导师25人），副教授14人。他们不仅在各个学科发挥重要的带头和骨干作用，而且在国内学界也具有举足轻重的地位和影响。正是在这批以四五十岁的中青年学者为主体的学术核心的努力和引领下，由夏承焘、姜亮夫等前辈学者所开创的，吴熊和、王元骧等名师宿儒所光大的中文系学脉，方能做到承传有自、薪火绵延。

这次我们编辑出版的这套《钱江新潮文丛》，所收的是工作在教学和科研第一线的在职教师的系列学术论著。他们中有三十多岁的学术新锐，也有五六十岁的年长或较年长一代学者。涉及的范围，包括汉语言文字学、语言学及应用语言学、文艺学、中国古代文学、中国古典文献学、中国现当代文学、比较文学与世界文学以及影视文学等不同学科。在这里，学科与学科之间，个体与个体之间，彼此是有差异的，思维理念也不尽一致；但有一点似乎是共同的，那就是都在努力追求和体现中文系传统的"求是博雅"学风。章学诚评价古代两浙学风时曾谓："浙西尚博雅，浙东贵专家。"浙大中文系以"求是博雅"为系训，正是因为非求是则无以成专家，非博雅则无以成通儒。所谓"求是"，就是求真、求实；所谓"博雅"，就是求善、求美。这反映了我们力图贯通浙东西、融合古与今的学术视野与意识，以及从传统的学脉中创造新的浙江学派的愿望，也是我们的世界观、人生观、学术观的一个投影和富有理性的特殊呈现。尽管面对浙大中文系的百年历史和悠久传统，本丛书中的这些成果尚远不能说是"雏凤清于老凤声"，在这方面，我们深知与前辈相比还有一定的差距。但中文系数十位教师用心血和智慧浇灌出来的这些学术之果，毕竟从各个不同的角度对"求是博雅"作了新的诠释，这是很可欣喜的。它不妨可看作是对中文系近十年学术研究的一次检验，一次富有意味的"集体亮相"。

这些年，由于种种原因，学术浮躁和浮夸之风盛行，违反学术道德和学术规范的不端行为也屡有发生。在这样的情况下，中文系老师"守正创新"，既一方面继承百年来的优良学术传统，不盲从、不浮躁，以"板凳坐得十年冷，文章不写半句空"的严谨求实学风，孜孜不倦地潜心从事学术研究，坚守着学术正道；另一方面又不囿陈说，锐意创新，力求在前人基础上有新的发现，为学术研究作出属于自己的创造性贡献，这就十分难能可贵。而这一点，在这套丛书中也都表现得十分明显。

不尚空谈，不发虚辞，以追求真理为目标，以崇尚事实为基础，强调学术研究的"实事求是"与"实事求是"的学术研究；我想，这就是浙大中文系生生不息的学术传统，它贯穿百年而又存活于当下，已内化为我们的一种精神生命，一种支撑当下中文系存在和发展、坚守学术家园的"阿基米德点"。我们出版这套丛书，目的就是弘扬浙大中文系这一学术传统，继往开来，进一步加强中国语言文学学科的建设，为提升和扩大其学术水平及影响尽一份绵薄之力。

本丛书的出版得到了中文系 84 届校友、浙江通策集团董事局主席吕建明先生的鼎力相助。2007 年 5 月，在浙江大学 110 周年校庆期间，他慷慨捐资百万元支持中文学科建设。他的善举和情意令人感佩，也催发了我们策划并编纂此书的积极性。缘于此，我不仅对本丛书所反映的教师学术才华和追求感到欣慰，同时更对百年浙大中文学科未来的发展前景抱持一份坚定的信心。

钱潮天下奇观，故孙中山先生有"猛进如潮"之赞，学术创新，贵如潮水之猛进荡决；钱潮及期而信，故吴越王钱镠有"日夜波涛不暂息"之感，学脉传承，当如潮水之永不止息。"求是博雅"，就意味着学者既要有弄潮儿那般"溯迎而上，出没于鲸波万仞中"的锐气，也要有"晚来波静，海门飞上明月"的心境。本丛书以"钱江新潮"为名，其微意实在于此。

吴秀明

2009 年 4 月 15 日于浙江大学

目　录

— 1 —

导　论

一

　　拉丁美洲文学史上，加西亚·马尔克斯是与"爆炸文学"和"魔幻现实主义"两个概念联系在一起的，成为代表它们的一个偶像式人物。在某种意义上我们可以说，这两个概念最终能够闻名遐迩也是由于长篇小说《百年孤独》的创作。作为拉美当代文学的一个划时代的成就，它融合了"马孔多系列小说"的探索和发现，不但意义突出，而且意义多元。

　　"爆炸文学"与"魔幻现实主义"不是等同的概念，前者是指"新小说"作家为主体的文学传播现象，后者是一个群体性的美学创作定义。《哥伦比亚美洲小说史》在谈到"爆炸文学"时将路易斯·博尔赫斯与加西亚·马尔克斯相提并论，认为他们的创作为"爆炸文学"框定了范围；而在谈到"魔幻现实主义"时，又将阿莱霍·卡彭铁尔与加西亚·马尔克斯视为这个流派的代表。[①] 无论是"爆炸文学"还是"魔幻现实主义"，都意味着这一代或两代作家的努力获得了广泛的承认，他们的作品为全世界的读者所接受。拉美小说家在 20 世纪后半期所产生的影响是十分广泛而深远的，对于亚洲和非洲的创作也有很大的推动。中国 20 世纪 80 年代

---

　　① Emory Elliott：The Columbia History of the American Novel. 外语教学与研究出版社 2006 年版，第 521、616 页。

的小说创作也受到这个冲击波的影响，孟繁华的《魔幻现实主义在中国》一文对莫言、韩少功和扎西达娃等人的创作特点做了评论，指出"中国作家对拉美魔幻现实主义的显明借鉴"，尤其是《百年孤独》中译本的发表所带来的影响。①

　　20 世纪是一个比较文学的世纪。在最为宽泛的文化意义上讲，凡是构成上层建筑和经济基础的一切社会形制都处在先进和落后的横向比较之中。由于传播的扩大和交流的频繁，也由于区域性的政治钳制和经济落后造成的反差等原因，文化形态本身也发生了前所未有的结构性裂变，例如，在文学中产生了类似于"流亡文学"和"移民文学"这样的概念。在 19 世纪乃至于更远的中世纪，至少"移民文学"没有在文学写作上构成过专有的定义。这两个新型的文学群体的形成固然是受到政治和经济因素的支配，但是，从文学的角度来看，在一个比过去更广泛的范围内，文学自身也存在着企图消弭地区之间差异的要求，而且似乎也具备了这种可能性。J. M. 库切在评论 V. S. 奈保尔的一篇文章中说，这位印度裔移民作家在某种意义上比英国作家更像英国作家，因为今日的英国作家已经丧失了他们那种权威的气度。② 就 20 世纪后半期第三世界文学的状况而言，V. S. 奈保尔的情况不应该看作是一个例外。

　　拉美的博尔赫斯和加西亚·马尔克斯，尽管他们不属于前面所说的那两个特殊的群体，其生活的范围大抵是落在本乡本土，但是，从隐喻的意义上讲，他们也是文化"流亡"活动中的"移民"。因为，从地缘和社会横向比较的角度看，但凡是对西方文艺化入的程度越深的，横向比较的落差就越大，其自我定义的必要性也就越强。我们在考察拉美现代派作家的状况时可以看到，这种创作体现了哈罗德·布鲁姆所说的"影响的焦虑"，比传统意义上的西方作家有过之而无不及；除此之外，他们的身上还多了一层东西，那就是自我身份认同的问题。毫无疑问，这对于他们的创作产

---

　　① 吴亮、章平、宗仁发编：《魔幻现实主义小说》，孟繁华序文第 2、6 页。时代文艺出版社 1988 年版。

　　② ［英］斯坦利·霍夫曼主编：《大师笔下的大师》，中国电影出版社 2005 年版，第 14 页。

生了特殊的影响和效力。所谓的比较文学的典型已不单单是属于一种超脱的学术研究活动，无论其出发点是自觉的还是不自觉的，它都意味着创作者精神上的自我冒险，以及加入这种冒险活动带来的新型表达与想象的可能性。V.S.奈保尔对写作题材的寻觅，加西亚·马尔克斯"马孔多小说"的反复建构，表面上看只是一个如何写作的问题，实质是意味着跨国的文化转换过程中遭遇的问题。20世纪的亚非拉文学已经以活跃的姿态进入到欧美中心传统格局，与其说这是在证明"越是民族的就越是世界的"这个老生常谈的论调，还不如说是一种跨国的多元文化的转换造就了一批新型的作家和群体，他们的活动缩小了地区之间的文化差异，创造出令人瞩目的文学传奇。

格非在为《回归本源》中文版撰写的"前言"中提出这样的问题："所谓的'爆炸文学'为什么会在一个特定的时间段中发生？它的历史机缘和内在动机是什么？"①

研究当代拉丁美洲文学，尤其是加西亚·马尔克斯为代表的"爆炸文学"和魔幻现实主义，这些问题往往就是深入考察和研究的出发点。阿莱霍·卡彭铁尔的《新世纪前夕的拉丁美洲小说》可以看作是解答此类问题的一篇颇有价值的论文。事实上，他的概括已经足够的明晰，但是涉及的因素如此之多，主题如此浓缩，以至于文章已经不像是一篇论文而更像是为大部头论著所提供的纲要。但这也说明，要解答这些问题单是从纯文学的角度研究是远远不够的。

文章从历史的比较与回顾的角度阐述拉美小说的发展，指出拉美小说通往"爆炸"的过程是一个如何摆脱乡土化的过程。暂且剔除它对政治、经济等各种社会因素的论述，文学本身的发展被描述为如下的一个过程："1930年至1950年，我们的小说形式出现了某种停滞状态。其主要特征在于叙述的普遍乡土化。"相比之下，"在1950至1970年产生的小说中，有一种很明显的特征：努力放弃地区主义描写，肯定新技巧、探索新技巧。""其结果是小说从农村题材转向城市题材。""这一时

---

① ［哥］达索·萨尔迪瓦尔：《回归本源》，外国文学出版社2001年版，"前言"第6页。

期最具代表性的小说我敢肯定大家都知道。它们也即所谓的'爆炸文学'和许多'爆炸文学'之外的作品。""这一时期开创了拉丁美洲文化及其文学艺术的新气象:拉丁美洲艺术的国际影响。""如今,已有法国小说家开始模仿拉丁美洲小说。加夫列尔·加西亚·马尔克斯正在对欧洲产生至关重要的影响。""这之所以成为可能,是因为拉丁美洲小说家的自身发展:获得更广泛、更普遍、更百科全书式的文化,总而言之,他们从地方走向了世界。"①

通过这个描述我们也可看到,拉美文学与欧洲文学的关系既密切依赖又饶有趣味。两个时期粗略的划分构成了对比,前者属于保守封闭的停滞状态,文学的叙述具有一种"特殊的家庭气氛",后者即是所谓的"国际化"时期,"拉丁美洲作家、艺术家大踏步地走向了世界文化中心",而且能够反哺欧洲文学,这自然是了不起的一个成就。20世纪前后两个时期的区分,最终形成了这个大陆文学发展的分水岭。但需要指出的是,所谓的"乡土化"时期的叙述,同样也是欧洲文学影响下的产物,只不过是与欧洲文学本身的发展相比,它接受影响的步子显得有些迟缓而已。

戴布拉·卡斯蒂罗在为《哥伦比亚美洲小说史》撰写《拉丁美洲小说》专章时分析了这个现象。在他看来,独立后的拉美文学与欧洲文学的关系,大体处在一种 anachronism 这个词所描述的状况当中。这个词是指"过时的事物",也含有"弄错年代"和"时代错误"的意思。他引用罗贝托·贡萨雷斯·埃切维里亚评论《堂娜芭芭拉》的观点,以该词作为大陆文化发展的主要特征来加以描述:就在现代主义改变欧美小说叙事形态的同时,地域主义小说却在拉丁美洲颂扬和倡导现实主义的叙事;而在一个加快城市化发展的时期,这些小说又不知疲倦地做着乡土化的工作。《堂娜芭芭拉》原本是试图揭示文明与野蛮冲突的一个寓言故事,冲突的结果却并非是出在两个主要人物之间,而是落在了人的力量与自然之间的冲突

---

① [古] 阿莱霍·卡彭铁尔:《小说是一种需要》,云南人民出版社1995年版,第28—32页。

上面。① 也就是说，拉美文学从欧美文学的发展中不断地汲取主题学、形式和结构的法则，但是观念上显得慢一拍，似乎难免要给人以"过时的"、"弄错年代"的印象。

那么，"1950 至 1970 年产生的小说"究竟是在何种意义上改变了这种状况呢？这是一个颇为复杂而有趣的问题。归根结底，所谓的 anachronism 是缘于影响和被影响的双方在社会属性和发展节奏上的差异，而造成这种状况的前提几乎是很难逆转的。用加西亚·马尔克斯的话讲，只要是继续采用"他人的模式"来图解自己的现实，作为被喂养、被影响、被框定的一方就注定是处在 anachronism 的状况之中，从而更深地陷入文化上的"孤独"。拉丁美洲的"先锋派"和"新小说"作家走的是一条文学国际化的道路，与其说他们已经摆脱了"孤独"的状况，还不如说是对这种状况的认识变得更加敏锐了。新一代作家的文化意识和政治介入空前活跃，与这种认识的产生和变化不无关系。阿莱霍·卡彭铁尔认为，他们之所以用了 30 年左右时间才有了当代拉美小说的"爆炸"，是因为文学找到了"表现内容的最佳工具"，而这个最佳工具就是"巴洛克主义"。他说："绝大多数小说家属于大陆的巴洛克主义家族（米格尔·安赫尔·阿斯图里亚斯是最典型的，还有加西亚·马尔克斯和我自己），是用巴洛克形式写作的作家。因为巴洛克是拉丁美洲人的敏感之所在。"至于为什么拉丁美洲才是巴洛克主义的天然福地，他的注解则十分简洁，等于从侧面为这个概念下了一个定义："因为所有共生、所有混杂都将导致巴洛克主义。"②

奇怪的是，匠人从职业的敏感出发探索新技巧，寻找"表现内容的最佳工具"，结果却要担当文化意识形态的分析师，他们包揽了原本不属于他们的工作。在法国"新小说"作家力图消除臃肿、表现"真空"的同时，新大陆的作家却不得不向巨型化发展的百科全书靠拢。阿莱霍·卡彭

---

① Emory Elliott：The Columbia History of the American Novel. 外语教学与研究出版社 2006 年版，第 611 页。

② ［古］阿莱霍·卡彭铁尔：《小说是一种需要》，云南人民出版社 1995 年版，第 15、18 页。

铁尔打出博学这张王牌，是否足以用来解释"爆炸"的成因尚待进一步探讨，但是他试图为我们勾勒出一幅肖像，也就是巴洛克主义尽可包容的、与其大陆辽阔恢弘的幅员相媲美的文学抱负。

在有关巴洛克主义的这个定义中，我们对于"混杂"的特色关注得很多，对于"共生"的现象探讨得还不够。有人认为，《百年孤独》混合了欧洲文化和本土文化的精华，其不同文化元素的混杂正是巴洛克主义的标志。但是也不应该忽略了文化"共生"的特殊性对于一部"仿史诗"作品的作用，作家观察和提炼现实的视角显然包含着对这种特殊性的意识。例如，从《百年孤独》表现历史形态的方式来看，所谓各种不同文明阶段的涵盖更多的是依据"共生"的观念而不是线性发展的观念得以贯穿和表现的。这种高度浓缩的、以共时性的方式表达时间流程的叙事似乎造成了人为扭曲和过于主观的印象，但是对于发展滞后的大陆，原始和现代，先进和落后，"征服前的巴洛克和征服后的巴洛克的奇妙的交相错杂，既有引进的也有添加的，跨越了欧洲所经历的发展"[1]，它们"共生"于同一个现实之中，何尝不是现实的一种反映。新一代作家不过是敏锐地看到了大陆社会发展的这个特征，显得更为自觉罢了。对于过去那几代埋头播种乡土的作家来说，使用 anachronism 这个词来描述他们的创作多少算是一种讥评，而新一代作家拥有更为广泛的文化比较的视角，他们为这个词注入了自觉的、创造性的解释。所有"过时的"、"弄错年代"的事物，它们共聚于同一个现时的再现，形成一种层层叠叠的、怪诞和幽默的巴洛克主义景观。所谓美洲大陆的巴洛克主义，如果不是出于对既存现实的一种自主而专断的解释它还能是什么呢？如果不是意味着一种特定的文化意识形态的生产它还能是什么呢？正是文化意义上的自我矛盾的审视和比较，才导致了阿莱霍·卡彭铁尔所说的"美洲视角"[2] 的发现，它在阿莱霍·卡彭铁尔、卡洛斯·富恩特斯、加西亚·马尔克斯等人的作品中发挥了深刻的作用。

---

① ［古］阿莱霍·卡彭铁尔：《小说是一种需要》，云南人民出版社 1995 年版，第 15 页。

② 同上书，第 32 页。

二

陈众议在《当代拉美小说流派》的"结语"中强调指出："20世纪拉美文学（乃至整个世界文学）的主要品格之一是'内倾'即文学描写由外部转向了内心，从而使许多作品不可避免地具有隐含、晦涩、曲折、无序的特点；但是，迄今为止还很少有人注意到20世纪拉美文学乃至世界文学的另一种内倾——文学的自省式回归，而它在小说、在拉美当代小说中体现得尤为明显。"①

这两点可以看作是对阿莱霍·卡彭铁尔论述的一个补充，尤其是第二点概括显得颇有新意。所谓文学的"内倾"是由战后现代主义的广泛影响带来的，拉美"新小说"叙事形态的改变便是现代主义深刻影响下的产物，它是新一代作家不同于前辈的起点，也是"爆炸文学"走向世界的一个历史机缘；而"文学的自省式回归"则是现代文学"内倾"的一种深度发展，它在第三世界作家跨文化的现象中显得尤为突出。陈众议以奥克塔维欧·帕斯的《太阳石》、德里克·沃尔科特的《奥梅罗斯》等作品为例，说明文学"对文学自身的史诗般的追溯"。在谈到《百年孤独》时他说：

> 马孔多在象征性地概括人类从童年到成年（从原始社会到后资本主义社会）的同时，重构了文学本身，从而实现了文学的全方位回归：从马孔多初创时的神话氛围到后来马孔多人的史诗般的伟业、传奇式的冒险、抒情诗式的情爱、现实主义式的暴露和最后"预言应验"时的神话般的世界末日。②

---

① 陈众议：《拉美当代小说流派》，社会科学文献出版社1995年版，第266—267页。
② 同上书，第269页。

《百年孤独》这种混合不同种类的巴洛克主义创作，其"文学自省式的回归"还是缘自于跨国文化的反思，它体现了这个转换过程中自我重构的必要性。陈众议断言："我敢说世界上没有任何国家、地区的作家像拉美作家那样对人类文明（当然还有文学本身）进行过如此全面、深刻的反思。"① 这一点跟前面所说的拉美社会发展的滞后所导致的 anachronism 的状况以及对此种状况的敏锐审视恐怕不无关系。新大陆作家在接受影响的同时不得不接受一个比较和自省的视角，这也使他们置身于对文化本身的超时空的反思。拉美作家是世界文学中的反刍类动物。阿莱霍·卡彭铁尔所说的"美洲视角"意味着作家的一种双重的边缘化现象，既是处在本土立场的边缘，也是处在欧美中心的边缘。这种状况与 19 世纪的俄国作家十分相似。俄国作家的文化反思要比影响他们的西欧作家甚至来得更为全面和深刻，某种意义上讲，这也是由于他们所处的双重边缘化的视角所决定的。

美国作家威廉·加斯（William Gass）曾将拉美小说的"爆炸"与 19 世纪末冲击英国的俄国小说进行比较，认为两者有许多相似的特征：书又长又厚，人名陌生也难发音，那种亲戚关系会让列维—斯特劳斯都觉得尴尬，人物喜怒无常而且常常要发疯，真理、上帝和生活的意义总是意味着更多，云云。② 具体特征上的这种比较对应是否能站得住脚，或者将拉美文学的"爆炸"与 19 世纪俄国文学的"爆炸"相提并论是否恰当，这些姑且可以不论，我们从这个比较的过程中看到了某些值得总结的现象。如果说对"人类文明"和"文学本身"的反思在双重边缘化的视角中总是显得尤为突出，这也算得上是拉美文学和俄国文学的一个抽象共同点，那么所谓的"文学对文学自身的史诗般的追溯"也必然会在这两个地区充分而有效地展开，其结果或许会让人感到始料不及。魔幻现实主义分别出现在俄国和拉美，这个看似巧合的现象实在是有些耐人寻味。

陈众议将 meta—literature（元文学）这个本义是文学对文学自身的

---

① 陈众议：《拉美当代小说流派》，社会科学文献出版社 1995 年版，第 269 页。

② See Emory Elliott：The Columbia History of the American Novel. 外语教学与研究出版社 2006 年版，第 609 页。

参照、表征与反省的概念用之于当代拉美文学的考察，他的观点极其具有启发性。他认为当代拉美文学是战后世界文学自表、自省的典范，并将博尔赫斯的幻想小说、科塔萨尔的《掷钱游戏》以及奥克塔维欧·帕斯的"文论诗"都纳入"文学自表"的种类。"文学自表"是指文学叙述已经模糊了叙与论的分野，当代的文学作品开始了前所未有的自表与自省，传统的体裁界限也被一再突破。① 表面上看，《百年孤独》的叙述方式并不属于这个类型，但是它的处理也对传统的真实和虚构的概念提出了挑战。

郑克鲁在评论普鲁斯特的叙事方式的文章中谈到，西方有批评家总结出《追忆逝水年华》中的"我"具有九种功能。② 我们不妨抽出其中的四种功能来描述《百年孤独》的叙事方式：叙述者（过去未来进行时的讲述着）、小说家（全知全能的作者）、作家（小说中的语言艺术家）、作者（羊皮书的现身说法）、人（承认日常生活中的我在小说中出现），等等。学院式的琐细分析或许能够让人看到过去研究中尚未充分描述的内在特征。事实上，包括阿曼多·杜兰、迈克尔·伍德和戴布拉·卡斯蒂罗在内的批评家也早就意识到该篇的叙事人不同于传统文学的特点，只是他们的文章中没有更多地展开罢了。

《百年孤独》的叙述者既是全知全能的小说家，又是假托墨尔基阿德斯羊皮书的转录者，仅给人以"署名者"的印象，同时作者在书中现身说法，将自己和亲友的名字写入其中，有意模糊真实与虚构的界限，和书中的人物一起回顾过去的生活。抒情诗的语言提示我们还存在着另一个角色，不是一般意义上的写景状物的抒情穿插，而是融合了象征派和超现实主义诗歌创作的语言艺术家，这个角色的存在将马孔多前现代的农村生活与城市波希米亚艺术家的情调结合起来。凡此种种，也都在说明这部作品具有后现代主义的 meta—literature 的性质，其叙事方式在某种程度上是意味着小说"不再受制于所谓的真实性"，小说"是对小说自身的虚构性的显示和揭露"，③ 因此欧美的论者在"魔幻现实主义"这个概念之外，

---

① 陈众议：《拉美当代小说流派》，社会科学文献出版社 1995 年版，第 268 页。
② 郑克鲁：《法国文学纵横谈》，上海文艺出版社 2006 年版，第 519 页。
③ 陈众议：《拉美当代小说流派》，社会科学文献出版社 1995 年版，第 273 页。

又赋予了"马孔多小说"以"后现代现实主义"（Postmodern Realism）的概念。[①] 他们将加西亚·马尔克斯的创作与黑人作家托尼·莫里森、华裔作家汤婷婷（Maxine Hong Kingston）、印裔作家萨尔曼·拉什迪等人的创作联系起来考察，认为他的影响渗透至后殖民和后现代的创作群体，具有另一层启蒙的意义。

《百年孤独》于1967年发表之后，拉美和国际学术界对于"马孔多小说"的研究就从未停止过，从纯文学的印象式分析到流派和概念之争然后扩展至文化意识形态的阐释，等等，研究和比较的视野是在不断的拓展之中，取得了丰富的成果。同时我们也看到，这也是一个容易产生分歧的领域，不要说对单个作品的品味和理解本身还有较大的差异，就是对作家整体创作的性质如何加以评判也是一个处在探讨之中的问题。国际学术界过去就"魔幻现实主义"的概念之争长达20多年，可见其把握之不易。以上我们主要是从跨国文化比较和转换的角度来勾勒"爆炸文学"的背景，这与达索·萨尔迪瓦尔《回归本源》一书的立场已有较大的区别，最终形成的结论也未必能够一致。

一方面，是由于这种新型的创作有巴洛克主义混合的特点，因此对其风格来源和文化属性的判断也容易产生认识上的矛盾；另一方面，加西亚·马尔克斯创作的影响力本身在延续和扩大，随着时间的推移会因环境的变化而呈现新的议题，人们开始从后殖民和后现代的语境来检视他的创作便是一个例子。陈众议所说的"文学的自省式回归"也是随着后现代主义潮流出现的一种理论视点，能够使我们在一个新的基点上去探究这种创作的性质，挖掘以往的研究中尚未描述出来的种种特征。有一点是可以肯定的，新的参照系的形成有助于我们更有效地去把握这种创作现象，去廓清和总结过去的研究中遗留的问题。

---

① Emory Elliott: The Columbia History of the American Novel. 外语教学与研究出版社2006年版，第522页。

三

　　"马孔多小说"涵盖了从《枯枝败叶》到《百年孤独》的大约 20 年的创作内容，这是加西亚·马尔克斯创作的形成和嬗变的最为重要的时期，也是当代拉丁美洲"爆炸文学"研究中的一个重点课题。有两部最为著名的评传作品大致就是以这个阶段为时间框架，一部是巴尔加斯·略萨的《加西亚·马尔克斯：一个弑神者的故事》（1971）；另一部是达索·萨尔迪瓦尔的《回归本源：加西亚·马尔克斯传》（1997）。两部评传选取的时段都是到 1967 年为止，巴尔加斯·略萨的研究与传主当时的创作几乎同步，它采用这个框架也是自然而然，而达索·萨尔迪瓦尔的《回归本源》是在作家的中后期重要作品发表之后撰写的，评传仍沿用过去的框架似乎有些出人意料。由此也可以看出这个课题的意义和重要性。

　　对这两部评传进行比较之后不难看到，同一个课题的研究在材料的挖掘和观点的选用上存在着不少差异；达索·萨尔迪瓦尔的著作不仅考证精详，提出的研究角度也与我们不一样，它十分明确地从拉美本土的立场出发考察这种创作的现实根源，倾向于从加勒比文化的独特属性来解释作家的创作，这种阐述的思路比较的接近于作家本人的自我认识。但是，从理论概括的意义上讲，立足于加勒比文化的独特属性是否足以解释其复杂的创作现象，这还是一个有待于探讨的问题。达索·萨尔迪瓦尔对于《枯枝败叶》的阐释显然是无力的，对其创作性质的判断也是错误的，把现代主义的影响仅仅理解为技巧的借鉴而不是一种精神同化，没有意识到"波哥大小说"与《枯枝败叶》之间的内在联系。这只是其中可以指明错误的一个例子。总之，通过对此前几种有代表性成果的深入了解使我们看到，"马孔多小说"的形成和嬗变的课题有进一步阐述的必要，应该在理论上进行清理和总结。

　　"马孔多小说"的创作形制本身就显得有些特别。作为"系列小说"它在宽泛的意义上可以涵盖作家第一周期创作的全部作品，不限于地点落在马孔多的那些故事。批评家早就将这个现象与福克纳的创作进行比较，认为加西亚·马尔克斯的"马孔多"是受到福克纳的"约克纳帕塔法"的影响而形成的，这一点作家本人并不否认。但是，我们将"马孔多系列小说"与福克纳的"王国"及其楷模——巴尔扎克的"人间喜剧"加以比较，可以看到它们的性质是不同的。巴尔扎克要把他笔下的人物"组成一个完整的社会"，而且有"现象"、"原因"和"原则"的三层分析所构筑的社会学大厦，正如郑克鲁在其文章中所总结的那样："《风俗研究》、《哲理研究》、《分析研究》这三大部分正是《人间喜剧》的基本结构。"[①] 福克纳是受到巴尔扎克的影响，以几个家族的谱系和命运展开对美国南方腹地的描绘，整体的规模远不能够与"人间喜剧"相抗衡，系列小说延展的意图还是很明显的。反观加西亚·马尔克斯的前期创作，如果撤去"承诺文学"阶段的"小镇喜剧"那个部分，他的"系列小说"事实上只剩下一个宅院内的家族故事，社会背景和编年史的程序都做了一定程度的虚化处理，也就是他本人所说的神话化的梦幻倾向。说"马孔多"模仿"约克纳帕塔法"是没有错的，但事实上我们从"马孔多系列小说"中还不能够较为清楚地看到它有形成一个世界的意图。这是我们要讲的第一点区别。

第二点是关于作品之间互相包含的现象。巴尔扎克和福克纳的小说中已经有了人物和情节彼此串场的情况，这是系列小说固有的一个特征。中短篇的内容发展为后来长篇作品的材料也是正常现象。郑克鲁说："巴尔扎克的中短篇小说已经包含了他的长篇小说的基本内容，可以说，这是他的创作的一个缩影。"[②] 如果将加西亚·马尔克斯的前期作品与《百年孤独》互相核对，可以看到这样一个现象，前期作品的情节线索几乎都囊括在这部长篇小说中了。以上海译文出版社 1989 年版的《百年孤独》的中译本为据，我们不妨抽取几个例子：第 124 页上流浪的犹太人、死鸟事件和雷蓓卡将企图破门而入的强盗一枪打死的叙述，分别是撷取《周末后的一天》和《星期二的午睡时刻》的情节；第 126 页的奥雷良诺·布恩地亚上校与赫·马尔克斯上校关于为何而战的对话，是《枯枝败叶》中的大夫与上校关于信仰的对话的翻版；第 154 页的穿老虎皮带爪子衣服的马尔波

---

① 郑克鲁：《法国文学纵横谈》，上海文艺出版社 2006 年版，第 126—127 页。
② 同上书，第 148 页。

罗公爵，这个人物在《枯枝败叶》和《格兰德大妈的葬礼》中屡屡出现；第175页的"丘八"神父的继承者安东尼奥·伊莎贝尔神父，此人在《周末后的一天》中出现，自称三次见到过魔鬼；第298页那位吃驴草的古怪的法国医生，是《枯枝败叶》中的神秘主角；第323页写到了奥古斯托·安赫尔神父，他是《恶时辰》中的一个主要角色；第325页的菲南达闻知那位法国医生三个月前悬梁自尽，奥雷良诺·布恩地亚的一个战友违背了全镇人的意愿把他埋葬了，这是《枯枝败叶》的情节主体；第366页上"被石珩鸟用喙啄出了眼珠"的句子，来自于短篇小说《石珩鸟之夜》，等等，还可以举出很多。

　　系列小说中的情节线索互相包含本身也是很常见的现象，但是像"马孔多小说"这样，前期的创作基本上只是为一部长篇小说做装配材料，这在巴尔扎克和福克纳那里是非常罕见的。如果这也算做是加西亚·马尔克斯创作的特殊现象，那么至少有以下两点值得注意：

　　第一，"马孔多小说"的出发点不是像巴尔扎克和福克纳那样，在创作中逐渐形成系列并有一个较为宏观的策略和布局，它固然是具有系列小说的基本特点，围绕一个虚构的地点展开故事的做法与福克纳的创作比较接近，但是，是否存在着构筑一个世界的通盘考虑，这在他的作品中是表现得不太明确的。可以说，从《枯枝败叶》到《百年孤独》演变和探索的过程则反映出创作者是别有动机，他利用大抵相同的组织材料进行不同风格的尝试，前后作品之间相互包含的线索是如此密切，但是创作意识的嬗变幅度如此之大，语言和形式的变化都显示了一种反复建构的趋向。处理同样的材料，《枯枝败叶》和《百年孤独》是依据不同的创作概念，前者体现出欧美"现代主义"的同化和影响，结构形式、时间观和内心梦幻的表达与现代主义叙事原则是一致的；后者是"魔幻现实主义"——或者按照何·戴·萨尔迪瓦的定义是"后现代现实主义"的一种形成和创造，这个过程显示了在否定和破坏的基础上自我综合的意义，包含着创作意识的一次质的飞跃。因此，对"马孔多小说"的研究总是要倾向于对这个演变过程的探究，它的不同阶段的特征，观念的变化及其内在意义，模仿和独创的关系，演变的性质和结果，等等。也就是说，创作发生学的意义在这个系列小说中是被研究得最多的，地位也最为突出，较之于人物形象、社会关系、主题和情节的社会学考察显得更为重要。巴尔加斯·略萨和达索·萨尔迪瓦尔的评传力图向我们揭示的便是这一层意义。

第二，加西亚·马尔克斯继承了福克纳的自我想象和自我虚构的观念，两位作家处理"虚构王国"的那种意识与巴尔扎克有所不同，后者所要力争成为的法国社会书记员的角色，在其模仿者手里大大地改变了。由于现代主义文学高度"内倾"的趋向，或者是由于现代精神哲学那种普遍的"愤懑"（这是尼采的概念），"约克纳帕塔法"和"马孔多"的诞生带有那么一个桀骜不驯的姿态，其梦幻的冲动大于客观的虚构，自我的想象多于经验的叙事。这无疑限制了它们像巴尔扎克那样的社会学和编年史意义上的森林般扩展，有关集体的或共同体的意识会不同程度地受到弱化，让位于个体的生死观的表达。这是一个孤独的小宇宙，是用了废墟的材料制作而成的一个乌托邦。我们探讨"马孔多小说"不可能离开现代主义的"内倾"这个原则和前提，只有在此意义上才能够理解这样一个较为特殊的现象："马孔多"的存在更多的是意味着一种精神状态，而不是某地的社会学和编年史的精确记录。它集合了不同中短篇和长篇在内的系列小说，人物不可谓不多，情节和插曲显得纷繁多姿，背景和场面具有浓郁的地方色彩，本质上却是表达其幻象和超历史讽喻的一种叙事，是现代叙事学基础上的神话主义的创作。"马孔多"不仅仅是反映它要拆毁的那个外部世界，它还意味着自我精神的"非存在"的一种真实。"系列小说"经过螺旋式的漫长的推进，在一部作品中综合完成，它正是一种逾越了形式的考虑而进入到自我的完善与觉悟的意识，也就是作家的精神和想象力的形成与构造的意义。因此，在分析其作品的主题和社会学意义时，不得不将它们与现代主义的文化意识形态联系起来，而且还要将它们与处于跨国文化迁移状态中的第三世界知识分子的独特视角联系起来，这样才有可能较为充分地阐释其"神话"和"现实"的面具，揭示它们所包含的意义。

以上的两点概括已经形成了我们研究"马孔多小说"的总体思路，也决定了本书分章论述的程序和内容。我们对"马孔多小说"不同阶段的分析，便是依据上述的认识逐层展开的。加西亚·马尔克斯何以成为"爆炸文学"的代表人物，他与现代主义、美洲巴洛克主义、魔幻现实主义和后现代现实主义这些概念的联系，通过"马孔多小说"反复建构的过程充分体现出来。

　　本书的标题以"神话"一词来定义"马孔多小说"，理由已在上面第二点对其创作性质的概括中作了说明。这个词的使用与恩斯特·卡西尔阐释的神话学或神话原型的定义有别，主要是指一种源自现代主义的神话般的想象力和"非历史的思维"，以此说明"马孔多小说"与传统现实主义的区别。贝尔—维亚达的论著在分析《百年孤独》时还特别强调小说的现实主义特色，诸如乌苏拉制作小糖人、奥雷良诺·布恩地亚上校制作小金鱼卖钱，奥雷良诺第二的情妇做彩票买卖，何塞·阿卡迪奥攫夺土地，等等，都是小说对日常的生产关系的描述。[①] 但是，这些小糖人和小金鱼的细节处理正好提醒我们，该篇的神话化的叙述是如何占据主导地位。且不说巴尔扎克或德莱塞的那种对金钱、阶级和生产关系的分析在这部小说中是看不到的，即便是布恩地亚家族人物的社会属性也显得颇为混沌，其幻想和传奇性的描写是主要的，具体的生产关系的分析则是淡化的；和《枯枝败叶》的人物一样，"这类人不是普通人民，甚至不是无产者"，而是经过神话化的诗艺浸润过的家族形象。神话倾向的创作正是"马孔多小说"的一个重要特质，我们对于其中蕴涵的社会学意义和历史意识形态的分析需要透过一层过滤网来进行。

　　诺斯洛普·弗莱对于 20 世纪文学艺术中的"再神话化"、"神话复现"的现象有着一系列的研究，他探讨这个世纪文学的神话化倾向如何比 19 世纪浪漫主义对神话的崇拜有过之而无不及，并且试图说明神话化的想象和文学艺术之间的同根关系。兰波、普鲁斯特、叶芝、詹姆斯、里尔克、卡夫卡、艾略特、托马斯·曼，等等，他们的创作无不体现出一种与现代的"生命哲学"相关的神话化倾向之提升，在创造力、自由本性和激情的自我完善和觉悟之中逐渐勾勒出一个宇宙，说明人的起源、命运、力量的限度及其欲望滋长的地步。[②] 我们从 20 世纪文学的"再神话化"的背景

---

　　① Gene H. Bell—Villada: Garcia Marquez, the Man and His Work, Chapel Hill and London, 1990, p. 99.

　　② ［加］《诺斯洛普·弗莱文论选集》，中国社会科学出版社 1997 年版，第 125 页。

来看待"马孔多小说",能够对其思潮和哲学的来源有一个更加清晰的了解。苏联学者叶·莫·梅列金斯基在其《神话的诗艺》中便是将"马孔多小说"置于现代主义文学的神话化范畴中来考察,将其视为欧美现代文学精神培育下的一个亚种类来看待。1983年由中国、西班牙、葡萄牙、拉丁美洲文学研究会主持的"全国加西亚·马尔克斯及拉丁美洲魔幻现实主义讨论会"在西安召开,会上就有专家提出了类似的观点,认为:"魔幻现实主义是西方现代文学诸流派在拉丁美洲这一特定环境中的综合体现,是西方现代文学的一个分支。"① 就阿莱霍·卡彭铁尔、胡安·鲁尔福、加西亚·马尔克斯、卡洛斯·富恩特斯等人的创作而言,笔者赞同这个归纳,将现代主义的影响放在首要的位置上。

詹明信的《晚期资本主义的文化逻辑》对于现代主义本质特点的论述也有助于我们理解其性质。欧美现代主义本身是资本主义历史发展的产物,然而它对"线性历史"的全盘攻击,对"物质主义"的拒斥,综合为一种"非历史的思维",形成了带有终结性意向的历史意识形态和一种乌托邦式的召唤。因此,不应该将现代主义文学仅仅看作是一种新的心理学的发现,或者是一种主观主义幻觉论的扩张,而是应该视为一种普世性的精神哲学的转变。正是在这个意义上,詹明信认为任何对于现代主义文学的模仿都不可能是一种技巧上的借鉴,因为它代表的不是一种随意可以接受或加以摒弃的"中性价值观"。②

《百年孤独》以"内倾"和"终结"的视角描写哥伦比亚的历史,既不符合黑格尔式的客观唯心主义,也完全有悖于马克思的历史唯物主义,它是一种充分表现"美洲视角"的魔幻现实主义。这种所谓的百科全书式的"总体小说"与巴尔扎克的形态相距又是何其遥远。加西亚·马尔克斯本人反对用"魔幻现实主义"的概念来定义他的创作,但是我们将"马孔多神话"与"魔幻现实主义"联系起来,为他的创作贴上标签,这是符合他的系列小说的本质特点的。

---

① 张国培编:《加西亚·马尔克斯研究资料》,南开大学出版社1984年版,第212—213页。

② [美]詹明信:《晚期资本主义的文化逻辑》,三联书店1997年版,第276页。

大江健三郎也指出："加西亚·马尔克斯这位拉美作家把潜伏在现实中的多种多样的侧面原样表现，或是描写能够自由飞跃现实的人们"，这种"超越了历史"的"形象的飞跃和假想，也可以说就是魔幻现实主义"。① 魔幻现实主义的"超越"和"综合"的野心所体现的正是詹明信所说的"非历史的思维"。现代主义文学的神话化倾向首先体现为一种思想与行动的分离，然后在其综合表现中又以独特的逻辑将分离的思想与行动重新结合起来。从欧美现代主义到拉美魔幻现实主义，其影响和演变的关系集中体现了这样一个反黑格尔式的逻辑和思想过程：它是民主和进步的产物，同时又拒斥历史主义的观念，显现为自我与外部世界的多重意义的冲突。

因此，神话化或"内倾"的趋向并非意味着一种静态而单纯的避世立场。约翰·斯坦利在为《进步的幻象》所作的《英译者导言》中指出，乔治·索雷尔的《论暴力》一书阐明了这样一个观点：

　　　　进步与民主这种意识形态，一旦摆脱黑格尔的唯心主义，就导致思想与行动的分离。为了将行动与人的思想重新结合起来，就需要某种完全不同的思考类型。思想与行动的结合不是通过某种新的理性意识形态，而是通过神话产生的。与其他类型的思考方式相反，神话的特征是掩盖区分；原因在于它类似于讲给儿童听的故事，不能将事实与幻象分离。……他将这一神话界定为一组形象，这组形象在对之作出任何区分之前仅仅通过直觉"就能激起一团整体不分，对应于社会主义对现代社会发起的各种战争情绪"。所有的逻辑性与合理性被置之一旁，而代之以我们愿意称为"冲动"的东西。"唯一重要的只是作为一个整体的神话。"②

这段话的分析适用于《百年孤独》的魔幻现实主义，它对于各种社会

---

① ［日］《我在暧昧的日本：大江健三郎随笔集》，南海出版公司 2005 年版，第55 页。

② ［法］乔治·索雷尔：《进步的幻象》，上海人民出版社 2003 年版。

成规和官方意识形态的激烈否定，体现了这种神话创作的对抗和破坏的立场，并可用来说明神话化的思考与魔幻现实主义诞生之间的逻辑联系。

大江健三郎说："在我创作《万延元年的 football》的前后十年间，以拉美地区为核心，不断出现以神话般的想象力和与此相适应的方法（魔幻现实主义这个词汇可以适用于这个方法）进行表现的小说。这些小说描述了与前面说到的那个中心相对抗的民众，以及他们自立的政治构想和文化。"大江健三郎认为，这种"自立"和"对抗"的方法论与拉美的魔幻现实主义有很深的血缘关系，并为米哈伊尔·巴赫金的荒诞现实主义和"大众笑文化"的理论所强化，它通过更为开阔的视野绘制出一种在"边缘地区传承了不断深化的自立思想和文化的血脉"的谱系。① 从这个联系和描述的性质来看，现代主义影响和深化的意义始终是占据第一位的；将"马孔多小说"的魔幻现实主义仅仅视为加勒比地区黑人和印第安人混合文化的一种原始性"生产"和"再现"，那是远远不够的。我们不能完全赞同达索·萨尔迪瓦尔《回归本源》的文化立场的总体分析，其原因也在于此。乔治·索雷尔对于现代神话的意识形态特性的分析，似乎更适用于民主与进步的观念在当代转型社会中的表现。可以说，从欧美现代主义对边缘地区的输入开始，就埋下了大江健三郎所说的"自立"和"对抗"的种子；形象之"超越历史"的"飞跃和假想"，表现为事实与幻象的混淆，归根结底是一种知识分子双重边缘化视角的产物；它反映了广义的现代性意识在本土发展过程中所遭遇的矛盾、阻碍和不充分的境地及其催生的精神加速现象。俄国和拉美的魔幻现实主义，其本质的共同点也在这里。用热带植被和景物的奇幻来解释只是表达了其中的一个侧面，相比之下，知识分子自我意识的深化和历史的超越性是一个更加值得探讨的课题。如果离开了与现代主义有关的社会文化意识形态的分析，所谓的"神话"和"魔幻"的定义就势必会落入到地区性文化解释的陷阱之中，变成为民族文化和本土情结的一种生产和再现，这种解释自然是有它的文化依据，也有视觉的和经验的种种依据，但在理论上是很有局限性的。

① [日]《我在暧昧的日本：大江健三郎随笔集》，南海出版公司 2005 年版，第81 页。

以上便是对"马孔多神话与魔幻现实主义"书名的一个题解。有关"神话"的定义，论述的范围以及论述的立场，通过以上的阐述做了概括性的交代。"马孔多神话"这个提法，最初是受到美国学者弗·多斯特的影响，他在《〈枯枝败叶〉中的含糊不清与不确定状态》一文中曾经提出这个说法，认为"马孔多小说"是"只能称之为马孔多神话的系列小说"①。这里我们也借用他的说法来定义这个创作现象。

<h1 style="text-align:center">四</h1>

围绕"马孔多小说"的演变和发展，本书将分四个章节对于过去研究中涉及的一些问题进行阐释和探讨。接下来我们分别就四个部分的论述进行概要的介绍。

第一章仍属于"导论"的性质，提出"现代主义影响的若干问题分析"，围绕加西亚·马尔克斯的"波哥大小说"的创作，探讨现代主义的移植带来的影响和意义。

加西亚·马尔克斯的创作起步于欧美现代主义的影响。《蓝宝石的眼睛》收录《死亡三叹》在内的 9 个短篇小说，代表他早期创作的阶段。这些短篇的写作始于波哥大学生时期，我们将其命名为"波哥大小说"，这是巴尔加斯·略萨所划定的"史前时期"的创作。② 它们具有浓厚的现代主义特征：死亡与变形的主题，织物般华丽的隐喻，抽象的心理分析，似乎融合了高烧病人的幻觉和"学生作家"不无矫饰的心态，这些所谓的"知识性短篇"为作家赢得了早期的声誉。尽管研究者对于"史前时期"的划分还略微存有争议，③ 但是，《死亡三叹》作为"第一周期"创作的开端，这一点是没有异议的。

---

① 林一安编：《加西亚·马尔克斯研究》，云南人民出版社 1993 年版，第 540 页。

② 同上书，第 38 页。

③ [哥] 达索·萨尔迪瓦尔：《回归本源》，外国文学出版社 2001 年版，第 150 页。

从批评的角度讲，诠释"波哥大小说"未必见得比诠释《家长的没落》更加容易。尽管这些作品无例外地被看作是初级阶段尚不成熟的练习曲，是作家后期进化中需要纠正和摆脱的一种秩序，[①] 它们的内涵却往往容易被"习作"这个概念所掩盖。考察国内外相关的论著和评传就可知道，在加西亚·马尔克斯的研究中，有关"波哥大小说"的文本分析向来是做得最少也最为薄弱，其意义多半是在新的"叙事方式"的模仿与确立之中被一笔带过。而且作家本人在很大程度上也是支持这个论调，把这些"习作"看作是"脱离本国现实"的"象牙塔中的文学"，是他从卡夫卡、乔伊斯和博尔赫斯那里"扭曲地接受"的东西。[②] 但是我们知道，这些作品的意义显然不止于此。

本章三个小节的论述中，我们首先从文学史的角度来探讨现代主义的介入和影响，尤其是文学观的断层和变革给拉美"新小说"作家带来的自我身份认知的问题。"波哥大小说"与社会绝缘的抽象的特点，反映作家的社会身份出现了游离和自我隐匿的倾向，这种倾向对于"死亡"和"孤独"主题的构成，在其早期作品中是以各种变形和隐喻的手法显露出来，而在"魔幻现实主义"时期又是以更为大胆的艺术方式表现了"非存在"这个命题。

然后通过对"波哥大小说"主题和精神倾向的剖析，考察作家如何通过对卡夫卡"变形"的模仿来完成想象和意识上的再造，那种黑格尔式的存在、虚无、转化的三位一体的观念。最后分析"波哥大小说"独特的创作形态的精神渊源，它与现代主义文学的本质联系。"波哥大小说"萌发的"神话叙述"是我们重点讨论的课题，一方面它与作家的信念结构、社会意识形态的孤立和对立的状况有关（我们从"孤儿和自我身份的隐匿"和诺斯洛普·弗莱的"弗洛伊德学说取代马克思主义学说"这两个带有社会学意义的角度来参照论述）；另一个方面它与现代主义文学的乌托邦倾向的特质有关（我们通过詹明信的相关论说来比较和认识两者的关系）。

---

① [哥] 达索·萨尔迪瓦尔：《回归本源》，外国文学出版社 2001 年版，第 178 页。

② 同上书，第 160 页。

也就是说，所谓的乌托邦式的"神话叙述"的确立，实质就是现代主义的介入和影响的产物；它并非始于《枯枝败叶》而是始于"波哥大小说"，这是我们的论述中试图揭示的一个中心观点。迄今为止，学术界对于"波哥大小说"的性质尚未做过较为全面的理论概括。本章节的阐述试图说明，只有对这个时期的创作进行深入的分析和研究，才能够把握作家的创作起点和演变的意义。"波哥大小说"的"内倾"和超历史讽喻是典型的神话化写作，奠定了作家整个创作的基调。

第二章研究马孔多的前期叙述，它是指从《枯枝败叶》（1955）到《百年孤独》（1967）之间将近 20 年的创作（据考证《枯枝败叶》第一稿是在 1948 年中期完成的[①]），包括"马孔多系列小说"的形成，作家创作风格的几度演变，既有巴洛克式的神话叙述也有现实主义手法的严谨创作，它是加西亚·马尔克斯创作中一个非常特殊的阶段。巴尔加斯·略萨与达索·萨尔迪瓦尔的评传都是紧扣这个阶段复杂的演变来加以阐释的。本章节的研究范围与此相同，所欲辩驳和诠释的疑问也大致相仿，但是角度与评传有所不同。简言之，我们是要从理论批评的角度而不是从一个戏剧性历程的回溯来考察它的创作现象，对这个阶段的作品进行概念化和类型化的研究。

此一阶段的叙述分为两个类型，第一类是《枯枝败叶》（1955）这样的神话化倾向的创作；第二类是我们以"小镇喜剧"命名的"承诺文学"时期的创作，包括《没有人给他写信的上校》（1958）、《恶时辰》（1962）和《格兰德大妈的葬礼》（1962）中的一些短篇。

在"马孔多前期叙述"中，《枯枝败叶》的主题和人物都是研究的重点，这是一部迄今仍显得晦涩，在研究和批评中也是歧义颇多的作品。不但研究者和传记作者，就连作家本人也十分肯定地说："《百年孤独》的真正前身就是《枯枝败叶》。"[②] 因此，在马孔多的系列小说中，《枯枝败叶》

---

① ［哥］达索·萨尔迪瓦尔：《回归本源》，外国文学出版社 2001 年版，第 166 页。

② 林一安编：《加西亚·马尔克斯研究》，云南人民出版社 1993 年版，第 182 页。

的奠基性意义首先需要通过"神话主义"的理论分析得到确认，尤其是它的神话叙述与现代主义形式之间的关系，是一个需要从理论上重新阐释的课题。在文本的细致解读的基础上，我们对于该篇独白的叙事形式、马孔多的神话地形学的特点等问题展开一系列的分析，延及对小说的道德主题的阐述，较之于过去的研究要更为系统也更具有理论上的概括性，与第一章里的中心论题恰好有着密切的联系。除了对小说的道德主题进行新的分析和总结，我们还引入陀思妥耶夫斯基《群魔》的创作思想，从其主人公犬儒主义精神的塑造来比较和探讨《枯枝败叶》中大夫形象的塑造，为这个人物的阐释提供一种新的参照，试图廓清过去研究中遗留的问题。《枯枝败叶》形成了"马孔多小说"神话化的创作观，我们以内外两重性的"宅院神话"、时间观、结构形式、迭次复现和"深蕴心理"等一系列现代主义的理论视角来剖析。

以《没有人给他写信的上校》为代表的作品是属于另一个叙事类型，它们是按照严谨的手法和写实的观念进行创作的。伴随着"哥伦比亚暴力"时期的到来，作家当时卷入暴力这个社会题材，以一种不同于《枯枝败叶》的语言和视角创作了一批小说。我们从拉美左翼马克思主义派别提倡的"承诺文学"的概念出发，分析这些作品的特点，它们与人民性概念和风俗主义文学之间的关系。这个类型的创作对于我们观察加西亚·马尔克斯作为一个现实主义作家有着特别的意义，而且也是了解其创作观念的反思和演变的不可或缺的环节。我们试图指出它们的"诗情再现"及其悲观主义的基调与革命现实主义之间的裂隙，它们作为底层抒情诗的视角在传达"孤独"这个叙事主题时所起的作用。实际上，这个主题是将前期创作中两个不同类型的叙事紧紧联系在了一起。"小镇喜剧"系列作为"承诺文学"的尝试，尽管具有底层视角和人民性题材，但由于强调"孤独"的主题和梦幻情绪，它们仍是渗透现代主义文学的基调。

鉴于《格兰德大妈的葬礼》这篇小说创作特点上的变化，其白热化的狂想和民间说书人的戏谑情调杂糅的风格，预示着一种新手法的开启，因此这里将《格兰德大妈的葬礼》单篇的论述单独移到第四章，与《百年孤独》的魔幻现实主义创作放在一起研究。这样在本章节的范围中，我们是以"马孔多前期叙述"为题考察上述的两种类型的创作。我们将第二个类型中的《恶时辰》定义为"粗俗喜剧"，对其美学特点的理解和概括也与以往的研究有所不同，在综合他人研究成果的基础上，试图在美学特点的定义上做得更加提炼，文本的分析更加细致成熟。这也是本章第四小节的阐释所贯穿的一个总体意图。

第三章是有关于《百年孤独》的历史、政治和道德意识形态的阐释，从一般意义上的社会学的观点出发来研究这部小说独特的内涵和形制。四个小节设立四个专题，它们分别是"现代历史与意识形态批评"、"关于'政治现实'的两个插曲"、"古怪家族的形象及其精神分析"和"性描写的跨文化倾向及其道德和诗学特征"。这几个专题的讨论虽然还远远没有涵盖全部可能的社会学议题，但基本上都是以往研究中触及的焦点问题。这一章的论述将魔幻现实主义的部分暂时剔出，将小说纳入到普通的文学和社会观念中去考察，试图通过逐层的诘问和质疑来展开它的面貌，揭示它与众不同的创作含义。因此具体的研究方法也较前两章的做法不同，这里四个专题都是从问题的一般性前提出发进行研究，最后推衍出它们的特殊性。我们试图借此来说明作品的创作意识、思想观念和道德倾向发生了怎样的变化，对于这样一部作品为什么传统的理解方式不能完全适用于它的诠释，等等。

与一般的虚构类小说相比，它没有一个通常应该有的核心情节，一个用来围绕和解释具体社会学主题的框架性事件；它是由一系列插曲组成的变动不居的叙事，是由说书人的讲述提供的一个"仿史诗"的范例；尽管其故事框架试图囊括美洲近代历史的发展，以一百年的孤独为题描写这段历史，但它又不是严格意义上的编年史的作品，而是以寓言式的形态进行浓缩的表现，所以它描述美洲大陆自身独特的历史进程，又往往给人以人类文明不同阶段的象征性描述的印象。

《百年孤独》以历史意识形态批评的角度构成其创作的出发点，从普通的文学观念来看，这正是一种主题先行的表达，这一点决定了它那种独特的创作形制和"超虚构"的视点。历史的不能自主和历史的缺乏前景，从它的粗线条概括和预设的大毁灭结局中已经充分表现出来，人物的命运也都受到这个结论的框定。因此，从意识形态批评的角度来诠释"孤独"的主题，它反映的是作家对于自身历史的一种严格批评和限定的立场，与其说是一种"虚构",还不如说是反映了对现实的一种终极性的评判,表达的是一种"意识形态的幻觉"。这个性质的描述对于我们诠释这部小说很重要。

两个"政治插曲"是指与历史真实事件有关的情节,即19世纪哥伦比亚内战和20世纪初的香蕉园大罢工,它们在小说中占据重要的地位。作家采用的手法也需要进行总结,某种与大众文化(例如影视通俗剧)同质的"戏剧性煽惑"和插曲式叙事、漫画式的反讽和抨击的手段、超虚构的视点,等等,表达的是对于"各种成规的激烈否定的态度"①。以上关于"历史"和"政治"的两个方面的创作,综合为一种带有终极性倾向的破坏和否定的思想,而这也正是作品的神话化的想象得以形成的基础。

有关布恩地亚家族形象的分析,我们首先揭示的是它"仿史诗"的家族神话表现的特点,然后在引用贝尔—维亚达"人名和叙事模式"研究成果的基础上,分析家族人物的精神特征,特别指出这部小说对于"内心现实"的表现与现代主义创作美学之间的联系,后者是我们的研究中较少总结的一个方面。

性和乱伦的主题是《百年孤独》被讨论较多的一个议题。我们从20世纪60年代世界文学的背景来研究这个现象,通过性描写这个主题在现代主义和现代主义之后的特殊表现,也通过文本的语言和细节分析,提出它的创作所包含的跨文化的倾向和特色。这是本小节所要阐释的一个重点。《百年孤独》有关于性和乱伦的描写,既表现出它的道德和美学上的兼收并蓄的自由化倾向,也包含着它对于孤独、死亡、毁灭这些社会学主题的深刻洞察和表现。在现代主义之后的国际化倾向的创作中,它们具有典型的意义。

第四章专门论述"马孔多的魔幻现实主义",涉及《格兰德大妈的葬礼》、《虚度年华的海洋》和《百年孤独》等作品的美学价值的讨论,重点仍在于《百年孤独》的魔幻现实主义的定义和分析。

四个小节分别探讨四个议题。

----

① 林一安编:《加西亚·马尔克斯研究》,云南人民出版社1993年版,第311—314页。

其一是剖析《格兰德大妈的葬礼》的神话主义回归对于"马孔多小说"变法的意义，并说明卡夫卡的艺术对于变法的深刻影响，卡夫卡的影响是这个环节的研究中谈得最少的，然而却是最为重要的。这个部分的研究破除了以往的说法，试图从源流与变化的角度梳理"马孔多小说"嬗变的美学成因。

其二是着重分析"魔幻现实主义"新型的创作概念，首次提出从跨越模仿论界限的角度来考察魔幻现实主义，这也是试图解答拉塞尔·M. 克拉夫曾经提出的疑虑，他反驳那种认为真实的东西与幻想相结合便是魔幻现实主义的基本特征这种简单的说法，他说："如果魔幻现实主义仅仅是现实主义和幻想的混合物，那么，它便不是文学史上的什么创新，也就与古往今来所有的文学作品毫无区别了。……如此归纳，魔幻现实主义也就完全失去了应有的标准，从而也就毫无必要开创这个新的流派了。"① 《百年孤独》大胆跨越模仿论的界限，同时又巧妙地维系一个三度空间的日常视觉。在它的语言魔法的有效性中，这两者缺一不可，因为它们组成了叙述故事的新规则。从这个原则出发阐释魔幻现实主义的创作，并将它与东欧的魔幻现实主义联系起来。这是从叙事学的角度分析《百年孤独》的魔幻现实主义。

其三是对胡安·鲁尔福与加西亚·马尔克斯进行比较研究，提出拉美创作中的"非存在"的命题，它的卓有特色的死亡诗学，形成了《佩德罗·巴拉莫》和《百年孤独》两部作品中死亡与封闭的圆环，它既是一种时间和叙事的结构法则，也是一种孤独的形而上学。这是从社会意识形态及其独特的美学形式来分析《百年孤独》的魔幻现实主义。

其四是从魔幻现实主义也是一种后现代主义的角度来总结，提出作品对于传统观念三重意义上的解构与重构的现象。《百年孤独》有关于孤独的叙事神话的精心绘制表明，一种试图囊括美洲现实的"总体小说"，是以对主流文化观念的解构和语义的重构为前提的，它至少在我们已经论述的三个层次上实现了这种解构和重构的工作：一是将家族历史、民间传说和政治记忆等等非主流的话语纳入到官方版的权威历史话语当中，企图以

---

① 转引自陈光孚《魔幻现实主义》，花城出版社 1986 年版，第 199 页。

颠覆的方式改写哥伦比亚的历史；二是通过抹去真实和虚幻的对立范畴之间的界限，将神话的维度与日常现实的维度彼此融合起来，形成某种再现和观察事物的新方式，这是在传统的模仿论和叙事学意义上进行解构的尝试；三是从拉美现实的"非存在"的命题出发，对这个大陆的政治和社会生活的本质作了悲观而绝望的定义，从它对现实认知的分化之中确立自我表现的原则，产生了有关死亡和孤独的叙事神话。

通过"马孔多的魔幻现实主义"这个章节的论述，我们试图给全篇的论述做出归结，阐明加西亚·马尔克斯创作的现代主义性质及其与后现代主义的联系。

第 一 章

现代主义影响的若干问题分析

第一节 "孤儿"与自我身份的隐匿

一

何塞·多诺索的《文学"爆炸"亲历记》，从一个见证者的角度描绘出 20 世纪 60 年代以前"新小说"作家所处的环境，让人从中看到一幅静止而贫乏的图画：僵化停滞，孤陋寡闻，被传统的地方主义牢牢禁锢。用作者的话说："60 年代以前我们的小说总带点乡巴佬味道"，"除专家以外，很少听人说起'当代西班牙语美洲小说'。那时候有乌拉圭小说、厄瓜多尔小说、墨西哥小说和委内瑞拉小说。各个国家的小说仅仅局限在它的国境之内，它享有多大名气，能持续多长时间，在大部分情况下仅仅是属于地方性的事情。除了在选集里、在课堂上、在书本里，'西班牙语美洲当代小说'几乎就不存在，青年人很怀疑它是否存在。"①

与这种"教区"式的各自孤立和封闭形成对照的是，人们用来评价

---

① ［智］何塞·多诺索：《文学"爆炸"亲历记》，云南人民出版社 1993 年版，第 8 页。

作品优劣的标准却是普遍一致的，即能否以"照相式"的写实手法准确地反映地区的状况，在创作上严格按照克里奥尔主义大师和"经典著作的尺度进行调节"，从而避免"不良情趣的夸张"。① 这种主流文学所一味强调的模仿性的尺度，在作家、读者和出版界形成了一股不甚宽容的谨小慎微的风气，并且在要求文学必须服从于"民族性"和解决"重大社会问题"的限定之中推广开来，骨子里是以"排外主义和沙文主义"的态度将此类尺度当作唯一的标准来奉行的②。评论家可以凭借马·拉托雷是"外国人的儿子"这个身份判定他不是一位成功的小说家，不能真正再现智利的中部省份马乌莱的世界。出于同样的"照相式"实录的标准，巴尔加斯·略萨的《城市与狗》也可以被认定是不真实的，因为文学的价值应该是"从属于一种模仿性和地区性的标准"，③ 它有一道不可移动的疆界。

如果我们要把现代主义的介入当作一个事件来加以描述，那么就不能够忽视上述的指控所包含的文学史的意义。克里奥尔主义和写实主义的杰作所提供的尺度，在何塞·多诺索所代表的新一代作家的眼光中何以竟然变成为负面作用的影响，成为一种压制性的消极力量，这个问题似乎不像我们从表面上理解的那么简单。也就是说，这并不是一个简单的文学史的新老交替的问题。如果我们考虑到"新小说"的作家在起步之初都无例外地持有相同的批评意见，那么何塞·多诺索的"见证"就不应该被视为个人主观性的印象和偏见，而是一种较为可靠的具有文献价值的陈述。

《文学"爆炸"亲历记》中提到"西班牙语美洲当代小说"这个概念，不过是要强调那样一种事实：那种能够突破教区的僵化立场、触动当代生活脉搏的小说是并不存在的；所谓的"当代小说"这个概念实际上是名存实亡的，它是教科书里的现实而非现实生活当中活生生的事实。这个意思

---

① ［智］何塞·多诺索：《文学"爆炸"亲历记》，云南人民出版社 1993 年版，第 23 页。

② 同上书，第 14 页。

③ 同上书，第 13 页。

在上面的引文中可以看得比较清楚。而且我们也注意到，作者在提到"西班牙语美洲当代小说"时，是把在时间上同样处于"当代"的那部分"主流文学"给删除掉了，并且毫不客气地把它归入到一个需要批判的对立的立场。这就涉及了对"当代性"这个词的理解问题。

人们大可不妨从另一个角度提出疑问，主张以写实的手法反映"教区状况"的主流文学难道就不能够理解美洲当代的现实？无论是克里奥尔主义还是批判现实主义，它们所包含的尺度是否注定要在 20 世纪 60 年代前后失去效用，并且被新一代的作家打入冷宫？从现实的角度衡量，西班牙语美洲的社会状况的发展并不平衡，布宜诺斯艾利斯代表的"港口文化"与智利或哥伦比亚的地区文化之间存在着相当大的差异；这个大陆的众多小国和穷国的闭塞落后是难以回避的社会真实。用何塞·多诺索本人的话讲，当时的智利还称不上是第三世界或发展中国家，只能说是"不发达世界"。① 按照通常的逻辑，反映一个不发达世界的停滞的状况，用"照相式"的手法"忠实地再造一个本地人的世界"；"将真实的总体中的一个片断拍摄下来或收集起来"，② 这种旨在促进社会进步的方式也是构成文学"当代性"的要求，至少与"当代性"的概念是不排斥的。何塞·奥斯塔西欧·里维拉的《旋涡》，描述哥伦比亚热带丛林的世界，外国资本的进入，割橡胶工人的悲惨境遇；小说渗透其中的悲剧的想象力，它的"民主思想和人道主义的热情"③都是有着感染人的力量。那么就作品表现出来的这些元素而言，有何特别的理由可以将此类创作剔除在"西班牙语美洲当代小说"这个标签之外呢？

何塞·多诺索的著作所要争讼的，实质是一个正在发展的美学趣味和思想方式的问题。他是从个人意志的自由而非群体性规范的立场出发来理解文学当代性问题的。他把要求反映"重大"和"严肃"问题的

---

① ［智］何塞·多诺索：《文学"爆炸"亲历记》，云南人民出版社 1993 年版，第 27 页。

② 同上书，第 12—13 页。

③ 朱景冬、孙成敖：《拉丁美洲小说史》，百花文艺出版社 2004 年版，第 218 页。

"抗议小说"强加的那种力量看作是"隔离的路障"①,是危害创作自由的紧箍咒,因为,恰恰是在这种占据统治地位的真实而非虚假的压力之下,"任何带有一点可能被指控为'唯美主义'恶癖的姿态都会受到严厉的谴责。形式方面的探索被禁止。不论是小说的结构,还是小说的语言,都应当是简单、平铺直叙、平淡无味、节制而贫乏的。我们丰富的西班牙语美洲的语言天生就是巴洛克式的、多变的、丰富的——这个样子被诗歌所接受,大概因为公认诗歌属于少数精英的文学形式——可是,为大众的讲求实用的小说应当自觉地做到直截了当,明白易懂,具有立竿见影的功效。这样一来,西班牙语美洲小说的语言看上去就像被这种要求的熨斗熨平了一样。任何神奇的东西、个人的东西,任何标新立异的作家,文学主流之外的作家,'滥用'语言和形式的作家都被排除在外;由于这些多年来占上风的看法,小说的规模和能量令人遗憾地缩小了"。② 这段交代得相当清楚的陈述,实质是把前辈文学的存在全然理解为是"压力"而非"影响",不能不说这种理解是倾向于负面的和消极的。这是一种在我们的讨论当中需要认真地加以看待的意见。

这种对于"压力"的趋向于消极的理解,无异于把前辈的文学观念看作束缚,看作一种负面的存在,这样一来,文学史企图为我们描述的那个接力棒式的正常交替的环节就被打破了。作者所要强调的就是这个意思。《文学"爆炸"亲历记》这本著作最为关键的思想也就体现在这里,它的几个核心的观点都是围绕着这层意思展开的。通过这一点,作者试图告诉我们,他们这代人的一个显著的特点,就是"缺乏自己的文学上的父辈",这是由于拒绝"前一代的小说家强加的'我们的'东西的这种姿态,在我们身上造成了一个空白","一种在本国小说范围之内找不到任何激动人心的东西的感觉",③ 而这个空白导致的则是父辈的缺乏……不管这里的陈述看起来是否带有某种循环论证的味道,作者却是试图讲述一种真实的状

---

① 〔智〕何塞·多诺索:《文学"爆炸"亲历记》,云南人民出版社 1993 年版,第 13 页。

② 同上书,第 13—14 页。

③ 同上书,第 15 页。

况，而且这种状况带来的结果显然是意义非凡。作者认为，正是由于这个"空白"的存在，才促成了"西班牙语美洲小说的国际化"。①

这就把造成"压力"而非"影响"的原因部分地解释出来了。"这种压力大多是民族主义的禁欲主义与为我们带来更加复杂的思想的外来的巨大浪潮抗衡的结果。"② 新一代作家对于父辈的文学观念进行谴责和非难，是与另一种思想浪潮的悄然吸引分不开的。何塞·多诺索说："我们这一代的小说家差不多一味地向外看，不仅朝西班牙语美洲之外看，而且也越过同一种语言，朝美国、朝撒克逊语言国家、朝法国、朝意大利看，去寻找养分，开放自己，让自己传染各种从外部来的'不纯粹'的东西：宇宙主义的，时髦的，外国化的，唯美主义的，在当时人们单纯的眼光中，新小说家采取的是离经叛道的做法。"③对学生时代的加西亚·马尔克斯影响很大的"石头与天空"派成员，他们摒弃浪漫主义、高蹈派以及新古典主义诗歌，认为使用比喻就可以表达大胆的见解。"他们是那个时代的造反派"，加西亚·马尔克斯后来评论说，"如果没有'石头与天空'的帮助，我真不敢说我会成为作家。"④ 智利作家豪尔赫·爱德华兹的自述也许更为坦率，他认为，与对本国文学相比，他对外国文学更感兴趣、更加熟悉。何塞·多诺索说："不论是达尔马还是巴里奥斯，不论是马列亚还是阿莱格里亚，他们对我的吸引力远不及劳伦斯、福克纳、帕韦泽、加缪、乔伊斯和卡夫卡。"⑤

我们想要评论"波哥大小说"的创作及其存在的意义，就不能不参照以上的言论所提供的线索，从这种描述得更为鲜明和尖刻的历史图像中，了解到这个时期的拉美小说如何从乡土味的闭关自守走向文学趣味的国际

---

① ［智］何塞·多诺索：《文学"爆炸"亲历记》，云南人民出版社 1993 年版，第 15 页。

② 同上书，第 14 页。

③ 同上书，第 15 页。

④ ［哥］加西亚·马尔克斯：《番石榴飘香》，三联书店 1987 年版，第 54—55 页。

⑤ ［智］何塞·多诺索：《文学"爆炸"亲历记》，云南人民出版社 1993 年版，第 11 页。

化，也就是说，它的意识的嬗变过程。达索·萨尔迪瓦尔的那本深受传主好评的《回归本源》，描绘加西亚·马尔克斯早期创作的来龙去脉，它却未能向我们讲清楚这个问题。但这个问题显然是非常关键的。我们知道，现代主义并不意味着是一种美学上的兼容并蓄的修养，可以与儒勒·凡尔纳或是仲马父子的作品放在一起来讨论。它是一种以怀疑主义和叛逆精神为主导的意识形态的深刻介入和影响。它在很大程度上也代表着一种前现代社会从其自身的环境所难以证实的存在。"新小说"这一代作家"几乎完全是从别的文学源泉起步"，① 既不同于西班牙作家，也不同于西班牙语美洲的克里奥尔主义作家；照何塞·多诺索的描述，他们几乎是在造成空白的斗争状况中完成了自我意识的嬗变，抓住了历史所赋予的机缘。

二

回顾 20 世纪 60 年代之前的那段历史，何塞·多诺索有一句话值得注意。他在这本书中慨然叹道："那时我们是孤儿……"②在他讲述的那个语境中，它是用来形容缺乏文学父辈所带来的那种状况，并没有表示出特别的含义。然而仔细体味起来，这句话似乎可以用作《文学"爆炸"亲历记》的另一个书名，或许也可用来提示加西亚·马尔克斯"波哥大小说"的创作主题。尤为值得注意的是，在那篇写于 1968 年的《布拉加曼，一个优秀的奇迹推销员》的短篇小说中，加西亚·马尔克斯也是用了自我哀怜的语气来叙述他的故事，赋予他的人物以相同的孤儿身份。这种联系看来并非是偶然的。"新小说"作家所谓的"孤儿"或"孤儿"的身份，从某种意义上看，它们所暴露出来的是拉美的文学史和社会意识形态发展过程中一个深刻的断裂，它是编纂有序的文学史的纲要未能够充分地反映出来的东西，或者说，是被纲要和顺序那种漂亮的嫁接给抹平了。

这里确实存在着一个需要加以辨别的问题，假设文学的换代是以它传

---

① ［智］何塞·多诺索：《文学"爆炸"亲历记》，云南人民出版社 1993 年版，第 11 页。

② 同上书，第 14 页。

统的宗法制的形式传递，父辈的权威带来的压抑何以就一定会导致"孤儿的境遇"？这种因果联系的逻辑是未必充分的。相反，我们倒是可以说，既然已经意识到了有某种新的内涵并且也意识到它是被陈旧的势力所排挤，这也说明它是与排挤它的势力应该处在同一个结构之中，并且还具有一种替代和继承上的密切联系。那么，这种情况下用一个"孤儿"的形象所做的自我描述意味着什么呢？如果这种描述是准确的，那么它必定还包含着更多的意义。

在他们的各种创作和创作谈中，我们似乎不难看到，"新小说"作家总是以一种似乎是脱离了母体保护或是脱离了家族出身的姿态来反顾自身所处的位置。这一点与所谓的"孤儿"的说法难道没有联系吗？《"弗尔佩斯夫人幸福的夏天"》借人物之口道出的一段自我嘲讽，或许也能够说明一点问题："我爸爸是加勒比地区一位作家，才华不大，傲气倒不小。只有他才会决定为我们请一位德国的家庭女教师。欧洲大陆昔日的光荣使他感到头晕目眩，所以不论是在写书时还是在实际生活中，他总是迫切地期待着别人忘记他的出生地。他还有个幻想，那就是在儿子身上不留下任何他过去的痕迹。"[①] 在《布拉加曼，一个奇迹推销员》中，正是孤儿的自我哀怜与自我罪责的辩解构成了一个颇为复杂的主题。这篇带有浓厚自喻色彩的小说是紧随在《百年孤独》（1967）之后创作的，与同时期的《"魔幻"舰的最后一次航行》（1968）互相构筑起自我反顾与辩说的防线，实在也是颇为耐人寻味的。当何塞·多诺索回顾与父辈之间的关系时，他拈出一个"孤儿"的意象，可以说，他是在为自己所代表的这群人画像。他所勾勒的当然不是一个手持投石器的传统少年英雄的形象，但是他的讲述仍然充满了咄咄逼人的傲气。这是叛逆者固有的一种姿态，能够显示坚定的冲锋的力量。然而，我们同样也可以发现，在反抗父权和传统势力的习以为常的理由之下，它似乎还掩盖着一个奇怪的面目，一种自我的放逐和游离。这好像是在提示何塞·多诺索所说的"孤儿"一词的隐秘含义。

我们是否可以说，现代主义的介入并不仅仅意味着一种常规的对抗，

---

① ［哥］加西亚·马尔克斯：《超越爱情的永恒之死》，浙江文艺出版社 2001 年版，第 15 页。

一种新的美学趣味和修养的形成——那种使得这一代人不同于父辈的开放和国际化的视野，它同时也意味着何塞·多诺索的著作尚未从正面向我们揭示的一种内在的危机？也就是说，在并不具备相应的现代性的前提下，伴随着对"宇宙主义"、"外国化"、"时髦"、"唯美主义"等"各种从外部来的'不纯粹'的东西"的接受，他们是否已经卷入到内心愿望与外部世界巨大的反差之中，并且在最为现实的意义上讲是意味着一种自我身份的改变或剥夺？

"新小说"作家从不掩饰他们对异国情调的迷恋，甚至还要有意显露出他们的另一种源泉。在胡里奥·科塔萨尔的《中奖彩票》中，作者将马尔科姆号邮轮写成了一座浮动的监狱，船上的气氛神秘莫测；它的寓言的抽象和梦魇的色彩，部分的也是对欧洲现代主义文学的一种虔心的诠释。在《霍乱时期的爱情》中，加西亚·马尔克斯不仅将男女主人公的蜜月旅行安排在欧洲，而且以巧合的戏谑笔调描写这对新婚夫妇如何在"一月份的第一场大雪中匆匆见了奥斯卡·王尔德一眼"[①]。当文学创作与生活信念试图以一种梦想的形式统一起来，为此在与彼岸的联系打通阻碍，那么作家所亟欲抛弃的便是一种小心求证的客观性，转而倾向于对存在或是非存在的更为明白的"主观性的默认"。在区别拉美"先锋派"和"新小说"作家与前辈作家之间的差异时，我们应该意识到这种观念和思想上的转变是造成差异的一个标志。

克尔凯戈尔说："人们指责我促成年轻人对主观性的默认。也许有时的确如此。但是不强调孤独个体的范畴，又怎能消除种种作为看客的客观性的幻影呢？以客观性的名义追求客观性的目标已经完全牺牲了个体。这便是事情的症结所在。"[②] 存在主义文学的南美传人巴尔加斯·略萨的《城市与狗》就是在强调个体的存在价值的基础上，试图摒弃"看客"的那种"客观性的幻影"，堪称为利马的米拉弗洛雷斯城区的当代生活"照

---

① ［哥］加西亚·马尔克斯：《霍乱时期的爱情》，漓江出版社1987年版，第171页。

② ［丹］索伦·克尔凯戈尔：《克尔凯戈尔日记选》，上海社会科学出版社2002年版，第135页。

相"。另外，卡洛斯·富恩特斯的第一部长篇小说《最明净的地区》，也是反映了一种相似的要求和特性。

这些作家的创作个性各不相同，他们对于时代的风尚和外来文化的敏感则是一致的。落后的第三世界试图与"当代的世界历史同步"，这固然不能够反映质朴的意识，但它本身就是现代性的一项要求，暗含着一种寻觅和质询的眼光。《城市与狗》和《最明净的地区》那种占据主导地位的思辨倾向，跳出了质朴的写故事的框框，力求打破固有的准则和禁忌。在作家所处的社会环境中，这种无节制的思辨倾向在本土社会看来同样也是一种外来的东西，是舶来品。那么卡洛斯·富恩特斯笔下那种爱出洋相、不稳定、好奇而脆弱的沙龙文化人，无异于是一群"外来的闯入者"了。他们形成了嘈杂的、破坏性的、更具阳刚之气的主观基调，在不停地切换的叙事之中反映一个聪明的、变幻不定的自我。从较为抽象的意义上讲，他们的立足点都是属于存在主义所说的"孤独个体的范畴"，从而在精神上表现为一种分裂了的、与外部现实对质的立场。

何塞·多诺索指出："我们当孤儿的感受使我们毫不犹豫地接受美国人、法国人、英国人和意大利人的影响，他们的作品，比方说，与加列戈斯、吉拉尔德斯或是巴罗哈的相比，更让我们觉得是'自己的'。"① 这番直率的表白实际上代表了"新小说"作家每一位成员的心声。姑且不论这种活跃在"感觉"当中的认同是否具备现实的基础，那种想要认同的欲望应该是真实的。我们可以来思考这样一个问题，在创作"波哥大小说"之前，加西亚·马尔克斯已经具备了相当的文学修养，而且它的来源也是多种多样的，为什么具有里程碑性质的影响恰恰是受自于卡夫卡而不是别的类型的作家？作者此前创作的诗歌和散文作品与《死亡三叹》相比，它们仅仅是很不成熟的习作与比较成熟的习作之间的差别吗？我们知道，这样的差别其实并没有实质性的意义。加西亚·马尔克斯对哥伦比亚"石头与天空"小组那种离经叛道的诗学观念的接受，当然不会是缘于他们都是哥伦比亚人这样一个基本的事实，相反，它更多的是出于一种共同的对传统

---

① ［智］何塞·多诺索：《文学"爆炸"亲历记》，云南人民出版社 1993 年版，第 12 页。

身份割裂的需要，是从自我放逐的存在之中获得其超越现实的创作灵感的。显然，从"波哥大小说"抽象的主体氛围中，我们已经很难找到一个哥伦比亚人借以自我认同的那种确定的社会身份了。它昭示着一种自我身份的暂时隐匿和梦幻般的游离。

1977 年，加西亚·马尔克斯在接受《宣言》杂志采访时谈到了对这种状况的感受，他说："……我在波哥大时，是通过书本抽象地学习文学，读的东西和校外的东西之间毫无联系。到下面的街角去喝咖啡时，我遇到的世界完全是另一个样子。"①

自我身份的隐匿是借助于一种极端的形式出现的，它建立在对父辈价值观拒斥的基础之上，也是建立在对外来事物全盘模仿的基础之上，从而割裂了自己与传统秩序的内在联系。因而这里有必要指出，所谓的"压力"并不纯然是由父辈的专断与禁忌强加而来的，它是由两个世界的冲突而造成的已经内化的力量，是由于个体意识到内心世界的存在与外部世界的深刻差别所带来的焦虑感。后者也是弗朗兹·卡夫卡《致父亲的信》中所要暗示的一种境况。这种由自我身份的隐匿所带来的体验，既不可能为他们所要拒绝的父辈所了解，某种意义上讲也不会被处在他们社会现实之外的人所真正理解。大江健三郎在《万延元年的 football》中用了 "eradi-cation"（根除）这个英文单词来反思这种自我剥夺的状况，② 让我们看到在欧美中心之外接受现代主义所经历的一种遭遇，这使得我们讨论的问题具有了某种普遍的性质。何塞·多诺索以回顾的立场慨然叹道："那时我们是孤儿……"他所指的就是这样的一种状况。所谓的"空白"不单是指向父辈的缺席，同时也应该暗含着自我身份的隐匿或改变所造成的结果。否则，"孤儿"这个词用来为他们这一代人画像是没有意义的。

以上论述现代主义的介入与"新小说"作家所处的环境之间的关系，

---

① ［哥］加西亚·马尔克斯：《两百年的孤独》，云南人民出版社 1997 年版，第105 页。

② ［日］大江健三郎：《万延元年的足球队》，光明日报出版社 1996 年版，第 73 页。

在此基础上探讨了何塞·多诺索的著作中提出的"孤儿"一词的含义，并从社会学和美学结合的视角，触及一个由异域文化的全盘吸收而导致的自我身份的隐匿或改变的课题。巴尔加斯·略萨的《我的人生和文学道路》和奥克塔维欧·帕斯的《诗歌与世纪末》等著作，也可以为这个课题的论证提供文献上的补充。所谓的"孤儿"与自我身份的隐匿，这个问题在以往的加西亚·马尔克斯的研究中并没有正式提出来，更没有从正面得到过阐释。然而，这个问题对于我们深入的研究是有裨益的。它能够帮助我们从文学史的角度认识到作家与其所属的传统之间那种不可弥合的断裂，使我们从一个与以往不同的理论起点出发来判断他创作的性质，他与西方文学，尤其是现代主义文学之间的关系。如果我们只是谈论"波哥大小说"不成熟的脱离现实的特点，那么显然还没有看到这种状况所具有的内在意义。

西方现代主义文学在拉美农业社会中的横向移植，作为一种远远超越了自身社会条件和文化逻辑体系的文化现象，是拉美"新小说"创作中必须要加以探讨的一个问题。加西亚·马尔克斯作品中"孤独"和"死亡"这两个最为重要的文学母题，与这一代作家对社会身份的自我认知是密切相关的，甚至与作家在政治思想上自相矛盾的复杂性，在审美和生活趣味上浓厚的异国情调，与其以欧美为中心的世界主义文学传统的确认，与其在创作的视角和创作方式上艰难的寻求与调和的历程都有不可分割的关系。我们从看似消极的方面来探讨这种激进行为的社会学意义，无非是想说明这个现象不容忽视的一个方面，也就是其文化关怀的显而易见的神话背后所隐藏的现实矛盾性。

这一代作家，就像萨尔曼·拉什迪所说的那样："有时候觉得是骑在属于两个文化的马上，有时候觉得是坐在两把椅子上。"[①] 一把椅子是西方文化，另一把是本土社会。因此，作家的神话建构本身所隐含的对外部世界的批判便带上了前所未有的复杂性，它可以是对欧洲现代主义立场上的怀疑论和末世学的批判，与福克纳小说神话中对工业社会和科学进步论

---

① ［英］萨尔曼·拉什迪：《想象祖国》，见《今天》1998 年第 3 期第 209 页，联经出版事业有限公司 1998 年版。

的拒斥保持倾向上的一致；它也可以是启蒙意义上的对本土社会落后的文化现状的鞭挞，与超现实主义那种将未来视为唯一超验性存在的论调不谋而合，带有精英乐观主义的色彩。这些倾向糅合在一起，有时表现得十分含混。如果我们要在后面的章节中探讨魔幻现实主义形成的特点，它以超越逻辑的方式将矛盾的不可克服的方面同时展示出来，使其得到合法的想象力的认可，那么我们不得不从这一代作家切入文学和现实的最初的立场谈起，看到他们有意识地游离于本土社会之外，又努力寻求自身身份的那个双重性的视角，而这一切首先是从他们对西方现代主义文学接收过程中自我身份的失落（或者说是复杂化）开始的。加西亚·马尔克斯的演讲《拉丁美洲的孤独》便是蕴涵了我们所说的那个双重性的视角，他试图在举世瞩目的讲坛上赋予它一种思想和意识形态上的说服力。人们感到困惑的是，作者为什么在那个场合只谈政治而不谈自己的文学，殊不知，作家的文学正是从这个双重性的文化意识形态的立场起步，他对文学的寻求也是对自我和自我身份的一种不间断的寻求。

文化的移位带来了自我认识与现实状况之间的不平衡，这个方面，拉美的文学不是唯一的例子。考虑到将近两个世纪的俄国文学，它所揭示的本土社会状况与精英创作之间那种奇怪的不平衡，那么拉美的情况似乎不能算作是例外。如果再考虑到果戈理/布尔加科夫的"魔幻现实主义"与鲁尔福/马尔克斯的"魔幻现实主义"，它们彼此之间虽不存在影响的关系，但是各自所代表的精英文化的理念之中都是依附于一个"欧化的中心"（旧大陆的光荣和理性启蒙），我们或许会感觉到文化的异质经验与想象力之间的关系是一个需要重新审视的课题。因此，论及加西亚·马尔克斯早期的创作，我们有必要追溯其异质经验的形成所具有的美学、意识形态与文化上的特性。

本小节所论述的问题——"孤儿"与自我身份的隐匿，是作为欧美现代主义影响的一个结果首先得到确认的，它是小圈子文学与社会绝缘带来的自我意识的产物，这一点通过何塞·多诺索的著作我们已经做出了论证，而它所暗含的精神与创造的起始意义还需要做出进一步的分析。现在通过对"波哥大小说"文本的个别阐释，来探讨这种存在于文本之中的晦涩而活跃的意义。

第二节　"波哥大小说"的变形：
卡夫卡与净界

一

　　"波哥大小说"的诞生是始于对卡夫卡的阅读，确切地说，是由路易斯·豪尔赫·博尔赫斯翻译的《变形记》（林一安指出，《变形记》的译本并非出自博尔赫斯的手笔①）带来的影响和启示。②在各种传记资料和作家本人的创作论谈中，这件事情被反复地描述，成了作家精神上一个颇富戏剧性的遭遇。由于《变形记》的启发，作家走上小说创作的道路。《回归本源》记录了作家对这个决定性时刻的回顾："于是我想，噢，原来文学可以是这个样子的；于是我真心喜欢上了这个样子，我一定也要这么做。因为从前我以为这些东西文学不能写；在那之前我曲解了文学，认为文学是另外一种东西。当时我想既然在《一千零一夜》里可以从瓶子钻出一个妖魔，既然可以像卡夫卡这么写，那就是真的可以这么写了，那就是真的存在另一条途径，另一条渠道的文学创作。"③

　　卡夫卡对他初期创作的影响是巨大的。在阅读《变形记》的次日，他写出了《死亡三叹》，然后是《在猫身上转世的爱娃》等一系列风格类似的短篇。作家后来对此评论道："一个人可以借助其他作家的作品学会写作。我常说，一个人是通过阅读和写作学会写作的。教一个人写作的不是别的什么人，而是其他作家。"④谈到"波哥大小说"的创作时，他又指

---

　　①　林一安：《走进本真的博尔赫斯》，见《博尔赫斯全集》（小说卷），浙江文艺出版社 1999 年版，"总序"第 6 页。

　　②　〔哥〕达索·萨尔迪瓦尔：《回归本源》，外国文学出版社 2001 年版，第 144页。

　　③　同上书，第 145 页。

　　④　〔哥〕加西亚·马尔克斯：《两百年的孤独》，云南人民出版社 1997 年版，第238 页。

出:"那时我写的小说都收在小说集《蓝宝石的眼睛》里,都是颇具卡夫卡特点的小说。"① 这种影响和师承关系的实质,在作家本人的自述中已经讲得很清楚了,它涉及的是小说观念上的一种新启示。达索·萨尔迪瓦尔在评传中对此做了总结:作家"中学时形成了对文学的曲解,遇见卡夫卡之前一直认为小说大抵就是现实的复制或再造。可是,卡夫卡用一套迥异的类似于梦幻世界而非现实生活的法则,向他表明那种想法不对,小说是现实的移植。"②

综观这个集子里的 8 篇小说,与《死亡三叹》的主题和形式一脉相承的主要有《在猫身上转世的爱娃》、《死亡联想曲》(又译为《死亡的另一条肋骨》③)、《与镜子的对话》等 4 篇作品,它们最具卡夫卡的特点。其他像《蓝宝石的眼睛》和《六点钟来的女人》应该是属于不同的主题和风格的类型。集子里的最后一篇《伊莎贝尔在马孔多观雨时的独白》通常又被看作是《枯枝败叶》的一个章节的草稿(有人认为它原先可能是插入在长篇小说的第八章中),我们单从"马孔多"这个地名的出现也可以看到它与下一个创作阶段更密切的联系。仔细分析起来,作家受到影响的来源也是颇为混杂的。吉纳·赫·贝尔—维亚达对此做过一番推测,例如,他认为《死亡联想曲》中用剃刀刮开眼睛的细节可能是受到路易·布努埃尔的电影《一只安达卢西亚的狗》的启发;《纳沃,一个让天使等待的黑人》和《三个梦游症患者的痛苦》中已经有了福克纳的句式和人物造型的痕迹;《六点钟来的女人》中的环境、对话和结尾等要素的处理显然与海明威的《杀人者》相仿;等等。④ 另外还要考虑到,所谓的"波哥大小说"不只是创作于波哥大时期,它还包括"卡塔纳赫时期"和"巴兰基亚时

① [哥]加西亚·马尔克斯:《两百年的孤独》,云南人民出版社 1997 年版,第199 页。

② [哥]达索·萨尔迪瓦尔:《回归本源》,外国文学出版社 2001 年版,第 150页。

③ 林一安编:《加西亚·马尔克斯研究》,云南人民出版社 1993 年版,第 559页。

④ Gene H. Bell—Villada, Garcia Marquez, the Man and His Work, Chapel Hill and London, 1990, p. 140.

期"，所以尽管卡夫卡的影响占据主导地位，作家对几种不同风格的学习和试用也是不可忽视的事实。

这里的论述主要是针对《蓝宝石的眼睛》中最早的四篇小说，从卡夫卡的影响和"波哥大小说"的诞生这个角度来评论作家初期的创作。我们选出《死亡三叹》和《在猫身上转世的爱娃》这两个最具代表性的文本加以阐述，在达索·萨尔迪瓦尔和贝尔—维亚达等人的著作中它们也是重点提到的对象。需要指出的是，卡夫卡的影响实际上是一个比较复杂的话题，人们对这种影响在作家创作中的表现可以产生不同的看法。例如，我们认为"小说是现实的移植"这个论调肯定不是"波哥大小说"的创作主旨，它更多的是反映后来已经成熟的作家对这个问题的认识。至于"波哥大小说"最具卡夫卡特点的五篇作品，其模仿与继承的关系也是一个需要加以辨别的问题。有人认为这种模仿是很有限的，并没有完全抓住卡夫卡艺术的特点；也有人认为它们纯粹是模仿性的零敲碎打的习作，无须过于认真地看待。

贝尔—维亚达在他的论著中比较两者的关系，曾经提出了一种较为具体的批评性意见。他委婉地指出，这个阶段的加西亚·马尔克斯已经尽可能地阅读了博尔赫斯的译文，包括《饥饿艺术家》在内的代表性作品，"但是卡夫卡那种使人着迷的力量他是受用不多的。诸如《地洞》、《一只狗的研究》这样的故事，对于这位情绪低落的年轻人来说，他好像更受触动的是其中有关孤独和隔离的变态画像，而不是潜在的讽刺与幽默的笔法。毫无疑问，加博是在这种歪曲的影响之下写出了他的那些奇异而阴郁的故事的，像《蓝宝石的眼睛》、《在猫身上转世的爱娃》，等等，描绘那些困在自己的坟墓、身体和头脑之中的个体。加西亚·马尔克斯显然是在尽力地模仿卡夫卡'主观'的氛围，却没有注意到他的更为'客观'的场景，他的城市中产阶级室内的景观"。[①]

这最后一句话的分析尤其有见地。考虑到"波哥大小说"华丽的笔触和复杂的隐喻与卡夫卡的语言风格并不相类，这种模仿从表象上看仍有差

---

① Gene H. Bell—Villada，Garcia Marquez，the Man and His Work，Chapel Hill and London，1990，p. 72.

距。按照弗拉基米尔·纳博科夫在《文学讲稿》中的概括,卡夫卡文体的特点是在于:"它的清晰、准确和正式的语调与故事噩梦般的内容形成如此强烈的对照。没有一点诗般的隐喻来装点他全然只有黑白两色的故事。他的清晰的风格强调了他的幻想的暗调的丰富性。"① 那么,在丢弃了貌似枯燥的法律公文式的语言格调,尤其是城市中产阶级平庸而客观的现实场景的衬托,卡夫卡故事中使人着迷的幻觉形式,他那种魔术的精髓似乎也就丧失殆尽了,因为这里丢失的正是纳博科夫的评论中所强调的张力,那种能够显示黑白两色的"暗调的丰富性"。在贝尔—维亚达看来,年轻作家一味地模仿卡夫卡"主观"的氛围,却没有顾及后者故事中更富神秘色彩的"客观"场景的设置,因而它是一种有所遗漏的"歪曲的影响"。

我们知道,与某种特定的文体特点完全吻合的模仿未必是有意义的。加西亚·马尔克斯从卡夫卡的艺术中学到的东西,较之于我们通常看到的恐怕是要多得多。文体风格上的差距仅仅是问题的一个方面。如果与约翰·库切、撒尔曼·拉什迪、米兰·昆德拉等"卡夫卡传统"影响下的作家相比较,他那总体的叙事方式还是更多地保留了卡夫卡原创的特点。诸如《巨翅老人》(1968)、《虚度年华的海洋》(1961)、《纯真的埃伦蒂拉与残忍的祖母》(1972)等作品,将现实主义的叙述与奇异、怪诞而隐秘的事件融合为单一的视界,可以反映出作家对卡夫卡艺术的持久而深入的学习,而它的最富教益的成果无疑应该就是《百年孤独》(1967)的写作。即便是他那些形成自己独特风格的短篇创作,卡夫卡的影响同样也是不可低估的。我们看到作家在汲取卡夫卡的创作秘诀时已经显示出足够的伶俐精明,他学会了熟练地使用一个预示着灾变和恐惧的事件来启动他的叙事。《周末后的一天》(1962)、《雪地上的血迹》(1981)和《伊萨贝尔在马孔多观雨时的独白》(1955)等篇的写作都体现了类似的心得。

《伊莎贝尔在马孔多观雨时的独白》讲述下了五天的大雨如何将房屋冲毁,渲染出一幅末日孤独的景象。洪水的灭顶之灾的描写显然包含着圣经文学的影响,但是从故事的形式和构想的特点来讲,这种以现实的某个

---

① [美] 弗拉基米尔·纳博科夫:《文学讲稿》,生活·读书·新知三联书店1991年版,第380页。

不可思议的怪诞事件导引出故事的写法仍然是出自于对卡夫卡的悉心模仿。这个系列中的《死亡三叹》和《死亡联想曲》等篇也都具有类似的特点。我们通过具体的对比和分析可以得出这个结论。

照理说，这些故事的形式和构想的特点足够反映出卡夫卡幽默的夸张和喜剧性扭曲的意向，它们在模仿者的作品中并没有遗漏。但是必须看到，"波哥大小说"的基调和主题是称不上幽默的，它仿佛是被一种阴郁和痛苦的体验掩盖了。这一点论者通常给予某种贬义性的评价。贝尔—维亚达的观点就很有代表性，他在研究中曾经概括说："读者只要对那个成熟的加西亚·马尔克斯稍有所知，了解他那种丰富的幽默感和对日常生活的眷恋凝视，就会对这些短篇小说感到吃惊和失望。它们显得抑郁沉思，愁眉苦脸，竭尽全力表现孤独和死亡，描写那些困在各自的坟墓和梦境中的灵魂和肉体。"① 大概是基于这个原因，人们对"波哥大小说"的创作成就评价都不高：一个竭力描写主观意义上的绝望和痛苦的加西亚·马尔克斯恐怕还是微不足道的作家，与他成熟时期的创作相比，它们的价值就更值得怀疑了。巴尔加斯·略萨的评传干脆将它们划入"史前时期"而未予更多的评析，贝尔—维亚达的论著仅以"插曲"为题予以简单的总结，达索·萨尔迪瓦尔的论述要详细一些，但仍称其为"做作和空洞"的"文人小说"。② 从不同的权威论者的评价来看，"波哥大小说"的意义不外乎如此。

陈众议的《加西亚·马尔克斯传》还提出了一个具体的推测，他认为"波哥大小说"的相当一部分作品是从作家的失败之作《大屋》（1949）中拆下来的零碎。"加西亚·马尔克斯重新萌发了写作《大屋》的念头。于是，他开始动笔。他感到自己游刃有余，竟一口气写了300多页。回头看时，他发现那不是小说，而是一盘散沙。他不知该如何把满纸的细节有条不紊地组织起来，也不知该如何将光怪陆离的荒诞——梦幻、鬼神之类和

---

① Gene H. Bell—Villada, Garcia Marquez, the Man and His Work, Chapel Hill and London, 1990, pp. 139—140.

② ［哥］达索·萨尔迪瓦尔：《回归本源》，外国文学出版社 2001 年版，第 170 页。

实实在在的现实糅合在一起。他只好推翻重来，先从 300 多页的稿纸中抽出一些'鸡零狗碎'的东西写成短篇小说（也许这就是后来人们看到的《镜子对话》、《三个梦游者的苦闷》和《蓝宝石的眼睛》等）……"①

　　这些评价其实还是反映这样一个观点，人们在这些作品中看不到作家后来的创作中充分表现出来的东西。因此，除了"为写作而写作"的模仿之外，也就鲜有其他的意义了。至于这些习作是否蕴涵着自己独特的有价值的主题，对此我们评论得并不多，也没有进行较为充分的探究。这里似乎有必要加以思考，这些作品何以要反复地描绘绝望和弃世的主题？所谓的"文人小说"是否只是具有自我贬义的价值？如果真像达索·萨尔迪瓦尔所强调的那样，这个类型的写作只是代表着一种亟须纠正和摆脱的秩序，② 那么在《百年孤独》的创作之后，此类风格何以在作家笔下又重新出现？这里指的就是《布拉加曼，一个优秀的奇迹推销员》、《"魔幻"舰的最后一次航行》这样一种形式的创作，因为就作家个人对于"生死观"的阐释而言，它们与早期作品在主题上显然是一脉相承的。这就说明我们不能孤立地看待这个类型的创作，给予简单化的评论。那么从文本提供的思想出发来加以探讨，这些"颇具卡夫卡特点的小说"究竟试图说明怎样的境况，表达什么样的现实？

二

　　《死亡三叹》和《在猫身上转世的爱娃》所要表达的是同一个范畴的主题。除了叙事和构想的方式具有卡夫卡的特点之外，这两篇小说的主题与《变形记》是全然不同的。可以说，作家是借用了卡夫卡的形式（不完全意义上的）来探讨他的个人"生死观"的主题；而这个主题的表达同样也是有限定的，若是就其深层意识的自我转化而言，它们实质上是在指向

---

　　① 陈众议：《加西亚·马尔克斯传》，新世界出版社 2003 年版，第 74 页。

　　② ［哥］达索·萨尔迪瓦尔：《回归本源》，外国文学出版社 2001 年版，第 162、178 页。

"个人精神演化的可塑性"① 与创造力之间的关系。我们从这个角度来看待小说中的隐喻和变形的含义，或许可以得到与以往的研究不同的一些认识。

贝尔—维亚达的分析认为②，读者从《死亡三叹》中能够辨识的加西亚·马尔克斯最为典型的幽默是出现在这个段落中，当医生告知母亲有关她儿子的病情，他说："夫人，你孩子病得厉害：他已经死了。但是——他歇了口气——我们将竭尽全力使他的生命延续到他死亡之后。我们将采用一种常人无法理解的自我滋补系统保证他的身体机能继续运转。起变化的只是他的主体意识和主动行为。他还能正常地发育成长，我们将从中掌握他的生活状况。很简单，他是一具活着的死尸。一具有生命的真正的死尸……"③

故事的脉络也正是按照医生那种颠倒逻辑的说明来展开的。篇中的那个"他"七岁那年死于伤寒引起的高烧，此后的 18 年间继续死后的生活；在母亲的照料下，他的躯体在定制的棺材里长到 25 岁，其间又连续经历了三次死亡，直至在死后的生活中再次面临死亡的终结，预感到自己的尸体即将下葬的那个时刻。这个说起来颇为绕口的怪诞故事，讲述的是"一具活着的死尸"，"他"死后的忧虑和神经系统的不适反应，让人联想起格里戈列·萨姆沙变形为甲虫之后那种超现实的境地。细节上的相似也是不难发现的，比如"他"的又短又小的侏儒的胳膊与萨姆沙独自研究他那甲虫的腿足，细节上颇为类似，都是由作者赋予人物以一种奇妙而惊讶的生理意识。只不过在加西亚·马尔克斯的仿作中，这种卡夫卡式的幽默笔触转瞬即逝，让位于人的自我意识的种种反应，确切地说，这是一个含有抒情色彩的男孩子而不是一只令人尴尬的虫子（所谓的想象力差距就是体现在这里）。这个人死去之后不仅要忍受头脑中尖锐的声响，还要面对尸体

---

① ［德］奥斯瓦尔德·斯宾格勒：《西方的没落》，商务印书馆 2001 年版，第 28 页。

② Gene H. Bell—Villada, Garcia Marquez, the Man and His Work, Chapel Hill and London, 1990, p. 141.

③ ［哥］加西亚·马尔克斯：《超越爱情的永恒之死》，浙江文艺出版社 2001 年版，第 131 页。

散发的气味，面对那些企图咬坏他视网膜的老鼠，面对自己生死未定的怀疑，母亲的忧伤以及来自于现实的无比真切的恐惧。这里自然就要碰到一个问题：如果说死后的生活像作家试图描述的那样，即意味着现实知觉的更为复杂而敏锐的延续，那么我们可以看到，这样的故事所要表现的恐怕并非是某些论者所说的有关"鬼魂题材"或"冥界解体"的主题，① 它实质上仍是以变形的形式，借助于从卡夫卡那里学来的大胆而浓厚的假定性叙述，探讨一个死亡与再生的主题，而且其中并不含有超自然的宗教意味。

对于加西亚·马尔克斯处女作中所要表达的这个主题，我们的估价似乎一直是不那么充分：要么把小说看作是一个拉长的晦涩的隐喻，要么是从自传性的角度来解释其中的隐喻，没有注意到人物的解体所包含的那种理智而深邃的精神动机。贡萨洛·马里亚诺曾经认为，《死亡三叹》不是一篇"小说，而是一个长长的隐喻"。② 达索·萨尔迪瓦尔对此评论说，这句话所要分辨的"其实是确切的事实：虚构的外衣下这部小说还是一个自传性的故事"。他继而补充说："难道加夫列尔不曾像《第三次无奈》的主人公那样，一个五六岁的孩子，被外祖母特兰基丽娜用周游宅院的前辈的幽灵吓唬得下午六点坐在椅子上一动不动，傍晚时分的宅院对他而言成了一座巨大的灵台了吗？难道加夫列尔不是像笔下那个人物一样，直至20岁的那个时期所过的生活都是贫穷的和连续有过几次死亡的吗？他失去阿拉卡塔卡镇金色童年是死亡；前往锡帕基腊市完成中学学业时，失去加勒比地区是死亡；随后前往波哥大，如今在这里，受着远离故乡的寒冷高原上的孤独的煎熬和枯燥无味的法典的折磨，同样是死亡。"③

这一连串的反问和抒情的写照揭示出自传性的内涵，对于我们理解作者的生活背景不无助益；它们还揭示了一个颇为关键的问题，即死亡是一

---

① ［哥］达索·萨尔迪瓦尔：《回归本源》，外国文学出版社 2001 年版，第 147、178 页。

② 转引自［哥］达索·萨尔迪瓦尔《回归本源》，外国文学出版社 2001 年版，第 147 页。

③ ［哥］达索·萨尔迪瓦尔：《回归本源》，外国文学出版社 2001 年版，第 147—148 页。

种精神的现实，它构成了这篇小说体验的基础。人物的多次死亡和幽闭恐惧均是这种体验的真实再现，或者说作家是从他这种早熟的幻灭的体验中汲取了创作的源泉。

应该指出，小说所蕴涵的东西似乎还要再多一些。《死亡三叹》作为一个"自传性的故事"，除了既有的对于死亡的体验，它还试图从这种过剩的体验出发来探测一个变态而又富于主观活力的世界。也就是说，死亡并不是隐喻或再现的终点，在整个概念性思想的内部它已经包含着对立转化的环节。通常我们是把这个标志着生死抉择的心理意向给遗漏掉了，没有顾及到它给小说带来的一种主题性暗示。

小说的题目已经给出了主题的恰当提示。这个题目在中文翻译中至少有四个译名，或是译成"死亡三叹"，或是译成"第三次无奈"、"第三次忍耐"或"第三次让渡"。英文译为 The Third Resignation，① 与中文的最后一种译法相同，同时也能够兼容前面几种译名的含义，英文的翻译显得更具概括力。因为从 resignation 这个词表达的含义来说，它有"抛弃"、"断念"、"让渡"的意思，也包含着对命运的"顺从"、"忍耐"和"无可奈何"的意义。它们是作者试图在作品中小心摸索的两组概念，是作者有关自我的破解与精神转化的临界状态的描绘。所谓的"让渡"是代表着主体在既有的世界中的隐匿或退隐，所谓的"忍耐"则是意味着在一个新的存在阶段与自我达成的和解。

正是这两组概念性思想的冲突和演变，构成了故事情节的戏剧化发展。在接下来的第二篇作品中，这个过程的演绎显得更加流畅细腻。《在猫身上转世的爱娃》讲述一个倦于男性目光的女人，如何为自身的美貌感到忧惧；当她放弃了这个令她烦恼的生存目的，不再为漂亮的长相痛苦失眠，转而从内心"短暂抽象的新型生活"中祈求"一分钟的安宁，一秒钟的和平"②，发现自己遁入一个无形体的陌生世界。于是她怀着新的

---

① Gene H. Bell-Villada：Garcia Marquez, the Man and His Work，Chapel Hill and London，1990，p.140.

② ［哥］加西亚·马尔克斯：《超越爱情的永恒之死》，浙江文艺出版社 2001 年版，第 114 页。

忧惧飘浮在无定形的净界，渴望能在转世之后品尝到橘子的酸味，并且悬想自己如何在一只猫的形体中重新转世投胎。这个故事的写法和《死亡三叹》一样，概念性思想的演绎占据核心的位置。它展示了主体之"让渡"与"忍耐"的获取是一个需要不停地转化的意识过程。在女人居住的那所古老宅院的领地里，每一次内心的蜕变都使她进入到陌生的感觉世界，使她拥有新的恐惧、新的临界状态的愿望与矛盾。然而，事实上她从未离开这所宅院的角落；她的每一个阶段的自我与转化的经历都不过是对于可能性的一种猜测，是主体从世界的物化状态中试图分离出来的一种有意识的行为。

《死亡三叹》的男孩从来没有离开过他的房间和棺材，"转世的爱娃"在她那可见的形体隐匿之后也仍然环绕着自己的睡床和母亲的房间。因此，作者对于变形的处理并不涉及明显的社会现实意义；对于这些作品的创作者来说，现实就是我们看见和听到的那个日常世界，是人的思维、爱欲、烦恼、消化、排泄的一个恒定的世界，在没有社会性事件介入的情况下，这个世界对于意识的存在而言不外乎是指向两种基本的体验，那就是个体的生存体验到的古老的爱欲与死欲。贝尔—维亚达有关"隔离"和"孤独"的释义是不够准确的，这些故事所提供的抽象隔离的环境非但没有取消一个日常世界的印迹，反而是在一种低烈度的幻觉之中强化了那两种基本的体验。因为在小说的作者看来，死亡（包括人物有意识的孤独和隔离的状态）不仅是日常经验的组成部分，是导致时间和爱欲获得深刻感知的途径，而且还是这个恒定的世界中主体导向反思与虚无化存在的一种媒介。

这里我们可以触及创作这些故事的深层次的动机，作者思想意识中具有深刻超越性的那个方面。这些故事所谓的转世和矛盾的心态，不外乎是创作者兴趣的最为直接的反映和投射。在"爱娃"这个探索自我转化的故事中，我们甚至能够体察到作者那种复杂而聪慧气质：好奇，胆怯，神经质，带着不无惶恐的诚实，还有那种女性般的无限忧伤和精明。《观察家报》的爱德华多·萨拉梅亚·博尔达，绰号"尤利西斯"，他读了《在猫身上转世的爱娃》后撰文评论道："在加西亚·马尔克斯的作品中，能够觉察出一种令人惊叹的或许是过早的成熟。他的文笔清新，无须诉诸柔情矫饰，便把我们引入潜意识里尚未勘查的区域。想象的天地可以出现一切，然而，善于自然地、朴实地、不装腔作势地展示已经采撷的珍珠，却不是每一个刚刚接触文学的 20 岁的年轻人都能够做到的。"① 这个尚未达到法定成人年龄的学生作家，通过对卡夫卡的模仿性的创作，试图进入到客观和现实的手段无法打开的那片内心世界的领地。事实上，这些创作所要充当的正是试金石的作用。

首先，死亡是作为肯定的范畴出现的，在这些作品中标志着自我寻求的一个基本的信念，即他的内心拥有一个比外部存在远为丰富多彩的世界。它与其说是代表着无所忧虑的一笔财富（可参照"爱娃"的开篇对于拥有美貌的感受），还不如说是个体生死抉择的一种无可奈何的考验。这些作品表达的死亡和变形从表面上看似乎都缺乏明确的依据，实质就是基于我们所说的这个观念和心理意向的活动。它反映了个体的创造力形成过程中的一种智性特质，因而是作者的概念性思想的一系列自觉而复杂的阐释。我们可以看到，这些作品中所有情节的转折和逻辑关系都是经由作者观念上的解释得以铺陈展开的，每一个形象的出现都被赋予了理智和幻觉的双重属性，而人物的每一种临界状态的心理渊源都被纳入了智性活动所需的观察和试炼。它们从属于"一个半透明而又富于想象力的黑夜"② 的初始发展，目的是为了勘查生命和认识所赖以存在的那片领地。

其次，从自我需要"让渡"和"忍耐"的意义上讲，死亡最终是意味着内心所能达成的一种和解；它以舍弃感性世界的诱惑和欲望作为交换，以现实和自然性要求的"让渡"作为精神生活的标志。这就是"波哥大小说"探索"净界"的一个标记。对于熟悉和了解加西亚·马尔克斯生活气质的人来讲，这个结论因为带有禁欲主义的论调，似乎显得有些不可思议。但是，谈到"让渡"（resignation）这个词之于精神世界的意义，我们的总结与作品中的形象所要阐述的那种内涵并没有什么分歧。《死亡三

---

① 转引自 [哥] 达索·萨尔迪瓦尔《回归本源》，外国文学出版社 2001 年版，第 148—149 页。

② [法] 雅克·马利坦：《艺术与诗中的创造性直觉》，生活·读书·新知三联书店 1991 年版，第 80 页。

叹》和《在猫身上转世的爱娃》都是刻画了一个自我隔离的形象，或者是困在屋内的棺材里，或者是守在宅院的角落，正如贝尔—维亚达所说的那样，他们都是"困在自己的头脑和梦境之中"，[①] 远离这个世界。《死亡联想曲》中的孪生兄弟那永恒的生活是局限在一间隔离的停尸房里，而《有人弄乱了玫瑰》中的妹妹则是在房间角落的椅子上坐了 20 年。

所有这些形象一旦被放置在日常生活的环境之中，就显得尤为古怪，仿佛披上了一层祭奠和忧郁的光芒。这些形象非理性的塑造是在阳光照耀的表层下方冰冷的地带完成的，他们以一种从属于人的灵魂和精神的无意识的面目出现，以肉体的残缺和禁闭的压抑来寻求一种"超感觉"的意义。我们注意到，这些作品中并没有出现独立于作者的人物，多数人物几乎都是无名无姓的，他们的存在可以看作是作者智性想象力的符号，代表了死亡、禁欲和自我净化的冲动所能赋予的那种深刻的精神动机。尽管故事始终局限在世俗和日常的意识范围内，然而，其中寄寓的灵魂再生的信念仍是神秘的，而且不乏作者意欲的从物质世界升华的那种"灵氛"。《在猫身上转世的爱娃》通过对内心矛盾的曲折描绘，显示了人物进入"净界"过程中肉体的牺牲和临界状态的恐惧。这就是作者使用"让渡"这个词所要表达的状况，它所注入的绝望和舍弃背后的精神意义，在人物接近于"黑夜"或"地下"的超现实的生活场景中一再地被描绘出来，而《石鸰鸟之夜》和《三个梦游症患者的痛苦》则是从"忍耐"的角度表达了这种状况的毫无愉悦感的痛苦的一面。

三

以上的释义在加西亚·马尔克斯的研究中几乎鲜有展开，其中涉及的创作者的精神倾向也是一般的评论所忽视的。作为一个世俗色彩极为浓厚的作家，尤其是作为小说家和新闻记者的加西亚·马尔克斯，人们通常感兴趣的并不是一个知识分子抽象而阴郁的形象，而是哥伦比亚人所称道的

---

① Gene H. Bell—Villada: Garcia Marquez, the Man and His Work, Chapel Hill and London, 1990, p. 72.

"舐斗鸡主义者"，或者至少也是巴赫金在拉伯雷的文学中总结出来的"大众笑文化"的代表人物，这才是大家感到熟悉的那个《百年孤独》的作者。迄今我们能够见到的论著和评传，实质上都是依据这个基调来论述他早期创作的，巴尔加斯·略萨、达索·萨尔迪瓦尔和贝尔—维亚达等人的著作都是如此。由于作品的艺术成就尚未达到独创性的高度，或者由于我们揭示的那种内涵与作家典型的形象有差距，这些初期创作中包含的倾向因而也往往得不到切实的研究和评价。贝尔—维亚达曾戏称说，"爱娃"的故事中"那些潜在而机灵的丰富幻想"在这位"乳臭未干的创造者的实际写作中几乎是未曾履行过"。① 这个论断把超现实的幻想与作者体验的向度完全割裂开来，实际上也等于否定了这些创作中的精神倾向可能具有的意义。

《死亡三叹》和《在猫身上转世的爱娃》等篇中对于主体世界富于象征底蕴的描写，恐怕不能简单地看作是一种空洞的玄想。在作者笔下，死亡是作为一种实有的体验来加以描绘的，这个特点在他创作之初即刻显露出来，实际上已经大大地超越了习作模仿的性质，形成他自身的一个有特点的创作倾向。将死亡作为一种实有的体验加以描绘，是作家着眼于"心理经验中被具体化，或者说客观化了的特点"②，使它们能够被转化为一种新的语言，用来表现一系列具体化的观念。

然而，无论是描写三次死亡的男孩，还是"转世的爱娃"，其初始的表现方式与《变形记》的那种强有力的虚构不同，它们还没有能够形成一个出入自由的艺术天地。卡夫卡笔下反英雄的"顺民形象"——格里戈列·萨姆沙或K——在其寓言和长短篇中可以重复出现，成了现实活生生的移位变形的对象。相比之下，加西亚·马尔克斯的习作没有产生独立于作者的人物，还谈不上卡夫卡式的"对现实的移植"；这些故事统一的倾向主要是用来表达"死亡"的具体化的观念，描写自我在现实世界中的解

---

① Gene H. Bell—Villada: Garcia Marquez, the Man and His Work, Chapel Hill and London, 1990, p. 140.

② ［美］詹明信：《晚期资本主义的文化逻辑》，生活·读书·新知三联书店1997年版，第296页。

体，以及由此带来的与另一个世界的存在之间的联系，这是他所关注的主题。例如，"爱娃"的第一次转世变形的经历：

> ……那天晚上——她升天的那个晚上，天气显得比平时冷。她独自一人待在家里，正为睡不着觉而心烦意乱。静静的夜色中没有一丝声音，从花园里传来的气味令人毛骨悚然。她汗流浃背，仿佛身体内的血液正带着小虫往外涌淌。她盼望着有人上街，盼望着有人喊叫几声，打破这凝固沉闷的气氛。她盼望着有人唤醒大自然，让地球重新围绕着太阳运转。但是一切都徒劳无用。甚至连那些想叫就叫毫无教养的人都在昏睡。她纹丝不动。墙上有一大股新刷油漆的味道，不过这股浓重强烈的味道只能用胃而不是鼻子才能闻到。桌子上孤零零一只钟在静谧中机械地发出声响。"时间！……噢，时间……"她叹了口气，又想起了死亡。从外面院子里橘子树下的另一个世界里，传来了那"孩子"细弱的哭泣声。[①]

类似的描写可以说明，加西亚·马尔克斯笔下的变形抱有与卡夫卡的变形不同的意图，它们之间的区别是十分明显的。从《死亡三叹》到《在猫身上转世的爱娃》，这些作品借由"变形"所要探讨的并不是这个庸常世界的悲喜剧，而是个体复杂的生死观。这使得加西亚·马尔克斯的创作是在完全不同的主题层次上得到了限定，它们从卡夫卡那里学来的美学手段也是服务于不同的目的的。例如，两部作品中都出现了"妈妈"这个角色，折射出人物内心的焦虑以及死亡体验的情感。这类描写自然会让人想到《变形记》中的处理、格里戈列·萨姆沙变身为甲虫之后与其家人的关系、他的负疚与孤独的情感、他与外部的日常世界之间千丝万缕的联系，等等。但在模仿者的故事中，男孩或"爱娃"尽管有着与"甲虫"相仿的视角，他们对于自身变形的结果同样也产生了焦虑和负疚的情感，本质上却并不含有卡夫卡小说那种悲剧的意识，这是两种变形带有的根本性

---

① ［哥］加西亚·马尔克斯：《超越爱情的永恒之死》，浙江文艺出版社 2001 年版，第 116 页。

的区别。

"波哥大小说"的视界似乎是狭窄得多且书生气得多。加西亚·马尔克斯其实是从他进入创造的角度表达他对变形与死亡的体验。故事中"妈妈"的角色暗示着这种自我抉择的强制行为可能施加于生活的影响，也就是当一个普通的生活者如何变成为想象力附体的生灵，步入到"广袤的超现实世界"[①]，失掉与普通生活共同体的联系，这个看似孩子气的选择其实是冒险的，它使得自我有可能丧失对于生活本真的意识。个体只有在熟悉的亲人面前才会尖锐地意识到这种蜕变造成的结果，它与既往世界之间那种无形的隔阂。同时我们看到，它也包含着一种选择背后类似于宿命的力量。因此，这些浸透了恐惧和孤独情感的故事最终所要探讨的是有关于自我内心的和解而不是真正意义上的悲剧，也就是说，它们所要达成的只是个体对于生死问题的认识。在此过程中，它们也隐藏着作者对创造力这个概念早熟的预感和认知，那就是，对现实的把握是从舍弃和脱离现实的一刻开始的。

　　……当想到这一切的发生都是由于自己太幼稚，太天真时，她感到更加害怕了。母亲回家后知道这一切将会怎样说？她开始想象：邻居打开她的房门，发现床上没有人，但门锁却没人动过，谁也没有进来过。而她却不在了。那时他们都会大吃一惊。她想象中母亲带着焦虑不安的神情在房间里四处找她，……找遍房间的每个角落。……而她却呆在那里。从角落，从房顶上，从墙缝里，利用她没有形体，不占空间的状态，从各个最合适的角度观察眼前所发生的事情以及每一个细节。想到这里她感到不安。现在她知道自己错了。她无法作出任何解释，无法讲清任何事情，无法安慰任何人。没有人知道她已经变了。现在——也许这一次是最需要他们的时候——她没有嘴，没有手可以让他们知道她在那个角落里，与三维空间隔着一段漫长的距离。在新的世界里，她只身一人，甚至无法捕捉感觉。……

----

① ［哥］加西亚·马尔克斯：《超越爱情的永恒之死》，浙江文艺出版社 2001 年版，第 122 页。

是在天堂中吗？她的身子颤抖了一下。脑海里想起了以前曾听到过的关于天堂的传说。如果真是在天堂中，那么，她身边就还会有其他一些数千年来死去的未曾受洗礼的孩子纯洁的灵魂。她试图在黑暗中寻找邻近的幽灵，它们应该比她更加纯洁、更加朴实。因为它们与物质世界完全隔绝，不要吃睡，在冥冥中永存。也许她的"孩子"也在那里，正在寻找一条来到她身边的路。①

通过"爱娃转世"的种种体验，加西亚·马尔克斯从他存在的角度对"个人精神演化的可塑性"进行了深入而广泛的推敲，诸如良知、净界、死亡、再生和精神转化的可能性，等等。这些问题在《死亡三叹》中已经提出来了，在他的第二篇故事中表达得更为缜密和概括。故事的要点并不在于对一种心境或事态的模拟，而是显现为作家的存在与想象力之间的紧张关系，是他有形体的现状与精神世界趋于绝对的引力之间的联系，类似于卡夫卡所说的"诞生前的犹豫"。所谓创造是一种对于生活的否定，要把人带往价值的高地带。这是一种从现实转化到内心并从内心把握这个世界的意图。因此，这个装点着隐喻的故事不外乎是作家改头换面的独白，具有孤立的自传性内涵，而且已经出现了他日后娴熟采用的那些创作手法，诸如时空变形、魔幻化象征、诗情联想，等等。

当然，从小说创作的角度通常还可以提出一种批评。在卡夫卡的小说中我们仍然闻得到城市中产阶级庸常生活的气息，看得见街道、门厅、办公室和法庭组成的资本主义社会阴沉的布景，能够从"甲虫"及其家人身上看到小市民物化的焦虑和梦想，但是，在"波哥大小说"中我们却看不到这些社会共同体的迹象，看不到人物生存有机的联系。这就是一般所谓的"文人小说"和"象牙塔文学"暴露出来的弊病，人们（包括作家本人）对此也已经提出了批评，认为这多半是由于作家年轻、缺乏实际生活的经验所致。

鉴于这些小说中主题倾向与性质的特异性，这个看法似乎还需要做出

---

① ［哥］加西亚·马尔克斯：《超越爱情的永恒之死》，浙江文艺出版社 2001 年版，第 118—119 页。

修正。批评"学生作家"不谙世事脱离现状固然不会有异议，但是作品中表露的那种精神倾向却是不能轻易忽视的。这种在文学中逐步把自己跟生活绝缘的做法，不能简单地看作是年轻作家缺乏经验的表现，而是代表着一种意味深长的尝试。英国批评家戴维·达契斯（David Daiches）在论述詹姆斯·乔伊斯时曾经说："乔伊斯的文学事业，是要逐步把自己跟生活绝缘起来，然后达到一个喜剧的境界。"①与此相类似，加西亚·马尔克斯初期的这些小说透露了作家有意识与生活绝缘的意图，是要把自己带入到一个接近于黑夜或地下的"非现实"存在。

达索·萨尔迪瓦尔在评论《百年孤独》时提出了一个带有启发和总结性的观点。他认为作家从一开始就致力于小说"非现实的现实主义"的表达，从而构成了他作品中的"领地与净界"，而这个才是"加西亚·马尔克斯作品的重要灵魂、核心、精髓；自从1947年8月中旬，受卡夫卡《变形记》的启示在波哥大撰写《第三次无奈》以来，他一直试图理解、领会和传播的，正是这领地和净界"②。

达索·萨尔迪瓦尔的观点已经将"第一周期"创作中的一种联系勾勒了出来，他所指的实际上就是从《死亡三叹》到《百年孤独》之间延续的那个信念结构，就是以个体的内心存在和美学体验为基础的对于庸常生活的超越，它是作家创作上逐渐深化和成熟的一个精神支点，甚至就是他的世界观的一种表现，包括"他的思想，意象，认识假设，忧虑和希望"③，等等，这一点后面我们还要展开论述。

从这个信念结构最初的形成来看，"波哥大小说"中所谓的"净界"是意味着朝向内心转化的一种非现实的可能性，是艺术所要表现的一种自我被遗弃的虚无状态。依据基督教义，"净界"位于天堂和地狱之间，为圣人和未受洗礼的幼儿死后的居住地。"波哥大小说"的这块"居住地"上汇集了一大批无名无姓的死者和"活死人"；他们是那个在棺材里"长

---

① 转引自《关于木心》第7页，木心：《哥伦比亚的倒影》，广西师范大学出版社2006年版。

② ［哥］达索·萨尔迪瓦尔：《回归本源》，外国文学出版社2001年版，第420页。

③ ［加］诺斯洛普·弗莱：《现代百年》，辽宁教育出版社1998年版，第74页。

大定型"的男孩；是那个埋在宅院的橘子树底下无姓名的孩子，通过他"爱娃"在黑暗的孤独中寻找"净界"；是《死亡联想曲》中的孪生兄弟，"在他和他的坟墓之间只剩下他自己的死亡"；是《三个梦游症患者的痛苦》中的那个"她"，徘徊在自己痛苦的没有出路的死亡境域，等等。

一个年轻作家何以在最初的作品中如此密集地探索标志着死亡的"净界"？受到卡夫卡的影响当然是很重要的因素。但是，通过《死亡三叹》对于"让渡与忍耐"这组概念的有意识探讨，通过《在猫身上转世的爱娃》那种缜密的思虑和敏锐的悟性，我们看到作家是如何试图通过一系列的仿作来促成他世界观的转化。奥斯瓦尔德·斯宾格勒的一席话可以用来回答我们的疑问，他说："因为这是一件观察者所没有意识到的具有决定性的事实——他所全力寻求的目标不是生活而是看到生活，不是死亡而是看到死亡。""只有当悟性通过语言，脱离视觉知晓，变成纯悟性时，人类才把死看成周围光的世界中的大谜。""那时，也只有那时，生活才成为生与死之间的一段短暂时间，关于生的神秘也才在对死的关系上出现。只有到了那时候，动物对于一切事物的分散的恐惧才变成了人类对于死的明确的恐惧。""在关于死的知识中产生了我们作为人类而非兽类的世界观。"[①]

作家的世界观与其创作观是不可分割的，或者说，他只有通过创作的形式来确立他与世界的关系，并且进一步反复地探讨和修正这种关系，使其观看生活的力量变得更加真实有效。"波哥大小说"中笼罩的弃世的愿望与痛苦大致可以反映作家为获得纯粹的自我意识所做的斗争。创作的形式可能是不成熟的，但是作家试图从超越现实的精神性中寻找更高的存在和立足点，摈弃浮华现实，反对与固有的世界秩序合拍，从而使其塑造想象力的那个中心位置处于现实的"堕落"与死亡的边缘。我们看到，这些倾向的达成确实已经超越了一般意义上的"心理经验"，超越了小作品擅长的"感觉和情绪"的表达，它们实质上是蕴涵着世界观的一种转变。

在加西亚·马尔克斯的创作中，生死关系、宿命、血、性爱、变态族

---

① [德]奥斯瓦尔德·斯宾格勒：《西方的没落》，商务印书馆2001年版，第101页。

系、孤独、净界，等等，这些母题的探讨和表现始终要高于对具体的社会问题的表现，这是他区别于传统现实主义作家的特质。或者说，对自我意识试图捕捉的存在之谜的探索，才是这位作家创作的一个主调。我们从"波哥大小说"对于"净界"的表达中看到了这种体系的创作思想的源头。

第三节 个人幻想的乌托邦变形

一

"波哥大小说"那种既不是用来表现具体社会性事件，又不是完全停留在个别幻想世界的独特艺术形态，它的禁欲和幽闭的色彩，它对于现实潜在可能性的自我体验和挖掘，总体上讲无疑是在表达作家主观性的精神演变，具有自我存在的虚无化倾向。然而，由于它的每一篇表现死亡的作品同时又在表现人与世界的关系、死亡与再生的关系、现实与非现实之间的关系，其个人幻想的形式因此也就带有了另一个精神上的向度，这便是我们所谓的个人乌托邦的神话化倾向。或者说，是将个体的主观性幻想导向于一种乌托邦的变形。因此，最后我们从批评的角度必须将这一点揭示出来并且加以论述，以此说明过去研究中的两个结论似乎还不足以概括这些创作的性质。以往的研究认为，它们首先是模仿和尝试性的练笔之作；其次是它们已经蕴涵了"后来作品的重大题材与次要题材的一部分"①，这便是初期创作的两种比较实用的意义。这两个结论的概括是对的，但是还需要补充第三个结论，即有关于"波哥大小说"个人幻想的神话化倾向。

除了《六点钟来的女人》，《蓝宝石的眼睛》里收录的其余八篇小说实质上都具有内心幻想的神话倾向。诸如死亡、再生、转世、纯真、孤独、净界，等等，按照诺斯洛普·弗莱的观点，这些字眼的探讨本身都是出自

---

① ［哥］达索·萨尔迪瓦尔：《回归本源》，外国文学出版社 2001 年版，第 148 页。

于神话。① 或者说，它们形成的是一种"当代的神话叙述"，是"从人类的希望和恐惧的角度去把握人类的境况"。② 因此，它们所要关心和探讨的问题既涉及信念的结构，又涉及超越历史的讽喻和传统神话的轮廓，与一般的现实主义小说关心的主题是大不相同的。

如果我们将"波哥大小说"与契诃夫、莫泊桑等人的短篇小说相比较，可以非常明显地看到它们的差别，不是技巧孰优孰劣的问题，而是一种创作形态上的差别。莫泊桑的《奥尔拉》，这是一篇探讨非理性存在的极为神秘的短篇小说，但是它的形式并未（恐怕也没有必要）逾越理性传达的传统语言界限。这种差别的形成通常也是我们不得不回答的一个问题。2004 年出版的《大学语文新读本》选录了《在猫身上转世的爱娃》这篇小说，选编者在"思考题"一栏中就提出了"本文与传统小说有什么本质的不同？"这样的问题。③ 因为我们看到经典短篇小说那种传统的形式在这里已经是变得面目全非，似乎需要在理论上重新加以界定了。从小说创作的形态上讲，这些短篇创作是变革的现代主义美学观念的体现，它们的梦幻和隐喻的手法，噩梦和非理性的内涵，超现实的时空联想，象征与变形的处理，等等，打破了具象写实与理性传达的传统语言界限，其思想的形态和质地都已经发生了显著的变化。

詹明信（Fredric Jameson）在谈到这种变化时指出："现代主义作家心理与主观的深度应该用具体化的观念加以探索：他们的心理经验中有对于一系列内在事物的体验和观念，而不仅是难以捉拿的感觉和情绪。正是心理经验中这种被具体化，或者是客观化了的特点，使它们能够被'转化'为新的、诗的语言，以便表达这种新的内容。"④

第二节中我们着重探讨的便是作家"对内在事物的体验和观念"的具体表现。这种主观的表现形态上的变化当然是卡夫卡和弗吉尼亚·伍尔夫

---

① ［加］诺斯洛普·弗莱：《现代百年》，辽宁教育出版社 1998 年版，第 80 页。

② 同上。

③ 马原、肖瑞峰、南帆主编：《大学语文新读本》，浙江文艺出版社 2004 年版，第 227 页。

④ ［美］詹明信：《晚期资本主义的文化逻辑》，生活·读书·新知三联书店 1997 年版，第 295—296 页。

等人带来影响的结果。《石鸰鸟之夜》和《三个梦游症患者的痛苦》那种通篇隐喻的写法,对于传统的短篇小说来讲是不被允许的,不仅是因为形态上像一个封闭的硬壳,而且它们闪烁的内核也是不确定的,似乎超越了经验世界的欲求和明示。但是,在后期象征主义和超现实主义诗歌观念的影响下,这类短篇小说可以在有限的篇幅内表现艺术家的精神天地而不是反映现实生活的局部,可以直截了当地撕去人们用于交流的社会现实的表层,也就是市民和中产阶级赖以沟通的经验代码,转而去探讨影响个体精神的更为内在且更为神秘的领域。

诺斯洛普·弗莱指出:"在这些现代倾向中,我们可以发现许多对于把理性当作艺术交流主要方式所表现的不信任感。现代艺术在许多方面是非理性的,但重要的是要认识它为什么非理性,非理性又以什么形式表现。"①

从"波哥大小说"反社会和超现实的总体倾向来看,所谓的"不信任感"和"非理性"的表现倒是有着较为确实的文化意识形态的内涵。20世纪凸显了作为个体存在的作家在文化上的自我依赖,他们试图在审美上脱离市民和中产阶级的趣味,这种倾向不仅发生在现代主义作家身上,也波及受其影响的外缘文化知识精英的价值取向。这里不能忽视的一个事实是,加西亚·马尔克斯的创作向人展示了他作为一个作家存在的理由,几乎从始至终都没有改变过,他是一个反传统的"学生作家"和具有波希米亚气质的艺术家。他的文学实践主要也是由流亡的知识精英和文学小圈子的活动组成的。艺术的象牙塔不仅仅是"苦闷的象征"——像厨川白村所说的那样②,它也同样可以是反抗的象征。在"学生作家"这个标签之下,我们考察君特·格拉斯、大江健三郎、加西亚·马尔克斯等人不同类型的创作,似乎可以发现现代主义之后的这一代作家具有许多精神上的共同点,诸如早熟的幻灭感,反抗成人世界,对权威和主流意识形态的敌意,理想主义的造反精神,世俗的怀疑主义基调,等等。甚至他们作为艺

① [加]诺斯洛普·弗莱:《现代百年》,辽宁教育出版社1998年版,第48页。
② 转引自鲁迅《古籍序跋集/译文序跋集》,中国文史出版社2002年版,第189页。

术家的那个成长仪式的象征也是相似的，他们都在"男孩"的形象中注入一种死亡和诗情的体验。在这里，"男孩"的形象代表着边缘生活的中心，类似于诗歌和精神活动的一个原型，既是纯真的牺牲品也是灵感秘密的保障。"波哥大小说"中的"孩子"与君特·格拉斯笔下敲击铁皮鼓的男孩（包括《我的芳草地》中的孩子），还有大江健三郎的"鸟"系列中的"地方性少年"和"感化院里的孩子"，他们彼此之间可以构成联系。

君特·格拉斯在其《论成年人与畸形人》（1970）的演讲中说：

理智在世界各地似乎失去了效用，理性的失败和软弱无力在世界各地动摇了人们对启蒙运动持久进步的信任。在此之后，非理性主义以其对内心的向往和构筑神话的兴趣，开始提供另一种选择。虽然老一代还意识到非理性主义的罪恶后果，但是年青一代生长在和平时期，摆脱了理性的艰辛、局限和徒劳，采取了孩子似的拒绝姿态，并且开始内心流亡，他们面对所有破产的宗教，准备接受一种新的宗教，这难道是不可能的吗？[①]

如果说这些形象非理性的塑造（他们总是越过正常的社会规范）是艺术家"更富于想象力的团体的象征"[②]，那么，我们或许应该从一个不同于以往的社会学的角度来评估这些倾向。这个角度是由诺斯洛普·弗莱在《现代百年》中提供给我们的，他以理智和中立的态度看到了一种新的阶层划分，在20世纪的文化中它们所扮演的角色。他说：

波希米亚与流浪汉两大传统在我们这个时代的"垮掉的一代"、嬉皮士及其他反抗运动中的结合，似乎反映了一种以弗洛伊德学说代替马克思主义学说来重新界定无产阶级的下意识努力。上述群体发现——或声称他们发现，谁若想要得到自由，要释放出创作能量，那

---

① ［德］君特·格拉斯：《与乌托邦赛跑》，上海译文出版社2005年版，第83—84页。

② ［加］诺斯洛普·弗莱：《现代百年》，辽宁教育出版社1998年版，第52页。

么，从现行社会体制中抽身则是必要的第一步。……弗洛伊德意义上的无产者把既定的社会看成一种压抑性的忧虑结构，其基础就是要控制性的冲动，把它限制在可预见的表现形式之中。他对于性在生命中的作用的强调，他对充满了残酷和恐怖的社会组织使性冲动受挫，这种受挫的性冲动将产生什么样的作用等具有非常清醒的认识，而所有这些，使他和他的对手一样，也成了一个道德至上主义者。①

从马克思的观点看，清贫的"学生作家"和波希米亚艺术青年一般都可归入无产者之列，这就是"学生作家"反抗社会主流意识形态的一个真实的心理基础。但是，诺斯洛普·弗莱的分析提醒我们，"以弗洛伊德学说代替马克思主义学说"的无产者"下意识的努力"，是这个时代的"反抗运动"的一个特点和基调；他们实际生活的地位其实仍然是处在马克思主义阶级划分的解释之中。然而，这个群体的边缘化生存从弗洛伊德的意义上又获得了一种新的解释，即为了获取自由和创作能量，从现行体制的控制之中自我放逐不仅是必要的，而且还拥有道德上自我认知的力量，后者通常也会演变为一种遁世者的心理高傲。在这个方面，詹姆斯·乔伊斯的经历便是一个有代表性的例子。

我们不能简单地认定，弗洛伊德所说的"受挫的性冲动"便是作家构筑神话的基础，但值得注意的是，这个时代的波希米亚艺术青年通常并不是按照马克思主义的观点和立场看待社会，不是从他们身为无产者的阶级属性出发来衡量自身的处境，而是从整体上"把既定的社会看成一种压抑性的忧虑结构"，这个态度却反映了"神话叙述"背后的社会学意义。它使我们更为清楚地看到，艺术家的自我虚无化的倾向是如何在"压抑性的忧虑结构"中蔓延开来的，他们创作中反社会的冲动又是如何过渡到一种超本能的幻想形态，不是要复制这个社会，而是试图重塑存在的信念，从而构成一个富于想象力的乌托邦世界。

---

① ［加］诺斯洛普·弗莱：《现代百年》，辽宁教育出版社 1998 年版，第 53 页。

二

将本章第一节中论述的"孤儿"和"自我身份的隐匿"与这里的分析结合起来,大致就能看到作家的精神倾向在时代思潮演变之中的坐标。"学生作家"这个标签看似无足轻重,其实是作家的特定意识形态与文化身份的一种界定,对于认识其创作思想是有帮助的。写作首先是一种"个人的体验"(这也是大江健三郎一篇小说的标题),它为写作者代表的那个艺术家和青年知识分子的群体代言;写作者试图表达自身喜爱和追求的某种文化价值(这些通常也不是市民和中产阶级所能接受的),通过某种形式的创造活动来探讨自我与外部世界的关系。詹姆斯·乔伊斯、T. S. 艾略特、弗吉尼亚·伍尔夫以降的"西方现代主义文学的个人乌托邦倾向"①,大体上能够反映这种创作思想的逻辑。加西亚·马尔克斯的"波哥大小说"所反映的也是这种逻辑的延伸。

因此,这些短篇小说创作形态的变化以及"神话叙述"的倾向,首先反映的是创作者自身的精神关注和欲求,确切地说,是将个人的体验转化为人类状况的一种表现。诺斯洛普·弗莱在解释"神话叙述"(mythology)这个术语时做了如下一番说明:

> 每一个时代都有一个由思想、意象、信仰、认识假设、忧虑以及希望组成的结构,它是被那个时代所认可的,用来表现对于人的境况和命运的看法。我把这样的结构称为"神话叙述",而组成它的单位就是"神话"。神话在这个意义上,指的是人对他自身的关注的一种表现,他在万事万物的体系中处于什么位置,他与社会、与上帝是一个什么样的关系,他最早的本源是什么,最终的命运又如何,不仅关于他个人,还包括整个人类,等等。而神话叙述则是一种人类关怀、

---

① 语出武跃速《西方现代主义文学的个人乌托邦倾向》,上海社会科学出版社2004年版。

我们对自身关怀的产物，它永远从一个以人为中心的角度去观察世界。①

在本小节开头我们已经谈到，"波哥大小说"的主题既涉及信念的结构，也涉及超越历史的讽喻以及传统神话的轮廓，不同于一般的现实主义的创作倾向。综合起来，我们可以从两个方面来讲，第一，散见于文本中传统神话的轮廓大致包含有天堂神话、原罪和堕落神话、田园牧歌神话以及启示录神话，等等。有时是作为一种典故的引用和暗示，如"爱娃"（有些译本译为"夏娃"），《土八该隐锻造一颗星》中的"该隐"，《死亡联想曲》中的"雅各与以扫"，等等。有时是作为主题思想上的一种转义和隐喻，如"爱娃"故事中作为"精神物体"的不占空间的天使，天堂与"净界"的观念，《伊莎贝尔在马孔多观雨时的独白》中启示录式的大雨和洪水，《死亡联想曲》中有关原罪与堕落的意识，还有在不同故事中频繁出现的"蟋蟀"和"宅院"所提供的田园牧歌神话的场所，等等。这些传统的神话轮廓在故事中的显现，都是作家用来探讨存在境况的一种辅助手段，试图以更为凝聚的形式来表现人对自身存在的关注。

第二，所谓信念结构与超越历史的讽喻，是"波哥大小说"的神话叙述中最具本质性的方面。从它的第一篇小说对"让渡与忍耐"这个精神主题的探讨开始，作家个人幻想的乌托邦变形的趋向就已经形成了，这种趋向的形成和决定性力量是来自于对现实和历史的超越，从既定社会的价值结构中主动抽离出来，进入到对自我存在的总体性关怀。从这个清醒的带有批判性的选择来看，信念结构与超越历史的讽喻在逻辑上应该是互为关联的。

可以说，"波哥大小说"作为作家个人起始性的创作活动，其意义主要体现为"从现实世界到内心世界、从内心世界到神话世界"②的过渡，

---

① ［加］诺斯洛普·弗莱：《现代百年》，辽宁教育出版社1998年版，第74页。

② ［法］罗杰·加洛蒂：《论无边的现实主义》，上海文艺出版社1986年版，第146页。

这个过程"类似于一种灵魂转世说的变化"①，正如《在猫身上转世的爱娃》的叙述所要表现的那样。

罗杰·加洛蒂在谈到这个"转世过程"时引述了卡夫卡的话："在诞生面前的犹疑。如果有灵魂转世，那么我还不是处于最底层，我的生活是在诞生面前的犹疑。"② 显然，这里所谓的"灵魂转世说"的解释与真正意义上的宗教还是很不相同的。卡夫卡的这句话也可视为《在猫身上转世的爱娃》这个文本的一个注脚。我们看到，在这个由"思想、意象、认识假设、忧虑以及希望"组成的信念结构中，"爱娃"对于自身"境况和命运"否定性的怀疑全都导向于（或者说是来源于）一个令人失望的答复，那就是传统神话中喻指完美幸福状态的天堂并不存在；她转世的经历始终处在这个梦想的反面。《死亡三叹》所暴露的停尸房里的种种忧虑与希望，同样也是隐含着对这个梦想的回溯。从这个意义上讲，加西亚·马尔克斯这些关于"死亡"与"升天"的故事提供的是一个讽喻性的神话所要揭示的思想而不是超验的神秘主义，这一点与卡夫卡的创作精神倒是一脉相承的。这也是我们在使用"神话"这个古老语汇时需要加以限定的一个方面。罗杰·加洛蒂说："卡夫卡也不是一个神秘主义者；人的彼世永远不露真相。上帝只是在缺席时使人的生活变得痛苦；对卡夫卡来说，它从来只是人所没有的东西，是对世界缺陷的意识，是对世界的否定，是世界的反对者，是人类一切梦想的反面。"③

正是这种以无神论思想的空虚为基点的"对世界缺陷的意识"，构成了"波哥大小说"超越历史的讽喻，或者说，历史和现实意识的存在已经被纳入到一个内心幻想的幽闭领域；其精神存在的实质表现为从神话叙述的立场来看待外部世界，因为，构成其外部世界评判的反应并不是基于可以证伪或者证实的经验逻辑（《与镜子的对话》将这一点戏谑地归结为"美学家"和"数学家"的斗争并以"美学家"的胜利告终），也不是针对

---

① ［法］罗杰·加洛蒂：《论无边的现实主义》，上海文艺出版社 1986 年版，第146 页。

② 同上。

③ 同上书，第 143 页。

某个具体的社会现实问题的解决或实现（区域性的现实主义提出的要求），
而是从一种自我趋于孤立和绝对的意义上来表达它的绝望和悲观主义，它
的梦幻和忧虑。在《死亡联想曲》中，我们可以听到作者发出的这个
声音：

> ……一会儿之后，他对任何东西都不在乎了。墙角里的蟋蟀又叫
> 了几声，房间中的天花板上大大的水珠正在往下滴。听到水珠滴下的
> 声音时他并不感到吃惊。因为他知道那地方的木板已经老朽了。他想
> 象着那滴水的水质是那么新鲜，它来自天上，来自一种更加美好、更
> 加广阔的生活，在那种生活里，没有这么多怪诞的事，比如爱情、节
> 食以及孪生，等等。也许再有一小时或者再有一个中午，那滴水会淹
> 没整个房间，肢解生命这毫无意义的物质客观存在的外壳。……他无
> 可奈何地听着那水滴，又稠又重，准确地落在另一个世界上，落在充
> 满误解和荒唐的人类世界上。①

这种想超越历史的梦幻和讽喻也从另一个方面表明，存在于"波哥大
小说"文本中的自我是孤立和绝缘的，是反社会的，是对于现实的一种逃
避。我们大概只有反过来考察与超越历史的讽喻相联系的那个信念结构，
才能对这种逃避的倾向做出比较全面的解释。例如，对内心存在与美学体
验的深刻关注，已经从根本上影响到作家对于真实与虚假这些概念的认
识；对死亡与再生的神话模式所做的探讨，蕴涵着作家试图深刻地把握现
实的愿望，等等。"爱娃"的故事中究竟要做一只吃老鼠的猫还是吃橘子
的猫的讨论，反映作家对良知和纯真这些问题的敏感意识；还有对成人世
界和社会性存在的根深蒂固的不信任感，预示着（这一代）作家将以另一
种眼光看待现实世界，等等。因此，归结起来，正如我们在前面的小节中
已经论述的那样，现代主义文学的介入和影响，不仅造成了拉美作家乌托
邦式的自我意识的孕育，而且还在这种超越历史的断裂和虚无的状况中给

---

① ［哥］加西亚·马尔克斯：《超越爱情的永恒之死》，浙江文艺出版社 2001 年
版，第 144—145 页。

神话叙述提供了温床。

"波哥大小说"总体的内涵和倾向可以作为这种变革性状况的一个典型来看待。我们所要揭示的问题的重点也在于此,必须意识到作家逃避现实背后的动机及其精神价值,否则,这些创作真正的起始意义(并不是一个创作小说的技巧和方法的问题)就会被忽视,作家构筑"马孔多神话"的那个信念基础或许也就变得无从谈起了。

三

詹明信(Fredric Jameson)在《政治无意识》中提到的"个人幻想的乌托邦变形",这个说法涉及西方现代主义文学的一个重要的精神特征,那就是此一时期的文学创作中出现的"一种根本的向内转的倾向"。[①] 作家"努力表达一种更复杂的关于现实的感受","不仅认为自己面对着现实的无限复杂性,他还把他的艺术手段本身也看作是问题的一部分"。[②] 作为外缘文化的一个富于探索性的作家,加西亚·马尔克斯的"波哥大小说"便是从学习和模仿的角度进入到了这个"向内转"的趋势,体现为一种深入的影响和联系。在《也谈长篇小说问题》一文中他是这样说的:

> ……我觉得我们哥伦比亚人在受影响的竞赛方面不可能例外。维吉尼亚在她为《奥兰达》写的序言中坦白地讲了她受的影响。福克纳本人也不否认乔伊斯对他的影响。在赫胥黎和维吉尼亚之间有某种共同的东西,尤其在运用时观方面。弗朗茨·卡夫卡和普鲁斯特在现代世界文学里的影响无处不在。我们哥伦比亚人如果必须做出英明的决断的话,我们就只能不可避免地汇入这股潮流。[③]

---

① 〔美〕詹明信:《晚期资本主义的文化逻辑》,生活·读书·新知三联书店1997年版,第294页。

② 〔美〕彼得·福克纳:《现代主义》,昆仑出版社1989年版,第30、28页。

③ 〔哥〕加西亚·马尔克斯:《两百年的孤独》,云南人民出版社1997年版,第167—168页。

这里存在着一个在理论上需要加以阐明的问题。在《晚期资本主义的文化逻辑》中詹明信谈到，就现代主义文学这种根本性倾向的形成而言，"这与对人的心理的新发现是紧密相关的，甚至可以看作是一种对主观的全新认识的产物。在这方面我们大家都有某种程度的感受：难道普鲁斯特比起巴尔扎克来不是有更丰富的主观色彩和'心理'分析吗？难道里尔克比起华兹华斯来在对心理中那些无名经验的探索方面不是做得更彻底吗？但我们说这些一般的印象比错了还要糟，因为它们并不错，但却容易把人们导入歧途"①。

那么，詹明信这番突然的转折和驳斥究竟想要说明一个什么问题？我们的教科书和某些相关的论著在总结这个现象时不就是那样来谈论的吗？一种新的心理学，以威廉·詹姆斯、弗洛伊德和伯格森等人的学说为基础；不仅把描写心理和意识的活动作为创作的核心任务，而且还引入了"前意识"和"无意识"的表现领域，因此，它们在"小说的表现对象或者题材"、"人物观"、"情节模式"和"叙事方式"等几个方面取得了与传统小说迥然不同的特质。②这便是科学地看待"心理的新发现"的一种描述，也是现代主义文学可以用来区别和归类的特征所在。

针对这一点，詹明信在著作中简略地提出了反驳和修正的理由，他说：

> 在现代主义的经典作品中那种看起来好像是纯粹主观的"内心转变"实际上从来不是纯心理的：它总是包含了世界本身的转变和即将来临的乌托邦的感觉。因此，认为现代主义就是主观主义的幻觉必须纠正。③现代主义作家的心理探索不是一种经验和认识论上的发现，也不是对新的心理事实和经验的枚举，而是对一种主观变化，对一种心理转变的最强烈的召唤，我把这种转变称为乌托邦式

① [美]詹明信：《晚期资本主义的文化逻辑》，生活·读书·新知三联书店1997年版，第294页。

② 苏宏斌：《现代小说的伟大传统》，浙江文艺出版社2004年版，第5—7页。

③ [美]詹明信：《晚期资本主义的文化逻辑》，生活·读书·新知三联书店1997年版，第295页。

的转变。①

这个概括是非常具有洞见的。彼得·福克纳在《现代主义》一书中谈到，弗吉尼亚·伍尔夫所谓的"以原子降落在心灵上的顺序原样记录"的观点，可以反映现代文学"关注心灵的内容，关注经验主体的内在心理生活"的一个"总趋势"，但是不能将其归结为"意识流"作家的宣言，②因为实际情况似乎要复杂得多，弗吉尼亚·伍尔夫的小说首先也并不完全代表着感觉的自发溢出和原样记录，尽管她在批评随笔中是这样强调的；《达洛维夫人》与亨利·詹姆斯和詹姆斯·乔伊斯的创作几乎同样表明："意识并非是对来自外部世界的刺激的一种被动接受，而是创造性的；不仅是感觉在小说中的再现，而且感觉本身就是意向性的，暗示着制造意义和构建现实的活动。"③彼得·福克纳由此认为，这是"一个认识论上的两难处境的问题"，在"印象主义的方法"与构建意义的活动之间存在着理论上的矛盾，而且某种程度上这也代表了现代主义创作活动本身的矛盾和复杂性。④然而，在詹明信看来，问题完全可以从"主观变化"的乌托邦倾向这个角度来加以阐释，如此才能触及现代主义文学的"心理与主观深度"的实质，它在"历史上的新意和独创性"⑤。他在文章中借助于萨特的所谓"物化"（thingification）的概念，考察语言如何将内心活动变为一种客体和占有物，使其成为一种"也可以制约心理本身的社会力量"。因此，"开始时是对思想和感情的心理描述，但这时就不再是心理的了。它已经变成了客观的，其变成客观的可能性取决于与所谓的心理经验之间的新的距离的历史可能性"⑥。

---

① [美] 詹明信：《晚期资本主义的文化逻辑》，生活·读书·新知三联书店1997年版，第294页。

② [美] 彼得·福克纳：《现代主义》，昆仑出版社1989年版，第54页。

③ 同上书，第55页。

④ 同上书，第55—56页。

⑤ [美] 詹明信：《晚期资本主义的文化逻辑》，生活·读书·新知三联书店1997年版，第294页。

⑥ 同上书，第296—297页。

　　这就是说，作为一种新的历史经验的产物，现代主义文学"向内转"的倾向主要并不在于发现一种新的心理学，而是一种不同寻常的精神"透视学"和"历史可能性"的转变。它对时间、记忆、生活经验的抽象与具体的透视完全改变了；它竭力排斥的是人们将其视为历史阶段性的辩证发展的产物。它所流露的"无望的希望"与浪漫主义的绝望也大为不同，而它通过语言对内心活动采取的"物化"的表现方式如同是在赢得一个特殊的奖品，"这奖品像是一种绝对的占有物，一种新发现的资源，一种用最柔软的丝绸包裹起来，隐藏在记忆的臂膀下的东西"（亨利·詹姆斯语）①。

　　时间是一个类似于"物化"的概念（威廉·福克纳）；死亡是一种客观化了的实有体验（加西亚·马尔克斯和胡安·鲁尔福）；对往昔的追忆也不是浪漫主义的那种时光不再的咏叹（马赛尔·普鲁斯特）；"生活并非一组排列得匀称的车灯，而是一圈明晃晃的光晕，一种半透明的罩子，环绕着人的意识，贯串始终"②（弗吉尼亚·伍尔夫），等等。难道这些作家所要宣示的只是一种主观主义的幻觉论吗？

　　詹明信使用"物化"这个概念是为了说明，"诗的具体化的可能性取决于它能否具体化为一种社会力量，一种也可以制约心理本身的社会力量"③；现代主义文学与其所要表现的心理经验之间的距离，这种语言上不可忽视的"物化"企图似乎要比它的任何一种特征都要来得重要。兰波和里尔克的文本都是典型的例子。因此他要强调，现代主义的运动与其说是"一种心理上的发现"，还不如说是"一个历史事件"④。而且这是一种披着"发展"和"进化"外衣的非常独特的历史观念。《尤利西斯》、《荒原》、《达洛维夫人》、《喧哗与骚动》，等等，从这些作品可以提炼的意识

---

　　① 转引自［美］詹明信《晚期资本主义的文化逻辑》，生活·读书·新知三联书店1997年版，第296页。

　　② 转引自弗·伍尔夫《达洛卫夫人/到灯塔去》，上海译文出版社1988年版，"代序"第18页。

　　③ ［美］詹明信：《晚期资本主义的文化逻辑》，生活·读书·新知三联书店1997年版，第297页。

　　④ 同上。

形态来看，它们那种"对线性历史的全盘攻击"[①] 以及它对"物质主义"的拒斥是无法用马克思主义的历史观来概括的。正是在这个意义上，詹明信提出了他的另一个结论，他说："……现代主义理论是不可能获得发展的，因为它包括了一种怀疑、一种综合的野心和非历史的思维，而历史的思维是始终被排除的。"[②]

现代主义文学的"向内转"的总体倾向，这种意识形态的"非历史的思维"，这种语言上试图通过综合与物化的力量来制约心理的斗争，这种末世论的怀疑和超越历史的讽喻，便是现代主义文学向着乌托邦转化的最为明确的表征。它的"历史上的新意和独创性"，如果确实可以谈得上是一种"新意和独创性"的话，恐怕也是一种至今尚难消化的独特的文化逻辑。也就是说，现代主义文学是资本主义历史发展的产物，但是，它本质上却拒绝历史发展的趋向，无论是针对过去还是未来。所谓"新的历史可能性"似乎仅仅是意味着与艺术家的个性存在不可分割的一种乌托邦式的召唤。

据此，詹明信又得出一个结论，在笔者看来这也是我们在论及现代主义的影响时不能不谈到的一个问题，他说：

> 有一种普遍的看法是不恰当的，即认为现代主义总的来说是可以任意选择的：作家可以采取它，也可以摒弃它，可以吸收或借鉴它的某些部分（一般所谓的现代派技巧），而舍弃它的别的部分。……现代主义是一个特定的历史阶段，它自身是一个完整的、全面的文化逻辑体系，因此，从现代主义中抽出某部分或"技巧"来借鉴是没有意义的，仿佛现代主义的"技巧"是中性的、没有价值问题的，因此可以不考虑别的因素如思想和形式上的和谐和功能而加以借鉴。[③]

---

① ［美］詹明信：《晚期资本主义的文化逻辑》，生活·读书·新知三联书店1997年版，第276页。

② 同上。

③ 同上书，第277页。

这里评述的《晚期资本主义文化逻辑》中有关现代主义文学的几个观点，主要是用来勾勒两个问题。第一，乌托邦倾向作为西方现代主义文学中一个重要的精神特质，它在此一时期的语言和历史意识中存在与演变的逻辑，它与精英文化在心理学上的发现以及主观意识的转变之间的关系；第二，现代主义作为一种完整而独特的文化逻辑，以对历史主义和物质主义的批判为其价值论的核心，而它自身作为社会历史发展的特定阶段的产物，在美学和意识形态的表现上又具有反抗线性历史发展的乌托邦倾向。

这两个问题的存在又可归结为一点：乌托邦倾向是西方现代主义文学中必须论及的一个特质。现代主义文学的历史意识、审美观念、心理发现以及形式实验都在这种"向内转"的倾向中得到认知和表现，并形成对人的想象力和人的关怀的一次信念上的重塑。

四

从小说的创作来讲，无论是何种文化体系中的小说创作，它都不完全是为了用来表达信念的。认为艺术中的乌托邦倾向取代了宗教，是信仰缺失时代的一个必不可少的代用品，这个道理不能成立。诺斯洛普·弗莱说，艺术既不是用来取代宗教，也不是用来形成某种生活方式或生活哲学的；"艺术中不存在崇拜对象或信仰对象的问题"，它的存在始终是一个想象力的问题。[①] 只要想一想传统小说中涉及形而上问题的那些陈词滥调，如中国的章回小说宣扬因果报应和历史循环论的那些部分，就可以领会到叙事文学关注的对象并不在于此。V. S. 奈保尔说："西式的长篇小说（the novel）……是西方特有的文学形式，它反映出西方人对人类处境的关怀；它描写的是此时此地的现实生活。"[②] 实际上，西方现代主义文学的乌托邦倾向，它那种内在而独特的精神意识似乎已经超越了小说体裁固有的限度。如果说这种倾向的形成是跟社会文化普遍的危机感有关，那么在这个特定的历史阶段小说确实是负载了太多陌生的义务。

---

① ［加］诺斯洛普·弗莱：《现代百年》，辽宁教育出版社1998年版，第85页。
② ［英］V. S. 奈保尔：《幽暗的国度》，生活·读书·新知三联书店2003年版。

现代派小说的形式实验，与其说是为了形式上的创新和自由，还不如说是与某种超越体裁限度的自我搏斗紧紧结合在一起，正如《尤利西斯》、《海浪》或《城堡》的创作所显示的那样，形式实验本身并不是目的，它不是这个现象的逻辑前提，个体的存在与真理之间所要达成的关系才是它的前提。马赛尔·普鲁斯特和塞缪尔·贝克特甚至断然否定通常所谓的想象力的作用。① 可以说，这是真理的生死攸关的探讨施加于文学的一种状况。当现代主义作家对真实、想象、存在和语言等一系列概念发生了不同于以往的认识和评判，我们看到的是两个结果：一是小说这种研究社会生活的传统形式被肢解了；二是随着这种肢解而来的死亡冲动的实现，它结出了精致而奇幻的精神花朵。20世纪西方现代主义文学中的乌托邦倾向，它的个体的信念力量和超越历史的讽喻，它对语言文学作为一种人工制品的强调，与这种神秘的死亡欲求是密切相关的。

"波哥大小说"作为年轻作家的起步之作，它所受的影响体现出了这股潮流的冲击力。作家对于生死关系的探测，对于组成其信念结构的一系列精神因素的关注，并不是小说这种形式通常所要表达或是用来加以限定的，然而，这正是现代主义文学的一种典型表现。如果说作家开始只是凭着他的"预感机能"在写作，还没有自觉地意识到一个较为明确的向度，那么这种创作带来的结果正如我们已经论述的那样，"分明是向神话般的地下世界——黑夜与死亡的世界——坠落"②。

在前面的小节中我们已经详细探讨了这个"坠落"的意义。我们所没有谈到的，无非是这个过程对于小说和小说家的意义。如果说这个过程的实现意味着创作者精神转化的一个重要环节，代表着从"现实世界到内心世界、从内心世界到神话世界的一种过渡"，那么，这种"坠落"的需要恐怕也只有20世纪的小说家才会表现得如此热切。大江健三郎的《死者的奢华》，弗拉基米尔·纳博科夫的《柏林的夜晚》，加西亚·马尔克斯的

---

① ［法］普鲁斯特：《追忆逝水年华》第七卷《重现的时光》，译林出版社1991年版，第208页。

② ［日］《我在暧昧的日本：大江健三郎随笔集》，南海出版公司2005年版，第5页。

《死亡三叹》和《在猫身上转世的爱娃》，这些小说对于作者的意义都是相同的，都是标志着这个过渡的开始，是一种略带私密性的生死转换的仪式。在故事或虚构的演绎之下，披露的是作家自我蜕变和自我启迪的告白。萨尔曼·拉什迪的小说《哥伦布和伊莎贝拉女皇》也可算作是此类的作品。①

超越现实和历史（并不意味着可以割断现实和历史）的"神话叙述"，是否可以算作 20 世纪小说创作的普遍倾向，这一点恐怕是不能武断地下结论。但是现代主义文学确实是带来了这股潮流，正如詹明信的理论所揭示的那样，它是由现代主义独特的文化逻辑和精神倾向所决定的。叶·莫·梅列金斯基的《神话的诗学》第三编"20 世纪文学中的'神话主义'"，便是对 20 世纪以来文学中异常繁复的神话化现象进行了深入的探讨。且不说卡夫卡、福克纳、弗吉尼亚·伍尔夫、阿尔弗雷德·德布林以及后期乔伊斯的小说创作具有这个特质，那些深受现代主义影响的新一代小说家也是不约而同地采用现代"神话叙述"的模式，这个现象是值得探究和总结的。大江健三郎通常被定义为存在主义作家，但是他的《在小说的神话宇宙中探寻自我》一文却是从"神话叙述"的立场来总结自己的创作的，强调他所构建的"由四国森林中的村落地形学结构所支撑的神话/传说世界的重要性"②。另外，君特·格拉斯在其《文学和神话》一文中将"扩大人类存在的现实"视为小说家想象力的任务。③ 他的"但泽三部曲"，还有萨尔曼·拉什迪的《午夜的孩子们》和《撒旦的诗篇》，卡洛斯·富恩特斯的《战役》，J. M. 库切的《迈克尔·K 的生平与时代》，等等，这些都不是传统意义上的现实主义的史诗作品，构成其"神话叙述"的现代乌托邦倾向也是显而易见的。

"神话叙述"与现代主义关系的确立，使得我们需要从总体上重新评价加西亚·马尔克斯创作的性质，包括对马孔多小说和魔幻现实主义的认

---

① Salman Rushdie. East，West. London：Jonathan Cape Ltd. 1994，pp. 107 – 119.

② 《我在暧昧的日本：大江健三郎随笔集》，南海出版公司 2005 年版，第 15 页。

③ ［德］君特·格拉斯：《与乌托邦赛跑》，上海译文出版社 2005 年版，第 264 页。

识和总结，因此，有关现代主义乌托邦倾向的分析和论述同样也不限于"波哥大小说"的创作。正如詹明信指出的那样，现代主义文学创作技巧的模仿和吸收并非是一个中性的、不带价值的问题，它不是可以任意选择和摒弃的东西，可以借鉴某些部分而舍弃别的部分。从《枯枝败叶》和《百年孤独》对《达洛维夫人》的"时间观"的借鉴，从《百年孤独》实质上是与现代主义历史观同源的"综合的野心和非历史的思维"，等等，我们也将可以进一步印证詹明信的这个观点。

此外，在"马孔多小说"研究中，批评家经常谈论的一个问题是两种语言风格的对比问题，即《百年孤独》"丰富多彩"的语言和《没有人给他写信的上校》"严谨客观"的语言，他们以为这种语言的突变是一个奇怪的现象。① 实际上，前一种语言风格在作家创作伊始就已经具备了，它给我们提供了一条可加辨别的线索，即从"波哥大小说"经由《枯枝败叶》、《格兰德大妈的葬礼》再到《百年孤独》，显示了作家创作的一个源头和联系。"波哥大小说"和《百年孤独》的语言都兼具讽喻和诗情的神话主义特点，它们之间的联系非常密切，这是首先需要加以指明的一个现象。

---

① ［哥］加西亚·马尔克斯、门多萨：《番石榴飘香》，生活·读书·新知三联书店1987年版，第64页。

第二章

马孔多前期叙述两个类型的分析

第一节　现代主义叙述中的宅院神话

一

达索·萨尔迪瓦尔的评传花了相当大的篇幅研究《枯枝败叶》四易其稿的经过，对作者此一时期的生活经历和思想变化进行了周密的取证，想要归纳的一个结论，实际上就是他的著作题目所寓含的那个题旨：回归本源。在这个向着根源回归的旅程中，《枯枝败叶》便是代表着作家与其童年和加勒比文化再度遭遇的一个见证，因此在评传的作者看来，与"波哥大小说"的决裂以及与加勒比文化的结合意味着一个"真正的作家诞生了"①。

评传的作者说："他发现，波哥大城的大多数学者和作家的文学虽然在街头和咖啡馆展示，却是一种脱离本国生活本国现实的文学，他自己便是这种病态时势的受害者——最早的短篇小说（甚至包括在卡塔赫纳市即

---

① ［哥］达索·萨尔迪瓦尔：《回归本源》，外国文学出版社 2001 年版，第 162 页。

将发表的三篇）是那么矫揉造作和空洞无物，尽管以顽固盘踞着头脑的童年经历为基础——得益于卡夫卡、乔伊斯、博尔赫斯的影响之前，他几乎是机械地从童年经历中提取素材。所以，他要做的报人与作家只有当他与加勒比文化再度相会之后才能出现；加勒比地区将是解决文学脱离现实及创作脱离文化这一问题的地方；加西亚·马尔克斯将要在卡塔赫纳和巴兰基亚获得一部分密码，这些密码能使他像大海进入沿海人的生活以及沿海人进入大海那么容易和直接地把文学与现实结合起来。"①

这个结论大致说来是不错的。没有对加勒比文化和自身根源的认识，加西亚·马尔克斯的确是不可能创造出他的"爆炸文学"。单是以《枯枝败叶》的创作而论，作家如果没有在巴耶杜帕尔及其周围的两次旅行，没有和母亲返回阿拉卡塔卡镇变卖外祖父母老宅的那次旅行，以及随后在瓜希拉省推销百科全书的旅行，这篇小说恐怕就会缺少一些对现实的发现。童年生活以及加勒比文化的意义，在《枯枝败叶》中我们是完全可以看得到的，然而，"把文学和现实结合起来"的工作似乎并非是这么"容易"和"直接"。

这倒不是说，我们以回溯的立场看待问题与作家在黑暗中独自摸索是两码事，这多少会显得有些不公平。文学研究最通行的方法是从回溯的角度进行归纳和描述。问题的关键在于，有些结论下得过于轻易以至于会扭曲事物实际的面貌。《枯枝败叶》既不是意味着与过去的决裂，也没有因为加勒比文化的出现而赋予其奔放的生命力；它纯粹是一个探索性的作品，大量融入了作者学习欧美文学的经验。可以说，作家对福克纳和弗吉尼亚·伍尔夫的阅读，其意义不会低于对加勒比文化的重新体验，而作家对索福克勒斯的阅读与创作本篇小说的关系则似乎不像很多批评家说的那么密切，这些我们在下文中还会谈到。况且，我们不禁要问，"解决文学脱离现实及创作脱离文化"的问题难道仅仅是取决于一个区域文化的"密码"问题吗？这与作家实际的创作面貌显然是不符的，因为对于加西亚·马尔克斯来说，现实或文学始终是一个探索性的概念而不是一个地域文化

---

① ［哥］达索·萨尔迪瓦尔：《回归本源》，外国文学出版社 2001 年版，第 162 页。

可以稳定地解释的概念。《枯枝败叶》之后作家创作风格的几度演变也可以说明，他对加勒比文化的认识和使用以及他对文学和现实关系的认识始终是不那么明朗的，或者说多少是有些神秘的，其中有些我们可以加以评述，有些则不可能真正地触及。

达索·萨尔迪瓦尔显然意识到了某种令人迷惑不解的现象，它与他的结论颇为矛盾。他补充说："旅居卡塔赫纳市 20 个月当中在《观察家报》发表的三个短篇小说，以及《宇宙报》'句号，转行'专栏刊载的 43 篇文章，似乎有些背离那条开始于《家》继续于《枯枝败叶》的尽管还很狭窄而不失正确的道路。"他对此做出的解释是："加西亚·马尔克斯之所以已经和他的题材及文化再度相逢，却还要在《死亡的另一条肋骨》、《镜子的对话》和《三个梦游症患者的痛苦》中，继续走那条开始于波哥大时期的最早的短篇小说的心理分析为主的抽象的路子，是由于对他而言，与过去决裂从来都不是一蹴而就的，而是一条美学效应与美学思考的十分规则的路线，逐步完成的；还由于伴随着《第三次无奈》发端的那种噩梦、精神恍惚和冥界解体的主题，仍然在为他赢得荣誉，使他被有些人视为国内最优秀的短篇小说家。"① 这显然是一种误解。

实际上，达索·萨尔迪瓦尔的误解是由于他将《枯枝败叶》的创作与现代主义的原则对立起来，同时又将这篇小说与波哥大时期的创作完全割裂开来，错误地认为《枯枝败叶》的"创作力是来自人民平凡的想象和创造"②，没有真正意识到作家在《宇宙报》专栏发表的 43 篇文章和他继续创作的"波哥大小说"以及《枯枝败叶》的写作，它们都是出自于一个异端的精英知识分子之手，他与社会生活的平凡想象和庸常见识与其说是合作的还不如说是对立的。佩·索雷拉的著作中曾引用过作家的一句话："如果小说是炮弹的话，专栏文章就是星期日手榴弹。"③ 作家曾在《先驱报》"长颈鹿"专栏以"塞普蒂莫斯"为笔名撰写了大量的文章，这是很

---

① ［哥］达索·萨尔迪瓦尔：《回归本源》，外国文学出版社 2001 年版，第 178 页。

② 同上。

③ 林一安编：《加西亚·马尔克斯研究》，云南人民出版社 1993 年版，第 117 页。

能说明问题的。这个从弗吉尼亚·伍尔夫的小说中取来的名字，如果像达索·萨尔迪瓦尔所理解的那样是代表着"一个精神非常健康的疯子"，"雄心勃勃，劲头十足"①，那么他得出上述的那些结论也就是不可避免的了。

关于马孔多和《枯枝败叶》的由来，作家本人有过一些解释。在1977年的一篇题为《返本归源的旅行》的访谈中他说："当我面对沿海地区的那一切现实并开始用我的文学经验表现它时……我感到最好的讲述方式并非卡夫卡的方式……并非……我感到最好的方法恰恰是美国小说家的方式……我在福克纳的作品中发现，他解释和表现的现实酷似阿拉卡塔卡的现实，酷似香蕉种植区的现实。……我意识到就在我身边，在每一天，在妓院里，在回镇子后，在歌曲中……我又确切地找到了巴列纳托歌谣。"② 在后来的回忆录的第一部分《为讲故事而生活》中他也提到那些美国小说家："……一面吸烟一面读威廉·福克纳的《八月之光》。福克纳是我最得力的守护神。"③ 这是他记述与母亲返乡变卖祖产的旅途中的一个细节。

有关这次旅行的意义，各种传记文章和访谈中都在进行解释。归纳起来，实际上它所涉及的是有关故园衰败和变迁的现实。陈众议的《加西亚·马尔克斯传》在讲到这次旅行的发现时概括道："时间和空间分离了。眼前的阿拉卡塔卡愈来愈遥远，遥远得只有过去时才能到达。"④时空的变换带来的是对于现实和死亡的深刻感受，并且使他意识到记忆中的童年是如何失落的，这个失落的过去和现在的联系所能依靠的恐怕不仅仅是一种记忆。可以说，这是作家在他第一部表现马孔多的长篇小说中试图描绘家园神话的一个由来。他在对福克纳的阅读和这次旅行的发现之间找到了共鸣。在与巴尔加斯·略萨举行的《拉丁美洲小说两人谈》中作家回忆说，

---

① ［哥］达索·萨尔迪瓦尔：《回归本源》，外国文学出版社 2001 年版，第 203 页。

② ［哥］加西亚·马尔克斯：《两百年的孤独》，云南人民出版社 1997 年版，第 104 页。

③ ［哥］加西亚·马尔克斯：《诺贝尔奖的幽灵》，中央编译出版社 2001 年版，第 96—97 页。

④ 陈众议：《加西亚·马尔克斯传》，新世界出版社 2003 年版，第 82 页。

当时他从母亲和邻居大嫂长时间相拥而泣的那一刻起，便"萌发了用文字讲述这件事情的全部由来的念头"①，并暗示此事是他文学创作的真正开端。从上述的资料所提供的描述来看，这个真正的开端从性质上讲与"波哥大小说"似乎并无区别，它们都是有赖于个人对现实的死亡体验。

《回归本源》一书在谈到作家返乡的见闻时也描述了他的身份："比起他记忆里保存的完好无损的老宅和阿拉卡塔卡镇，真实的镇子已被时间摧垮了。这段破坏性的时间不多不少，恰好是加西亚·马尔克斯生活在巴兰基亚、锡帕基腊、波哥大、卡塔赫纳和又一次在巴兰基亚的 14 年。其间，他成为作家，享受了大城市的文明，具有了城市人的视野。"②透过这有距离的城市知识分子的视野可以看到：过去的时间已经流逝；故乡满目疮痍，是一片"死人之地"③。那么我们谈到作家"返本归源的旅行"，这个"回归"确切的含义指的是什么？是指作家放弃大城市知识分子的意识，在文化上重新成为加勒比人民中的一员？是指作家回到了童年生活的记忆，回到那个"记忆里保存的完好无损"的世界？还是指作家从对西方文学的深度体验中回归于自己的现实和文化的联系？那么这种联系具体又指向哪里？

加西亚·马尔克斯的陈述显得十分的耐人寻味："由于 4 月 19 日的事件我被迫去沿海地区时，那完全是一种新发现；这使我读的东西和正在经历的东西及过去的经历的东西之间才可能发生了联系。"④

也就是说，这是三重经历之间的联系——阅读、体验和对过去的记忆，这三种东西只有在他的沿海地区的旅行中才彼此产生了联系。这是作家在涉及马孔多诞生时表述得最为完整的一个概括。从这里我们看到作家所要寻求的一个模式，文学体验和生活体验几乎是同一性的概念，只有当

---

① 林一安编：《加西亚·马尔克斯研究》，云南人民出版社 1993 年版，第 168 页。

② [哥]达索·萨尔迪瓦尔：《回归本源》，外国文学出版社 2001 年版，第 240 页。

③ 同上书，第 81 页。

④ [哥]加西亚·马尔克斯：《两百年的孤独》，云南人民出版社 1997 年版，第 105 页。

两者的遇合没有缝隙时，方能融合成一个令人陶醉的整体。"于是我开始体验，我准确地感受到我所体验的东西，它有什么价值，应该如何表现它。"①

从材质的构成来讲，"波哥大小说"实际上已经包含了阅读、体验和童年记忆的三类要素（这一点达索·萨尔迪瓦尔在他的著作中也已经分别指出了），为什么作家要强调这三者的联系在他沿海地区的旅行中是一个新发现呢？

这是因为故园的衰败和童年的失落，使他能够从自身近乎宿命的现实体验中找到了一个感受的立足点。所谓"我准确地感受到我所体验的东西"，是指在这个立足点上他找到了个人的体验与"现实的毁灭"之间的联系。福克纳的文学帮助他去了解现实的混乱材料、那种处于被遗忘状态的社会表象所具有的深刻底蕴，既是一种地域性色彩，又是残余的历史和意识形态，更是一种现代主义独特的时间观。现实的毁灭包含着过去、现在以及从时间的逆向运动中对于毁灭状态的某种持存和迷恋，——这是福克纳的"时间观"施加于现实材料的一种诗意和乌托邦式的解释，与尚在孕育之中的马孔多的"贫穷和孤寂"的情调一拍即合。这就是"回归"一词的含义所在，是它的美学前景在作家直觉上的领悟和发现。这是一个可以反复提取的、似乎取之不尽的源泉。因此，新的立足点如同是回归于根源，它根植于死亡，但本身似乎又是可以不断生长的。

这个过程中福克纳的文学是一个关键，它的那种近乎于凝滞的时间观以及对"混乱的原始材料"② 的运用，使他开始准确地体验到外部的现实，而且帮助他来衡量现实的文学价值。因此在作家看来，从卡夫卡到福克纳的过渡，这中间的区别变成了这样一个定义："不是发现文学，而是发现表现现实生活的文学。"③ 后一种发现的意义刚才我们已经做了概括，而这种尚待表现的"现实生活"就是从他儿时家园记忆中一系列真实和虚

①　［哥］加西亚·马尔克斯：《两百年的孤独》，云南人民出版社1997年版，第106页。

②　朱景冬：《马尔克斯：魔幻现实主义巨擘》，长春出版社1995年版，第40页。

③　［哥］加西亚·马尔克斯：《两百年的孤独》，云南人民出版社1997年版，第107页。

幻的形象中衍生出来的事物。作家说:"我认为……前辈作家与我们之间最大的差别、他们与我们之间唯一的不同,就是福克纳,他是发生在我们这两代作家之间的唯一事件。"①

在《拉丁美洲小说两人谈》中,加西亚·马尔克斯毫无保留地回顾了他所建造的马孔多:

> 我不想说阿尔卡塔卡就是马贡多,对于我——我不知道,我期待某位批评家去发现它——马贡多不如说是过去,那么由于得给这个"过去"安上街道、房屋、气候、人群,我就把气候炎热、尘土飞扬、残败破旧、仅有几座用木板和锌板盖成房子的阿尔卡塔卡的形象给安到它身上了。这些房子很像美国南部地区的房子,一个很像福克纳所描写的那种村镇,因为它是由美国联合果品公司建起来的。②

从这个意义上讲,马孔多不是对阿拉卡塔卡和童年生活的原始记忆,而是对这种记忆的一个转化,是观念和想象的一种移植。如果说马孔多的建造是基于现实毁灭的模式之中,它的建造和毁灭从某种程度上来讲几乎是同义语,那么从它在《枯枝败叶》中诞生的那一刻起,这个村镇的叙述便带上了鲜明的"神话主义"色彩,而且显然是从属于叶·莫·梅列金斯基所谓的"现代神话化诗艺"③ 这个表现范畴的。

二

在《神话的诗学》这部出版于 20 世纪 70 年代的著作中,叶·莫·梅列金斯基总结西欧"现代小说神话化的种种形态",已经注意到了"神话

---

① 林一安编:《加西亚·马尔克斯研究》,云南人民出版社 1993 年版,第 186 页。

② 同上书,第 187 页。

③ [苏]叶·莫·梅列金斯基:《神话的诗学》,商务印书馆 1990 年版,第 426 页。

化诗艺"在"第三世界文学"中的表现,尤其是《百年孤独》的出现"似为神话主义种种变异的综合",认为加西亚·马尔克斯的创作在这个方面"居于异常重要的地位"①。另外,他还在书中指出,早在长篇小说《枯枝败叶》中,"加·加西亚·马尔克斯即借助于铭文,赋予叙事以神话的对应,即与安提戈涅的故事之对应——相传,她曾甘犯禁令收葬其兄波吕涅克斯。不仅诸如此类手法,而且包括对希腊神话的借用,无不表明加·加西亚·马尔克斯同西欧现代主义确有关联。"②

遗憾的是,对《枯枝败叶》这个简要的概括在他的著作中未能进一步展开,而且只是从"神话的对应"和"借用"这个方面来确认这篇小说与西欧现代主义的关联,结论尚不够周密。但是叶·莫·梅列金斯基的论著从詹姆斯·乔伊斯和托马斯·曼两个人创作的比较着手,延及卡夫卡的艺术,对现代小说"神话化诗艺"的内在特征做出了颇为缜密的理论分析,诸如"复现"、"替代"、"迭现"等手法的概括,对古代神话与现代小说神话化倾向的本质区别的论述等等,都是较为精辟的,这在我们后面的分析中都是非常有益的参照。在谈到西欧现代主义与第三世界文学的结合时他又指出:

> 20 世纪西欧小说中的神话主义,不同于中世纪的骑士文学,甚至不同于文艺复兴时期的种种叙事体裁(讽刺喜剧诗、拉伯雷的幻想小说,等等),并不是依托于民间文学传统;而当时在拉丁美洲和亚非的小说中,古老的民间创作传统和民间创作—神话意识尽管也属遗存,却与纯欧洲式的现代主义唯智论同时并存。诸如此类多层次现象,是这些民族的文化在 20 世纪(特别是战后)"加速"发展的结果。这一特殊的文化—历史态势,使历史主义因素与神话主义因素、社会现实主义因素与名副其实的民间创作性因素之同时并存和相互渗透成为可能(这种相互渗透有时

---

① [苏]叶·莫·梅列金斯基:《神话的诗学》,商务印书馆 1990 年版,第 421 页。

② 同上。

甚至臻于有机的综合）；对民间创作性的阐释，实质上摇摆于浪漫主义对民族特殊性的讴歌与现代主义对迭次复现的原始型的探求两者之间。①

　　这段总结对于我们从历史和文化的特殊态势中去理解马孔多的诞生是一个很好的补充，它包含着若干需要展开的重要理论问题，与我们前面引述达索·萨尔迪瓦尔有关加勒比文化意义的描述总体上也能相得益彰。但是需要指出，叶·莫·梅列金斯基的后半段阐释实质上是适用于"魔幻现实主义"而不是《枯枝败叶》的创作。《枯枝败叶》确实是包含了《百年孤独》和《家长的没落》加以再创造的素材和模式，甚至被视为《百年孤独》的一个"原始版本"②，然而它本身还不是"民间创作性因素"和社会现实主义等其他因素的"有机的综合"，这一点是不能加以混淆的。美国学者弗·多斯特在《〈枯枝败叶〉中的含糊不清与不确定状态》一文中也曾指出："《枯枝败叶》在许多方面与《百年孤独》迥然不同，有其特殊的关注之处。"③
　　小说首度描绘出作家出生的宅院，上校和家族，茉莉花香和幽居的鬼魂，药房的房子，废墟和荒凉，等等，提供了一个有浓郁热带风味的家园神话的雏形，而构成其叙述的道德主题、中心人物、时间结构和叙事形式等方面却是与欧美的现代主义文学有着相当直接的关联或衔接，或者从某种程度上来说是学习西方文学的一次浓厚的堆砌。例如，其中由三个核心人物统摄的内在人格"价值梯度"的设计并非是出自于本土文化生活的渊源，而是表现为一种纯属欧式的"唯智论"的关注，这一点在以往的研究中完全忽略掉了，我们将在本章的第三小节中予以论述。另外，我们还注意到，曾在此篇中表达过的一些思想兴趣在其后的循环延续的创作中再也未曾出现。所以，应该从具体的创作形态出发来研究它的价值、它在类型

---

　　① ［苏］叶·莫·梅列金斯基：《神话的诗学》，商务印书馆1990年版，第418页。

　　② 林一安编：《加西亚·马尔克斯研究》，云南人民出版社1993年版，第540页。

　　③ 同上。

学上的意义。

这里，我们拟从时间序列、独白的叙事结构、村落神话的地形学及场所这三个方面，分别来论述这篇作品的现代主义叙述与家园神话的创作特质。

第一，有关时间序列及其对现代主义时间观的袭用。

在《枯枝败叶》的 11 个多层切割的章节中，总共出现了三个时间序列的框架。最外层的一个时限是与正文断开的开场白中标记的"1909 年记于马孔多"[①]。按照贝尔—维亚达的看法，原文中这两页斜体字"铿锵有力的节奏和梦幻般的乡愁非常具有福克纳的韵味"[②]。它是对香蕉公司抵达后小镇出现繁荣景象的集体记忆；随着香蕉公司扎根小镇，"人类的枯枝败叶"席卷而来，他们吞噬了村子，并且将原住民排挤到近乎于外来者的地位。此外，通过第二章第三部分伊莎贝尔的回忆，女仆梅梅讲述"上世纪末大战以前我们家绚丽多彩的田园生活"[③]，还有篇中那位没有名字的上校如何参与建立马孔多的事迹，这一节也补充交代了故事的历史时序。

第二个时间段是出现在 1928 年 10 月的一个炎热的下午。这个日期是我们在第一章中通过上校整理死者遗物时的观察得出的，即"最新的是三个月前的报纸：1928 年 7 月"[④] 这句话。那天早晨法国医生上吊自杀，在这个炎热的下午，他的尸体现在躺在棺材里，而男孩、母亲和老上校坐在阴暗的屋子里焦急地等待镇长的官方批复，允许将棺材抬出去下葬。这里的叙述用的是现在进行时，实际上它的时间只有 30 分钟，即从两点半火车汽笛声响起（三个家庭成员的思绪中分别都注意到了这声汽笛）到小说倒数第二页男孩在三点时分报告石鹆鸟的啼叫，交代了正在进行中的大约半小时的时间流程。

小说的主体部分是由一系列的闪回组成的，有关法国医生磨难痛苦的

---

① 《加西亚·马尔克斯中短篇小说集》，上海译文出版社 1982 年版，第 22 页。

② Gene H. Bell—Villada：Garcia Marquez, the Man and His Work, Chapel Hill and London, 1990, p.142.

③ 《加西亚·马尔克斯中短篇小说集》，上海译文出版社 1982 年版，第 46 页。

④ 同上书，第 38 页。

历史以及他与小镇的关系，从 1903 年他抵达上校的宅院直到 25 年后他死亡为止，这是该篇的第三个时间框架。这位出现在加勒比沿海地区的法国医生是个孤独的冒险家，居无定所，不合常习，在小说中他是一个幽灵般的存在，真实的姓名不为人知，我们主要是通过上校的回忆，偶尔也通过伊莎贝尔的回忆看见他，因此这个人物的存在也是意味着对过去时间的一种反复不停的追溯。

以上对小说三个时间框架的整理是沿用了贝尔—维亚达的相关研究，[①] 也相应融入了一些我们的评述。经过一番整理拼合之后可以看到，三个时段标志的事件和情节脉络就变得清晰而完整了，同时也可以发现，这三个时段的主题侧重点都各有所不同。由于作者人为地进行切割组合，尤其是后面两个时间框架的叠合，我们实际上无法按照正常的时间序列来阅读这篇小说，而小说中过去发生的事件本来是应该有条理的，也就是说，故事对外部情节的叙述几乎是被完全摒除了。

对死者的回忆延及 25 年的历史，但是实际时间不过 30 分钟左右，这么做的目的是要将主要情节内移，造成环状的封闭结构。在小说的全部 11 个章节中，几乎每一个部分的现实时间都是呈现为凝滞不动的状态，直到石䳍鸟的啼叫向人报告午后三点钟到来，棺材抬向门外，在小说结尾时才将这种静止的梦幻态势打破。整篇小说所要营造的便是这种瞬间性感觉的延宕回复和梦幻般的幽闭感，将人们通常的现实性感受的流程废止。难怪贝尔—维亚达要将这篇作品和《八月之光》中牧师盖尔·海托华的黑屋子联系起来。[②] 那么，究竟是什么导致了时间现实性的废止呢？

用叶·莫·梅列金斯基的理论来讲，这是一种出自于循环观念的"迭现"手法的运用。所谓"迭现"，就是对静止性确认的诗艺，是乔伊斯及其追随者所采用的一种异常重要的神话化诗学手法，在托马斯·曼的作品中也已经有所论述，例如《魔山》中对静止性确认的描述："时间在我们的感觉中……扩延和减缩。"（第 3 卷，第 254 页）——如果将此手法理解

---

① Gene H. Bell—Villada：Garcia Marquez, the Man and His Work, Chapel Hill and London，1990，pp. 142—143.

② Ibid. , p. 143.

为古老循环观念的自然的复返，那么它实质上就是一种对时间相对论的试验。叶·莫·梅列金斯基转述《魔山》中汉斯·卡斯托普的思考："既然时间并未'孕育变动'，既然'计量时间的运动呈环状'，并自我封闭，那么，运动、变换则同稳定和静止毫无二致；须知，'往昔'通常复现于'现今'，'彼'则通常复现于'此'（第4卷，第7页）。""'尚'和'再'似等同于'始终'和'永恒'（第4卷，第284页），'任何运动均呈环状'（第4卷，第59页）；""永恒并不是'向前啊，向前'，而是'旋转啊，旋转'，犹如转动的木马……堪称太阳复返节！（第4卷，第43页）。"[①]

叶·莫·梅列金斯基在其著作中转述《魔山》的思考，用意是很清楚的，那就是循环和复现作为一种准神话的构想见诸于《尤利西斯》和《魔山》，其真正的文学性实施还在两位作家后继的创作阶段，但是，神话化诗学的哲学观念的发动在他引述的这些篇章中已经十分令人瞩目了。[②] 汉斯·卡斯托普试图废弃"永恒"的所谓线形构想，诉诸更为古老的环状运动的观念，这个表述同样也可见之于让—保罗·萨特《关于〈喧哗和骚动〉·福克纳小说中的时间》那篇著名的论文。"当代多数大作家，普鲁斯特、乔伊斯、多斯·帕索斯、福克纳、纪德和弗吉尼亚·伍尔夫，都曾经企图以自己的方式割裂时间。有的人把过去和未来去掉，于是时间只剩下对眼前瞬间的纯粹直觉；另一些人，如多斯·帕索斯，把时间变成一种死去的、封闭的记忆。普鲁斯特和福克纳干脆砍掉时间的脑袋，他们去掉了时间的未来，也就是行动和自由那一向度。"[③] 让—保罗·萨特在文章中用了"陷入"这个词来表达叶·莫·梅列金斯基所谓的"迭现"，——"因为我找不到更恰当的词来表示这一无定形的妖魔的某种静止的运动。"[④] 但是，在对《喧哗和骚动》"那种不易捉摸、不可思议的静止状态"的阐释中，他使用"天体的旋转"这个意象与汉斯·卡斯托普的"旋转的木马"的比喻还是非常接近的："无数沉默的天体围绕几个中心主题

---

① ［苏］叶·莫·梅列金斯基：《神话的诗学》，商务印书馆1990年版，第362页。
② 同上书，第363页。
③ 《萨特文学论文集》，安徽文艺出版社1998年版，第27页。
④ 同上书，第23页。

（凯蒂的怀孕，班吉的被阉割，昆丁的自杀）旋转。于是时序就成为荒谬的，'时钟愚蠢地转圈子报时'也是荒谬的：因为过去的秩序是情感的秩序。"①

有关现代主义小说时间观的论述已经不是一个新鲜的课题。作家对时间的割裂和对静止性运动的确认，其心理学和哲学观念的基础在大量的总结和阐释中，一般并无原则上的分歧。就像我们在上文所看到的那样，"陷入"和"迭现"是指称同一个现象，而"旋转"的意象所蕴涵的反历史主义倾向也是相当明确的。詹明信的《晚期资本主义文化逻辑》和叶·莫·梅列金斯基的《神话的诗学》中都不约而同地提到了这种带有乌托邦倾向的历史哲学，用后者的话说，那就是对时间的某种相对论的阐释与超越社会—历史范畴和空间—时间范畴的举动相关联②。因此，用"神话化诗艺"来总结现代主义文学处理时间的技巧和方式，原则上是非常准确的。作为社会范畴质料的经验性生活质料的表现，从来没有像这些作家那样辅之以对现实时序的整体上的割裂和废止，从而导向于各种主观和梦态的个人对现实历史的模拟。弗吉尼亚·伍尔夫和福克纳都是在不同程度上追随乔伊斯，而加西亚·马尔克斯则是追随弗吉尼亚·伍尔夫和福克纳的新观念。

需要指出的是，《枯枝败叶》在时序上的处理也明显采用了《达洛卫夫人》的方式，后者描写伦敦中、上层阶级形形色色的人物和塞普蒂默斯的自杀，其实际的叙述时间也没有超过一天，即从晨起购物到午夜时分宴散，故事的不同侧面和主观思想的大幅度跨越全都聚拢在这个进行时态的微观层面上。

三

第二，独白的叙事结构及其特点。

---

① 《萨特文学论文集》，安徽文艺出版社 1998 年版，第 25 页。

② ［苏］叶·莫·梅列金斯基：《神话的诗学》，商务印书馆 1990 年版，第 335 页。

《枯枝败叶》采用现代派小说多人称独白的叙述方式，在作家的创作中这是唯一的作品，只有在这一作品中他才如此刻板地遵循欧美小说家开创的独特体例。从头至尾都是有意识地使用不同的人物，也即以严加区别的不同自我的声音来汇入一场叙事，使得整个故事情节发生内移，这种形式实际上除了乔伊斯、弗吉尼亚·伍尔夫和福克纳等少数作家外，真正采用的人是不多的。所以，《枯枝败叶》有如再洗礼仪式，是以一种毫不含糊的姿态表明加西亚·马尔克斯对这个传统的皈依和投入。

本篇的独白共有两种形态，需要区别看待。一种是正文部分由老上校、伊莎贝尔和小男孩组成的三个人物的独白，这是小说主体部分，研究者通常讲得比较多；另一种就是与正文断开的开场白中以"我们"出现的代表集体记忆的独白，带着谴责和缅怀的调子在文中盘旋咏叹，这个部分大家讲得少一些。因为它在文中一共只出现过两次，首先是出现在原文用斜体字标出的开场白的两页当中，然后又出现在第三章的开头部分，回忆那位名叫"小狗"的神父（读者通常认为，此人与法国医生在外表上的相似是作者未能展开的一个主题）进入马孔多的日子。这个独白的声音在本篇中使用得很有限，故而显得较为次要。然而，值得注意的是，在后来的《家长的没落》中，这种代表集体记忆的独白方式得到了大量的运用，它的谴责和缅怀的声音又重新出现，在独裁者的宫殿里盘旋咏叹，并且被赋予了含义丰富的多声部的回旋照应的叙事效果。

主体部分三个人物的独白叙事，一般认为是借鉴了福克纳的《我弥留之际》，都是由若干小节组成，每小节都是一个人物的内心独白或意识流，从各自的角度回忆死者的生活，其相似之处还体现在两篇小说的情节都是围绕一个葬礼展开的。[①] 托马斯·法希（Thomas Fahy）的著作中说："最明显的是两部作品的中心意象都是一口棺材……加西亚·马尔克斯对时间的使用以及反复出现的人名，也是与《喧哗与骚动》、《押沙龙，押沙龙！》相呼应的。"[②] 因此福克纳所做的示范似乎在很大程度上决定了这篇

① 朱景冬：《马尔克斯：魔幻现实主义巨擘》，长春出版社 1995 年版，第 40 页。
② Thomas Fahy：G. G. Marquez's Love in the Time of Cholera. New York：The Continuum International Publishing Group Inc，2003，p. 16.

小说的形式。但是我们看到，这个方面《枯枝败叶》确实是有它自己的运用和特点。

从老上校和伊莎贝尔这两个人物的心理活动来看，普遍的下意识心理在他们诉诸联想的流程中是表现不够突出的；作者对他们内心反应的刻画主要还是囿于社会性格学的考虑，所以独白的叙事方式最后导致的结果不像乔伊斯和福克纳那样，由于对极度个体性心理的重视而涌现出反心理性的强烈潜流。加西亚·马尔克斯对于多人称独白的运用显得较为审慎和刻板，其中的一个原因恐怕是跟篇中人物出自于不发达社会的身份有关，也就是说，这些都是小镇生活原生态的类型，他们的存在构成了童年叙事诗的性格谱系（这也是该篇着意要表达的一个创作宗旨）。老上校是个颇具英雄气概的人物，他的善良和尊严既富于乡土气息，又不乏革命军残余分子那种秘密的自我意识；他对承诺和自我道德原则的恪守，也都表明他是具有完整性格的人物。另外，伊莎贝尔的声音所透露的那种女性的忧虑和无助感，是较为典型的小镇幽闭生活的写照，这在《伊莎贝尔在马孔多观雨时的独白》中已经有所表现了。而篇中的"小男孩"也不是福克纳笔下的瓦达曼，两者没有共同点。

因此从类型学的严格意义上讲，这三个人物并不导向于社会"下意识异状之隐喻性"的开拓。唯一用来表现反社会的"深蕴"心理的人物是法国医生，而这个人物在该篇中并不担当独白的角色（《我弥留之际》中死者安迪的声音在众声独白中恰恰是无与伦比的），反倒是成为三种独白借以叙述和显现的对象。

就内心独白这种形式产生的主导动机来讲，西欧现代主义文学的发展已经不同于列夫·托尔斯泰和E.迪雅尔丹的做法，已经使这种形式逐渐脱离"性格小说"的界面而变得高度非理性化了，其中生与死、精神与物质等二律背反的铺张扬厉显然是要胜过对心理学问题的探究，亦即弗吉尼亚·伍尔夫在《日记》中宣扬的对于"理智和疯狂的本质动态"[①] 的纯粹揭示。另外，独白人物的意识状态的自由化，其紊乱性之增强也确实是与

---

① 转引自《达洛卫夫人/到灯塔去》，上海译文出版社1988年版，"代序"第5页。

这种形式的主导动机的推动有关;"20世纪小说中的诉诸'深蕴'心理,大多集注于人,即或多或少超脱于'社会'状态的人;而从'性格小说'的社会心理角度看来,这甚至带有反心理性。极度个体性的心理又带有普遍性、全人类性,这为诉诸象征—神话的用语对其进行诠释开拓了道路。……执著于神话化的小说家们,将主要情节内移,继之以内心独白手法的运用……并继之以意识流手法的运用。"① 在我们所提到的乔伊斯和福克纳的小说中,这个结论显然是很有概括性的,而且可以成为现代主义独白叙事的本质特点的一个说明。

理查德·艾尔曼(Richard Ellmann)在谈到乔伊斯笔下的人物时也指出:"他那些主要人物是在人间社会生活并且对它有反应的,但是他们的基本思虑和昂奋情绪似乎和环境没有多少直接的关系。实际上,这些人物的孤独状态太显著了,所以乔伊斯将内心独白加以发展,使他的读者能不依靠作者的陪伴而直接进入人物的内心世界……"② 相形之下,《枯枝败叶》中老上校和他的女儿都不是在这种意义上"超脱于'社会状态'的人",与资本主义异化症状下的自我抗辩无关,他们与风俗和环境之间的联系是紧密的,不过是在他们原有的身份之外加入了异国文化的自我意识,是作者用另一种文化仪器透视下的农业社会的幽暗显影。

因此可用总结说,尽管《枯枝败叶》的三个独白人物在不同程度上确实都是孤独的,除了为死者送葬这个主题赋予的压抑感之外,主要还是由于独白这种形式的先验含义辅助表现的一种结果,并不纯然是由人物自身的文化基调所决定的。我们看到作家在这个方面的形式实验中始终放不开手脚,也是因为他更多的是偏重于独白的叙事状物的功能,而不是沿着这种形式原有的实验性意义走得更远。

陈众议的《加西亚·马尔克斯传》③、朱景冬的《马尔克斯》④ 中都分

---

① [苏]叶·莫·梅列金斯基:《神话的诗学》,商务印书馆1990年版,第336页。

② [美]理查德·艾尔曼:《乔伊斯传》(上卷),北京十月文艺出版社2006年版,第409—410页。

③ 陈众议:《加西亚·马尔克斯传》,新世界出版社2003年版,第90页。

④ 朱景冬:《马尔克斯:魔幻现实主义巨擘》,长春出版社1995年版,第34页。

别举例引用了同一个段落来说明"男孩"独白的特色，这个细节出自于小说第一章第三自然段：

> ……原来死人光着头，脑袋青青的，下巴上系着一条围巾。嘴巴略微张开，紫里透青的嘴唇后面露着带黑斑的、参差不齐的牙齿。舌头朝一边耷拉着，又肥又大又软和，比脸的颜色还要暗淡，跟用麻绳勒紧的手指头的颜色一样。死人瞪着眼睛，比普通人的大得多，目光显得又焦躁又茫然。皮肤好像湿土。我本以为死人看上去大概像普通人在静悄悄地睡觉。现在一看，也不是那么回事。死人像是个刚刚吵过架的、怒气冲冲的活人。①

这个细节描写还见之于《没有人给他写信的上校》，上校去吊唁小号手的那个段落，②用的是一样的印象、观察和笔法。一种近景透视的表现技法，甚至将多人称的独白变成一种过于浓缩的、似乎由视觉性力量主导的叙事诗写作。这样，三个人物的独白所起的作用主要还是一般意义上的叙事状物，成为各种印象和记忆的回音壁，最终刻画出那位死者的形象。因此，从主题到形式的运用，《枯枝败叶》较之于《我弥留之际》那种"清唱剧"式的格调相去甚远，两者之间并不存在太多的共同点。

与福克纳的创作相比较，我们倒是可以突出地看到两点。一是《枯枝败叶》的作者试图利用画面传达出童年的温情和幻觉，因而他的独白人物具有更为亲切平易的情愫；二是他对独白这种形式有节制的使用也反映了其个性中真实的一面，他缺乏福克纳的独断专行的气质，他的独白从未有过福克纳的那种刚愎不驯中流露的清冷气息；在一种美学形式可以提升的高度上他似乎宁可放弃主导动机的诱惑，回到散文的协调和中介者的位置上。篇中三个人物的独白似乎也可成为这种优柔整饬的自我意识的镜像。它们没有一个声音的音值是高的、是激越动人的（就独白艺术而言均显得

---

① 《加西亚·马尔克斯中短篇小说集》，上海译文出版社1982年版，第23页。
② 《上校无人来信——加西亚·马尔克斯小说集》，商务印书馆1985年版，第157页。

单调而不甚成功），反倒是协助成为深入表达印象的布局绘事的近景画面，显示出作者对场景调度的敏感以及对视觉性效果的偏重。

四

第三，有关村落神话的地形学及场所的考察。

马孔多村落在《百年孤独》中成了"神话化诗艺"的一个具有高度象征性的叙事场所，被公认为是作家创造的异常明晰的"世界模式"；因为"它既是'哥伦比亚的'，又是'拉丁美洲的'（居于主要地位），在一定程度上也是'全人类的'。马孔多的历史也是布恩地亚家族的历史，也是哥伦比亚一个小市镇的历史、哥伦比亚的历史、拉丁美洲的历史，在某种意义上说也是全世界的历史。"①

从这个场所在《枯枝败叶》中最先确立的那一刻起，作家便开始有意识地缔造一个家族的历史和地理学上的著名神话（阿拉卡塔卡镇的居民最近甚至要以投票表决的方式将镇名更改成马孔多②）。哥伦比亚作家兼文学批评家普利尼奥·阿普莱约·门多萨评论说："《枯枝败叶》是一部内容充实的作品。它包含了马孔多的全部痛苦和对马孔多的过去的眷恋之情，仅仅凭这一点，也许就能够理直气壮地使它的作者名扬拉美了。"③ 所谓"马孔多的全部痛苦和马孔多的过去"就是指作者对这个虚构的热带小镇兴衰史的回溯，在《枯枝败叶》的开场白中特意标明的有关今昔变迁的对照。弗·多斯特在将这部小说与《百年孤独》作对比时也指出："《枯枝败叶》写的是 1903 年至 1928 年发生在马贡多的事，从某种意义上说是那部容量巨大的历史的一种不同的叙述，而该历史表面上说的都是作家的生活和回忆。一个与世隔绝的、患有幽闭恐惧症的小镇上令人震惊的燠热和尘

---

① ［苏］叶·莫·梅列金斯基：《神话的诗学》，商务印书馆 1990 年版，第 421—422 页。

② 详见《参考消息》2006 年 7 月 5 日第 11 版"双语天地""画里话外"（原载香港《明报》）专栏。

③ 转引自朱景冬《马尔克斯：魔幻现实主义巨擘》，长春出版社 1995 年版，第 29 页。

土，荒唐可笑的无聊生活，就是从现在的破败景象中看出马贡多过去的家族史的全部内容。"①

　　这个宏大叙事的范例在叶·莫·梅列金斯基看来，堪与托马斯·曼的《布登勃罗克一家》对家族历史的表现相比拟②，而早在《枯枝败叶》出版的时候，这种试图囊括热带小镇生活的叙事就被看作是继何塞·欧斯塔西奥·里维拉之后最为成功的一个尝试了③。这里有一个现象似乎需要强调指出：对比这两部规模不等的描写马孔多的长篇小说，可以发现一个共同的特点，那就是这个表现"世界模式"的地点其主要的活动范围局限于一座宅院，实际上是在写宅院内一家人的生活和回忆，非但整个环境是幽闭的，甚至其早期容纳的家族人口还远不如 V. S. 奈保尔的"哈努曼大宅"。

　　上校一家四口再加女仆梅梅和法国医生，便是构成这部小说 25 年间家族史的叙述与视角。小说有两处宅院以外的地点可算作是马孔多的公共场所，那就是教堂和理发馆。因此，在这部标志着马孔多诞生的小说中，所谓的马孔多究竟是在摹写一个村镇还是只在写一所房子，答案应该是显而易见的。这个问题恐怕不能算是细枝末节的考究。因为，作为宏大叙事之演化和复现的一个载体，除非它能够找到属于不同级差的意识形态范畴之间的平衡，否则单靠一个中产家庭贯穿的孤独心声是很难取得那样的表现效果的。我们看到，V. S. 奈保尔的"哈努曼大宅"更为错综复杂的家族关系的描写，并不给人以"神话化诗艺"的创作印象，其丰富异常的心理画面完全是扎根于日常写实的传统。哪怕是在《百年孤独》已经大大扩展的地理版图上，马孔多 100 年历史的演化仍然主要是局限于一所房子，小说绝大部分的篇章都没有越出宅院的围墙。在这一点上两部小说前后的地形学特征是基本一致的。

---

　　① 林一安编：《加西亚·马尔克斯研究》，云南人民出版社 1993 年版，第 541 页。

　　② ［苏］叶·莫·梅列金斯基：《神话的诗学》，商务印书馆 1990 年版，第 422 页。

　　③ 朱景冬：《马尔克斯：魔幻现实主义巨擘》，长春出版社 1995 年版，第 28—29 页。

作家童年居住的外祖母家的老宅，是小说中虚构宅院的原型。巴尔加斯·略萨在其评传中指出："《枯枝败叶》中上校的那座房子就是以此为原型的；而且，他的小说世界中不少宅院多半也是以此为母本的，例如，格兰德大妈的宅院以及阿希斯一家和布恩地亚一家的宅院。"① 哥伦比亚的豪尔赫·塔德奥·洛萨诺大学建筑系的三名学生，在对已经拆毁的宅院进行详细的研究和考察之后画出了建筑图纸，经作家本人核实与原有的样式并无二致。长长的木结构柱廊，餐厅的水泥地，白铁皮的屋顶，银匠作坊和内院的小花园，等等，房子在建造之初甚至达到过拥有四个不同的建筑单元的规模。② 达索·萨尔迪瓦尔在引用这个考据的结果时说："第一个引人注目的结论是，他外祖父母的宅院与《枯枝败叶》中的一模一样，与《百年孤独》中的仅仅略有不同。"③

对童年老宅的记忆，那难以驱遣的幻觉和鬼魂的触须，在《枯枝败叶》包含潜意识的独白中其实并不占据太大的篇幅，然而，这却是作者写作这部小说的一个主要的动机。在《同记者阿曼多杜兰的交谈》（1968）一文中作家简要地指出："《枯枝败叶》的复杂故事源自我对我自己小时候坐在客厅一个角落里的椅子上的情形的回忆。"④ 这个形象的记忆嵌入在小说第四章的开篇，也就是"男孩"有关于那把"破旧的雕花木椅子"的独白："…… 在路上走的时候，我想起了那把丢在厨房角落里的破椅子。以前用它接待过不少客人。现在，每天深夜，有个鬼魂戴着帽子，坐在椅子上，观赏着灶膛里熄灭的灰烬。"⑤ 我们知道，此前在"波哥大小说"中类似的幻觉曾以另一种方式叙述过。《回归本源》记录加西亚·马尔克斯谈到他与童年的这种联系时说："时常清楚地记得的并不是人，而是以

① 林一安编：《加西亚·马尔克斯研究》，云南人民出版社 1993 年版，第 26 页。

② 转引自 [哥] 达索·萨尔迪瓦尔《回归本源》，外国文学出版社 2001 年版，第 63 页。

③ [哥] 达索·萨尔迪瓦尔：《回归本源》，外国文学出版社 2001 年版，第 63 页。

④ [哥] 加西亚·马尔克斯：《两百年的孤独》，云南人民出版社 1997 年版，第 35 页。

⑤ 《加西亚·马尔克斯中短篇小说集》，上海译文出版社 1982 年版，第 59 页。

前我和外祖父母一块儿住过的阿拉卡塔卡镇的那个宅院。"说他一辈子当中每天睡醒的时候"都有一种以真亦幻的感觉，似乎自己依然身处那所令我魂牵梦萦的宅院"。不是说他回到那里，"而是我就在那里，不知年龄多大，也无任何特别的缘由，仿佛我从未离开过那个宽大的老院子"。①

按照以上的分析和陈述，"宅院"作为小说虚构的一个中心场所，有关其来龙去脉的类似于实证式的考察是大致可以完成了。然而，这些还不是我们试图阐明和总结的意义。《枯枝败叶》构筑"家园神话"的尝试在这个文本中还有着更为独特的思想特征，使它的叙事结构如此集中于一个家族的史话。

通过文本我们可以了解到，小说有着创建马孔多的历史时段，也有着随"香蕉热"而来的联合果品公司入侵的时间，法国医生抵达和死亡的时间，然而，它整个的"现实时间"却是凝滞不动的。同样，它有邻里的街道和教堂，灼热的尘土，成群的老处女，本地的居民以及"枯枝败叶"的外来人口，流言飞语和变动喧嚣，给我们勾画出小镇生活足可容纳的空间，然而，它的空间真正充实的价值是在宅院的内部。仔细分辨不难看出，这里的"宅院"并不是社会叙事的一个通常的组成单位，像"哈努曼大宅"那样成为人际关系具体而微的一个标本来加以剖析，而是成为某种相对独立于社会之外的场所，是一个人格结构上带有道德理想化色彩的逃避和自我防御的缩影。这是该小说在处理空间问题上的一个非常重要的特征，它使得所谓的"村落共同体"的存在被赋予了叙述上的内、外两重性。

以宅院为中心，它的外延地带是由两个环状群落所组成：一是泛泛刻画的狭隘、飞短流长和报复心切的本地镇民，他们在医生家门口的表现犹如所多玛城那些愤激的居民围攻罗得的院门；二是那些外来人口及其挥霍无度、焚烧纸币的"人类渣滓"，他们的罪孽（同样写得较为抽象）堪比上帝欲予毁灭的蛾摩拉城的居民。某种程度上，我们确实可以将加西亚·马尔克斯笔下的这两个群落与《旧约》《创世纪》中的篇章

① ［哥］达索·萨尔迪瓦尔：《回归本源》，外国文学出版社 2001 年版，第 64—65 页。

联系起来。

如果说《百年孤独》的叙事情节基本保留了这个抵御的模式，它对外部世界的描述更多的是体现为防御性的自我投射，使得马孔多的人物和"叙述者因与'场所'的关联而分成内、外两重性"①，那么，在《枯枝败叶》中围绕着为死者送葬的事件其内外世界对峙的态势无疑是更加突出，更具戏剧性的对比。

这种对于不同社会群落道德级差的"定制"，反映了作家心目中的想象世界与现实世界之间的疏离，因而它仍然是一种个人幻想的乌托邦倾向的体现。小说中的"宅院"并不代表单纯的童年回忆以及和过去生活的联系，它是个体得以进入"想象世界里的'结构'和'场所'"②，通过这个想象世界的地理中心绘制出道德和情感的版图，并试图取代现实生活的劣质、混乱和空虚，从而让人看到一个更加接近于原始记忆的鲜活而生动的家族史话。

必须指出，家族人物始终居于叙述的前景位置，这一点并不必然导致小说的神话化叙述。人物和"叙述者因与'场所'的关联而分成内、外两重性"的透视关系，才真正促使该篇的叙述向着神话化的方向发展。另外，由于作者采用现代主义叙述形式，其时空观和独白叙事的结构又进一步强化了这种内外二重性的对立。于是，小说对现实的反映不是沿着社会化研究的逻辑发展，使得死者和家族生活的悲剧进一步展示出来，而是一种更为倚重于主观想象的诗情渲染，使得故事的各类头绪被包裹在半透明的意识之中。它对社会的评价总体上是一种有限制的意识形态虚构的反映，而且显得颇具破坏力。小说中家族以外的社会群落的思想状况，并不是通常所谓的被贬低而是几乎被"无化"了。小说对死亡、孤独、兴衰、纯真、毁灭等等社会主题的概括方式也具有典型的神话化倾向。在接下来的小节当中，通过对该篇道德主题的具体分析，应该可以更加清楚地看到这一点。

---

① 《我在暧昧的日本：大江健三郎随笔集》，海南出版公司 2005 年版，第 3 页。
② 同上书，第 1 页。

第二节 《枯枝败叶》的题解及
道德主题的阐释

一

小说题目的西班牙语原文是 La hojarasca，英文译作 Leaf Storm，实际上按原文的字面直译应为 "fallen dead leaves"，中译早期也曾将其简略译为 "残叶"[①]，贝尔—维亚达在其著作中强调说这是一个略带贬损性的字眼[②]。这个题目在小说中究竟指涉什么，我们看 "开场白" 的描述应该是清楚的。它是指尾随香蕉公司而来的外来入侵势力，由外来人口的 "人类渣滓" 和 "物质垃圾" 两个部分组成。对于原本是僻静的小村落马孔多来说，"枯枝败叶" 带来的旋风无疑是一场 "浩劫"。[③]

但是，弗·多斯特在他的专题论文中对这个题目的含义却提出了另一种看法，认为它在正文中的指涉颇为含糊不清而让人感到困惑。他说：

> ……还有一个更加含糊不清的问题须加评论。把作为标题的 "枯枝败叶" 看作 20 世纪初的繁荣所带来的垃圾，在经济衰退时被抛下，使马孔多实际上变成一座幽灵镇。上校把他的意见说得很清楚：
> "我想起了马贡多过节的时候，人们发狂地焚烧纸币；我想起了到处流浪、目空一切的 '枯枝败叶'，在浑浑噩噩的泥塘里滚来滚去的 '枯枝败叶'，憧憬着挥霍无度的生活的 '枯枝败叶'。"
> 在具有上校观点的来源不明的卷头语的开头，显然把 "枯枝败叶" 同污染了生活于原始状态的马贡多（《百年孤独》的回响）的人

---

① 张国培编：《加西亚·马尔克斯研究资料》，南开大学出版社 1984 年版，第 108 页。

② Gene H. Bell—Villada：Garcia Marquez, the Man and His Work, Chapel Hill and London，1990，p. 143.

③ 《加西亚·马尔克斯中短篇小说集》，上海译文出版社 1982 年版，第 20 页。

类渣滓，看作是相同的东西。但是，"枯枝败叶"这个词本身就不清楚；其含义既可指垃圾或渣滓，也可以仅仅指落叶——那种已经失去青春和生命而且已经勾画出时代轮廓的叶片。如果有一堆"枯枝败叶"把一条单纯的"……左边是小河、右边是坟茔的穷街陋巷"，变成了"一座由来自各地的垃圾组成的五光十色、面目全非的小镇"，那就是有另一堆人真真实实地做了一点事，以阻止马孔多的慢性死亡。我们确实难以肯定标题指的是哪一堆人；而在两堆人中，上校及其他枯叶便是主人公。①

这段引文中弗·多斯特本人的观点是很清楚的，他所谓的"含糊不清"是指作者在标题中对 La hojarasca 这个词未加具体的限定，小说的实际指向显得不甚明确，让读者颇费猜测。由于这个词语可以做出性质截然不同的解释，因而更加显得含混。按照他的读解，La hojarasca 既可指代外来的入侵势力，正如卷首语中表明的那样，亦可以指代"慢性死亡"的马孔多原住民上校一类的人物，他们的存在本身即如时代凋零的残叶；如果这两个方面的指代都可以成立，那么这篇小说的标题究竟指的是哪一个方面的意思，实在是有些暧昧不明的，这类模棱两可的暗示从某种程度上讲，也给读者的理解带来了困难。

在我们已经查阅到的有关《枯枝败叶》的评论，包括对作家本人的许多有重要价值的访谈和对话录中，还没有人提出过类似于弗·多斯特这样的疑问。巴尔加斯·略萨曾对该篇小说情节上的"悬而未决的问题"提出过一连串的设问，② 但是，对题目与正文之间的互为指涉的关系并未有过任何的质疑。因为问题十分清楚，La hojarasca 这个词连同其贬损性的含义在卷首的"开场白"中已经阐述得相当完整了，在小说第八章中又通过上校之口道明了它的所指。马孔多小镇与法国医生的毁灭都是这股入侵势

---

① 林一安编：《加西亚·马尔克斯研究》，云南人民出版社 1993 年版，第 545 页。

② 同上书，第 542 页。

力的祸因；上校所谓的"我想起他们到来之前他的生活状况以及后来的变迁"① 这句话便是通过与开篇的呼应直接点明了题旨。因此，弗·多斯特的质疑似乎将原本是简单的问题弄得复杂了，他将 La hojarasca 这个词所产生的"残叶凋零"的暗示引向上校及其同类，无非是将自己的读解加诸于这篇小说，从而造成了所谓的题意"含糊不清"及其在文本中两种截然不同的指代所带来的困惑，因为小说本身并没有设置这样一层暗示。

《枯枝败叶》的题解看来并不是一个需要特别加以研究的问题。既然题目的含义在文本中已经交代得如此明确，为什么我们在这里还要单独拿出来加以论述呢？因为，对于该篇所做的题解关系到对它的道德主题的分析，这对于我们深入了解作者的意识形态倾向是一个必要的环节。要对弗·多斯特的指责提出反驳并且提供一个有说服力的答案，这一点并不困难，但是完全无视他的观点中所包含的互为矛盾的设问，我们也就等于是在回避这篇小说非常引人注目的一个思想和修辞上的步骤。正是在这个意义上，有关该篇的题解及其争议才成了我们在研究中要加以检视的一条线索，而且必须承认，弗·多斯特那种看似自相困扰的观点其实并非是多余的。

弗·多斯特提出了一个小说中看似有意回避了的现实问题，即联合果品公司的到来难道没有为小镇地方经济的建设带来任何益处吗？既然原先的"穷街陋巷"因"香蕉热"和外来人口的出现变得繁荣起来，那么，所谓的"枯枝败叶"也确实是为该地的进步"真真实实地做了一点事"。然而我们看到，这一点显然不是作者在小说中所要肯定并加以表现的。如果我们不能简单地将开篇卷首语的观点以及上校本人的观点与作者的意见等同起来，那么至少也可以提出这样的疑问，将"香蕉热"的群体及其影响视为贬损性的"枯枝败叶"，这种观点究竟在多大程度上符合历史的真实？或者说，是在多大的程度上代表了马孔多居民的思想和愿望？

作家的自传《为讲故事而生活》中曾经披露了 La hojarasca 这个词最初的由来，即他与母亲返回阿拉卡塔卡变卖祖产的那次旅行，在火车车厢里听到有人谈起联合果品公司时说出这个词。作家对往事的记述与小说相

────────────

① 《加西亚·马尔克斯中短篇小说集》，上海译文出版社1982年版，第95页。

比似乎更具有耐人寻味的客观性。陈众议的《加西亚·马尔克斯传》中引述了作家自传中的这个段落：

> 母亲叫我陪她去卖房子……当火车开动时，我们的车厢里只增加了四个乘客。他们是一位年轻牧师，两名妇女和她们怀抱的一个婴儿。婴儿不住地啼哭，年轻的牧师穿着靴子，戴着头盔，像个勘察员。粗糙的教士服上布满了船帆似的方块补丁。伴着婴儿的啼哭，牧师就像在讲道坛上那样不停地说教。话题是香蕉公司回来的可能性。自从香蕉公司离开这个地方，人们好像丧失了别的话题。希望它回来和不希望它回来的人争执不下，且都有充足的理由。牧师属于后者，他的理由让两个一同上车的妇女感到莫名其妙：
>
> "香蕉公司所到之处便是枯枝败叶。"
>
> 这是他唯一精彩的一句。但没等他解释清楚，其中一个妇女便还击说，上帝一定不会同意他的观点。
>
> 就这样，记忆抹平了伤痕，美化了过去。时移世易，从车厢遥望那些坐在大门口或站在硝石滩向火车行注目礼的男男女女，便不知道他们在等待什么。每当有人提着箱子经过这里，人们就会以为是联合果品公司又回来了。他们所有的探亲访友、离合聚散和往来书信，也都少不了这样一句神圣的"阿门"：
>
> "听说香蕉公司要回来了。"

虽然没有谁知道此话从何而来，也没有谁清楚它依据何在，却人人信以为真。①

难得之处在于，自传中的这个段落使我们能够从现实和历史的另一个层面来看待问题。在《枯枝败叶》——甚或在《百年孤独》中我们是看不到类似于车厢内外的妇女和老百姓的意见的，看不到联合果品公司在这个地区进入和撤离带来的影响。

---

① 陈众议：《加西亚·马尔克斯传》，新世界出版社 2003 年版，第 84—85 页。

　　19 世纪末成立于波士顿的联合果品公司，以其先进的生产手段独占阿拉卡塔卡以及丰达西翁两个市镇近郊的土地，垄断市场并削弱哥伦比亚和外国企业的实力，它们彻底改变了这个地方的历史；随之而来的劳资纠纷、工人罢工以及大屠杀事件（《百年孤独》中对此有所表现），种种历史罪孽在 20 年间的"香蕉热"经济繁荣中可谓是表露无遗。[①] 达索·萨尔迪瓦尔《回归本源》的第二章用了全部的篇幅来揭示这段历史的经济、政治和文化的来龙去脉及其悲剧的影响力。他的研究极为详细，尽管他与作家一样在这个问题上采取了全盘抨击和否定的立场，但至少是从文献与作品互为参证的角度给我们提供了一种史料上的佐证。

　　加西亚·马尔克斯的自传记述的那次返乡之旅是在 1950 年初，[②] 距离联合果品公司撤离该地区大约有 20 年，因此才有了"时移世易"的感慨："记忆抹平了伤痕，美化了过去。"但是从他记述的见闻来看，人们对于联合果品公司能否归来显然还是抱有热切的期望，这是作者用了讽刺的口吻透露的一个现实。车厢里的牧师与妇女的那场争论也可说明，人们对于联合果品公司的看法并不一致，虽然作者站在牧师一边，对后者的评判表示赞赏，那位妇女却是能够在相当程度上代表车厢外许多老百姓的关注和态度，这一点作者也已经意识到了。在作者看来，这是一种对历史的麻木和遗忘。但是我们从另一个角度看，也未尝不能反映大多数人在生存和就业等一系列实际问题上对于香蕉公司的依赖，他们的依赖甚至达到了盲信的程度，似乎并不以某种意识形态的要求为依据，这一点是不能否认的。就连阿尔瓦罗·穆蒂斯也说，作家的这部自传以一种少有的客观性的描述给他留下了深刻的印象。[③]

　　加西亚·马尔克斯对于"香蕉热"的历史评价，在《枯枝败叶》、《百年孤独》和他在自传中的立场是一致的，尽管《枯枝败叶》并未像《百年孤独》那样涉及劳资纠纷、罢工和大屠杀等历史事件，它却是作者最早表

---

　　① ［哥］达索·萨尔迪瓦尔：《回归本源》，外国文学出版社 2001 年版，第 32—33 页。

　　② 陈众议：《加西亚·马尔克斯传》，新世界出版社 2003 年版，第 84 页。

　　③ ［哥］阿尔瓦罗·穆蒂斯：《他长着海盗般的眉毛》，载于《参考消息》2003 年 11 月 17 日第 16 版。

现"香蕉热"题材的一部小说，而且从题意（La hojarasca）到故事的讲述都清楚地表明了他的敌对态度。这种态度根本上是在拒斥弗·多斯特所谓的联合果品公司带来的进步意义，他丝毫没有去表现那些习惯于麻木和遗忘的广大民众正面的愿望，以及他们的生存与实际生活的关注，还有他们对于"香蕉热"的不同看法。车厢里的那位妇女对牧师说，上帝一定不会同意你的观点。那么她或许会同意弗·多斯特的观点，承认联合果品公司带来的利益以及他们是如何将这种生存与繁荣的机缘视同神圣。

在此意义上，我们大概能够同意美国学者何·戴·萨尔迪瓦在《马贡多的意识形态和它的毁灭》一文中提出的观点，即有关于马孔多的叙述和美学的探讨必须与作家"根据一种意识形态的观点改写哥伦比亚历史的一种批判性解释联系起来"，而且作家对于历史的再现显然也是出自于一种有限制的意识形态的虚构，反映了他对各种成规和愚见所持的激烈否定的态度。① 这个问题涉及的方面比较多，不是几句概括性的意见就能总结的，而且对于我们如何理解作家的"现实观"至关重要，我们将留待下一个章节论述《百年孤独》时进行更为详细的探讨。

如果说《枯枝败叶》的题材和地域色彩是标志着作家对于加勒比沿海地区生活和历史的一种回归，那么我们看到，这种回归无论是在美学上还是在意识形态的倾向上都并非是像达索·萨尔迪瓦尔所说的那样，是融合于"人民平凡的想象和创造"②。《枯枝败叶》和"波哥大小说"之间的精神联系并没有割断，无论是作为"学生作家"还是作为内心孤立的知识分子，这种联系事实上是不可能割断的，这一点我们从该篇的村落地形学及场所的内外二重性的区分、从其道德主题的设置便可以判断出来。

在这部小说中，作家开始运用家族和童年记忆的素材，将自身的体验融入历史和日常生活的根基，但我们同样可以发现，作家心目中的想象世界和现实世界之间的隔膜却是以一种堂·吉诃德式的方式树立起来的，这

---

① 林一安编：《加西亚·马尔克斯研究》，云南人民出版社 1993 年版，第 311—321 页。

② ［哥］达索·萨尔迪瓦尔：《回归本源》，外国文学出版社 2001 年版，第 178 页。

一点决定了这部小说的构思和情节叙事。加西亚·马尔克斯没有站在官方的立场上企图粉饰现实，但他同样也没有以"群众"这个概念思考问题。某种程度上他甚至没有以社会进化论的观点看待历史。

《枯枝败叶》的基调及其叙事动机仿佛是来自于被历史和社会遗弃的族群，带有道德上脆弱的虔敬，也带有某种压抑的禁欲色彩；他们与现实的思维格格不入。这个"他们"可能仅仅是出自于精神和想象的产物，介乎于官方意识形态和底层群众之间，是一种堂·吉珂德式的自我信念的化身，需要通过创作的想象力才能将其再现出来，赋予其存在的权利或价值。因此问题的实质也就变得显而易见，如果这种精神的想象在创作中是真实而鲜活的，那么，能够代表多数人的俗世生态的原则在很大程度上就是被"无化"了，两者在精神和趣味上是对立的。我们从这个逻辑也可推知，这篇小说的道德主题是建立在怎样的一个基础之上，又是如何渗透于人物与情节的构思，影响到叙事的声音和色调，它们笼罩的那种晦涩而拘泥的幽闭之感。

二

《枯枝败叶》的道德主题是由两个叙事的层面构成：一是围绕死者的葬礼引发的上校与马孔多舆论的对立；二是通过死者生前的一系列生活变故来表现"香蕉热"对马孔多的腐蚀和伤害，而这主要也是从上校的回忆和观点中透露出来的。因此在这两个层面的叙事中，有关死者的故事、上校的叙述和观点占据了核心的地位。

小说开篇引用的一段题跋出自于索福克勒斯的《安提戈涅》，使得有些研究者将送葬的情节与《安提戈涅》的主题结构对应起来，从两者的相似之处中寻找索解，例如："履行诺言只能带来致命的后果；安提戈涅和上校的固执；死者连同其所有物一起埋葬的仪式特点；死者是吊死的；内疚和赎罪的作用。等等。"① 这是佩德罗·拉斯特拉的《〈枯枝败叶〉中作

---

① 林一安编：《加西亚·马尔克斯研究》，云南人民出版社 1993 年版，第 543页。

为结构基础的悲剧》一文中通过比较得出的结论。但是，履行诺言对于上校来说"只能带来致命的后果"，这个说法是夸张的，我们从小说中看不到这样的暗示。安提戈涅公然触犯"仁君克勒翁"的禁令，这是她与死者波吕涅克斯的亲属关系决定的等等，这些悲剧的冲突或罪责的条件都是明确而且有力的，而我们在上校的故事中很难看到这种本质上的对应，也看不到它将送葬作为一个悲剧来进行处理的基本意向。上校并不是安提戈涅式的悲剧人物，他为死者送葬的情节也不是这部小说内在悲剧的结构基础，就连人物为何要为死者入殓这一点也未必能对自己做出解释。我们从上校的独白中可以看到小说做出的交代：

> 现在，我开始明白了，真犯不着跟全镇居民顶牛，多管这档子闲事。……要是我一个人拖着尸体走过镇上的大街小巷，直送到墓地，那岂不是有点硬要逞强、甘犯众怒吗？自从本世纪初以来，镇上发生的各种各样的事我都亲眼见过，我知道马孔多人是什么事都干得出来的。虽说我上了年纪，是共和国的一名上校，再加上腿脚不便，又为人耿直，可是人们完全可以不尊重我。……我这么干不是为了我。或许也不是为了让死者在九泉之下好好安息。更不是为了履行一个神圣的诺言。我把伊莎贝尔带来，不是因为我怯弱，我只是拉她一起来行行好。她把孩子也带来了（我估摸着她也是这么个想法）。现在我们三个人待在这里，共同挑起这副沉重的担子。①

上校是为了履行一项义务，其实也是包含着他对死者的承诺和同情，这个行为与他乐善好施的天性是相符的。由于死者生前的所作所为触犯众怒，上校清楚地知道自己在送葬这件事情上扮演的角色。我们从后面展开的情节可以得知，他与死者的关系是所有的人物中最为密切的。如果说死者是这部小说中唯一的悲剧人物，那么上校是这个悲剧存在的主要见证

---

① 《加西亚·马尔克斯中短篇小说集》，上海译文出版社 1982 年版，第 36—37 页。

人。他为前者提供保护并为他收尸入殓，完成自己应尽的义务。除他之外，已经没有人会对死者表示同情了。

我们需要将研究的注意力从对《安提戈涅》过度的比附之中转移出来，回到这部小说自身所要传达的主题上来。上校为死者送葬不仅是他善良性格的表现，还透露了一个对于社会的相当主观性的解释，这是我们不得不要注意的一个方面。因为从事情可以评判的具体性质来讲，马孔多镇民对死者的仇视和愤怒是事出有因的，由于后者曾在危急关头拒绝救治伤员，他的冷酷心肠和恶劣表现哪怕置于任何前提之下都难以得到合乎情理的解释，所以，当"他的死讯传遍了马孔多（因为今天早上大家醒来的时候，一定会比往常感到轻松愉快），人们都准备欢度一下这个期盼已久的、值得庆祝一番的大喜事"。照上校本人的话讲，"十年前他不肯对镇上人发善心，现在全镇的人也不肯对他发善心"。① 那么，围绕送葬这个事件，上校一家孤立无援的压抑情绪是可以理解的，他们置身于舆论不利的境况当中。况且，根据上校本人对马孔多镇居民的看法，他们"什么事都干得出来"，他们变成了一个令人惧怕和忧虑的群体，因此问题又似乎可以归结为一点，那就是在这场看似公平合理的舆论反应的背后则是所多玛式的人心险恶的世态。

上校对死者的同情多于谴责，而对镇民的谴责则是多于同情，即便他能够意识到人们的复仇心态并非没有合理之处，他对镇民的评判仍然是倾向于负面的和消极的。这是为什么？这与他的善良理智的人格相符吗？小说中没有任何细节可以暗示他本人与本地的居民有过节，那么，他的偏见（如果称得上是偏见的话）是源自何处？

当上校谴责"马孔多人是什么事都干得出来"的时候，我们可以注意到这句话前面所加的那个时间状语——"本世纪初以来"，也就是小说开场白的题记中注明的"1909 年"这个时段，这是联合果品公司入侵马孔多的时间，是"人类的'枯枝败叶'以排山倒海之势把商店、医院、游艺厅、发电厂的垃圾席卷到这里"② 的时间。这就把上校对社会舆论的悲观

---

① 《加西亚·马尔克斯中短篇小说集》，上海译文出版社 1982 年版，第 36 页。
② 同上书，第 21 页。

测度与"香蕉热"的历史联系了起来，而这才是作者在葬礼风波中给人物和事件所要注入的更深一层的情绪；我们看到上校与外界舆论的对峙、他的愤世嫉俗的责难和孤独心态，无不是这种历史性情绪的流露和反映。他对死者的同情与对镇民的责难，由此构成的思想和行为上的偏见，我们在这里才找到了可以解释的一个立足点。

为死者送葬以及回忆死者生前的一系列生活变故，这两个叙事的层面均蕴涵着对马孔多世道人心的堕落变迁的感慨，它们构成了《枯枝败叶》的道德主题。此前的弗·多斯特的那段引文中，上校对于"香蕉热"引发的社会腐败与卷首语中的观点如出一辙："我想起了马孔多过节的时候，人们发狂地焚烧纸币；我想起了到处流浪、目空一切的'枯枝败叶'，在浑浑噩噩的泥塘里滚来滚去的'枯枝败叶'，憧憬着挥霍无度的生活的'枯枝败叶'。"① 这类谴责如果加诸于本镇的全体居民，当然是有失公道的，但它却是对历史堕落的恶果及其梦魇般现状的鞭挞，与对马孔多初建时那种田园牧歌式的美好生活的回顾一样，都是基于对现实心理的不满和逃避。

小说第二章中借助于女仆梅梅之口渲染出"上世纪末大战以前我们家绚丽多彩的田园生活"，将可信与不可信的传闻当作真人真事，其中蕴涵的便是一种企图让历史重演的感伤心理。那时的"马孔多是块宝地，是和平之乡，是乐园"，上校和前妻"经过长途跋涉，终于在马孔多落下脚来。为逃避兵祸，他们到处寻找一个又兴旺又静谧的安身之处。听人家说这一带有金苗，就找到这里。那时候，这儿刚刚出现一个荒村，只有几户逃难的人家。他们辛辛苦苦地保留下传统的生活方式和宗教习俗。……"② 我们可以发现这段叙述中包含着《百年孤独》开篇的田园诗模式，它与对历史开端的记忆混合在一起，形成一种历史与现实不断堕落的神话化叙述的观点。

就此而言，"香蕉热"这个历史事件在作品中主要还是当作一个来自外部的破坏性力量来加以表现的，这样表现的真正前提是一个封闭的美好

---

① 《加西亚·马尔克斯中短篇小说集》，上海译文出版社1982年版，第95页。
② 同上书，第46—47页。

世界在此之前就已经存在，而且它的存在本身就是为了躲避社会的压迫和灾难，如同旧约《出埃及记》所描绘的那样，是要到一个上帝许诺的流着奶和蜜的宝地，开始他们乐园般的生活。女仆梅梅的叙述不仅是将田园诗的存在与对历史开端的记忆混合在一起，而且还暗示了上校本人拥有的一个神话般的身份，而他作为部落的族长与他作为小镇失去权势和影响力的人物之间的对比，也是加深了这种今不如昔的感慨。而且，这段叙述潜在的立场无疑是要将马孔多曾经有过的"纯真"与这个家族的历史紧密结合，在价值上与那个日益动荡和危险的外部世界区分开来。这种内外两重性的区分，我们在分析村落地形学及场所的特点时也已经谈到过了。

诺斯洛普·弗莱在谈到当代"社会的神话叙述"共有的特征时曾经指出：

> 我们这个时代的社会神话叙述，有一点像是对它之前的基督教神话叙述的模仿。"早先事情要简单得多；从我们还是孩子那时候起，世界已不知怎么失去了它的纯真。我要活下去，为的是能稍稍脱离这无休止的激烈竞争，到一个永远摆脱它的地方。然而，竞争的气氛却越来越紧张，我们或许希望看到，在我们消除了贫困以后我们社会的所有的人都能享受消费品。这个世界正受到来自国外的巨大危险的威胁，说不定是彻底的毁灭；但是，如果我们肩负起摆在我们面前的新的使命，我们则可以将我们的生活方式世世代代传下去。"我们从这种叙述中即可认出来某些神话的轮廓：天堂神话，原罪和堕落的神话，出埃及记神话，田园牧歌神话，以及启示录神话。①

在《枯枝败叶》和《百年孤独》中，所有这些神话叙述的"轮廓"都被添写进了马孔多的诞生与毁灭的历史当中，只不过前者的处理相比之下显得比较局促和概括而已，没有在情节的跨度上充分地展开，这跟它采用的现代主义时间观的约束也是有关的，即对时间状态的静止性的确认，使

---

① ［加］诺斯洛普·弗莱：《现代百年》，辽宁教育出版社 1998 年版，第 78 页。

它在涉及这些神话叙述的元素时更多的是依靠叙事人穿插的评论来表现。这与后来采用魔幻现实主义的手法来表现相同的主题模式，所获得的效果大为不同。不过，我们即使不从前后两部小说的对比也可看到，《枯枝败叶》的道德主题所包含的超越现实与历史的讽喻，已经显示出某种神话化的叙述倾向；其根深蒂固的悲观主义基调试图"展示出的一种历史的预期"① 及其对救赎之道的关注，则是通过对马孔多村落的终结与毁灭性的感受得以表现出来的。

> 在那股无形的毁灭之风的冲击下，房子也快要默默地坍塌了。自从香蕉公司榨干了马孔多的油水后，全镇的处境都是如此。常春藤爬进屋里，灌木丛长在街头，到处都是颓垣断壁，大白天就能看见四脚蛇……好像从那以后，一切都毁了。一只无形的手把放在橱里的圣诞节的瓷器弄得粉碎；衣服没有人再穿，丢在一边喂虫子。② 箱子里装着父母的日用品和衣服……今天下午，只要那场恶风（那场风将把整个马孔多，连同净是四脚蛇的卧室以及因思念往事而变得沉默沮丧的人们一扫而光）不刮起来，等我们送葬回来，箱子会依然放在原处。③

这种以预见的形式表达的对历史和现实的悲观情调，使得小说的叙述在很大程度上已经不再局限于有关"香蕉热"的历史主义的评价，即这个事件在具体的历史阶段中的具体影响及评价，而是变成一种囊括性的从一个存在的初极到终极的知识洞察，变成一种思想和精神上需要救护并且加以提升的道德形而上学。这就使得小说的创作思想从一种历史相对论的流行观念中摆脱了出来。

所谓"历史相对论"（historicism）是指从各时代寻求其社会现象的

---

① ［法］乔治·索雷尔：《论暴力》，上海世纪出版集团/上海人民出版社 2005 年版，第 85 页。

② 《加西亚·马尔克斯中短篇小说集》，上海译文出版社 1982 年版，第 125 页。

③ 同上书，第 126—127 页。

决定因素与价值标准的一种历史研究方法，尤其是在 19 世纪的欧洲批判现实主义小说中，它是作家表现时代和社会的一个指导性的思想原则和方法。我们看到，哥伦比亚的前辈作家何塞·欧斯塔西奥·里维拉的代表作《漩涡》，它在创作上也是服膺于这个指导思想的。在加西亚·马尔克斯的《枯枝败叶》中，这个思想的原则和方法实际上被摒除了。弗·多斯特的文章中提到的"香蕉热"带来的经济繁荣的进步意义非但没有得到客观的表现，就连这个事件所谓消极意义的评价在小说中也不是作为"历史相对论"借以展开的一个课题。马孔多居民的狭隘、堕落和听天由命的状况，是在对其德性的否定性的既定评价之中勾勒出来的；他们是在一种可以预见的类似于宿命论的形式之中走向自身的毁灭。按照上校的看法，这就是"至高无上的意志"无法抗拒的结果：

> 十年前，在马孔多陷于破产的时候，那些希望重整家业的人，如果能够通力合作，本来满可以恢复元气。他们可以在被香蕉公司毁掉的田野上，清除丛生的杂草，重整旗鼓再干一番。可是，"枯枝败叶"没有这份耐性。他们不相信过去，也不相信未来，只看到眼皮底下，光图今朝有酒今朝醉。没过多久，我们就醒悟到"枯枝败叶"一走，根本就谈不上重建家园。"枯枝败叶"带来了一切，又带走了一切。他们走后，小镇变成了瓦砾场。[①]

"香蕉热"的入侵带来的世道人心的堕落与马孔多镇民本质性的精神堕落，这两点在小说的叙事当中是如何区分层次又是如何结合起来并加以表现的，我们并没有得到十分清晰和具体的呈现。它们主要是通过核心人物的观点和议论将其传达出来，通过其神话般的家园之诞生与毁灭的概括性提示，通过一种表达其"历史的预期"的悲观意识和修辞力量——那场启示录式的大风以及荒芜毁灭的种种预感和描写，等等，使我们有可能得到对这个主题的一些认识，并且使我们阅读的注意力和思绪在它浓厚的氛围之中逐渐混合并且协调起来。

---

① 《加西亚·马尔克斯中短篇小说集》，上海译文出版社 1982 年版，第 120 页。

必须看到，能够用来表现两种"道德堕落状况"的人物在这篇小说中是一个都没有的；从原著卷首语的两页斜体字开始，马孔多镇的居民（包括其移民人口）充其量便是小说的议论和评价的对象，他们是一个几乎被"无化"了的群体；在故事的叙述中既无可以代表的人物，实际上也无发言权。与此相对的便是上校的家族及其社会圈子，这些人物始终占据前台，以不同的方式表达他们的思想意识，其中上校的观点成为表达该篇道德主题的主要载体，与卷首语的观点呼应起来。上校的观点固然不能与作者的观点直接画等号，但是作品对一个"无化"的大众群体的刻画却是反映了作者的思想倾向。而且我们可以非常清晰地看到，故事中由三个男性人物组成的核心可以视为一种价值等级的存在标志，那就是上校、"小狗"和死者（法国医生）所构成的精神联系。他们中一个是家长，一个是教士，一个是神秘的流亡军人；他们与马孔多镇民之间的关系如果不是意味着对立，至少也是意味着一种区分。那么，这种区分显然也是在帮助我们进一步去了解这篇小说的主题。

上校在谈到死者生前拒绝治疗伤员那个事件时说：

> 那天晚上，虽然镇上居民的火气很大，"小狗"还是能控制他们。要是今天"小狗"还活着，他准会提溜着一条鞭子，挨家挨户地把他们赶出来，参加大夫的葬礼仪式。"小狗"用铁的纪律约束住他们。①

有什么能比这段话更能露骨地表达一个虚无化的群体与精神权威之间的道德级差呢？这个"他们"需要用"铁的纪律"来"控制"和"约束"，不管"他们"对于葬礼的态度是否事出有因或者说是否可以理解。而且在上校眼中，随着"小狗"去世，这种宗教上的约束力显然也失去了。在由他们三个人组成的小核心中，唯有年迈的上校还活着，忍受世风日下、人心浇薄的痛苦，孤独地面对这个令人绝望的世界。

这种孤独分明还包含着另一层含义，那就是他和死去的人一样，实际

---

① 《加西亚·马尔克斯中短篇小说集》，上海译文出版社 1982 年版，第 121 页。

上都不能够阻止马孔多的堕落和毁灭。在这个急遽变化的社会里，他们的存在其实并没有被赋予现实的权威力量，无论是年高德劭的老上校还是令人敬畏的教士，他们充其量也只是昔日的传统和道德幻想的脆弱维系，在时代滚动的车轮底下恐怕连一块绊脚石都算不上。按照弗·多斯特的第二个读解，这篇小说中的上校及其他主人公才是时代的"枯枝败叶"，他们代表的是"马孔多的慢性死亡"。①

这种自启蒙时代以来就在宣扬的资本主义乐观进步论观点，当然不是这个作品所要表达的本意，也确实没有构成小说的叙事视角。弗·多斯特是美国学者，进步的观念对于他的社会有着单纯而特殊的魅力。且不说波士顿的联合果品公司在哥伦比亚部分地区的经济发展所带来的"业绩"，我们从美国人 200 年的扩张和持续的西进也可了解到，那种几乎是清一色的自由理性主义政治思想传统在一个技术性的时代中是如何的盛行，并且日益占据着文化意识形态的主导地位。当弗·多斯特从一种历史决定论的观念来读解 La hojarasca 的含义并且对该篇的题意表示质疑时，他的观念的依据就是来自这里。而从上校对"枯枝败叶"精神堕落的那些评价来看，很难说是与弗·多斯特秉持的观念完全抵触和矛盾的，上校至少希望镇民能够通力合作重建家园，既要相信过去，也要相信未来。但是，深入一层，从小说创作的这些主要人物的心理状态，尤其是从它对"香蕉热"事件的贬抑性评价、从它的道德悲观主义的基调来看，《枯枝败叶》尽管仍带有一个前瞻性的视角，却是服从于世界毁灭的观念，它与那种乐观主义的进步论是格格不入的。

从这里我们可以总结出两点。一是该篇（当然也包括《百年孤独》）的那种服从于世界毁灭的观念使我们看到，作者与包括索福克勒斯在内的古希腊作家的悲观精神确实有着深刻的共鸣。乔治·索雷尔引用艾德华·冯·哈特曼（Eduard Von Harteman）的一段话来说明这种悲观精神真正的思想价值是如何一再被误解和轻视的："以一种预见力量形式存在的悲哀在希腊艺术的精品里，随处可见。无论它体现出的生活意义是什么，它

---

① 林一安编：《加西亚·马尔克斯研究》，云南人民出版社 1993 年版，第 545 页。

都说明了，还存在这样一些天才的，他们能够看穿时代精神，而不沉醉于当时的生活幻想。"① 如果以这段话的精神来理解小说的创作，作者作为一个城市知识分子对童年家园的想象和反顾，甚至以此来理解对作者产生极大影响的福克纳的创作，那都是颇为耐人寻味的。

二是我们延用弗·多斯特的第二种读解也是为了说明，这种读解所代表的那个观念背景其实对于我们阐释这篇作品的主题和形态是有帮助的，或者说也是不可或缺的一个参照。因为正是在他这种社会决定论思想的观察之下，我们才更为清楚地意识到作者在叙事中所注入的那种乌托邦式的反动力量；他选择的是被时代几乎淘汰的人物，表达的是现实似乎难以企及的幻想，并且赋予马孔多这个热带世界以幽闭孤立和梦幻般的视觉感受。这确实是对现实的一种神话化的叙述。无怪乎路易·阿尔维托·桑切斯在其《风格与表现》一文中要说，马孔多"这个村镇可以看作是热带的堂·吉诃德式人物的巴拉塔里亚岛"。②

第三节　《枯枝败叶》死者形象新解

一

作为《百年孤独》的创作前身，《枯枝败叶》几乎是公认的一篇难解的作品。某些情节和交代上的含糊不清，使得叙事的主干部分似乎留下难以破解的重重谜团。这个方面，最为典型的莫过于弗·多斯特的《〈枯枝败叶〉中的含糊不清与不确定状态》这篇论文提出的意见，它对于小说的叙述与主题的可理解性全盘提出尖锐的质疑，称其为是"因不完全的揭示而形成的模糊不清"，而且声称这也是代表了相当一部分批评家在这个问

① ［法］乔治·索雷尔：《论暴力》，上海世纪出版集团/上海人民出版社 2005 年版，第 85 页。

② 张国培编：《加西亚·马尔克斯研究资料》，南开大学出版社 1984 年版，第 108 页。

题上所持的保留性意见①。文中引用了作家巴尔加斯·略萨的研究，后者曾就小说中悬而未决的问题列出洋洋可观的一张清单，这些问题又都涉及小说的基本内容，其中有：为什么大夫只吃青草？他为何突然与人隔绝？大夫与上校的关系究竟是什么性质的？为何阿黛莱达有如此深刻的印象，觉得大夫极像一个不知姓名的人？大夫与"小狗"是什么关系？为什么大夫拒绝治疗伤号，他又为何停止行医？他为什么不再去理发店？最后，他为什么自杀？等等。对此弗·多斯特总结说："所有这些问题都得不到明确的答案。"②

朱景冬的著作中还添加了四个相关的问题，大夫为何和"小狗"神父同日到来？这两个人为什么那么相像？大夫为何到马孔多来？大夫到马孔多时交给上校的推荐信的内容又是什么？③ 在此之外，陈众议的著作中又增加了两点，"梅梅的失踪，马丁的不辞而别，也是悬而未决的问题。"④

针对以上这些问题，巴尔加斯·略萨提出了一个原则上颇为宽泛的解答。他认为，作家"对情节的有意省略"乃是经他本人运用而取得良好效果的一种技巧，是处理故事的"潜在资料"的自觉而巧妙的体现。⑤ 朱景冬也说："作者似乎故意在作品里设置一些神秘因素，留下一些悬念，故意不去说破，而让读者自己去思考、猜测、想象、回答。"⑥ 陈众议的看法似乎更加大胆，他认为这篇小说是："以侦探小说的惯用手法，由无名大夫的猝死切入，造成悬念，随即笔锋一转，开始了一连串的内心独白。"⑦

这些说法至少可以说明这样一点，对于造成悬念的叙事策略的运用，某些神秘感的存在或悬疑的气氛其实是不必过度地加以解释的。以上例示的问题，有些确实也不妨碍小说的阅读和理解，至少对于该篇主题的表达

---

① 林一安编：《加西亚·马尔克斯研究》，云南人民出版社 1993 年版，第 541 页。

② 同上书，第 542 页。

③ 朱景冬：《马尔克斯：魔幻现实主义巨擘》，长春出版社 1995 年版，第 41 页。

④ 陈众议：《加西亚·马尔克斯传》，新世界出版社 2003 年版，第 91 页。

⑤ 林一安编：《加西亚·马尔克斯研究》，云南人民出版社 1993 年版，第 542 页。

⑥ 朱景冬：《马尔克斯：魔幻现实主义巨擘》，长春出版社 1995 年版，第 41 页。

⑦ 陈众议：《加西亚·马尔克斯传》，新世界出版社 2003 年版，第 89 页。

并没有造成阻碍。阿黛莱达初见大夫时惊慌失措，觉得他像极了另一个人，这个细节没有交代清楚究竟是作者疏忽还是故意卖个关子，大概也只有作者本人才能解释得清楚。类似的细节上含糊不清的交代毕竟数目有限，也没有过分地影响到主干情节的叙述。

然而，这些解答显然不能使弗·多斯特感到满意。在他看来，小说中的疑点太多而且妨碍了正常的理解，以至于上述的疑问从文本内部是找不到答案的。他的文章对此总结说：

> 所有的问题都产生于该小说的三个形式上的特点：一、极度使用"潜在资料"：不充分提供情况，使这部小说像一个永远无法索解的奥秘；二、蓄意运用交织手法；三、激进的透视主义技巧：由于广泛运用时间顺序的跳跃而显得错综复杂。这最后的一点，由于夹叙夹议的观点而更形复杂。三个叙述者都各自禁锢在他或她自己的孤独看法中，而且无论是对读者还是他们彼此之间，都不能使小说及他们的生活弄得扑朔迷离的含糊不清之处说清楚，也许他们根本就说不清楚。……这种激进的透视主义的技巧，便是《枯枝败叶》含义不确定的根源。……马孔多的生活如同小说里描绘的那样，是独立存在的、封闭式的创造；小说中的人物回答不了这些问题，也不能把这些问题转达给读者，因为根本就没有可供回答的答案。[①]

弗·多斯特的评论似乎陷入了自相矛盾的尴尬。一方面他认为《枯枝败叶》并不单纯是练笔，它"在许多方面与《百年孤独》迥然不同，有其特殊的关注之处"，[②] 另一方面又把小说中的"模糊不清与不确定状态"归咎于"激进的透视主义的技巧"，认为所有的这些问题都是"说不清楚"的，而且"根本就没有可供回答的答案"，从而陷入于某种不可知论之中。这样的论断似乎是比较轻率的，因为并非是"所有的问题都产生于该小说

---

① 林一安编：《加西亚·马尔克斯研究》，云南人民出版社 1993 年版，第545—546 页。

② 同上书，第 540 页。

的三个形式上的特点"，而巴尔加斯·略萨提出的那些问题中，基本的答案其实不仅可以找到而且它们是由小说自身的叙事逻辑给出的。即便叙述存在某些"含糊不清之处"，这一点与马孔多所谓的"独立存在的、封闭式的创造"也并无必然性的冲突。

况且，"激进的透视主义技巧"在时序上的错综复杂（其实也并不错综复杂）是否妨碍了情节的叙述，这一点不应该有什么疑问。上校的性格，死者（法国医生）的精神状态和人格特质，包括马丁这样的次要人物的轻浮气质，等等，在小说中都是刻画得生动而明确的。

需要说明的是，该小说的"夹叙夹议"的独白型叙述，真正涉及死者回忆的只有上校和伊莎贝尔父女二人，其中上校的观点占据更大的比重，由他来叙述死者的生平和变故为何一定就是"更加复杂"而且"说不清楚"呢？这个人物的心理和性格是如此鲜明，小说的道德主题及其内外二重性的区分又是如此的泾渭分明，如果我们再认为这样的叙述方式导致的结果"根本就说不清楚"，而且也使得人物是在把自己的生活"弄得扑朔迷离"，那就或许不是小说本身的问题了。有些问题我们在上一个小节中已经做了较为充分的论述，这里就不再赘述。

仔细研究巴尔加斯·略萨的那张清单，可以发现疑问其实主要是由死者大夫这个人物引起的。也可以说，《枯枝败叶》的所谓"含糊不清与不确定状态"是与如何理解这个焦点人物的性格特质直接相关。那么，要回答上述的疑问首先取决于对这个人物的分析，而迄今为止我们对于《枯枝败叶》的大夫这个形象似乎还缺乏必要的具体细致的研究。以无可解答作答，这既不符合作品内在的逻辑和结构，也与这个形象所要传达的意蕴失之交臂，因此，针对小说神秘的主人公，有必要对其来源和思想的性质予以某种确认。

二

《枯枝败叶》创作上所受的影响，通常认为有两个方面的来源：一是福克纳的小镇神话和多视点叙述的结构技巧；二是索福克勒斯《安提戈涅》的情节模式和悲剧主题。这两点在以往的研究中基本已为定论，后者在佩德罗·拉斯特拉《〈枯枝败叶〉中作为结构基础的悲剧》这篇论文中也已得到了阐述。笔者认为，在年轻的作家博采众长、含义深邃的创作当中至少还存在着第三个来源。要剖析大夫的形象及其存在的种种疑问，还需仰仗这第三个来源的参照才能有所深入，那就是陀思妥耶夫斯基的文学对于作家的影响。这一点在加西亚·马尔克斯的研究中涉及得很少，但或许是应该提出来略加探讨的一个问题。尽管作家本人的创作论谈中屡屡提及陀思妥耶夫斯基的影响，但是我们在研究中几乎看不到这个方面的专题论述。那么，是否这种联系的线索在加西亚·马尔克斯的创作中确实是难以发现并且也较难确立的呢？

似乎也不尽然。在发表于1977年的《返本归源的旅行》这篇访谈中，左翼哥伦比亚《宣言》杂志的编辑人员谈到《百年孤独》中奥雷良诺·布恩地亚上校所患的那个腋瘤，有人便对作家指出："你对腋瘤的处理跟陀思妥耶夫斯基对癫痫病的处理一模一样。"作家回答说："是的。不过，那个人物的病没有治好。世界文学中让人难忘的故事之一难道不是斯麦尔佳科夫从楼梯上摔下来吗？再说，从来也不知道那是真的还是假的，是真的有病还是假装有病。但那是令人难忘的。"①

加西亚·马尔克斯早年爱读丹麦哲学家克尔凯郭尔的著作，②这与他对陀思妥耶夫斯基的着迷一样，③ 不能说对他的创作是毫无影响的。我们甚至可以从他创作大量病态人物的这个模式之中能够看到后者产生影响的印记。作家曾经在访谈中说："归根结底，一个人是通过非凡的榜样学会写作的。对我来说，他们就是索福克勒斯、陀思妥耶夫斯基……那么，你为什么总是试图比那些非凡的榜样还谦虚地进行写作呢？"④ 在另一篇文章里他又强调说："我的楷模就是索福克勒斯和陀思妥耶夫斯基……就阅

---

① ［哥］加西亚·马尔克斯：《两百年的孤独》，云南人民出版社1997年版，第112页。

② 朱景冬：《马尔克斯：魔幻现实主义巨擘》，长春出版社1995年版，第22页。

③ ［哥］加西亚·马尔克斯：《诺贝尔奖的幽灵》，中央编译出版社2001年版，第386页。

④ ［哥］加西亚·马尔克斯：《两百年的孤独》，云南人民出版社1997年版，第140页。

读所及，我实际上喜欢所有的俄国短篇小说作家。陀思妥耶夫斯基我读得最入迷……"①

《枯枝败叶》中那个死者形象混入陀思妥耶夫斯基文学（甚至也包括克尔凯郭尔）的血液，这一点虽无足可旁证的传记资料或创作谈这类文字来加以证实，但是作品当中人物的形象和哲理性逻辑确实是给我们提供了线索，这对我们理解这个人物是有着非常大的帮助。所以这里引入的是一种文本比较的研究模式，试图从《群魔》的人物性质的创作来观察《枯枝败叶》的死者形象的塑造，主要也是借以回答巴尔加斯·略萨的清单上提出的那些问题。

根据达索·萨尔迪瓦尔的考证，大夫的形象是来自于作家童年记忆中的两个生活原型，一个是阿拉卡塔卡镇的医生巴尔博萨大夫，另一个是绰号叫"法国人"的比利时移民，后者因战争而流亡他乡，也因战争带来的肉体和精神的创伤最终自杀身亡。② 据此，小说中人物的身份——军人、加勒比沿海地区的流亡者，绰号"法国医生"并在马孔多开业行医，等等，从这个考证中是可以比较清楚地看到作者在原型中所取得的那些成分。另一个方面，我们也不能简单地根据其原型来解释小说中的形象，作家童年记忆中的素材所提供的毕竟只是一个形象的初始来源。小说里的大夫并非是因为战争的原因而自杀，其思想和性格的逻辑已经有了很大的想象和改造，这一点应该是没有异议的。这个加工的过程就如作家本人所说的那样，在很大程度上是融入了他的阅读经验，即多种外国文学的读物所产生的深刻影响。用他本人的话说，是要把他"从读过的一切作家那里学得的一切文学技巧和文学手法，统统糅进作品里"。③ 这一点与福克纳的情况也是比较的相像。"福克纳自称写作《喧哗与骚动》是'学读书'，意

---

① ［哥］加西亚·马尔克斯：《两百年的孤独》，云南人民出版社1997年版，第171页。

② ［哥］达索·萨尔迪瓦尔：《回归本源》，外国文学出版社2001年版，第83页。

③ ［哥］加西亚·马尔克斯：《两百年的孤独》，云南人民出版社1997年版，第104页。

思是说，写作是消化读书心得的一个方式。"①

贝尔—维亚达的著作中指出：

> "大夫这个形象很可能是受到福克纳《八月之光》中那位孤独的
> 牧师盖尔·海托华的激发，那种早年作为说教者和丈夫的身份都只能
> 使他讨人嫌恶，以至于被迫遁入到几近于反人类的与世隔绝的境地
> ……多少是有那么点儿相像的……那种精神上的讥讽和刻薄的隐居状
> 态……即便是与人恩惠（即他曾经救治重病的上校）也带着自私的动
> 机……"②

我们同样还可指出，这个形象或许也是受到弗吉尼亚·伍尔夫《达洛
维夫人》的激发，她笔下的塞普蒂默斯（在创作《枯枝败叶》时期的报刊
评论的写作中，加西亚·马尔克斯采用这个名字做他的笔名③）这个人物
也是从战场上归来，抑郁消沉，最后自杀身亡，等等。这些相似之处似乎
都是很难否认的。然而，这里我们所要论证的其实还不是某些特征上的相
似或者区别，它们到底是像还是不像，而是死者这个人物的精神哲学，这
才是我们阐释这个神秘人物的立足点，这是剖析《枯枝败叶》所谓的"含
糊不清与不确定状态"的最为关键的环节。

三

概括起来讲，我们倒是可以从问题最基本的两个方面来加以阐述。第
一，大夫这个人物浓厚的犬儒主义的思想基调，应该得到学理上的比较和
梳理。从其宗教观的自相矛盾、对社会的蔑视以及行为的冷酷和富于哲理
性等等这些特征来讲，我们似乎不难得出结论，这个人物的血统其实是最

---

① ［美］戴维·明特：《福克纳传》，东方出版中心 1996 年版，第 45 页。

② Gene H. Bell—Villada：Garcia Marquez, the Man and His Work, Chapel Hill
and London，1990，pp. 143—144.

③ ［哥］达索·萨尔迪瓦尔：《回归本源》，外国文学出版社 2001 年版，第 203
页。

接近于《群魔》所刻画的犬儒主义者——那条"绝顶聪明的毒蛇"，而与索福克勒斯、福克纳、弗吉尼亚·伍尔夫笔下的人物的联系倒是要弱一些。

这位加勒比的流亡军人实质就是一位现代的犬儒主义者。按照《群魔》的中译本脚注对"犬儒主义"这个词的定义："犬儒主义在俄语中不同于我们一般所说的哲学中的犬儒学派，而是指公开蔑视道德、伦理和其他行为规范。"① 这就对人物古怪的人格特性做了非常清楚的界定，而且有助于我们从一个较大的精神类别去考虑这类人物的塑造及其神秘的渊源关系。具体地说，《群魔》的斯塔夫罗金和《枯枝败叶》的法国大夫，他们都是作为独特的中心人物被放置在小说当中，这个放置的方式本身就颇为耐人寻味；毫无疑问，作家是肯定这类人物的独特性的，赋予其引人注目的人格力量，同时也通过他们人格毁灭性的力量揭示出"反社会、反人性、反宗教的实质"，从而"展现主人公基于自我意志选择的必然毁灭的逻辑"②。因此，两部小说引入的都是现代意义上的主人公思想，这是它们的一个不容忽视的共同点。

《枯枝败叶》的第八章所集中展示的便是这个类型的思想。上校对大夫在镇上日益孤立的处境默默表示同情，于是他们之间有了这样一场对话：

"大夫，您没想过要成家立业吗？"

没等我提完问题，他就和平时一样兜着大圈子滔滔不绝地说开了。

"您非常喜欢您女儿，是不是，上校？"

我回答说那当然啰。他接着又说：

"那好。您有些与众不同的地方。谁也不像您那样愿意自己动手揿钉子。我看见过您自己在门上钉合叶，其实您手底下有的是人，都能干这个活。不过，您愿意自己干。背着工具箱在家里走来走去，看看哪儿需要修理，您把这个叫做享福。要是有人把您家门上的合叶弄

---

① ［俄］陀思妥耶夫斯基：《群魔》，译林出版社2002年版，第569页。

② 彭甄：《〈群魔〉译序》，见《群魔》，译林出版社2002年版，第4—5页。

坏了，您准得感谢他一番。因为这么一来，反而给您带来了幸福。"

"这是一种习惯，"我说，不知道他要把话题引到哪里去。"听说我母亲也是这样。"

他愣了一下。态度很平和，又很果断。

"好极了，"他说，"这可是个好习惯。此外，这还是我所知道的代价最小的幸福。因此，您才有现在这么一个家，您还用这种办法把您的女儿教育成人。我认为，有一个像她这样的女儿，该是很幸福的。"

兜了这么大个圈子，他究竟想说什么，我实在是摸不着头脑。①

两个人物在宅院走廊上进行的谈话，是他们唯一的一次探讨各自的世界观。显然，这是一场智力上并不平等的对话，作者也是有意通过陪衬的笔墨让读者知道，上校不能真正地明白大夫那番话中的意思。大夫的态度平和，语气诚恳，然而谈锋的讥诮、自负和那种试图破除一切愚见的敏锐性足以给人留下深刻的印象。我们知道，世界文学中斯塔夫罗金是以这样一种神气跟人说话的。当然，不应该忘记莱蒙托夫笔下的毕巧林，他或许就是这个类型人物的鼻祖。莱蒙托夫对陀思妥耶夫斯基的影响也是早有定论的。②

先来解释一下什么叫做"代价最小的幸福"？大夫是否在讥诮上校为人处世的原则？老好人，模范家长，凡事不求人，喜欢抠细节，等等，与其说是任劳任怨还不如说是一种习惯性的逃避，因为在某种意义上我们确实可以说，一本正经的迂腐，实质也就等于一本正经的滑头。人们总是要借助于各种形式的途径来逃避生活或存在的"真相"，逃避自我及自我真正负有的那个责任。这就是大夫直言不讳地说出的观察，尽管在上校听来这是在"兜大圈子"，让人"摸不着头脑"。且不说他的言谈是否代表一种

① 《加西亚·马尔克斯中短篇小说集》，上海译文出版社1982年版，第95—96页。

② ［苏］格罗斯曼：《陀思妥耶夫斯基传》，外国文学出版社1987年版，第88—89页。

彻头彻尾的存在主义的论调（毫无疑问是存在主义的逻辑），这种观点散发着一股慑服人的力量，这一点上校自始至终是能够感觉到的。因此，在后面的谈话中才有了上校要求大夫去见一见"小狗"的提议。

就其精神渊源来说，小说中的法国大夫应该属于欧洲 19 世纪后半期"反省时代"的产物。路德维希·维特根斯坦在其《文化与价值》一书中对这个时代的本质有过连续的思考与评述。W. 考夫曼在评论尼采和克尔凯郭尔的异同时，为这个时代的精神特点作了这样一番概括：

> 在一个反省的时代，那些真正已经过去的事物却仍然似乎在延续，但实际上，它只是行尸走肉，人们生活在信仰之缺无中。抛弃信仰及强迫自己去信仰是共同属于这时代的。无神论者可以看似信仰者，而信仰者又可看似无神论者；这两者都立于相同的辩证之中。①

事实上，也只有真正严肃的人才能感觉到这种延续的割裂和矛盾，这种似是而非的痛苦和慢性忧郁症，并据此意识到生活不过是悲剧的乏味的渣滓，因为，就连发生悲剧的条件都是不充分的。这部小说中没有一个人物能够具有这样的精神洞察力，因为没有人可以企及他精神上的消沉和高度。另一个方面，当大夫说上校的生活方式是他所知道的"代价最小的幸福"，他毕竟也是在表示他肯定这样一种有限度的"幸福"，虽说怀疑和推测本身都是在说明他自己是并不信仰这种"幸福"的，但从最为诚恳的意图来说，他也未尝不是在祝福上校及其家人的那种生活。这是他与世间所能保持的一点点联系。随着他搬离上校的大宅院，尤其是情妇梅梅的最后失踪，这仅有的一点联系也断绝了。

这场包含思想交锋的谈话中，上校本人是以其服膺的宗教观来对此暗自做出评断，他认为大夫是在"一个人默默对抗上帝"②。这就说明，他尽管不能完全理解大夫的言谈，但是像《群魔》中退隐的主教吉洪那样用不乏亲密的态度对"大罪人"另眼相看，他是能够在精神的层面上测度大

---

① ［美］W. 考夫曼编著：《存在主义》，商务印书馆 1995 年版，第 178 页。
② 《加西亚·马尔克斯中短篇小说集》，上海译文出版社 1982 年版，第 100 页。

夫所处的位置的。他对大夫不能得到拯救的灵魂表示由衷的怜悯，同时也对这个有创伤的灵魂怀有某种同情和敬意。

这就是《枯枝败叶》的"死者"在一个传统信仰的层次上所能获得的注脚；他在日常生活中的古怪和残酷无情的行径，也只有在引入这个层次的比较当中才有可能理解其内在的逻辑。所以作者在这个章节中安插了有关信仰问题的对话，试图为"死者"的精神勾勒出一幅逼真的肖像，而当上校谈起上帝和信仰这个问题时，这竟使得大夫失去了惯有的镇静，这种表现跟斯塔夫罗金又是何其的相似。而且颇为有趣的是，大夫回答有关信仰的问题，用的是典型的陀思妥耶夫斯基的语言：

> 请您相信，我不是什么无神论者，上校。我不过是不愿意去想究竟有没有上帝。想到上帝存在，我感到不安；想到上帝不存在，我也感到不安。①

这个回答与《群魔》中基里洛夫对斯塔夫罗金的评论如出一辙："斯塔夫罗金如果信仰上帝，他又不相信他信仰上帝。如果他不信仰上帝，他又不相信他不信仰上帝。"②

那么，人物的所谓"基于自我意志选择的必然毁灭的逻辑"，实质就是虚无主义的人格化力量的一种高度存在和体现。马孔多镇的世道变迁和大夫的落寞孤立，固然是他走向与世隔绝的原因，然而，严格说来我们必须在哲学上为这种行为找到解释，那就是对于真正的虚无主义者而言，拒绝任何形式的归顺是其人格和意志的最高要求，而肉体上的自我弃绝则是其存在的最终表征。《枯枝败叶》对于大夫的刻画为我们展示了这个逻辑，它作为极端的和变态的自我异化的一幕戏剧，在这篇小说中是得到了完整的上演。

斯塔夫罗金或《枯枝败叶》的大夫，如果说他们一系列的行为表现出了"反人类"（misanthropy）的特性，那也是与其自我意志选择的毁灭性

---

① 《加西亚·马尔克斯中短篇小说集》，上海译文出版社1982年版，第94页。
② ［俄］陀思妥耶夫斯基：《群魔》，译林出版社2002年版，第757页。

的逻辑有关。况且，就其最终的清算（与宗教的悔悟或是所谓的良心发现无关）而言，大夫和斯塔夫罗金一样保留着对这个逻辑的清醒认识，在几乎是无可控告、心甘情愿的情况下，最终带着自己的罪孽、厌恶和骄傲选择上吊自杀，"把自己像条令人厌恶的虫子那样打扫出去"[①]。因此，离开了这个内在逻辑的比较或诠释，大夫的自择行为（与世隔绝以及上吊自杀）也就变得不可理解了。我们通过比较首先要揭示的正是这一点。

需要说明的是，这个形象的神秘性并不完全是由于叙述方式的相对性所造成的。加西亚·马尔克斯借鉴了福克纳和弗吉尼亚·伍尔夫的叙述结构，由三个人物围绕"死者"展开各自的回忆，这的确给叙述增添了一层悬疑的色彩，然而"死者"作为中心人物的神秘性归根结底是源自于他与众不同的人格基调。关于这一点，《枯枝败叶》与《群魔》的处理方式大体相仿。陀思妥耶夫斯基"在整部小说结束之前除了叙述或转述斯塔夫罗金所发生的各类事件以外，极少言及主人公内在的思想情感和价值观念以及他种种不可理喻的行为的动机，因而给这个人物蒙上了一层神秘的面纱。直至小说结尾，通过他给达里娅的那封长信，作家才对主人公的精神世界崩溃和肉体的毁灭给予了诠释"[②]。同样，《枯枝败叶》也是直到篇尾的第八章才通过大夫与上校的谈话，首次披露主人公的思想。两部作品这种处理和安排上的相似恐怕并不是偶然的。

作家将如此独特的人物放在一个聚焦点上，赋予其震撼人的破坏力量，最终需要对其人格的独特性加以诠释，揭示悲剧不同寻常的逻辑。《枯枝败叶》的第八章便是集中承担了后一种诠释和揭示的任务。

犬儒主义者自相矛盾的宗教观有所披露的那一刻，是为其不可捉摸的行为披上一层更为怪诞和阴郁的面纱，但是反过来也让人更为切实地意识到其人格的特殊形象：这是一种执拗而又傲慢的自我意识的产物，借助于那种需要在否定和厌恶的确证之中高于自我的理性原则。诚如 I. A. 理查兹所概括的那样："斯塔夫罗金既渴求卑劣的体验又充满自尊，这两者结

---

① ［德］赫尔曼·海塞等著：《陀思妥耶夫斯基的上帝》，社会科学文献出版社1999 年版，第 145 页。

② 彭甄：《〈群魔〉译序》，见《群魔》，译林出版社 2002 年版，第 6 页。

合在一起就形成了他宗教上自相矛盾的关键。"① 这句话移用在《枯枝败叶》的主人公身上，尤其是他的一系列"不合常理"的行为，都是十分吻合的。他凭着一封介绍信在上校家一住就是八年，饱食终日，无所事事，勾引印第安女佣梅梅，强迫她堕胎，在马孔多遭劫难的那个晚上拒绝救治伤员……如果小说的叙述仅仅是提供这些细节和行径而省略了人物的思想逻辑，那么我们恐怕是看不到这个人物真正使人难忘的面貌，也是体验不到围绕这个人物的叙述那种悲剧性的力度。

《枯枝败叶》的第八章正好是一个用来诠释和补白的重要的章节。我们在批评这部小说"因不完全的揭示而形成的模糊不清"时，或许应该格外仔细地品味这个章节的写作，它包含着关键性的提示。在这个接近于尾声的章节中，通过上校与大夫较长篇幅的对话，作者给出了人物心理的内在逻辑，特别是在信念和精神的层面上直接给予诠释性的提示，因此，在嫁接这个西方化的人物（小说也暗示了他的外国国籍）及其表现的过程中，叙述和情节的交代没有充分展开，但应该是完整的。大夫在对话中神气和表情栩栩如生，我们却很少看到描绘他姿态的多余细节和形容词，这也是由于作者能够把握人物的精神气质，将他的思想予以戏剧化表现的缘故。

这个章节还提醒我们，该篇对于人物和人物关系的塑造，作家所遵循的其实是陀思妥耶夫斯基的思想方法，而不是索福克勒斯的悲剧模式。当加西亚·马尔克斯把一个如此反常的现代人物置于小说的中心，我们看到了《群魔》的叙事逻辑：犬儒主义者那种有悖常理的存在对于一部小说的叙述所具有的神秘统摄力。

四

第二，小说中大夫和上校、"小狗"之间究竟是一种什么样的关系？回答巴尔加斯·略萨的这个问题，同样需要从小说的第八章中找到答案。

---

① ［德］赫尔曼·海塞等：《陀思妥耶夫斯基的上帝》，社会科学文献出版社1999年版，第151页。

这个章节交代得很清楚，对此上校的独白中说道：

> 原来他是个叫上帝搅得不安的人。……我觉得他这股认真劲儿、他这种处境很可怕。我想：就因为这个，他比任何人都更值得怜悯。应该好好保护他。①

另一个段落中上校的独白说道：

> ……我看到他的忧郁孤寂的脸斜靠在左肩上。我想起了他的生活、他的寂寞的生活、他的可怕的精神创伤。想起了他对生活的麻木不仁的态度。以往，在矛盾重重、变化多端（就和他这个人一样）的情况下，把我们连在一起的感情也是十分复杂的。如今，我毫不怀疑我已经深深地爱上了他。我在内心深处发现了这样一股神秘的力量，就是这股力量促使我从一开始就极力地保护他。②

上校充当的是一个世俗保护人的角色，这个就是他们关系的实质，而且引文中的最后一句话也已经清楚地交代了他为什么不顾妻子阿黛莱达的反感，从一开始就执意要收留此人。上校心底的母性在年深月久的积累之中是可以解释的，但是从见面的一开始就产生了这股力量，则多少显得"神秘"而不可理喻。依照存在主义的解释，法国大夫似乎代表那样一类人——作为孤独的"例外者"，"那些认识他们的人，都因与他们一起而感受到谜样的吸引力，似乎在这一刻被提升到较高一层的生存形式；但没有一个人真正爱他们"。③ 上校从内心深处发现的那股"神秘的力量"便是与这"较高一层的生存形式"的吸引力相关，不光是由于客人手持的那封介绍信，而小说的叙述也是清楚地告诉我们，大夫身上的这种力量至少对

---

① 《加西亚·马尔克斯中短篇小说集》，上海译文出版社 1982 年版，第 94 页。
② 同上书，第 92—93 页。
③ ［美］W. 考夫曼编著：《存在主义》，商务印书馆 1995 年版，第 178—179 页。

于群氓庸众或部分女性（例如阿黛莱达母女二人）是不发生效用的。

这个世俗保护人的角色偶尔也由"小狗"客串。在拒绝救治伤员的事件中，是他驯服了大夫门外暴怒的人群。"小狗"与大夫的关系虽不如上校与大夫那么接近，本质是一样的。小说叙述了他们唯一的一次见面，由上校回忆那个见面时的场景：

> 我觉得，"小狗"在这个陌生人面前失去了平时那股锐气。讲起话来畏畏缩缩的，不像他在布道坛上那样声若洪钟、斩钉截铁。平时他宣读《布里斯托年鉴》的天气预报的时候，总是那么声色俱厉，咄咄逼人。[①]

上校介绍说："这位就是'小狗'，大夫。上次您答应过要去拜访的。"那么大夫本人的表现如何呢？接下来的叙述是："他笑了。看了看神父说：'是有这么回事，上校。不知为什么我没去。'他还在看着'小狗'，上下打量着他。"[②]

寥寥几笔，这个人物居高临下的位置就在叙述中定型了。大夫的神态和语气显得轻松简慢而又不乏权威人士屈尊俯就的亲切，这使得"小狗"与上校一样，从见面的那个瞬间起就失去了平时的那种自恃尊严的气度。所有这些精心烘托的细节无非是要告诉我们，小说中两个重要的人物都是由于主角的精神力量而慑服于他。我们知道，这种小圈子的崇拜与慑服的关系也是《群魔》的斯塔夫罗金故事的一个特色。

上一个小节中我们已经谈到了小说中由三个人物组成的精神圈子，它标志着一种价值等级的存在。大夫是圈子里的中心人物，其余二人袒护着他，给予肯定和维护。而且具有讽刺意味的是，上校和"小狗"都是有宗教信仰的人士，尽管"小狗"布道时只读《布里斯托年鉴》的天气预报，说明他也是一个另类的可笑人物，但是他身上的道德力量在小说中还是有所凸显的。

---

① 《加西亚·马尔克斯中短篇小说集》，上海译文出版社1982年版，第112页。
② 同上书，第111—112页。

也许巴尔加斯·略萨提问的意图是他感到这里还需要做出进一步解释，即上校作为有道德感的家长式人物，"小狗"作为道德严厉的教士，他们何以共同捍卫一个反常的人物并且在精神上自觉地臣服于他？

这个问题非常关键而且也很有意义，它关涉到作品整个主题完成之前作家所要达成的一个模式。除了刚才我们细读上校与大夫那场对话的有关阐释可作补充的说明之外，这个问题本身也确实需要有所总结。通过比较，我们不妨可以说，加西亚·马尔克斯在《枯枝败叶》中创作了一个类似于《群魔》的精神等级的谱系，尽管规模要小得多，处理上显得颇为简化，而且主题的氛围也有所不同，但是用来构成人物关系的那种等级划分的方式却是十分相似的。安德烈·纪德对于陀思妥耶夫斯基作品的这个划分方式作了非常精辟的总结，他在《关于陀思妥耶夫斯基的几次谈话》一文中指出："他的人物并不能以善恶的多寡，也并不以心灵的品行来划分等级（请原谅我使用了这一可怕的词组），而是以其傲慢的程度。""陀思妥耶夫斯基一方面为我们创造了卑贱者（他们之中有些人将谦卑推向到极端的卑下甚至于津津乐道于卑下），另一方面也向我们展现了高傲者（其中有的竟将高傲推至犯罪）。一般情况下，后者最聪敏。"[①]

《枯枝败叶》的部分章节所要凸显的就是这样一个以精神的高傲（主人公被推至道德上的恶行）而不是以世俗的品性为标志的等级体系。这种划分带有超越普通道德观的新摩尼教的气味；它不是以世俗的权力和道德评判作为相互之间联系的基础，而是由少数人的秘密认同所构成的一种"价值梯度"（尼采语），这是深化主题所需的具有价值倾向性的模式。我们在论述小说内外二重性的区分时已经注意到了这个倾向性模式的存在，某种程度上它反映了作家看待现实社会的态度，是一种色调阴郁的、身怀道德愤怒的否定和批判性的立场。现代犬儒主义思想在《枯枝败叶》中的引入，不能简单地看作是对陀思妥耶夫斯基文学或是克尔凯郭尔哲学的生吞活剥式的模仿。如果我们联系"波哥大小说"中的讽喻和自我孤立的主题，联系作家同时期报刊文章的反社会和反蒙昧的立场，那么我们不难发

---

① ［德］赫尔曼·海塞等：《陀思妥耶夫斯基的上帝》，社会科学文献出版社1999年版，第99—100页。

现，大夫这个形象的塑造是与作家的叛逆精神有着深刻共鸣的。在后来的《百年孤独》中，精神上的极端自负和高傲仍然是奥雷良诺上校最为重要的特性；奥雷良诺上校和法国大夫作为"活着的死人"在两部小说的叙述当中分别占据着核心的地位。

至于说，《枯枝败叶》的中心人物的犬儒主义主题是如何与上校独白所表达的道德主题协调或统一起来，如何对其中的矛盾或冲突加以解释，这一点作品并没有提供"呈示部"所需的展开叙述，接下来的论述中我们会讲到这一点。通过以上的分析我们可以意识到人物精神等级的区分对于解释大夫、上校及"小狗"三个人物关系的实质，这一点应该说是刻画得非常清楚的，而且也只有通过某种形式的道德谱系的诠释，作者才能把这种类似于精神小圈子的关系尽量交代的不那么含糊。

就创作的出发点来讲，作家试图达成的正是这样一个模式。由"聪明绝顶"的犬儒主义者扮演精神导师的角色，这个来自于陀思妥耶夫斯基的创作意图在小说的第八章中已经露骨地表达出来了，而且在某一个方面也的确起到了破题的作用。通过这种倾向性模式的塑造，我们再次看到《枯枝败叶》与《群魔》之间可能具有的渊源关系。但是，也必须指出其中的区别。

如果说《群魔》通过斯塔夫罗金的故事展示了小说的"第二主题"（"反社会、反人性和反宗教的个性对社会的挑战及其毁灭"的主题），那么它是通过对主人公"精神成长的追溯"，通过那些追随者的"多声部"叙述，尤其是通过对"人的灵魂"独特性的剖析来展示这个主题的内在面貌。[①] 相比之下，《枯枝败叶》缺少这样的展开，它对主人公人格独特性的刻画更多的是从一个静态的、浓缩的、暗示的立场来完成的。上校和"小狗"出现在这个等级划分的秩序之中，无疑是对主人公的形象起到了"补白"的作用，但是由于小说本身缺乏一个纵深的展开和联系的导向，仅靠篇幅有限的"补白"暗示一种复杂的精神意识的存在，有时因过于曲折而显得差强人意。

这方面最典型的例子，莫过于有关大夫与"小狗"那种"兄弟般的相

---

① 彭甄：《〈群魔〉译序》，见《群魔》，译林出版社 2002 年版，第 4 页。

似关系"的描写。这也是研究者争议最多的一个问题。我们看到上校的叙述中强调说："两个人倒不是长相一模一样，而是很像亲兄弟。其中一个年长几岁，更加瘦小干枯。他们的面部特征差不多，跟亲兄弟似的，只是一个长得更像爸爸，一个更像妈妈。"[①] 但是，弗·多斯特和许多人一样提出疑问："这两个人为什么以如此奇特的方式联系在一起？他们在同一天到来，而且起初被镇上的人误认为两人中的另一个人。"[②] 弗·多斯特的意思是说，尽管佩德罗·拉斯特拉的论文中指出人物背后的典故及其渊源关系，即"伊斯莫涅化为阿黛莱达和伊莎贝尔二人，医生和'小狗'相等于死去的两兄弟厄忒俄克勒斯和波吕尼刻斯"，但这些仍不足以说明和解释他所提出的那个问题。[③]

在前一个小节中我们已经指出，佩德罗·拉斯特拉的这种对《安提戈涅》的过度比附会导致对《枯枝败叶》自身主题的曲解。事实上，加西亚·马尔克斯是在这部小说基本完成之后才开始阅读索福克勒斯的作品，这一点恐怕不应该忽视。达索·萨尔迪瓦尔甚至认为，作家引用《安提戈涅》的一句话作为小说的题词，是故意给"批评家设置的第一个圈套"。[④] 我们从两个文本的比较来看，应该承认，那种从人物到叙事结构的对于相似性的强调确实是有些过火了。如果大夫和"小狗"相当于《安提戈涅》中死去的两兄弟，阿黛莱达和伊莎贝尔又是等同于伊斯莫涅的化身，那么小说中角色的主从关系及其结构重心岂不是要在类似的一一对应中被彻底异化了吗？《枯枝败叶》反过来变成了《安提戈涅》的一部严格对应的注释性的词典，这种同化式的研究方式获得的结果仍然是不能够解释具体的问题，而且也容易导致不必要的混淆。

实际上，这个细节的本意是通过喜剧性的方式强化一种喻指和联想，表明上校对这两个人物的推崇，进而形成上文所谓的"少数人的秘密认同

① 《加西亚·马尔克斯中短篇小说集》，上海译文出版社 1982 年版，第 111 页。
② 林一安编：《加西亚·马尔克斯研究》，云南人民出版社 1993 年版，第 544 页。
③ 同上。
④ [哥] 达索·萨尔迪瓦尔：《回归本源》，外国文学出版社 2001 年版，第 177 页。

所构成的一种'价值梯度'"。作者没有更多的笔墨来展开这个价值等级的模式，那么使用类似的比附和喻指的笔法也不失为一个办法，虽说这个略显夸张的笔触可能是软弱而简率的。

弗·多斯特在这个问题上的阐释是很有见地的，他说："从一种观点来看，这种独特的一化为二是有其神学基础的；尽管'小狗'任意宣扬异端邪说，却是个教士，是个有慈悲心肠的人，然而医生却是一个反对上帝的人，是个对人类的看法一贯冷漠的人。"① 换句话说，这两个人物是以不同的方式与上帝的存在发生联系；作家通过暗示有意捏合两个形象，此种处理方式的背后确实是有着某个统一的神学基础。在老上校的眼中，这两个人物是本地最可引为知己的精英，他们都是"异端"但都是具有精神力量的人。他以此种认识将两个非亲非故的人联系起来，并且试图以肉体的某种印记来传达精神上玄妙的关联。

从整体上看，这些问题与其说这是细节交代不清所导致的结果，还不如说是形成这个模式的主题导向被削弱了积极性的缘故。作者偏爱阴柔、诗意的画面和叙述的结构魔力，使其形象主要囿于一个由情绪和直觉构成的印象世界。如果没有第八章的交代，围绕死者这个哲理性人物的许多头绪恐怕就更不容易理清楚了。

《枯枝败叶》的作者尽管对几个主要人物的精神等级作了划分，而且也在类似的划分之中补足了价值倾向性的深度，使我们能够认识到主人公傲慢的立场及其思想属性，但是问题就在于，这个模式的出现并不是为了深入探讨和表现犬儒主义思想的主题，而是为了独特形象的勾勒和描绘，为了渲染"孤独"这个既属于诗歌（主要属于诗歌这个文类）也属于现代派小说的精神母题，故而停留在其形象使人震惊和怜悯的神秘吸引力上面。因此严格说来，我们在小说中所看到的大夫这个犬儒主义的形象最终是作为"例外"② 而不是作为"独特"的性质而存在的，这是一个耐人寻味的区别。

---

① 林一安编：《加西亚·马尔克斯研究》，云南人民出版社 1993 年版，第 544 页。

② ［美］W. 考夫曼编著：《存在主义》，商务印书馆 1995 年版，第 178 页。

斯塔夫罗金的"独特"是内在于他的时代和社会，而《枯枝败叶》这个人物的"例外"则是游离于他的时代和社会。我们越是从哲理和精神的角度去解释大夫这个人物，就越是能够意识到，他所处的文化背景能够为这个虚无主义的主题提供的空间似乎是极为有限的。问题并不在于他是否是一个舶来品，而是在于小说中人物能够展开的社会生活的舞台从某种程度上讲也是虚设的，尤其是在一个融入了神话化叙述的孤立封闭的小镇马孔多，它真正构成此类悲剧的社会条件是不充分的；对于这个类型的人物来讲，最忌讳的恐怕就是跟神话化倾向的叙述沾上边，使其预先就从一个逆于时代和社会的既定方向游离开去，那么它的锐利的特质及其切入现实世界的整个动机就被削弱了。因此我们说，这个人物是显得"例外"而不是"独特"。这是对同一个主题模式进行截取和仿效所带来的畸变的结果。

与《群魔》的比较可以使我们看到，由于加西亚·马尔克斯创作的人物对现实（或罪孽）的介入总体上还显得不足，不能够完成对自身主题的展开或推动这种展开；再加上《枯枝败叶》三重独白的叙述中，还包含其他性质不同的几个主题（例如"孩子"的那个童年诗情的主题），故其可以展开的篇幅也是有限而略显仓促的。于是大夫这个人物所吸纳的更多是诗意的凄凉与怜悯，是倾向于传奇的巴洛克式的神秘与烘托，是难以驻留在前景和近景之中的一个幽灵般的存在。这个人物审美的形象同样激起了恐惧与怜悯，好奇和敬畏，但是他的存在充其量是对马孔多社会毁灭性的变迁所做出的一个迂回而消沉的回应，汇合在由于田园诗的失落而带来的感人肺腑的叹息之中。

《枯枝败叶》暗含伤感的道德主题（对马孔多村社毁灭性变迁的挽歌）及其主人公的犬儒主义复杂的思想基调，便是以我们所见的这个方式联系了起来。这种联系是暗弱的，是曲折费力而不够协调的，暴露了作者驾驭多重主题的种种困难。因此，我们在探讨弗·多斯特等人一系列的疑问时，似乎应该意识到形成这种局限的状况之所在，岂能笼统地贴上"含糊不清与不确定状态"的标签。

从以上的分析可以知道，《枯枝败叶》中"悬而未决"的种种疑问主要是跟主人公形象的设置有关。我们所做的是要凭借作品原有的提示来加以分析，并且追溯其典范与思想的渊源，为长期以来存在的种种争议提供新的解释和答案。

有两点值得注意：一是作家在大夫和上校的对话中注入的那种饶有深意并带有"唯智论"色彩（在陀思妥耶夫斯基、托马斯·曼、詹姆斯·乔伊斯等人的作品中比比皆是）的写作，在《枯枝败叶》中亮相之后，在他此后的作品中再也没有出现过；二是从《枯枝败叶》的大夫到《百年孤独》的奥雷良诺·布恩地亚上校，现代虚无主义的哲理性成分及其表现大大减弱了，然而人物身上的性欲磨难，那种秉性的骄傲、消沉，敏锐而惊人的洞察力的特点却是被保留了下来，在奥雷良诺上校的这个故事中重新得到充实和书写，从中我们可以看到两者之间的这种承继和联系。

第四节　作为承诺文学的"小镇喜剧"及其演变

一

林一安在为加西亚·马尔克斯所制的一份"创作年表"中，将《百年孤独》算作是作家创作的"第一部长篇小说"，而将此前的《枯枝败叶》、《没有人给他写信的上校》和《恶时辰》三个作品都划入在中篇小说这个体裁内，① 这是一种界定体裁的方式，似乎是根据国内（沿用苏联模式）对短篇、中篇和长篇的一般界定来进行划分的。而在巴尔加斯·略萨、贝尔－维亚达、达索·萨尔迪瓦尔、朱景冬等人的著作中，《枯枝败叶》和《恶时辰》都被视为长篇小说，这是根据欧美文学对 novel 这个词通常所作的界定来进行归类，按照这个传统分类的方法，那么《百年孤独》应该算作是作家的第三部长篇作品了。

这里沿用的是后一种归类的方法，与国外研究中通行的说法保持一致，也是与作家本人的看法取得一致。实际上，《枯枝败叶》和《恶时辰》

---

① 林一安编：《加西亚·马尔克斯研究》，云南人民出版社 1993 年版，第 9—11页。

都是作为长篇小说单独出版的。在《恶时辰》的写作和修改的过程中，这部小说一直没有题目，作家称它是"大部头"，他显然没有把它当作一般的中篇小说来看待。① 我们知道，novel 这个词的界定一直比较宽泛，相对于 short story，任何篇幅较长的叙事类虚构创作都可称为 novel，而像《没有人给他写信的上校》这类作品，结构和篇幅其实是介于长篇小说和短篇小说之间，用法语的 nou－velle 来称呼才应该比较贴切。按照加西亚·马尔克斯的说法，米格尔·德·乌纳穆诺曾经提议将 nou－velle 和 short story 统称为 noveletas，这个提法在他看来也是很不妥切，因为将两种体裁混淆了，而且似乎也抹杀了 nou－velle 在文体特性上的优美。②

这里对不同的分类方法作一个简单的说明，不仅是为了与研究中通行的说法取得一致，将《枯枝败叶》和《恶时辰》算作是长篇小说，而且也是为了借此来考察这些作品的性质，它们在作家的整个创作中所占据的位置。不管实际取得的成果如何，这两部作品应该都是反映了作家试图囊括现实的创作雄心，是他在采用不同的技法和观念来试验长篇小说的写作。其实，作家本人在创作中就曾以调侃的语气提到过这类体裁区分的问题。《恶时辰》第 16 节中希拉尔多大夫和他的妻子一起阅读狄更斯的某部小说（作家后来在访谈中透露说那是《圣诞颂歌》③），妻子问："这篇小说长吗?"大夫回答说："人们说这是个短篇小说，可是据我看，还不如说是一部长篇小说。"最后他补充说："评论家可能会说这是一篇短篇小说，但写得很长。"④

如果说《枯枝败叶》就是《百年孤独》的前身，它们其实都是从那部神秘的未竟之作《家》中衍生出来的，那么，在介于两者之间的这个时间段（也就是我们所谓的"马孔多的前期叙述"）中，《恶时辰》的创作则是采用了完全不同的语言风格、技法和观念。研究者通常认为这是由于作家在文体上受到海明威的影响和冲击的缘故。它还有两个值得注意的特点：

---

① 林一安编：《加西亚·马尔克斯研究》，云南人民出版社 1993 年版，第 67 页。

② ［哥］加西亚·马尔克斯：《两百年的孤独》，云南人民出版社 1997 年版，第177—178 页。

③ 同上书，第 194 页。

④ 《加西亚·马尔克斯中短篇小说集》，上海译文出版社 1982 年版，第 415 页。

一是故事的背景和地点转移了,不是在马孔多而是在另一个称之为"小镇"的无名地域,它的原型即是哥伦比亚的苏克雷镇;二是小说几乎汇集了作家在同时期创作的所有短篇小说的人物和情节,其中个别人物和情节还与马孔多故事和《枯枝败叶》保持着联系。

因此,《恶时辰》的创作显得比较的特殊。作为《枯枝败叶》之后的又一部"大部头"小说,作家似乎有意要重起炉灶,以完全不同的创作空间来摸索他与现实之间的关系,解决与外部世界之间的矛盾和冲突,其结果正如我们看到的那样,作家在马孔多之外又建造了一个虚构的热带"小镇"。与马孔多不同的是,这个"小镇"在哥伦比亚历史上可以找到年代学和历史文献的依据①,这个特点似乎能够符合现实主义的创作原则。此外,《恶时辰》造就了这个创作阶段别具一格的整体风貌,人们似乎很难弄得清楚作家写作那些短篇故事是为了用来装配一部长篇小说,还是他在写这部长篇的过程中觉得许多故事需要拿出来单独成篇,抑或是由于这个"大部头"难产的过程中他找不到前进的方向,只好在零敲碎打的基础上拼装成不同样式的作品。总之,《没有人给他写信的上校》和《格兰德大妈的葬礼》中的短篇小说与《恶时辰》之间的关系就像是连体婴儿,不单单是故事和人物互相牵连,难以分割,把它们当作统一的创作空间来看是十分必要的,而且效果甚至有些奇特:为了装配一部"大部头",那些短篇故事不得不被削弱了自身的独立性,显得像是生产过程中的一道道工序,用过之后就被贬值成为赘余;然而,事实似乎刚好相反,《没有人给他写信的上校》以及《格兰德大妈的葬礼》中半数以上的故事都是艺术的精品,证明加西亚·马尔克斯是20世纪小说家中能够兼擅各类文体的圣手,而《恶时辰》到头来却是一个不那么成功的"大部头"。贝尔—维亚达的论著中引用作家本人的话说,这是他写得"最差的一个长篇小说"②。

短篇小说和长篇小说的人物和故事可以彼此拆卸装配,这种使得同样

---

① 〔哥〕加西亚·马尔克斯:《两百年的孤独》,云南人民出版社1997年版,第45页。

② Gene H. Bell—Villada: Garcia Marquez, the Man and His Work, Chapel Hill and London, 1990, p. 148.

的人物出现在不同故事中的写法，确实是此一阶段创作中的一个特点。郑克鲁在论述巴尔扎克的中短篇小说时说："巴尔扎克的中短篇小说已经包含了他的长篇小说的基本内容，可以说这是他的创作的一个缩影。"[①] 在巴尔扎克和福克纳之后，加西亚·马尔克斯有意的尝试这种做法而且也是别具规模，似乎要让人意识到这个叙事手法的价值。尔后的《百年孤独》又可证明他对借助重复叙事在不同作品之间钩沉链接的方法是如何的乐此不疲。《恶时辰》是第一个阶段，《百年孤独》是第二个阶段。在第一个阶段中我们看到，人物在不同的故事里进进出出，已经暗示着一个逐渐形成的世界。

加西亚·马尔克斯对这两位作家的借鉴显然是自觉的，[②] 因而在运用的过程中使得这种借鉴的行为还带上了一层方法论的乐趣。以《恶时辰》为汇总，熟悉的人物在新的作品中出现总是给人以时间未曾流逝的印象，或者说是在强化着这种印象。牙医，军管镇长，唐·萨瓦斯，寡妇蒙铁尔和卡米查埃尔先生，米娜和瞎老太太，还有年迈的神父和阴间的格兰德大妈，等等，这些人物反复出现在不同的文本当中。贝尔—维亚达举例说，《纸做的玫瑰花》中的特莉妮达带来一个装死老鼠的鞋盒，这个细节在小说中颇为暧昧，但是《恶时辰》的开篇就将它交代得很清楚了，她在教堂做辅祭，负责清除那里的老鼠。[③] 作家本人也曾举例说："在《没有人给他写信的上校》中有一个镇长，他在故事中的作用是次要的，由于一个臼齿生病，腮帮都肿了。在《有这么一天》（收录在短篇小说集《格兰德大妈的葬礼》里）中，这位镇长让医生把病牙拔了。而在《恶时辰》中，这位镇长则是一位头等重要的人物，书中比较详细地描述了由于牙痛而经受的可怕痛苦，他又一次让同一位医生拔掉了那颗牙齿。"[④]

---

① 郑克鲁：《法国文学纵横谈》，上海文艺出版社 2006 年版，第 148 页。

② ［哥］加西亚·马尔克斯：《两百年的孤独》，云南人民出版社 1997 年版，第 253 页。

③ Gene H. Bell—Villada: Garcia Marquez, the Man and His Work, Chapel Hill and London, 1990, p. 145.

④ ［哥］加西亚·马尔克斯：《两百年的孤独》，云南人民出版社 1997 年版，第 253 页。

同一颗牙齿拔了两次，这已经不是巴尔扎克和福克纳的做法了。正如16世纪的骑士小说《阿马迪斯·高德拉》中那位骑士的头颅可用被砍下两次，很难说这到底是一种魔幻还是一种别出心裁的幽默；加西亚·马尔克斯的"这种反复旋转同一个螺母的重复做法"（埃马努埃尔·卡瓦略语)①，有时会产生一种喜剧的效果，使得不同的文本之间的联系变得饶有趣味。

以《恶时辰》为代表的这个阶段的创作，喜剧性因素的增强是不容忽视的一个变化，它并不局限于我们上文所举的这个例子。在评论《恶时辰》总体的风格特点时，贝尔—维亚达用了"调皮捣蛋的幽默"（mischievous humor)②，而迈克尔·伍德的论著中也用了"玩笑"（jokes）和"恶作剧的要求"（the claims of mischief)③ 这类词语来概括。这确实是一个需要加以注意的风格上的重要变化。但凡是这个阶段最为出色的作品，几乎都是这种风格变化的产物。《没有人给他写信的上校》、《周末后的一天》、《蒙铁尔寡妇》、《巴尔塔萨的一个奇特的下午》等等，包括《恶时辰》在内莫不是如此。迈克尔·伍德在谈到《没有人给他写信的上校》时，说它的风格特点是"朴素无华、锋利、动人而且滑稽"，④ 这是一个恰如其分的评论。

我们可以补充说，在作家用了不同于《枯枝败叶》的语言写成的这些作品中，喜剧性因素的增强是语言风格产生变化的一种标志；影响到小说的总体叙事方式，它给这个时期的创作带来了一种"半是严肃半是滑稽"（serio—comic)⑤ 的独特的美学效果。正如有些研究者还有作家本人已经指出的那样，海明威、法国小说、美国新闻业和意大利新现实主义电影是

---

① ［哥］加西亚·马尔克斯：《两百年的孤独》，云南人民出版社 1997 年版，第253 页。

② Gene H. Bell—Villada: Garcia Marquez, the Man and His Work, Chapel Hill and London, 1990, p. 148.

③ Michael Wood: G. Marquez: One Hundred Years of Solitude. London: Cambridge University Press, 1990, p. 14.

④ Ibid. , p. 12.

⑤ Gene H. Bell—Villada: Garcia Marquez, the Man and His Work, Chapel Hill and London, 1990, p. 128.

此一阶段外来影响的新鲜血液，① 作家开始大力追求语言的简练和叙事的准确，学会透过摄影机的移动镜头来观察和表现事物。然而除此之外还需注意的是，那种兼具严肃和滑稽的独特美学风格则是别有源头的。如果我们认为这主要是由于卡夫卡美学影响的一个结果，而且毫无疑问是受惠于《变形记》的叙述所发挥的深刻影响和效应，那么奇怪之处在于这种影响何以姗姗来迟，直到这个阶段才表现得成熟和游刃有余。

这里触及了加西亚·马尔克斯研究中似乎需要加以澄清的一个问题。我们通常将《蓝宝石的眼睛》这个时期的创作（即我们所说的"波哥大小说"）与《变形记》联系起来，认为这个集子里的作品有卡夫卡的特点（这是没有错的），而在谈到马孔多的前期叙述，尤其是《枯枝败叶》之后的创作时，卡夫卡的影响在不同的研究者的著作中几乎只字不提，仿佛这种影响已经销声匿迹。例如，在达索·萨尔迪瓦尔的著作中，他所举的主要是《圣经》、索福克勒斯、笛福、加缪这几种因素。② 我们知道，这是并不完全符合实际的。以卡夫卡的作用而论，"波哥大小说"中的卡夫卡主要还是一种精神的死亡和再生的影响，是属于自我意识和观念范畴内的东西，真正代表卡夫卡美学的那种将悲喜剧结合起来的处理方式，其实在"波哥大小说"中是看不到的，而在《恶时辰》这个时期的创作中倒是有着巧妙的吸收和体现。从这个阶段开始到《百年孤独》以及随后的短篇小说集《纯真的埃伦蒂拉与残忍的祖母——一个令人难以置信的悲惨故事》（1972），卡夫卡的叙事风格才得到了纯熟的掌握和演变，而且逐渐显露出具有拉美风味的魔术师气象，使得这种叙述变得越来越辉煌。

《恶时辰》这个时期的喜剧性风格的滋长不能忽略卡夫卡的影响，这是我们试图要强调的一个问题。然而，仅仅指出有此种影响的存在还是不够的。这个时期的加西亚·马尔克斯已经不同于创作"波哥大小说"和《枯枝败叶》的那个作者，单以艺术而论，一方面他尚处于探索和学习的

---

① ［哥］达索·萨尔迪瓦尔：《回归本源》，外国文学出版社 2001 年版，第 274 页。

② 同上书，第 265 页。

迷惘阶段，试图通过一条迥异于《枯枝败叶》的创作路子来进行试验，对于长篇小说的写作前景显然还缺乏信心；另一个方面也可看到，他的创作实际上已经显示出了语言和叙事的精湛技巧，具备了独创的风格和眼光，也写出了堪称是完美的中小型叙事作品。即便是在并不那么成功的长篇小说《恶时辰》中，作家那种剖析和观察现实的能力也是相当深刻和成熟的，显示出他在思想上的成长与变化——他摆脱了"波哥大小说"和《枯枝败叶》中过于严肃的精神和书生气，滋长了讽刺和玩笑的力量，对于现实的洞察与模拟，甚至到了几近于烂熟的程度。可以说，总体上这是一种奇怪的、不平衡的现象。如果我们想要深入地评价他的创作及其演变，这是必须加以关注的现象。在接下来的论述中，我们结合此一时期的几个有代表性的文本，首先从艺术上加以分析，然后再从"承诺文学"的角度来探讨它们所涉及的一系列理论问题。

二

离开了《枯枝败叶》那座富于神话色彩的宅院，这一时期的小说拓展出一种新的视野，无论是发生在马孔多还是无名"小镇"，所有故事的基调仍然与以往一样是有关于孤独的，但是它们展示了具有喜剧色彩的一个底层生活的视角，——姑且名之为"小镇喜剧的底层视角"，这是它们共同具有的一个特点。较之于此前的"波哥大小说"和《枯枝败叶》，这无疑是一个崭新的特点。由于国内政治局势的恶化以及作家左翼思想的觉悟和发展，作家的注意力出现了变化和调整，在创作的理念上更加贴近社会现实，试图描绘出普通人的生存，因而在作品中注入了意大利新现实主义电影的那种"意味深长的人性"[①]，与底层社会的贫穷而孤寂的情调结合在一起，形成了一个新的，也是富于情趣和智慧的创作天地。

如果我们不像作者本人认为的那样，觉得这个时期的创作在观念上是

---

① ［哥］达索·萨尔迪瓦尔：《回归本源》，外国文学出版社 2001 年版，第 264 页。

误入歧途，① 或者仅仅认为它们是《枯枝败叶》和《百年孤独》之间过渡性的作品，那么我们或许会承认这些小说是值得单独加以研究的，它们具有比较独立的美学价值。贝尔—维亚达的著作中引用乌拉圭作家马里奥·贝内德蒂 1967 年的评论说："收集在《格兰德大妈的葬礼》中的某些短篇故事，可以视为拉丁美洲有史以来曾经创作的这个体裁类型中最完美的作品。"② 从文学史的角度看，来自于现代主义的悲观情调与左翼所强调的人民性观念的结合，产生了拉丁美洲短篇小说独具魅力的两部杰作，其一是胡安·鲁尔福的《烈火平原》，再就是加西亚·马尔克斯的这些"小镇喜剧"。前者在文学史上归属于拉美的"先锋派"，后者属于"新小说"。它们都达到了很高的创作水平，兼具诗意和幽默的新颖特色，是完全可以媲美的两种作品。

《周末后的一天》是作家在马孔多登记注册的第三个作品。由于此前的《伊莎贝尔在马孔多观雨时的独白》和《枯枝败叶》均打上了浓重的神话主义的烙印，这个短篇在写作技法和风格上的变化令人耳目一新，堪称是"小镇喜剧"中的代表作。这是一种相对客观的语言表现形式：写实的倾向，琐细平淡的情节，自然而诗意的氛围，清晰锤炼的细节，细腻而隐蔽的叙述手段，还有达索·萨尔迪瓦尔所说的"意味深长的人性"③ 的分析。语言上令人耳目一新的简洁细腻主要是受惠于海明威的艺术，而"意味深长的人性"分析不仅仅是得之于意大利新现实主义电影的熏陶，那种细致而略含书卷气的心理分析以及冷嘲热讽的笔触多少还带有一点詹姆斯·乔伊斯和阿尔多斯·赫胥黎的韵味。

绰号叫做"栗林猎户祭坛圣餐"④ 的安东尼奥·伊莎贝尔神父，是这

---

① 林一安编：《加西亚·马尔克斯研究》，云南人民出版社 1993 年版，第 183—184 页。

② Gene H. Bell—Villada: Garcia Marquez, the Man and His Work, Chapel Hill and London, 1990, p. 119.

③ [哥] 达索·萨尔迪瓦尔：《回归本源》，外国文学出版社 2001 年版，第 264 页。

④ 《上校无人来信——加西亚·马尔克斯小说集》，商务印书馆 1985 年版，第 99 页。

个短篇故事中的主要角色。这个人物与《恶时辰》中的安赫尔神父略有几分相似。从思想倾向上讲，作家本人是反对天主教势力的道德束缚及其陈规陋习的，① 然而他笔下的神父形象并非是这种思想倾向的反映。《周末后的一天》以较大的篇幅刻画神父的内心和言行，展示在人们眼前的是一个内心与现实脱节、身心紧张、神志虚妄的角色，是被当作滑稽的普通人当中的一员来描写的，从中融入了作者轻妙的讽刺。

年近百岁的伊莎贝尔神父声称看见过魔鬼，由于"想象过于丰富、说话无所顾忌和在布道词中说些不得体的话而恶名在外"②，他得不到居民的尊重和信任，成了小镇生活中的一个边缘人物。伊莎贝尔神父尽管显得愚蠢可笑，感情是并不粗俗的。作者以讥讽的笔墨刻画神父孤独的生活，他的一举一动（包括"砰"的一跤摔倒在卧室的地上）都令人发笑，因为脱离现实而频频经受精神上的怀疑和惊扰，变得既难以控制的"狂妄自大"又受到良知痛苦的折磨。这一点在篇尾有关"流浪的犹太人"的布道中达到了戏剧性的高潮。

小说中的这个典故（El Judio Errante）似乎有两种不同的解释。陶玉平的西班牙语和中文对照本的脚注采用通行的说法："流浪的犹太人，典出《圣经·新约》，耶稣殉难路上曾要求在一犹太鞋匠门前休息，但遭拒绝和侮辱，该鞋匠被诅咒永世流浪，在后世的文学作品中，多作为毫无怜悯之心的恶人的代名词。"③ 琳达·诺克林的《现代生活的英雄：论现实主义》在谈到库尔贝的画作《乞丐》时，则将画中的乞丐解释为旧典"流浪的犹太人"（the Wandering Jew）的一种变形——"以乞丐慷慨解囊以救济赤脚的吉卜赛男孩的形式，刻画了同样的'以贫济贫'的主题"④。

这两种解释在《周末后的一天》中都可以成为故事主题的补充性说

---

① ［哥］加西亚·马尔克斯：《两百年的孤独》，云南人民出版社 1997 年版，第290 页。

② 《上校无人来信——加西亚·马尔克斯小说集》，商务印书馆 1985 年版，第104—105 页。

③ 同上书，第116—117 页。

④ ［美］琳达·诺克林：《现代生活的英雄：论现实主义》，广西师大出版社2005 年版，第158 页。

明，一是可以用来针对神父彻悟世道堕落的那声惊呼，二是与误了火车而滞留在马孔多的那个男孩的情节有关。小说的结尾神父拿布施的钱让男孩去买一顶帽子，即是反映了"以贫济贫"这个主题。"流浪的犹太人"的典故正是将小说中两个看似不相干的情节连缀了起来。

从诗学的角度讲，这两个分头表述的情节，即伊莎贝尔神父和男孩的故事，是以米·赫拉普钦科所说的那种"诗情想法"的方式加以联结的，且赋予了小说叙述以一种抒情的意味。也就是说，"叙述的内部运动、情节，不是建立在事件的贯穿上面，也不是建立在它们的更替上面，而是建立在诗情想法的发展上面"[①]，包括种种闪回的插曲和回忆的描写，也是如此。这是该篇叙述上的一个特点。年近百岁的神父与尚未入世的男孩，两个人都是迷途的羔羊，处在人生软弱无助的两极。这两条线索之间轻淡的交触，使得故事具有了一种温馨而忧伤的底蕴。

小说以"死鸟事件"展开全篇的叙述，成为牵动全局的神经。因此，在联结神父和男孩两个不相干的情节时，它总共有以上所说的三个层面上的关联。达索·萨尔迪瓦尔认为"死鸟事件"所代表的"时疫与灾祸"是得之于《圣经》、索福克勒斯、笛福和加缪的影响。[②] 但是，从它的叙述来看，这是典型的卡夫卡笔法。以莫名其妙的灾变来启动一篇小说的叙述，使之笼罩一层荒唐的、喜剧性的气氛，《周末后的一天》与《雪地上的血迹》等篇一样，体现了卡夫卡叙事艺术的气味。这一点我们已经在第一个章节中谈到过了。

弗拉基米尔·纳博科夫在其《文学讲稿》中声称，格里高列·萨姆沙是《变形记》中唯一的天才（"萨姆沙一家围着那只怪诞的虫子无异于凡夫俗子围着一个天才"[③]），这个说法似乎失之于夸张，但事实上也是道出了作品的某种实情。暧昧与敌意从来都是喜剧的精神特质的一部分；以愚

---

① ［苏］米·赫拉普钦科：《作家的创作个性和文学的发展》，上海人民出版社1977年版，第161页。

② ［哥］达索·萨尔迪瓦尔：《回归本源》，外国文学出版社2001年版，第265页。

③ ［美］弗·纳博科夫：《文学讲稿》，生活·读书·新知三联书店1991年版，第348页。

蠢或荒唐的滑稽为主题的假面具，在他者的眼中有时会表现出戏谑的暧昧态度。伊莎贝尔神父的内心与现实脱节，造成了种种可笑的言行和思想，然而某种意义上讲，这个颇含滑稽的写照却能够清楚地表达出那种戴上假面具的叙事所起的作用。这样一来，伊莎贝尔神父就成了现代小说中的又一个"主体"而不仅仅是"人物性格"。作者借此探索与现实世界的关系，包括主体的分裂与幻想（就像卡夫卡的虫子）在介入现实的过程中所产生的间离效果。在这些中短篇小说中，作者确实是不局限于题材本身的束缚，将幻想的因素注入在每一个故事当中，其结果是表现为对整个现实生活的高度浓缩，使之包含戏谑的暧昧，在逐渐增强或减弱的间离效果中勾勒客体世界的轮廓。和卡夫卡、福克纳以及胡安·鲁尔福一样，归根结底还是要让写作以不同的角度聚焦于内心世界的恐惧与愿望。

《蒙铁尔寡妇》同样也是抓住这个题意来写的，写一个"脆弱而迷信的女人"，直到丈夫死后才意识到"她从来就没有脚踏实地地生活过"[①]。透过这个女人想入非非的绝望，让人看到现实不可捉摸的暧昧与敌意。《这个镇上没有小偷》中的主人公达马索和蒙铁尔寡妇一样，处在梦游般的忧愁境地里。此人具有一种粗鲁、纯真的街头浪子的气质，由于不堪忍受良心（或忧虑）的折磨，将偷来的台球送回去，结果被逮个正着。店主趁机敲他竹杠，威胁说要将他扭送警察局。小说最后是以店主的一句辛辣的恫吓结尾："他们马上就会从你这身臭皮囊里挤出两百比索来，这倒不是因为你是个贼，而因为你是个笨蛋。"[②]

《星期二的午睡时刻》写一个寡妇因为恐惧而失手将一个小偷杀死，小偷的母亲带着女儿赶来上坟。这位母亲捍卫尊严的态度十分感人，显得天真而又庄重，虽说她儿子的形象和遭遇多少是以一种让人有些忍俊不禁的方式描述出来的。《巴尔塔萨的一个奇特的下午》也是这个集子当中著名的一个短篇。小说原本可以通过一只鸟笼子描写何塞·蒙铁尔的铁石心肠，或者可以用来表现巴尔塔萨助人为乐的善良，他将那只工艺非凡、让

---

① 《上校无人来信——加西亚·马尔克斯小说集》，商务印书馆 1985 年版，第83 页。

② 同上书，第 65 页。

人吊足了胃口的鸟笼子送给了哭泣的孩子。但是小说最终有着一个精彩得多的结尾。巴尔塔萨将自己辛苦做成的鸟笼子白白送给何塞·蒙铁尔的孩子之后,这位羞涩的工匠在酒馆里吹嘘说这笔交易让他赚了"60比索"的高价。人们纷纷为他庆贺,他一反常态,索性背着妻子举债狂欢,沉醉在"生平最幸福的美梦之中"[①],一直喝得人事不省,倒卧在黎明的街头。小说最后两页出人意料的转折和高潮,写出了一个让人感到毛骨悚然的滑稽剧式的收场。

这些发生在底层社会的故事,触及的都是时代生活中的边缘人物,他们或者原本就出身低微,或者因为某种原因而沦落成为边缘人物。对比我们前面章节中的分析可以更加清楚地意识到,这个来自普通小镇的底层群落——由工匠、小偷、闲汉、寡妇、店主等人组成的众生相——不同于《枯枝败叶》的家族传奇或小核心圈子,是作者此前的创作中从来没有真正关注过的。集子中两篇发生在马孔多的小说(《周末后的一天》和《星期二的午睡时刻》),也失去了马孔多浓重的神话色彩。按照巴尔加斯·略萨的看法,这里的马孔多与无名"小镇"之间"没有根本的差别"[②]。因此从题材上讲,它们毫无疑问是以现实主义的人民性作为选择的出发点,尽管其创作的手法和观念未必是完全遵循现实主义的原则,与左翼的现实主义要求更是有着一段距离。作家以半严肃半滑稽(serio—comic)的锐利笔调描写这些底层故事,使其具有了一种不同于卡夫卡的世俗格调,一种加西亚·马尔克斯本人所特有的优美感人、柔情而机智的风格。尤为值得注意的是,那种虽经历忧患而不失其天真的喜剧性力量总是能给作品镀上一层暖色调,让故事的叙述焕发出一种令人啼笑皆非的幽默感。

三

中篇小说《没有人给他写信的上校》是能够完美地表达这种风格的作

---

① 《加西亚·马尔克斯中短篇小说集》,上海译文出版社1982年版,第215页。

② 林一安编:《加西亚·马尔克斯研究》,云南人民出版社1993年版,第187页。

品，意味着迄今为止作家是一个制作"小经典"的能手。即便像何塞·多诺索这样对加西亚·马尔克斯的创作表示有限度赞赏的同时代作家，也认为这篇早期的小说具有艺术上真正的震撼力。① 小说是从《恶时辰》的写作过程中衍生出来并最后单独成篇的；故事的一对主角——上校和他的妻子在"香蕉热"入侵之后离开了马孔多，搬迁到邻近的这个"小镇"上。这样便构成了原文大约有 50 页篇幅的中篇小说，也可以说，这是作家第一部被认为是作得成功的篇幅较长的小说。

小说首先值得注意的是，它有着作家颇为钟爱的角色，即从《枯枝败叶》到《百年孤独》，"上校"或"老上校"的形象以不同的变体屡屡出现在他的创作中，而且总是在某种程度上成为作品的艺术和道德的中心；其次，小说的形式和风格也体现了日后被作家本人所否定的那种追求净化的美学旨趣，② 它有着类似于无韵体诗歌的特点，讲求情境，感情单纯，语言节制而提炼，使得小说的形式和主题在一个自觉的层面上相互配合，简洁有力地传达创作的意图。

《没有人给他写信的上校》表达的主题是"等待"，或者说是"徒劳无望的等待"。与萨缪尔·贝克特的戏剧中处理主题的方式不同，小说表现"徒劳无望的等待"这个主题是紧扣着现实具体的恐惧或希望，出自于对日常生活和情感的关注。按照贝尔—维亚达的概括，这篇小说处理的是三个相互关联的题材："一是斗鸡，二是军事独裁，三是那对老夫妻的孤独和饥饿。"③ 作家自己在谈到这篇作品时说，主人公徒劳无望的等待"是因为社会不公正，是因为官僚主义手续多得数不清"④。篇中的老上校是"千日战争"的幸存者，在一贫如洗的境况中等待着那笔政府许诺的退休

① ［智］何塞·多诺索：《文学"爆炸"亲历记》，云南人民出版社 1993 年版，第 73 页。

② 林一安编：《加西亚·马尔克斯研究》，云南人民出版社 1993 年版，第 177 页。

③ Gene H. Bell－Villada: Garcia Marquez, the Man and His Work, Chapel Hill and London, 1990, p.128.

④ ［哥］加西亚·马尔克斯：《两百年的孤独》，云南人民出版社 1997 年版，第 45 页。

金,一边试着安慰患病的妻子。他们的儿子是这个家庭唯一的支柱,在"暴力时期"被人杀死了,用妻子的话说:"我们就是没儿没女的孤老嘛!"[1](这句话在另一个译本中译为"我们是失去了儿子的孤父孤母"[2]。相比之下,英译"We are the orphans of our son"[3]能够传达汉译所没有的伤感和幽默。)此外,上校孤立无援的境况还有另一个原因,除了那笔已经等了50年似乎永远不会到来的退休金,他的同党在政府的迫害之下或者丧命或者流亡,这也是标题中的"没有人给他写信"所暗含的另一层意思。[4]这个腼腆而倔强的老人,除了尊严和等待之外似乎一无所有。小说的高潮是逐渐趋于表现这种境况的一个临界点,——历经无望的等待与饥饿的折磨,在妻子的"你说,吃什么?"的再三逼问之下,素来反对言词粗俗和不得当行为的上校以一句斩钉截铁的"吃屎"作答,[5]从而结束了这篇小说。

迈克尔·伍德认为,上校的"屎"('shit')这句诅咒迸发出"言词的暴力",这是《黑暗的心》中库尔茨那句"恐怖!"('The horror!')的清醒的喜剧版;因为"生活由此得到了评判而这个评判道出了一切。"[6]这是小说的一个颇具震撼力的结尾。从上校的谦和羞怯到他学会了"言词的暴力",叙述上平静的积累突然终止于逆向的爆发,并且定格于这个刚刚出现的讽刺性转折。加西亚·马尔克斯借此为我们塑造了20世纪文学

---

① 《上校无人来信——加西亚·马尔克斯小说集》,商务印书馆1985年版,第163页。

② 《加西亚·马尔克斯中短篇小说集》,上海译文出版社1982年版,第141页。

③ Gene H. Bell—Villada: Garcia Marquez, the Man and His Work, Chapel Hill and London, 1990, p. 129.

④ Gene H. Bell—Villada: Garcia Marquez, the Man and His Work, Chapel Hill and London, 1990, p. 129.

⑤ 《上校无人来信——加西亚·马尔克斯小说集》,商务印书馆1985年版,第271—272页。

⑥ Michael Wood: G. Marquez: One Hundred Years of Solitude. London: Cambridge University Press, 1990, p. 13.

中一个令人难忘的典型，老上校也成了作家笔下"感人而无辜"①的许多个形象中的一个。

陈众议指出："上校是加西亚·马尔克斯在《枯枝败叶》中就试图塑造而未能最终完成的悲剧典型。在《枯枝败叶》中，他是个怪老头儿，他的形象有点儿模糊不清；行为也不合情理，甚至令人费解，因此他难以激起同情和怜悯。而眼前这个没有人给他写信的上校，不仅形象丰满，而且具有索福克勒斯悲剧英雄的二重因素：悲剧命运和反抗命运的悲剧。"②

贝尔—维亚达对这个形象也有过很好的概述："是退伍军人，可是文雅而胆怯，双眼间距宽大，梦幻般的举止；无力抵抗骗子手堂萨瓦斯的诡计，自身却享有无量数的自我讽刺与信念，它们堪称是奇妙无比；为人平和，可是固执得最终足以拒绝出售那只斗鸡，并且说出了所有的小说作品中那句最难忘的结束语。"③贝尔—维亚达的描述也提醒我们，除了 mierda（屎）这个名词特有的反讽意味（鉴于上校本人对粗俗下流的反感和无能④），结尾的力度还在于凝聚了作品中已经存在的这个形象的人格要素，其坦诚和无辜，自我讽刺与信念，等等，这些要素的积累都被推到了一个瞬间的富有启示性的临界点上，具有内敛的力量。

《没有人给他写信的上校》原本是一个沉重而压抑的悲剧故事，由于揉进了许多幽默和俏皮的笔触而平添了一种活力与亮色。例如，上校面对那只斗鸡宣讲他的格言："伙计，日子可不好过啊！"⑤在另一个场合，当妻子将别人送来喂鸡的玉米挪用来自己煮粥吃，上校便以抒情的语调感叹道："是啊，生活是人们发明出来的再美妙不过的东西了。"⑥这对贫贱夫妻的对话也时常在压抑的声调中透出调侃和亲昵。"你瘦得皮包骨头了。"

---

① Gene H. Bell—Villada: Garcia Marquez, the Man and His Work, Chapel Hill and London, 1990, p. 129.

② 陈众议：《加西亚·马尔克斯传》，新世界出版社 2003 年版，第 125 页。

③ Gene H. Bell—Villada: Garcia Marquez, the Man and His Work, Chapel Hill and London, 1990, p. 129.

④ 《上校无人来信——加西亚·马尔克斯小说集》，商务印书馆 1985 年版，第 211 页。

⑤ 同上书，第 205 页。

⑥ 同上书，第 223 页。

她说："我正打算把这把老骨头卖了呢！"上校说："有家黑管厂已经向我订好货了。"[1] 还有夫妻俩隔着蚊帐回忆最后一次看电影《死者之志》的那个细节，辛酸而又令人忍俊不禁。

俏皮的笔触在某种程度上补偿了孤独和饥饿带来的苦涩，使得字里行间出现一种令人啼笑皆非的幽默感，无怪乎贝尔—维亚达要将作家的那种半严肃半滑稽（serio—comic）的风格视为本篇最为重要的特色，并且拿它与克努特·汉姆生的名篇《饥饿》进行比较："大凡在克努特·汉姆生的《饥饿》表现紧张的沉思、那种主观性的、属于'北欧人'的极度痛苦的地方，加西亚·马尔克斯较为精短的作品则是显示出了更多仁慈宽厚的、跨越各个年龄层的、集体性的、'热带'的轻浮。"[2] 这也许就是代表了达索·萨尔迪瓦尔所说的，此一时期的作品中那种"意味深长的人性"的因素。

这种对比突出了加西亚·马尔克斯浓缩日常经验的想象力与才华，他的"跨越各个年龄层"的想象赋予了"孤独"这个主题以更加宽广的承载力。这对底层的老年夫妻不仅一贫如洗，而且患病在身，妻子患有哮喘，上校患有便秘。小说同情的笔墨没有忽略人物的生理感觉，在此基础上描写他们刻骨的痛苦和乐观，幻想的天真与处境的难堪。在这里，作者将一种原本属于青春的诗情及期待的形象与老年人的孤独和病痛结合起来（这是《霍乱时期的爱情》的想象力的配方，在此初露端倪），描绘出动人而幽默的画面。

本篇幽默的因素，除了贝尔—维亚达所说的来自于俏皮的对话和细节，主要还体现在主人公的幻想与现实的脱节以一种"悲喜剧"的方式联系起来。这种处理较之于《周末后的一天》更加的单纯和直接，它揭示主人公所处的窘境——环境的凄凉和政治上的黑暗，他的格格不入，同时也赋予人物梦幻般的生活以奇妙的平衡力量。"幻想"或"梦幻"始终是作

---

① 《上校无人来信——加西亚·马尔克斯小说集》，商务印书馆 1985 年版，第 203 页。

② Gene H. Bell—Villada: Garcia Marquez, the Man and His Work, Chapel Hill and London, 1990, p. 131.

品潜在的一个主题，它对于死亡、孤独、尊严和绝境的诠释在这篇貌似单纯的小说中发挥着含义丰富的启迪性。上校与妻子的龃龉还不是由于贫穷，而是由于妻子四处变卖家什令他感到丢脸，打破了这种自我幻想的平衡力，"他感到他们的爱情中也有点什么东西衰老了"。[①] 面对妻子揭不开锅的抱怨，上校俏皮的回答则是点明了本篇的题旨——幻想"是不能当饭吃，可也能养人啊！就像我那位老兄堂萨瓦斯的灵丹妙药一样"[②]。

值得注意的是，这种梦幻的气质也同样属于《老人与海》中的老人圣地亚哥，那种令人难忘的"重压下的优雅"（grace under pressure）——"只管去睡他的觉，去做他的梦，去见他的狮子。"圣地亚哥失败时，他的理由也是不愠不怒的。"'是什么东西把你打败的？'他自忖道，'哦，没什么，'他高声说道，'只不过是我走得太远了。'"圣地亚哥"不忍心再朝死鱼看上一眼，它已经被咬得残缺不全"。但老人安慰自己，"丢了 40 磅鱼肉，你航行起来更轻快了"[③]。

加西亚·马尔克斯从海明威的作品中学到的，似乎不仅仅是语言手法的简练精微。埃德加·约翰森所认为的海明威对付人世的解决办法是"求助于个人主义及被孤立的个人关系的态度"[④]——在加西亚·马尔克斯的这篇小说中何尝没有体现。海明威的人物那种类似于"耶稣殉难"的意味，他笔下的"硬汉子"通常所谓的孤独、倔强、单纯的三个特点，在这篇拉美新小说中同样发出了熟悉的回响。

《没有人给他写信的上校》刻画的主人公如同闭着眼睛走钢丝，除了精神的孤独以及与环境的格格不入，其形象还拥有一种"梦幻般的超现实感"（the visionary wonder），有着使人忧惧亦使人欣喜的特质。这是一种包含着启示的力量，也是小说的悬念与滑稽感的潜在来源，因为，自开篇

---

① 《上校无人来信——加西亚·马尔克斯小说集》，商务印书馆 1985 年版，第 229 页。

② 同上书，第 225 页。

③ ［美］恩内斯特·海明威：《老人与海》，西苑出版社 2003 年版，第 51—60 页。

④ ［美］约翰·麦克弗利编：《恩内斯特·海明威：其人其作》，世界出版社 1950 年版，第 50 页。

起两者便在严谨的叙述中造成一种不协调的张力。从这些处理亦可看出，哪怕是采用底层的视角与悲剧的题材，作者还是十分倾心于现实生活中借以超脱的"神奇因素"及其在艺术上的诗意再现，这也是该篇值得注意的一个特点。

四

长篇小说《恶时辰》应该与以上所论述的中短篇作品有所区分，这是本小节中着重要阐述的一个问题，以弥补相关研究中的不足。尽管它们属于同一个时期，作家本人也是根据"语言的视感特点"将《恶时辰》与《没有人给他写信的上校》归为同一类型的创作，[①] 加之我们前面已经详细提及长篇小说与短篇小说可以互相拆卸这个现象，说明它们彼此之间有着十分密切的关联。但必须指出的是《恶时辰》的风格属于完全不同的种类，从风格上将它们混为一谈是错误的。

根据相关的考证可以知道，在这个时期的创作中，《恶时辰》开始得最早——是作家1956年客居巴黎佛兰德旅馆时撰写的一个有关"匿名帖儿"的故事，最后改定已经是在1960年初，其间也是几易其稿，是同时期的创作中成稿最晚的一篇。其时作者已经开始阅读胡安·鲁尔福并撰写《虚度年华的海洋》。[②] 从实际的状况来看，这个篇幅不长的"大部头"不仅在成稿的时间上与那些中短篇小说有一段距离，而且精神和风格上也颇不相近，因此，阐述这种区别以及《恶时辰》自身的风格特点无疑是很有必要的，以往的研究对于这个方面的演变往往交代得不很清楚。

与同时期的或是此前的作品相比较，本质的区别在于，《恶时辰》在整体的风格上是属于"粗俗喜剧"（gross comedies）的范畴。以保罗·博尼拉所阐述的这个类型的特点而言，《恶时辰》符合"粗俗喜剧"的三个要义，即它使用亵渎的语言；个别章节插入以色情描写为基础的滑稽场

---

① ［哥］达索·萨尔迪瓦尔：《回归本源》，外国文学出版社2001年版，第367页。

② 同上书，第298—366页。

面；它靠玩笑和插曲来支撑其松散的叙事并且试图提供乐趣，等等，这些特点完全应该是归属于低俗幽默的类型，在美学上是作为"净化"的对立面而出现的。①

在《恶时辰》中，性与色情的描写开始以直露的方式出现在加西亚·马尔克斯的作品中，这是此前没有过的。法官阿尔卡迪奥的性生活以及诺拉·哈科夫与阿希斯家族的通奸，特莉妮达忏悔中透露她的叔叔有乱伦冲动，等等，已经预示着《百年孤独》对色情倾向和"大众笑文化"的执迷关注。因此，不能将《恶时辰》和《没有人给他写信的上校》在美学风格上归为一类，也不能将《恶时辰》"松散的叙事"等同于多斯·帕索斯早期风格的翻版。贝尔—维亚达的著作中引述雷吉娜·简恩斯（Regina Janes）的观点，认为小说的那种"马赛克式的拼贴手法更多的是来自于多斯·帕索斯的《曼哈顿中转站》"。② 毫无疑问，多斯·帕索斯把小说写成不停切换的蒙太奇画面，叙述上依赖"移动摄影镜头"（roving－camera）的视感手段，欠缺变化和更加复杂的组合，这个特点与《恶时辰》很相似，然而，《恶时辰》作为"粗俗喜剧"的实验，它有意突出玩笑和恶作剧的表现方式则是多斯·帕索斯的作品所没有的，这个特点与那种混合社会意识形态的后现代技巧有着更为密切的联系。

该篇的低俗的语言风格也曾引起过一场风波，这就是这个类型的喜剧容易引起道德敌意的一种证明。《恶时辰》1962 年由马德里一家出版社出版时，编者"以语言纯洁性的名义"删除了俚语方言和粗俗污秽之词。作家当即在报上发表声明，宣布这一版本没有得到他的认可。哥伦比亚语言科学院院长也曾要求删去"避孕套"和"手淫"这两个词。③ 表面上这是道德和语言的纯洁性的问题，实际上这是一个美学问题。删除了污言秽语（the vulgarisms）的《恶时辰》在很大程度上也就丧失了它作为"粗俗喜

---

① ［美］保罗·博尼拉：《好莱坞俗片是否不可貌相？》，载《世界电影》2006 年第 4 期，第 6 页。

② Gene H. Bell－Villada: Garcia Marquez, the Man and His Work, Chapel Hill and London, 1990, p. 147.

③ ［哥］达索·萨尔迪瓦尔：《回归本源》，外国文学出版社 2001 年版，第 367 页。

剧"的性质。置之于加西亚·马尔克斯的前期创作，这篇小说在美学上有一种新的尝试和演变。在达索·萨尔迪瓦尔、贝尔—维亚达等人的著作中，这个性质的区分未能揭示出来。

《恶时辰》原先设计的题目是 Este pueblo de mierda，英译 This Shitty Town[1]，中文直译为"这个狗屎不如的镇子"。小说写发生在"小镇"上的"匿名帖儿"的故事，那些神秘的"匿名帖儿"总是在清晨时分张贴在人们的家门口，谁是事件的幕后操纵者，一直无从追查，奇怪的是，"匿名帖儿"宣传的都是人尽皆知的传闻，谁堕胎了，谁和谁通奸了，等等，它们的内容毫无新意，但是它们大力传播丑闻，弄得"小镇"的居民人人自危。实际上，"匿名帖儿"宣传的都是镇上有钱有势人家公开的秘密，因此贫民窟里的居民总是扬眉吐气。随着"匿名帖儿"愈演愈烈，有个醋意大发的丈夫开枪杀死了情敌，神父忧心忡忡，不断受到镇上贵妇人的指责，镇长不得已实施宵禁。镇长的爪牙错杀了一名囚犯，枪战爆发了，人们开始离开"小镇"去加入丛林游击队。但是，张贴"匿名帖儿"的人继续这桩琐碎而有危害性的工作，仿佛他与发生的一切没有任何关系。

小说由 37 个长短不等的片段组成，未标明章节。尽管有"匿名帖儿"的事件贯穿全篇，结构上仍是由插曲和笑话组成的、类似于拼贴的"松散叙事"。需要说明的是，"匿名帖儿"事件作为全篇的一条中心线索，由于它的存在"最终只是个谜"[2]，某种程度上也接近于插曲和玩笑的组成部分。镇长猜测它是由一些人分头单干的，后来他央求马戏团的卡桑德拉用纸牌占卜，破解这个秘密。卡桑德拉占卜的结果是等于没有答案——"不是哪一个人，全镇的人都有份。"[3] 贝尔—维亚达在其论著中说："我们不妨认定，即便是加西亚·马尔克斯自己也未必清楚具体是哪个人干的。"[4]

---

① Gene H. Bell—Villada：Garcia Marquez, the Man and His Work, Chapel Hill and London，1990，p. 146.

② 陈众议：《加西亚·马尔克斯传》，新世界出版社 2003 年版，第 138 页。

③ 《加西亚·马尔克斯中短篇小说集》，上海译文出版社 1982 年版，第 466 页。

④ Gene H. Bell—Villada：Garcia Marquez, the Man and His Work, Chapel Hill and London，1990，p. 147.

随后他在文章中引用了巴尔加斯·略萨的一个更加老到的说法："'匿名帖儿'不能仅仅看作是'政治'，也应该看作是魔术，看作是异想天开的、非真实的世界闯入到这个单调乏味的现实中来。"①

然而，迈克尔·伍德在其论著中并不赞同这个说法。"政治还是八卦？这里作家在处理主题时恐怕有所犹豫，吃不准该朝哪个方向推进，但是'匿名帖儿'与政治传单之间的亲缘关系看来也是再清楚不过了，两者的关联对于这篇小说的写作来说是很难遗漏的。这种关联说明，事情并不像是巴尔加斯·略萨在评论《恶时辰》时所说的那样，是一种想象力的要求，而应该是一种恶作剧的要求，是一种可能的、有用的手段，用来制造一场混乱。"②

迈克尔·伍德对于该篇大量采用玩笑式插曲这个特点有着较为深入的剖析。他认为，"恶作剧的要求"（the claims of mischief）是显而易见的，从政治上讲也是成问题的。毫无疑问，作品中这个"小镇"的命运令人沮丧，而制作"匿名帖儿"的作者似乎显得既冒险又无奈，忙碌不堪但也确实是无济于事。换个角度说，"如果当代文学不是贴近于高雅艺术而是贴近于谣言和宣传，其结果会怎么样呢？会变得轻捷又危险而非重大又安全吗？"③ 迈克尔·伍德的文章没有直接回答这个问题，但是，他看到了《恶时辰》的创作与传统的一种区分，而且提出了一个有意义的问题。

如何看待玩笑和游戏的笔墨，这种有意识地抵制高雅艺术的标准而使创作下降到"粗俗喜剧"范畴的做法？这种做法不仅提供娱乐的效果，而且在表现一系列社会政治题材时极易引起争议，也就是说，其存在显得轻捷而又危险。迈克尔·伍德谈道："维特根斯坦曾经说过，他可以想象一部全是由玩笑构成的哲学著作。我认为，许多玩笑即便没有构成哲学，也与哲学有着密切的关联。玩笑是我们所认为的严肃性的反面，而我并不希望感化它们，使其悔过自新，变成所谓的好公民。我确实希望提出这样的

---

① Gene H. Bell—Villada: Garcia Marquez, the Man and His Work, Chapel Hill and London, 1990, p. 147.

② Michael Wood: G. Marquez: One Hundred Years of Solitude. London: Cambridge University Press, 1990, p. 14.

③ Ibid.

看法，即它们与所谓的严肃性保持着一种有趣的关系，而这不只是一种反面的关系；它们以轻松的、刁钻的或是傻气的笔法触及我们所认为的重大题材；而当代的小说，无论是贝克特、博尔赫斯、卡尔维诺、雷蒙·格诺、格拉斯、拉什迪、菲利普·罗思、加西亚·马尔克斯还是其他什么人的作品，在此意义上讲都是充满了玩笑。"①

迈克尔·伍德强调说，批评家迄今还没有真正发明一种语言用来描述这个艺术现象，而"后现代"的说法实质也是倾向于削弱这些精彩的笑话，一味将这些当代作家看作是对前辈的认真复制或排斥，仿佛他们的存在只能是符合我们碰巧拥有的标准，或是仅仅表现为对这些标准的质疑。②

在为萨尔曼·拉什迪《午夜的孩子》撰写的导言中，阿妮塔·德赛伊（Anita Desai）则是按照学术界通行的说法，将此类艺术现象归结为"二战"之后与传统相悖的种种"后殖民的冲动和态度"的产物："不同文体风格的快乐而无忧无虑的混合，采用诸如非连续性叙述、电影影像与隐喻、镜子游戏和语言亵渎等等后现代的技巧，而这些技巧组成了在东欧和拉美同时兴起的所谓'魔幻现实主义'的流派。"③

从这里的概括首先可以看出，《百年孤独》的风格变化最早应该追溯至《恶时辰》，以它作为风格和意识的转折点，而不是我们通常所认为的是《格兰德大妈的葬礼》这个短篇。也就是说，《恶时辰》加上《虚度年华的海洋》和《格兰德大妈的葬礼》才是马孔多前期叙述通向《百年孤独》的转折和过渡。阿妮塔·德赛伊为我们罗列了可以抽象为类型的种种后现代技巧，而迈克尔·伍德的论述则指出了具备这些技巧特点的一系列当代作家。这样我们就避免了从孤立的角度去看待《恶时辰》的创作。后面的章节中我们要谈到的《百年孤独》"后现代主义"三重解构的问题，事实上在《恶时辰》中已经露出了苗头。

---

① Michael Wood：G. Marquez：One Hundred Years of Solitude. London：Cambridge University Press，1990，p. 14.

② Ibid.，pp. 14—15.

③ Anita Desai：Introduction to Midnight's Children. See Salman Rushdie：Midnight's Children. New York：Alfred A. Knopf，INC. 1995. p. ix.

有关《恶时辰》中不同体裁类型（genre）混合的做法，有人也早已做出了具体的指认。例如，陈众议指出该篇的叙事特色是融合心理小说和侦探小说的两种不同风格。[①] 朱景冬提出的由"一个人物或几个人物的故事被分成若干片段来叙述"[②] 的结构，实质就是上文所说的"非连续性叙述"（discontinuous narrative）。朱景冬的著作中还以安赫尔神父的故事为例，详细分析 12 个片段打破时序的做法。谈到该篇小说的艺术特点，他以"查抄牙医住所"和"广场抓捕罪犯"两个例子，说明其场面描写具有影视表现手法的紧张而扣人心弦的魅力，并将这些片段与"警匪片"的类型化手法联系起来。[③] 此外，贝尔—维亚达还指出，该篇大量使用警句和诙谐格言用以连缀画面，使人获得阅读卡通作品的那种效果——诸如镇长对牙医说："我的牙可不介入党派之争啊。"[④] 等等，这类处理也都体现了叙述融合通俗文化的新颖元素。[⑤]

粗俗笑话，语言亵渎，非连续性叙述，电影影像和表现手法的运用，警句和诙谐格言的卡通化节奏，等等，《恶时辰》具备了我们所谓的后现代技巧的一系列拼贴的特点。该篇是此一时期的创作中开始得最早、结束得最晚的作品，其原因从我们以上的论述中似乎可见一斑。它所要做的是一种新型的叙述风格的尝试与开拓，通过长时间的修改、推翻重构，与同时期的中短篇作品拉开一段距离。

贝尔—维亚达认为，它的弱点与长处是结合在一起的。"一方面，此书给人的总体印象是积累性的，缺乏有机的力量，叙述充其量是将其转变为一部高级的卡通（a sophisticated cartoon），是塞满了许多单个笑话和滑稽故事的玩笑集锦；另一方面，这种弱点（如果称得上是弱点的话）也正是《恶时辰》的力量所在，它的不充分叙述和恶作剧式的幽默是极为丰

---

① 陈众议：《加西亚·马尔克斯传》，新世界出版社 2003 年版，第 137 页。

② 同上书，第 121 页。

③ 朱景冬：《马尔克斯：魔幻现实主义巨擘》，长春出版社 1995 年版，第 119 页。

④ 《加西亚·马尔克斯中短篇小说集》，上海译文出版社 1982 年版，第 397 页。

⑤ Gene H. Bell—Villada：Garcia Marquez, the Man and His Work, Chapel Hill and London, 1990, p. 148.

富的，从而拯救了这个作品。"①

五

通过以上对单个作品的分析论述，我们再从其创作的理念和创作初衷出发，来衡量这些作品的性质。

与此一时期的创作初衷相关的，是两个带有政治意识形态的概念，即左翼共产党所提倡的"承诺文学"和哥伦比亚国内盛行一时的"暴力文学"。由于皮尼利亚政府屠杀学生，非但没有制止哥伦比亚蔓延全国的暴力，而且导致这个国家专制政治的进一步恶化，作家的思想觉悟产生了变化，使他彻底倒向了左翼。与此同时，左翼共产党针对《枯枝败叶》提出了批评和建议："声称他这部小说的神奇情节和抒情风格对于深入了解哥伦比亚当前的现实来说并非完全恰当。"② 作家接受了这个批评，并在随后的创作中自觉地修正有关写实和题材选择的观念。他承认他笔下的马孔多"是一个与当时社会完全无关的世界"③。也就是说，左翼共产党的教条主义批评并非是无的放矢，《枯枝败叶》如果不是意味着对社会现实的某种逃避，至少也是与当时发生的重大事件缺乏联系。

本着这样一个政治上的认识，一度身为共产党支部成员的作家开始了《恶时辰》时期的创作。作家本人是这样说的："这个时期，在我的生活中发生了几件极其重要的事情；就是说，当我发表《枯枝败叶》后，我曾想应该沿着这条路继续走下去，但是，哥伦比亚的社会、政治形势开始严重恶化，接着，人们称之为'哥伦比亚暴力'的时期随之而来。这样，不知道怎么的，这时候我政治上开始觉悟了，在国家的这场悲剧中，人民的遭遇引起了我的共鸣。于是我开始讲述与过去我所喜欢的完全不同的一种故

---

① Gene H. Bell－Villada：Garcia Marquez，the Man and His Work，Chapel Hill and London，1990，p. 148.

② ［哥］达索·萨尔迪瓦尔：《回归本源》，外国文学出版社 2001 年版，第 262 页。

③ 林一安编：《加西亚·马尔克斯研究》，云南人民出版社 1993 年版，第 183 页。

事，一些与当时哥伦比亚的政治、社会问题有直接联系的不幸事件……"①

在有关《枯枝败叶》道德主题的分析中我们已经指出，"人民"无论是作为左翼文学的概念还是作为普通社会学的概念，在这部小说中都居于相当次要的地位；人民大众的存在相对于精神小核心是一个几乎被"无化"了的群体。那么，当作家采用与《枯枝败叶》不同的观念进行创作，他的创作便开始自觉地对社会政治有所承诺，努力去反映造成国家悲剧的根源，哪怕作家"对这些题材感到有点陌生"，他在思想上也认为"应该产生兴趣"，感到自己"是一个被卷入这一题材的作家"。② 这就是《恶时辰》时期整个创作的内在出发点，正如我们在这个小节的标题中所提示的那样，所谓的"小镇喜剧"是在当时的"承诺文学"和"暴力文学"的旗帜下展开的对时代悲剧和社会问题的反应。

"承诺文学"实际上是让—保罗·萨特提出的概念，在拉美左翼知识分子阵营中享有很高的地位和政治影响力。它与当时已经输入拉美的"社会主义现实主义"或"革命现实主义"的定义还是很不相同的，但是两者有时也被混合使用，尤其在部分自由派知识分子的眼中，抵御这两种指导思想的理由则是相同的，即文学"不应该屈从于国家或政党的指令"，沦为宣传的工具。③ 因此，哥伦比亚左翼共产党对作家提出的批评和要求，即便将这两个概念混合使用，其宗旨也是清楚的，希望作家的创作中"增加写实性的成分"④，使文学创作能够更明确地参与到政治斗争的领域。

所谓的"暴力文学"则是与哥伦比亚特定的历史状况直接相关。巴尔加斯·略萨的著作援引《哥伦比亚的暴力》（波哥大第三世界出版社，1963—1964 年）一书所作的统计，"'暴力'自 1949 年至 1962 年约使二三十万之众丧生，几乎使莫利纳全省毁于一旦。自 1948 年起，'暴力'已

---

① 林一安编：《加西亚·马尔克斯研究》，云南人民出版社 1993 年版，第 182 页。

② 同上书，第 183 页。

③ ［墨］奥·帕斯：《批评的激情》，云南人民出版社 1995 年版，第 88 页。

④ ［哥］达索·萨尔迪瓦尔：《回归本源》，外国文学出版社 2001 年版，第 262 页。

成为决定哥伦比亚社会和政治生活的某种因素，在该国私人或公众团体的活动中都留下了不可磨灭的印记。因此，近 20 年来的叙事文学就很自然地充溢着这场悲剧的韵味，因为它能够不断地提供各种证据；这种文学，后来就被称为'暴力文学'。"① 加西亚·马尔克斯在谈到这个问题时曾经做过一个统计，"那个暴力时期在当时哥伦比亚还不是作家的人们——他们中有许多是暴力的可怕悲剧的见证人——中间产生了如此深刻的影响，他们觉得有必要讲述它，于是在四五年内便出版了 50 多部小说。这就是现在所说的哥伦比亚暴力小说。"②

如果我们对当时的社会形势略有了解，或许就不难理解作家试图"更进一步接近哥伦比亚当时的现实"③ 所作的努力。《没有人给他写信的上校》和《恶时辰》等作品，不仅"接近"他此前的创作中一直忽略的底层民众，而且有意识地反映"暴力"的社会现实和政治斗争。《恶时辰》对社会黑暗面的揭露几乎遍及各个情节线索。主要人物之一的军管镇长，作为微型世界权力系统的塔尖，他是一个骗子和流氓，以 5000 比索的价格将杀人犯送走了事，对塞萨尔·蒙特罗敲诈勒索，并将贫民窟的居民从洪水泛滥的堤岸迁往自己名下的高地，然后将私自占有的土地卖给政府部门，从中牟取暴利。堂萨瓦斯和阿希斯家族的巨额财富的污秽来源，在小说中有着非常清楚的叙述。何塞·蒙铁尔这个人物在几部小说中反复出现，他的发家致富的历史也是丑恶现实的一个辛辣写照。《没有人给他写信的上校》的主人公时不常地散发秘密传单，他是千日战争的幸存者，又是"暴力时期"的受害者，而《恶时辰》中的牙医和理发师则是地下政治斗争的代表，前者四处散发传单，后者的理发店的地板下私藏武器，"他们最终是代表小说中带有颠覆性的无名英雄"。④ 小说中有一个细节，法

---

① 林一安编：《加西亚·马尔克斯研究》，云南人民出版社 1993 年版，第 39—40 页。

② [哥] 加西亚·马尔克斯：《两百年的孤独》，云南人民出版社 1997 年版，第 46 页。

③ 同上书，第 47 页。

④ Gene H. Bell—Villada：Garcia Marquez, the Man and His Work, Chapel Hill and London，1990，p. 147.

官阿尔卡迪奥像宣读判决书似地说："在人类历史上，没有一个理发师是搞阴谋的。相反的，没有一个裁缝不会耍阴谋。"① 事实证明他是错的，使得他庄严的宣告显得更加滑稽。

达索·萨尔迪瓦尔把《恶时辰》看作是一部寓意鲜明的政治漫画小说，是怀着"反对罗哈斯·皮尼利亚独裁统治"的坚定信念问世的。"书中把独裁政权予以缩小，镇长代表总统，法官代表司法部长，教区神父代表红衣主教，镇上一位富翁代表寡头"。② "实际上，它的情节仅限于同政治性暴力和社会及心理恐惧交织在一起的'村镇'上的几个典型人物所处的各种时势。"③ 从这个概括来看，作品的政治倾向和批判性无疑是十分鲜明的，它包含着与现代民主主义思想及政治思想的深刻联系。然而，我们必须指出它在写作上的两个特点。

第一，作家对"暴力时期"的处理是非常委婉而审慎的，有关题材本身的意义和重要性在作品中并未居于首要的地位。按照迈克尔·伍德的看法，"历史的残酷性似乎让作家觉得并不舒服，作家竭力不让这种残酷性来损害他的艺术"。④ 换句话说，作家对"暴力时期"的历史真实的反映是有限度的，所谓的写实性也是一种有限度的写实。这些作品在触及历史的紧急状况时主要采用旁敲侧击的手段，以暗示和间接的手法加以处理，因此，与一般的"暴力小说"不同，纯文学的创作才是作家的根本要求。批评家在分析这些作品时主要也是着眼于它们的形式和美学的意义，而不是社会历史的矛盾冲突及其趋向的探讨。

第二，作为拉美左翼"承诺文学"的一种卷入和尝试，这些作品的社会政治色彩和写实性是增强了，精神上却并不能够符合社会主义现实主义的创作原则。苏契科夫在题为《关于现实主义的争论》的文章中，对于这种"艺术中现实主义思维的新形式"有一个清楚的定义："社会主义现实

---

① 《加西亚·马尔克斯中短篇小说集》，上海译文出版社 1982 年版，第 434 页。

② ［哥］达索·萨尔迪瓦尔：《回归本源》，外国文学出版社 2001 年版，第 299 页。

③ 同上书，第 367 页。

④ Michael Wood：G. Marquez：One Hundred Years of Solitude. London：Cambridge University Press，1990，p. 9.

主义，是能够了解当代各种社会力量冲突的真正含义，并综合地表现这一冲突的，也就是能够概括与评价历史基本动力的真正意义，揭示它们的发展、它们的全世界性的历史性的冲突的社会前途。"[①] 然而，加西亚·马尔克斯这个时期的创作主题，严格说来是力图反映不同形式的"孤独"和绝望。按照作家自己的概括，将马孔多与无名"小镇"联系起来的共同点是"孤独"，而对善良的上校和无赖的镇长进行刻画的焦点也是"孤独"。[②] 也就是说，孤独不仅是一种人物与其环境隔离的内心情感的反映，也是国家和历史似乎丧失其发展动力的、绝望恐惧的总体情势的一个写照。

迈克尔·伍德总结说，这种表现思想感情的逻辑是现代主义影响的产物，形式上是对乡土主义文学的一种终结；对于新一代作家而言，它是内在的两股力量作用的结果——"文学上的迫切和政治上的绝望"（literary impatience and political despair）。[③] 因此可以说，加西亚·马尔克斯对于社会现实的揭露与抨击，既不是遵循社会主义现实主义的模式，也不是沿用风俗主义或乡土文学的模式，而是基于现代主义探索主观心理及其表现形式的冲动，以一种有所增强的写实或客观的态度进行创作。由此我们看到，"承诺文学"是他创作的出发点，最终并没有成为他创作的性质。

谈到这个时期的创作性质，巴尔加斯·略萨指出，《没有人给他写信的上校》是一本比《百年孤独》更具承诺性的小说，特别是在《没有人给他写信的上校》里，有一系列主题和题材在拉丁美洲的风俗主义小说里已被描写过，例如，上校的那只斗鸡，这是所有风俗派文学作品经常运用的一个题材，但是，作家观察现实的方式完全改变了。[④] 这种比前辈作家更

---

① ［法］罗杰·加洛蒂：《论无边的现实主义》，上海文艺出版社1986年版，第248页。

② ［哥］加西亚·马尔克斯：《两百年的孤独》，云南人民出版社1997年版，第44—45页。

③ Michael Wood：G. Marquez：One Hundred Years of Solitude. London：Cambridge University Press, 1990, p. 2.

④ 林一安编：《加西亚·马尔克斯研究》，云南人民出版社1993年版，第184—185页。

为敏锐的观察现实的眼光，不仅要打破文学形式上的陈规俗套，而且也要破除政治上的各种蒙昧主义。以艺术家独立的头脑和心灵观察事物，摒弃那种简单的丑化或模式化的思想，甚至不以典型论的原则来概括和反映当前的现实。从这里我们仍可看到现代主义观念的深刻影响和支配。

达索·萨尔迪瓦尔所说的小说以缩影的方式抨击独裁政府，即"镇长代表总统，法官代表司法部长，教区神父代表红衣主教"，这可能是一种较为简单化的诠释。书中人物的刻画事实上并未达到如此漫画化的程度。《恶时辰》给人印象深刻的地方，似乎并不在于"暴力文学"通常表现的屠杀和斗争，抗议和指控，而是一种与其描写的酷热窒息的气候相适应的地缘文化，一种心理和政治气候的深刻隐喻，一种人物（主要包括镇长和教区神父）自身的行为和意识可以捕捉到的现实腐败堕落、不可挽救的现状。暴力变成了一种抽象而永恒的本质，渗透在日常的闹剧之中。日常生活支离破碎的形式出现在一而再、再而三的重复描写之中。这可能是加西亚·马尔克斯创作的最为现实因而也是最为绝望的一部小说。"政治上的绝望"（political despair）并不仅仅在于表现权势的贪婪粗鄙，人心的恐惧和猜疑，还在于这种社会总体的情势之中已经没有幻想和希望的一丝一毫的余地。

因此，谈到这部作品的欠缺，达索·萨尔迪瓦尔认为是由于"情节的简单和不完整"，它是"最像电影和最少连贯性的小说，另外还给人以故事未完之感。"[1] 而贝尔—维亚达则认为，从人物形象的塑造来讲，小说中没有哪一个单个人物的重要性足以抗衡镇长和神父。因此归根结底，"小说缺乏一个道德和艺术的中心"。[2] 它总是给人以没有完成的印象，作家的想象力似乎无从发挥，不得不求助于"恶作剧式的幽默"，并且屈从于现实的令人失望的状况。贝尔—维亚达的这个评论可谓是一针见血。

从"小镇喜剧"的梦幻抒情到一种恶作剧式的"粗俗喜剧"，加西

---

① ［哥］达索·萨尔迪瓦尔：《回归本源》，外国文学出版社 2001 年版，第 367 页。

② Gene H. Bell—Villada: Garcia Marquez, the Man and His Work, Chapel Hill and London, 1990, p. 148.

亚·马尔克斯完成了他创作上的一个演变。《恶时辰》意味着作家对现实
社会的模拟和洞察达到了一个成熟和自我消耗的极致，一个讽刺的终结。
《百年孤独》和《霍乱时期的爱情》等等，都再也未能像这部作品那样去
贴近时代和现实的黑暗，揭示其没有希望和前途的本质。迈克尔·伍德告
诫说，"负责任的创作应该力图为我们提供看待自身危险的实际手段"，而
在他看来小说的这种"恶作剧的要求"（the claims of mischief）"确实暗
示了我们有能力向混乱学习，这是一种乐观主义。"①　那么，这种乐观主
义其实也就等同于巴尔加斯·略萨所下的那个定义，他把小说家比喻为是
一只"啄食处于瓦解中的社会腐肉的秃鹰"②。

　　这种乐观主义说明，勃兴的创作力和现代小说叙事学的变化旋律与其
说是基于历史主义的信念，还不如说是基于神话主义乌托邦式的悲观觉
悟，它没有把希望留给这个"瓦解中的社会"。创作了《恶时辰》的作者
将不得不转过身来，重新回到《枯枝败叶》所开创的那条堂·吉诃德式的
路子上，整合他实验中积累的各种力量。这是因为，《恶时辰》时期的创
作尽管是本着左翼"承诺文学"的宗旨出发去贴近人民和时代的现实，扩
大现实表现的范围，但是，严格说来，这个创作的主体仍然不从属于马克
思主义人民性的范畴；"人民"只是艺术表现的元素，不是作家的世界观
必须融合的对象或基质。作为内心孤立的知识分子艺术家，加西亚·马尔
克斯观察和批判的眼光不仅尖锐，而且仍以其悲观的腐蚀力传达了现实的
一种超越历史的讽喻，而《恶时辰》所反映的外部现实也就呈现为完全停
滞的、令人沮丧的状态。"这类故事与其说是改革的计划，不如说是对社
会的抨击。我们知道柏拉图式的乌托邦的情况就是这样。"③

　　这个思想和精神的基调，十分鲜明地表现在《枯枝败叶》的创作之
中，其实最早是在"波哥大小说"的象牙塔中形成的。

　　本章节的论述还需在论题与范围的选择上稍加补充的说明。此一阶段

---

　　①　Michael Wood：G. Marquez：One Hundred Years of Solitude. London：Cambridge University Press，1990，p. 14.

　　②　林一安编：《加西亚·马尔克斯研究》，云南人民出版社1993年版，第175页。

　　③　［法］乔治·索雷尔：《进步的幻象》，上海人民出版社2003年版，第238页。

的创作主要包括四个来源，它们是《枯枝败叶》（1955），《没有人给他写信的上校》（1958），《恶时辰》（1962）和《格兰德大妈的葬礼》（1962）中的七个短篇。那么这里自然就会碰到一个细节上的问题，除了《枯枝败叶》和《格兰德大妈的葬礼》中的几个短篇，另外几部作品安排的地点并不是在马孔多，将它们都纳入到"马孔多前期叙述"的题目下面是否欠妥当？

1971年，作家本人在与埃内斯托·贡萨莱斯·贝梅霍的会见时对此作过一番解释，他说："在我的作品中，其故事唯一发生在马孔多的书是《枯枝败叶》、《百年孤独》和《格兰德大妈的葬礼》中的几篇小说。《没有人给他写信的上校》和《恶时辰》的故事发生在不是马孔多的另一个镇子。但事实是，这两本书的一些人物以前曾在马孔多生活，现在出现在这些书里了。……那个镇子和马孔多完全不同，那里没有铁路，只有一条涨水的臭河，每个星期五都有一条船开来。那镇子就是《恶时辰》发生的镇子。……还有另一个明显的区别：这个镇子可以在哥伦比亚的近代史上查到，实际上，日期也能确定。……这种情况不会发生在《枯枝败叶》和《百年孤独》所表现的马孔多，因为马孔多总有浓重的神话色彩。"①

这个以苏克雷为原型的小镇（马孔多的原型是阿拉卡塔卡镇附近一座农庄②）与马孔多镇的区别和联系都是显而易见的，它们的联系还包括共同的叙事主题，以及奥雷良诺·布恩地亚上校偶尔出现的影子。用作者的话讲，后者是"我的作品中的一个永恒的东西……《枯枝败叶》中的医生拿着一封从巴拿马来的信回到家中。'上校'曾是革命军的司库。《恶时辰》中有一行字匆匆提了一下奥雷良诺·布恩地亚上校经过那里时住过一晚的那幢房子"③。

这就是说，在作家构筑的创作天地中，这两个虚构的场所可以放在一起来谈，尽管有着地形学和创作手法上的重要区别，它们还是由共同的主

---

① ［哥］加西亚·马尔克斯：《两百年的孤独》，云南人民出版社1997年版，第44—45页。

② 陈众议：《加西亚·马尔克斯传》，新世界出版社2003年版，第82页。

③ ［哥］加西亚·马尔克斯：《两百年的孤独》，云南人民出版社1997年版，第45—46页。

题和某几个共同的人物有意串联了起来。像福克纳在众多作品中虚构了一个约克纳帕塔法县一样，这位受到启发的哥伦比亚作家也试图以故乡的小镇为模型，为他日渐繁复的叙事寻找一块精神的飞地。苏克雷镇和阿拉卡塔卡镇于是被移植到小说当中，变成为作家对于故园的一种绵延无尽的想象。

马孔多这个神奇的世界是以阿拉卡塔卡镇和作家的童年作为基础的。关于这个名字的由来和含义，达索·萨尔迪瓦尔在他的评传中有详细的考证，[①] 这里不再赘述。这个名字第一次出现在加西亚·马尔克斯的作品中，是原题为《我们收割了饲草》的长篇小说《枯枝败叶》。陈众议在《加西亚·马尔克斯传》中说它是脱胎于《伊莎贝尔在马孔多观雨时的独白》，而《独白》是《枯枝败叶》的一个副产品。[②]《回归本源》的作者考证说，这个名字在 1949 年之前《枯枝败叶》的初稿中就出现了。[③] 细节略有不同，都是有关"马孔多"的地名在《枯枝败叶》这部小说中的出现和形成。这个地名的意义无疑是非常重要的。

在我们所谓的"马孔多前期叙述"中，《枯枝败叶》这部小说的主题和人物都是研究的重点，尤其是它的神话叙述与现代主义形式之间的关系，是一个需要从理论上重新阐释的课题，与我们第一章里的中心论题恰好有着密切的联系。不但是研究者和传记作者，就连作家本人也是十分肯定地说："《百年孤独》的真正前身就是《枯枝败叶》。"[④] 因此，在有关马孔多的系列小说中，《枯枝败叶》的奠基性意义首先需要通过"神话主义"的理论分析得到确认，而且这是一部迄今仍显得晦涩，在研究和批评中也是歧义颇多的小说。我们试图对研究中主要出现的歧义和疑问逐个加以解答。

---

① ［哥］达索·萨尔迪瓦尔：《回归本源》，外国文学出版社 2001 年版，第 86—89 页，第 244 页。

② 陈众议：《加西亚·马尔克斯传》，新世界出版社 2003 年版，第 82 页。

③ ［哥］达索·萨尔迪瓦尔：《回归本源》，外国文学出版社 2001 年版，第 244 页。

④ 林一安编：《加西亚·马尔克斯研究》，云南人民出版社 1993 年版，第 182 页。

以《没有人给他写信的上校》为代表的作品是属于另一个叙事类型，是按照严谨的手法和写实的观念进行创作的。我们从拉美左翼马克思主义派别提倡的"承诺文学"的概念出发，分析这些作品的特点，分析它们与人民性的概念和风俗主义文学之间的关系。这个类型的创作对于我们观察加西亚·马尔克斯作为一个现实主义作家有着特别的意义，而且也是了解其创作观念的反思和演变的不可或缺的环节。我们试图指出它们的"诗情再现"及其悲观主义的基调与革命现实主义之间的裂隙，它们作为底层抒情诗的视角在传达"孤独"这个叙事主题时所起的作用。实际上，这个主题是将前期创作中两个不同类型的叙事紧紧联系在了一起。

《格兰德大妈的葬礼》集子中的同名短篇小说是马孔多叙述中一篇承前启后的作品，其白热化的狂想和民间说书人的戏谑情调杂糅的风格，预示着一种新手法的开启。因此我们将《格兰德大妈的葬礼》这篇小说的分析单独移到第四章，与《百年孤独》的魔幻现实主义创作放在一起研究。这样在本章节的范围中，我们是以"马孔多前期叙述"为题主要考察上述的两种类型的创作，对"故园"和"想象"两者的关系做出第一度的阐释。

第 三 章

《百年孤独》的历史、政治和
道德意识形态

第一节　现代历史与意识形态批评

一

在《〈百年孤独〉的写作方式》一文中，谈到这部小说的创作，加西亚·马尔克斯援引帕科·卡米诺的话说："这是关于一个多事的镇子上的一个很古怪的家族的故事。"[①]

从作家讲述一个故事的角度来看，这句话是把该小说的基本要素给概括出来了。布恩蒂亚家族七代人的经历及其生活的背景，用"多事"和"古怪"两个限定词来描述，再加上一个时间状语——"一百年"，由此似乎不难得知，作家是要让我们看到一部较具规模的、以离奇病态的家族故事为中心的社会生活的历史。

---

① ［哥］加西亚·马尔克斯：《两百年的孤独》，云南人民出版社1997年版，第226页。

贝尔—维亚达和迈克尔·伍德的著作，分别概述了这个家族故事的情节。前者以"马孔多的历史"（The History of Macondo）为题，评述小说的各个层面的内涵，包括其美学的独创性和文学史的传承，等等；后者以"乐园的历史"（The History of Paradise）为题，考察其"时空"、"孤独"、"睡眠和遗忘"的母题。两部论著中有关虚构小说的"历史"的考察是一个共同关注的话题。不过迈克尔·伍德指出："将《百年孤独》不是看作一个散漫的玩笑，而是试图概括它，这会很荒唐而且乏味得要命。"①作家本人曾经说过："我只不过是想要讲述一个家族的故事，一百年里竭尽全力不让生下一个长猪尾巴的儿子，但是……最终还是生下了一个。"②这确实是一个有趣的玩笑。大致说来，故事就是在这种等待和最终的兑现之间展开的，而绝大多数人物在此过程中并没想过猪尾巴的事情。③

迈克尔·伍德所说的顾虑是有道理的。概括这个故事的历史在某种程度上是要冒一点风险，不仅是情节纷乱而且庞杂（以大量的插曲式的叙述为主），编年史的编纂也不具体，虽然题目清楚地标示出"一百年"的时限。而且，该篇出现了许多重复的人名，与其说是在加强叙述的连贯性，还不如说是在制造记忆上的混乱，帕科·卡米诺所说的"古怪的家族故事"恐怕也还暗指这一层意思。贝尔—维亚达说："任何一位把加西亚·马尔克斯的不朽巨著引进课堂的人都深知，要让一个人把那么多名字发音相同的人物清清楚楚地记在脑子里，要区分这位奥雷良诺与那位奥雷良诺，要记清哪位何塞·阿卡迪奥和哪个女人睡觉，是非常困难的。"④ 通常我们认为这种人名重复是反映了拉美文化固有的特点，作者本人也是这么解释的，然而，包括巴尔加斯·略萨在内的许多人却把它当作一个问题

---

① Michael Wood：G. Marquez：One Hundred Years of Solitude. London：Cambridge University Press，1990，p. 24.

② See Michael Wood：G. Marquez：One Hundred Years of Solitude. London：Cambridge University Press，1990，p. 24.

③ Michael Wood：G. Marquez：One Hundred Years of Solitude. London：Cambridge University Press，1990，p. 24.

④ 林一安编：《加西亚·马尔克斯研究》，云南人民出版社1993年版，第329页。

提出来向作者咨询,① 可见对于拉美本土的读者来说,"相同的人名来回重复"这个特点并不完全像作者解释的那样是反映了人们习以为常的现象,它更多的还是反映了作者本人的一种创造性的行为,某种程度上也是对读者记忆力和注意力的不无恶意的考验。

此外,小说带有神话主义特点的叙述也在很大程度上抵制历史化的概括,这也是迈克尔·伍德的论著中有所顾忌的一个因素。乔·拉·麦克默里在《〈阿莱夫〉和〈百年孤独〉:世界的两个缩影》一文中指出小说的寓言模仿性质:"这个故事叙述了一段复杂的历史,从伊甸园到《启示录》,讲的是一个世界的缩影。"② 加西亚·马尔克斯的家族小说与以托马斯·曼为代表的欧洲的家族小说相比,时空上那种大跨度的飞跃使其具有十分明显的幻想和寓言的色彩,因此,欧洲的"家族编年史"这个类型不是用来鉴别《百年孤独》的唯一参照,例如高尔斯华绥的《福尔赛世家》、托马斯·曼的《布登勃洛克一家》以及兰佩杜沙的《豹》,等等。诚如贝尔一维亚达所指出的,这部小说除了"家族小说"的特征之外,还兼有"殖民地罗曼司"(the colonial romance)和"探险类纪事"(the chronicle of exploration)等等"历险小说"的特殊成分,③ 其文类的混杂本身也是一个值得探讨的现象。当人们尝试以历史的编码方式来处理小说的信息时,始终要碰到许多顾忌和障碍,说明该小说并非是以人们习惯的那种方式编织出来的。

尽管如此,贝尔一维亚达和迈克尔·伍德仍是以编年史的形式来概括小说的内容,将其纳入传统小说的框架内进行描述。迈克尔·伍德还根据小说前两章的信息,专门绘制了两幅地图用来确定马孔多在加勒比沿海所处的方位。④ 贝尔一维亚达论述《百年孤独》的章节则是以"马孔

---

① 林一安编:《加西亚·马尔克斯研究》,云南人民出版社 1993 年版,第 164 页。

② 同上书,第 439 页。

③ Gene H. Bell—Villada: Garcia Marquez, the Man and His Work, Chapel Hill and London, 1990, p. 113.

④ Michael Wood: G. Marquez: One Hundred Years of Solitude. London: Cambridge University Press, 1990, pp. 25—26.

多的历史"为题,将重点放在"历史"的层面来考察。理由也十分简单,欧洲大传统之下的虚构小说固有的性质决定了它的情节性和历史性的归属,无论故事本身看起来有多么的古怪和纷乱,它与事实的联系是很难割断的。一个虚构的故事,只要是在时空和社会生活中有了一定长度的延伸,它也就必定具有历史的可陈述的性质。格·拉巴萨说:"长久以来,编年史一直是记录人物和事件,并且把它们传到历史里去的原始方法。我们对欧洲中世纪的知识,大部分来自编年史,在非洲,历史是透过巫师的口头编年史保存下来的。在拉丁美洲(特别是巴西),'编年史'是一种得到认可而且广泛使用的形式,是一种比较古老的种类的产物,介乎新闻报道和文学之间。"① 我们不妨先从贝尔一维亚达所作的情节概述中来了解这一点:

布恩蒂亚家族及其追随者向南旅行,发现了马孔多。族长何塞·阿卡迪奥·布恩蒂亚开始兴建村庄,但是对科学的狂热使他变得疯狂;他的妻子乌苏拉得要为家族提供实际的支撑。吉卜赛人定期造访马孔多,带来新发明的小玩意儿;墨尔基亚德斯是那些吉卜赛人中最聪明的,死前写了一些奇怪的手稿,他的过世是马孔多的第一例死亡。布恩蒂亚的两个儿子,何塞·阿卡迪奥和奥雷良诺,与自行其是的庇拉·特内拉分别生下两个私生子,即阿卡迪奥和奥雷良诺·何塞。何塞·阿卡迪奥出于害怕,便与吉卜赛人远走他乡。舞蹈教师皮埃特罗·克雷斯庇追求养女雷蓓卡,姐妹间的竞争使得布恩蒂亚的女儿阿玛兰塔成为雷蓓卡的情敌。一个神父在马孔多建起了教堂,保守党的地区行政长官堂阿波利纳尔·莫科特在镇上悄然定居,推行中央权威,但是遭到布恩蒂亚的抵制。自由党的鼓动和保守党的欺诈引发一场战争,在这场战争中奥雷良诺将成为著名的上校,而阿卡迪奥将成为当地昙花一现的暴君。战争中布恩蒂亚家族的两个私生子都死于非命,自由党出卖自己,以此换得不光彩的和平,对此奥雷良诺倍感痛苦。就在此时,大儿子何塞·阿卡迪奥旅行归来,娶了妹妹雷蓓卡;皮埃特罗·克雷斯庇转而追求阿玛兰塔,遭到拒绝后自杀。何塞·阿卡迪奥不

---

① 林一安编:《加西亚·马尔克斯研究》,云南人民出版社 1993 年版,第 548页。

久便神秘地死去，接着，他的父亲（栗树下的疯子族长）也去世了。在阿卡迪奥被处决之前，他和非法同居的女人圣塔·索菲娅·德·拉·佩达生下了一对双胞胎，名叫何塞·阿卡迪奥第二和奥雷良诺第二（他俩的身份调换了），后来又生下俏姑娘雷梅苔丝。第一部分结束。①

奥雷良诺第二放荡挥霍，吃喝玩乐，与情妇佩特拉·科特终日厮混，并且娶了美丽、富有、一本正经的菲南达·德·卡庇奥为妻。他们的结合生下何塞·阿卡迪奥，他将被送去罗马的神学院培养做主教；又生下雷娜塔·雷梅苔丝，也就是"梅梅"，一个好嬉戏、孩子气的姑娘，后来与机修工马乌里肖·巴比洛尼亚发生恋情生下了私生子奥雷良诺；另外还生下阿玛兰塔·乌苏拉，她将被送去布鲁塞尔接受教育。与此同时，俏姑娘雷梅苔丝让无数男人爱得发狂或死去，直到一个明亮的下午她乘着床单升天。奥雷良诺上校的 17 个私生子露面了；其中一个将给马孔多带来火车，也随之带来外国的一家香蕉公司，转而又带来剥削、腐败和谋杀。上校的 17 个私生子遭到杀害，上校本人则是无疾而终。接着是工人罢工，何塞·阿卡迪奥第二成了工会领导，他是大屠杀的唯一幸存者，军队屠杀了三千名示威群众，这场杀戮遭到官方和众人的否认；一场持续五年的大暴雨蹂躏着马孔多。随后乌苏拉、双胞胎和菲南达也都分别去世；圣塔·索菲娅精疲力竭，卷包裹走人。私生子奥雷良诺长成为一个书卷气的隐士，全神贯注地研究墨尔基亚德斯的手稿；从子虚乌有的"留学"中归来的何塞·阿卡迪奥，懒散而又纵情声色，将老宅变成寻欢作乐的黑窝，最后被一帮少年犯罪者杀死。阿玛兰塔·乌苏拉携其夫婿加斯东回到马孔多，她（家族第五代人）与奥雷良诺（第六代）卷入疯狂的姑侄乱伦，而加斯东的商业旅行加速了这桩恋情。阿玛兰塔·乌苏拉生下一个长着猪尾巴的男孩；她很快便死去了。奥雷良诺突然读懂了那部手稿，上面记录着马孔多的整部历史，包括那阵毁灭的飓风及其他自己的死亡，两者是在他完成破译的那个瞬间发生的。故事到此完毕。②

---

① Gene H. Bell－Villada：Garcia Marquez, the Man and His Work, Chapel Hill and London，1990，pp. 93－94.

② Ibid.，pp. 94－95.

以上所述便是贝尔—维亚达所做的小说 20 章的内容梗概。它也有较为明显的不足，未能凸显奥雷良诺·布恩蒂亚上校在这部小说中的重要地位，这个人物以及母亲乌苏拉的形象都是贯穿全书的道德中心。上校发动 32 次起义、制作小金鱼等情节似乎不可不提，但是对于梗概来说，细节上顾此失彼的遗漏也是正常的。从这里我们大致可以了解到，该书的家族史的内容与社会发展的历史交织在一起，并且有意突出社会典型的发展阶段。撇开其寓言和神话主义的成分不谈，社会历史直线发展的模式显然也是吻合一般编年史的顺序，这在梗概中似乎可以看得较为清楚一些。

二

小说前 9 章和后 11 章可以分作上下两部来看，分别代表前现代和现代社会，在梗概中这一点已经标示出来，它们正好是由两个结构相同的主题句统率，叙述上加以分割的特征还是比较明显的。但是我们看到，通篇多以流畅的长段落为主，事件多，对话少，章节之间未加标题细分，其意图还是要我们将 20 个章节的叙述看作是一个整体，一个不间断的、一气呵成的"文本"。① 此外，叙事的节奏保证了这种形式上首尾连贯的一致性，即事件在不停地发生以及时间在不停地运动，这两点使得该书的轮廓基本上是以直线的、历时的方式勾勒而成。贝尔—维亚达在表达这些看法时总结说："马孔多这种长期的变动不居和时间的流程或多或少可以分割成以下四个'阶段'：乌托邦的纯洁／社会和谐（1—5），军事英雄主义／为自治而斗争（6—9），经济繁荣／精神没落（10—15），最终的衰颓／肉体毁灭（16—20）。"②

乔·拉·麦克默里的分法有所不同。他把小说分成三部分：第一和第二章为第一部分，叙述马孔多的诞生；第三章是两个部分之间的过渡，它

---

① Gene H. Bell—Villada: Garcia Marquez, the Man and His Work, Chapel Hill and London, 1990, p. 98.

② Ibid.

有关失眠症的描述暗示了从史前社会到能够意识到自己的历史这一"创伤性转变";第四到第 15 章是第二部分,是小说中明显接近于哥伦比亚的真实历史的一部分;第 16 章是第二和第三部分之间的过渡,描写持续 4 年 11 个月零两天的大雨如何摧毁城镇,使得马孔多经历"短暂的精神上的纯化";最后的四个章节为第三部分,叙述马孔多最后从地球上消失,这是"战争破坏、经济萧条以及布恩蒂亚家族特有的荒谬行为导致的结果"。[①]

不管是分成四个阶段还是三个部分,都是旨在以编年史的方式——是从历时性的角度而不是作品本身所强调的瞬间性的立场——来确定此书的叙述脉络,而我们也完全可以依据资本主义工业文明的进入将小说分割成前后两个部分,以便突出此书在把握历史方面的重点,即它何以使得马孔多的叙述"处在长期的变动不居"和快节奏当中。《百年孤独》描写马孔多诞生直到毁灭,总共不过是 20 章、中译尚不足 400 页的篇幅,小说显然要对文明的整个进程加以概括,这恐怕是其他家族小说,也是欧洲 19 世纪的多卷本小说所难以想象的一种尝试。

在《番石榴飘香》中,作者同意普·阿·门多萨的结论:这是"一部粗线条的历史"[②]。问题是,这部"历史"究竟起源于何时?是通常认为的从原始社会、奴隶社会、封建社会到资本主义社会和垄断资本主义社会的整个过渡吗?70 年代的巴尔加斯·略萨提出了这个说法,[③]贝尔—维亚达的著作也提出所谓的"全球化的、跨马孔多的世界性阅读",将此书看作是"所有人类文明的兴衰历史的一个隐喻"。[④] 他还将马孔多的生活轨迹与"盎格鲁美洲的历史"作了平行的比较分析,在最宽泛的意义上将小

---

① 林一安编:《加西亚·马尔克斯研究》,云南人民出版社 1993 年版,第 440—441 页。

② [哥]加·马尔克斯、普·门多萨:《番石榴飘香》,生活·读书·新知三联书店 1987 年版,第 107 页。

③ 转引自陈众议:《加西亚·马尔克斯传》,新世界出版社 2003 年版,第 157 页。

④ Gene H. Bell—Villada: Garcia Marquez, the Man and His Work, Chapel Hill and London, 1990, p. 116.

说看作是"伟大的美洲小说"的遗产的一个组成部分。①

但是迈克尔·伍德强调指出，标志其开端的时间比我们设想的要晚得多，至少晚于16世纪。② 小说在这个方面是有所交代的，在第1章和第2章中都插入了有案可查的历史时间。小说第1章里提到弗朗西斯·德雷克爵士在里奥阿查用炮弹猎取鳄鱼，是何塞·阿卡迪奥·布恩蒂亚的祖父讲述的故事，而德雷克爵士袭击里奥阿查的时间正是在16世纪。③ 村民组成的远征队先后发现了武士的盔甲和西班牙大帆船，这些细节提示我们，马孔多乐园的建成大概是晚于16世纪之后的某个世纪，因为欧洲殖民者首度造访南美的东北海岸（即现今的哥伦比亚和委内瑞拉）的时间是在1499—1500年间，④ 而书中也交代说那副石化骷髅的盔甲是15世纪的东西。所以马孔多历史的神话式起源只是一个隐喻或印象，并非是指在实际时间中所处的位置。

迈克尔·伍德指出这一点是为了说明，总的说来："马孔多既非蒙昧，亦非受到赐福，更非是全然远离于时间。它是遥远的当代，是时间的一块碎片，是尘世孤独的所在。"⑤ 这个观点对于我们理解全书的基调实在是非常重要。我们注意到，第1章里讲到何·阿·布恩蒂亚远征归来感到极度失望，"'我们永远也到不了任何地方去，'他在乌苏拉面前叹息说，'我们将一辈子烂在这里，享受不到科学的好处了。'"⑥ 那么从这一点来看，开篇对"乌托邦的纯洁/社会和谐"阶段的描述比我们通常概括的似乎要稍稍复杂一些。这也正是我们试图略加探讨的一个问题。

---

① Gene H. Bell—Villada：Garcia Marquez, the Man and His Work, Chapel Hill and London，1990，p. 115.

② Michael Wood：G. Marquez：One Hundred Years of Solitude. London：Cambridge University Press，1990，p. 27.

③ ［哥］加西亚·马尔克斯：《百年孤独》，上海译文出版社1989年版，第9页，第17页。

④ Michael Wood：G. Marquez：One Hundred Years of Solitude. London：Cambridge University Press，1990，p. 27.

⑤ Ibid. , p. 32.

⑥ ［哥］加西亚·马尔克斯：《百年孤独》，上海译文出版社1989年版，第12页。

从常理来推测，布恩蒂亚率众从里奥阿查逃难，至少也是在 18 世纪中后叶，在他那个时代不可能对磁铁、冰块、望远镜、航海仪器和炼金术等等之类的东西一无所知。吉卜赛人带来的新奇玩意儿在马孔多激起的反应更像是丛林中原始的印第安部落，而不太像是布恩蒂亚这样西班牙白人殖民者的后代。然而小说的第一段描写给我们造成的印象正是一个史前的蒙昧无知的时代："那时的马贡多是一个有 20 户人家的村落，用泥巴和芦苇盖的房屋就排列在一条河边。清澈的河水急急地流过，河心那些光滑、洁白的巨石，宛若史前动物留下的巨大的蛋。这块天地如此之新，许多东西尚未命名，提起它们时还须用手指指点点。"[①]

退一步讲，就算这个描述符合原始特征，让我们相信布恩蒂亚及其族人是在知识混沌的状况中起步的，小说第一章中的马孔多也并不完全是传说或考古意义上的史前时期，即人们通常以《圣经》的伊甸园来喻指的那个阶段，而应该是迈克尔·伍德所说的"遥远的当代，是时间的一块碎片"。第一章中族长布恩蒂亚的一番话是很好的注脚。吉卜赛人展示的假牙让他不胜惊异，意识到科学所代表的外部世界的发展。"'世界上正在发生令人难以置信的事情，'他对乌苏拉说，'就在河对岸，就有各式各样神奇的机器，可我们还在过着毛驴似的生活。'"[②]

那么，马孔多与其说是原始，还不如说是隔绝。布恩蒂亚通过自己复杂的计算向人宣告说："地球是圆的，像一个橘子一样。"[③] 这类细节均包含着极为真实的玩笑意味。他和远征队的冒险活动也为后面的情节埋下了伏笔，例如，堂阿波利纳尔代表中央政府进驻马孔多，火车和电器的到来等等，这些我们通常视之为破坏马孔多和谐的偶然因素，在小说的第一章中已经有了预兆，而堂阿波利纳尔进驻马孔多这件事则是发生在第三章的中段，使得小说以较快的速度进入到我们熟知的现当代的时间概念。因此我们说，这是一个脆弱而滞后的、相对封闭的天地，历史的起源不像是从这块天地中浑然诞生的，倒是像中世纪遗留下来的一个梦境，具有短暂而

---

① ［哥］加西亚·马尔克斯：《百年孤独》，上海译文出版社 1989 年版，第 1 页。
② 同上书，第 8 页。
③ 同上书，第 4 页。

超然的宁静色彩。巧合之处还在于,《百年孤独》的开篇和结尾都是与中世纪的知识遗产挂钩的——家族的最后一个奥雷良诺,他也是被塑造成一个与当下生活脱离、沉溺于知识的返祖和回忆的书呆子。

布恩蒂亚的科学狂热在某种程度上容易被看作是传奇和夸张的个案,看作是部落的始祖对于满足求知欲和神秘灵性的典型描绘。这也是原型人物所能给我们留下的一个颇为深刻的印象。从另一个方面看,它所提示的正是落后与文明世界之间的寻觅或联系,而非只是普泛意义上的人类史前状况的一个象征或隐喻。这就是为什么他的孤独的科学研究更像是一场恋情、一场热病。通过布恩蒂亚和墨尔基亚德斯这两个人物的友谊,作者在此书的开篇便已经给我们引入了两个世界的关联。布恩蒂亚在乌苏拉面前的两次叹息,涉及的是"被人遗忘"的主题,这是对于乐园的另一层性质的描述。不妨来看第 1 章中经常被研究者引用的那个段落,即有关于远征队在沼泽中发现西班牙大帆船的描写:

> 翌日醒来,太阳已经高高升起,大伙儿惊得一个个目瞪口呆。在他们面前,在静谧的晨辉中,矗立着一艘沾满尘土的白色西班牙大帆船,周围长满了羊齿和棕榈。帆船的左舷微微倾侧,完好无损的桅樯上,在装饰成兰花的绳索之间,悬挂着肮脏的帆幅的破片。船体裹在一层鲫鱼化石和青苔构成的光滑外壳,牢牢地嵌在一片乱石堆里。整个结构仿佛在一个孤独的、被人遗忘的地方自成一统,杜绝了时间的恶习,躲开了禽鸟的陋俗。远征队员们小心翼翼地察看了船体内部,里面除了一片茂密的花丛外空无一物。[①]

类似的优美而包含讽喻性的段落出现在小说第 1 章当中,确实也是耐人寻味。一方面,这是一块处女地,马孔多的开端带有部落初民那种健康纯洁的秩序和朝气,"那真是个幸福的村庄,这里没有一个人超过 30 岁,也从未死过一个人"。[②] 另一方面,历史的遗迹提示人们,殖民统治者的

---

① [哥]加西亚·马尔克斯:《百年孤独》,上海译文出版社 1989 年版,第 11 页。
② 同上书,第 8 页。

足迹早已探访过这片区域，可能还将再度造访；沼泽里的西班牙大帆船的遗骸，说明马孔多人（他们自己就是欧洲殖民者的后裔）没有生活在蛮荒的古代，而是处在一个时间将要不停地运动和不停地流逝的"当代"。马孔多只是处在暂时"被遗忘"的状态，穿插着对《圣经》"出埃及记"的模仿，并且是混合着模仿与夸张的一种孤独的返祖现象；如果它的历史有一个开端，那么这个开端正是发生在接近于"前现代"的某个时刻。

这个蒙昧的伊甸园，几乎从它建成的那一天起，敲锣打鼓的吉卜赛人就频频造访，带来先进的知识和科技产品；它被置于另一个文明的对照之下，随着时间的推移将逐渐纳入到另一条轨迹，甚至可以说是以落后、孤独的心态被迫进入到"当代"这个时间概念。我们从文化意识形态较为典型的意义上讲，这其实就是不发达国家或是殖民地国家在历史进程中的一个真实的写照。将南美洲的社会状况当作是一个通盘考察的对象，在纯粹是外来者的带有实验性质的描述当中——例如在约瑟夫·康拉德的《诺斯特罗摩》（Nostromo）富于同情和批判的敏锐观察之中，我们看不到这样的一个历史视角。

巴尔加斯·略萨说：

> 马孔多的历史浓缩了人类的历史，它所经历的各个时期大致跟任何一个不发达社会的各个时期相对应，尽管它更适用于拉丁美洲社会。这个过程在小说中得到了综合，从这个社会的诞生直到它的灭亡，我们可以看到这样的演变：这百余年的生活再现了所有文明的种种变化（诞生、发展、繁荣、衰落、消亡）；更确切地说，则是再现了大部分第三世界、大部分新殖民地国家所经历的（或正在经历的）各个阶段。[①]

如果把马孔多的历史看作是"所有文明的种种变化（诞生、发展、繁荣、衰落、消亡）"的一个"再现"，那么100年的时间无非只是预言家的

---

① 转引自朱景冬《马尔克斯：魔幻现实主义巨擘》，长春出版社1995年版，第132页。

惯用说法，在此预言/寓言的基础上也不妨将其理解为是"从奴隶社会……到垄断资本主义社会"整个过程的浓缩或象征。作者采用这种类似于预言家的编码方式是有先例的，16 世纪法国占星家和医生诺斯特拉达姆斯（Nostradamus）的预言书便是如此，他的《百年预言》（Centuries）对于加西亚·马尔克斯创作这部小说无疑是发生了影响，诚如迈克尔·伍德所说，"小说标题中的'百年'呼应于诺斯特拉达姆斯的《百年预言》"①。小说中也不止一处提到这位法国占星家的名字。第一章写到那位名叫墨尔基亚德斯的吉卜赛人，说他是"自称掌握了诺斯特拉达姆斯的密码的怪人"②，而我们又被告知《百年孤独》的文本乃是墨尔基亚德斯的手稿，它的时限正好是 100 年。对预言书的模仿混合着对现实历史的模仿，形成了我们现在所见的"书中之书"的魔幻结构，它提醒我们没有必要对于其中编年史的细节作过分琐细的考究，只要能从象征或寓言的角度来读解也就足够了。然而，小说开篇两个章节的内容告诉我们，马孔多历史的"诞生"并不完全是"所有文明"的缩影，它的诞生自有其特殊的性质，而这个性质对于书中所有人物的经历都是很重要的。

也就是说，对于欧美读者是普泛的寓言性的东西，对于第三世界的读者则是包含着历史的某种真实。黑格尔的历史决定论在这部小说中其实是找不到诠释的园地，它服从于绝对理念的不同阶段演变和推进的历史逻辑，显然不是《百年孤独》的世界所能够掌握的逻辑。马孔多的历史似乎是要消极得多，它的每一个阶段的变化也并非是出自于自身文化存在的力量与推动，相反的，它是在被动盲目的基础上受到现代文明不可抗拒的支配与制约。书中所有人物所经历的历史便是这样一种特殊性质的历史，它不同于欧美人所认知的对于文明不同阶段的全程描述。

因此，从此书预示着"经济繁荣/精神没落"的第十章应该可以找到标志其历史时间的一条中轴线，哪怕我们从书中找不到 100 年的起始与终结的确切纪年，由此也不难得知它的起始与终结的大概框架，它包含着我

---

① Michael Wood：G. Marquez：One Hundred Years of Solitude. London：Cambridge University Press，1990，p. 47.

② ［哥］加西亚·马尔克斯：《百年孤独》，上海译文出版社 1989 年版，第 5 页。

们极为熟悉的"前现代"与"现代"的过渡和转折，这一点才是重要而有意义的。对于"大部分第三世界、大部分新殖民地国家"来说这无疑是一个对其当代性持续发生影响的历史时刻，换句话说，小说所包含的历史时间和历史意识也只能从这个转折的时刻为起点，而它所谓的 100 年的"起始"与"终结"便是被置于两端向着中轴线收缩的视界之内，从而让我们看到该书处理时间（开篇的主题句所确立的过去将来进行时态的结构）和历史背景的一个不可忽略的出发点。

三

《百年孤独》不是一部严格意义上的编年史作品，它是社会小说与神话幻想小说的混合物，其创作的特色在于某种程度上有意地模糊自然与历史的界限。所谓的 100 年也只是一个象征性的时间概念（按常理讲，七代人的跨度应该是 200 年），主要还是融入了预言书的时间模式和毁灭性的暗示。这里我们试图结合迈克尔·伍德的观点来区分故事的起始时间，强调它的开端至少要晚于 16 世纪，并且确定此书的第十章为标志其历史时间的一条中轴线，这么做的目的是想要借助于编年史的角度考察它作为社会小说的一个历史背景，其存在对于小说叙述的意义。在此基础上我们不难看到，现代意义上的殖民和后殖民的历史形态在这部神话主义小说中所占据的核心地位，不仅有着相当真实的历史性依据，事实上也是书中所有故事和事件的背景，包括前三章叙述的那个所谓的"史前时期"。《百年孤独》基本上是以一种消极和毁灭性的感受来看待这段现代化的历史，并且成为它叙述和归纳整个历史的一个出发点。

在《有人写给未来：对加西亚·马尔克斯作品中希望和暴力的沉思》一书中，阿瑞尔·多夫曼甚至认为，"我们可以非常清楚地在哥伦比亚的历史中追溯马孔多的演变：何塞·阿卡迪奥·布恩蒂亚是在 19 世纪初建立了马孔多"。[①] 这一点较之于迈克尔·伍德所说的"至少晚于 16 世纪"、

---

① Ariel Dorfman：Someone Writes to the Future. Duke University Press，1991，p. 52.

贝尔—维亚达所说的"16 世纪晚期"① 等等推断是要明确得多了，它的依据应该是来自于小说第二章所交代的细节，即布恩蒂亚与乌苏拉这对表兄妹的婚姻与德雷克爵士之间是"300 年"的时间间隔。② 因此阿瑞尔·多夫曼才推算出起始时间为 19 世纪初。

根据阿瑞尔·多夫曼的说法，"马孔多的建立显然是与这个国家的开端吻合，就在独立战争之后，但也归纳并代表了此前对大陆的发现、征服和殖民行为。何塞·阿卡迪奥，他的儿子参与了 19 世纪的战争，他本人则是 16 世纪和 17 世纪的文艺复兴式的人物，是一个寻求新的地平线的梦想家，为寻找伊甸园和乌托邦的热切欲望所驱使，寻找金矿和新的土地，从中我们可以看到哥伦布、皮萨罗、科特斯、佩德罗·德·巴尔迪比亚等人的一些特征"。③ 这实质上是将马孔多的建立及其历史时间看作一个隐喻，对应于哥伦比亚以及整个拉美历史的开端。

我们从历史意识形态的角度来看，小说对历史的叙述恰恰不是普世化和象征性的，而是其普泛性受到某种限制的一种叙述。它适用于第三世界的状况，在这个范围内能够显示其具体而强有力的批判意识。无论是非洲、南美、西印度群岛或加勒比地区的国家，还是南亚、东亚或印度支那的大部分国家，作为拥有自身古老传统的"受困扰的社会"（the impacted societies），大体说来它们都具有一段与《百年孤独》同质的历史时间。从传统的农业社会到现代/后现代、殖民/后殖民社会的嬗变，它们在一个相对短暂的时期内，经历了不同文明和不同文明阶段的强制性融合、断裂和冲突的变化。因此，《百年孤独》的快节奏叙事——事件不停地发生、时间不停地运动——及其吸纳不同文明阶段的直线式叙事的特点，与晚近的拉美社会历史的变化发展的节奏保持着一种同步和对应的模仿关系。所谓的"多事"不能仅仅看作是表现手法上的特质，亦即作者偏爱一种戏剧

---

① Gene H. Bell—Villada: Garcia Marquez, the Man and His Work, Chapel Hill and London, 1990, p. 93.

② ［哥］加西亚·马尔克斯：《百年孤独》，上海译文出版社 1989 年版，第 18 页。

③ Ariel Dorfman: Someone Writes to the Future. Duke University Press, 1991, p. 52.

性的渲染或巴洛克式的造作，形成使人眼花缭乱的、急流般的多幕剧效果，而是应该看作是符合其社会历史进程和节奏的主干叙事，是现实的一种反映。换言之，这种快速多变的叙事风貌更多的是反映了现实畸变的总体情势。拉美小说（包括当代的世界文学）中还没有一部作品像《百年孤独》这样试图来反映和概括这段历史。

大概是在这个意义上，加西亚·马尔克斯创作马孔多的一个目的不仅是反映哥伦比亚本国的历史，而且试图将这种表现范围扩展至整个大洲。作家本人不止一次强调说，"布恩蒂亚家族的历史可以说是拉丁美洲历史的翻版"，"拉丁美洲的历史也是一切巨大然而徒劳的奋斗的总结，是一幕幕事先注定要被人遗忘的戏剧的总和"。[①]

从何塞·阿卡迪奥·布恩蒂亚到这个家族的最后一个奥雷良诺，这是前现代到现代社会转折和过渡的 100 年，他们不仅处在——事实上应该说是"被压缩在"——文明的不同阶段和形态的变化当中，而且马孔多的 100 年本身就是特殊的难以复制的一个历史过程。它的变化似乎充满了偶然性，由于外部世界的介入使得它一直处在畸变和加速的进程当中。尤为重要的是，人们经历历史的种种变化却不能创造自己的历史，就连创造自身历史的那种远景和巨大幻觉也是不存在的。这种主动性的消失和变化的出现，在小说第三章的末尾就开始了。仔细观察或许不难发现，小说剩余的 17 个章节所表现的多半是马孔多族群无所作为的消极和混乱，他们仿佛是实际并不存在的一种理想的历史所制造的阴暗底片。

正如安妮·泰勒在其《〈百年孤独〉：历史与小说》一文中指出的：该篇人物"总体上是把过去视为事件重复出现的那个周而复始的模式的一部分，特别是，它充满了人物竭力加以克制的个人的种种负面经验"。[②]

就此而言，"百年孤独"题意上的高度概括，也即意味着作家所拥有的一个成熟而清醒的历史视角，它在情感、思想和叙事的技巧上（包括开

---

① 〔哥〕加·马尔克斯、普·门多萨：《番石榴飘香》，生活·读书·新知三联书店 1987 年版，第 105 页。

② Anne Marie Taylor. Cien Anos de Soledad: History and the Novel. Latin American Perspectives 11. 3. 1975，p. 100.

篇主题句的设置）决定了此书的写作。墨尔基亚德斯的羊皮纸手稿暗示我们，小说的叙述是在一种历史的宿命论的层次上展开的，马孔多的诞生和毁灭早已被人以预言的方式精确地记录下来，在手稿的密码被人破译之后它将宣告毁灭和结束。那么我们或许会问，这种古老的历史宿命论的观点究竟在何种意义上能够给我们带来新的东西、某种打破成见的力量，以至于作者要在一部精心编撰的小说中去叙述这段充满畸变的历史？换句话说，小说最后以预言和镜像的方式来表现大毁灭的结局，它究竟是意味着作者的一种深刻而严肃的思想，还是一种轻率地看待现实历史的态度？

四

加西亚·马尔克斯的这种宿命论思想——也就是他所阐释的"巨大然而徒劳的奋斗"、"事先注定要被人遗忘的戏剧的总和"云云——包含着对于自身历史的批判和命名的力量。它有着一个成熟而且清醒的历史视角，也包含深思熟虑的结论。由于 100 年的生成与毁灭的故事所能够显示的巨大象征力量，我们往往容易从历史宿命论的阴郁而先验的观点，尤其是从科技文明时代的一种末世论的观点来解读羊皮纸手稿的暗示，这样的解读自然是没有超出其象征性的构想所许可的范围，而且很容易在一个较为普泛的立场上与我们所处的时代取得联系。加西亚·马尔克斯撰写的文章和演讲，如《达摩克利斯的灾难——在 1986 年 8 月墨西哥伊埃克斯塔帕会议上的讲话》，对科技文明所作的"末世论"性质的批判便是能够为我们提供这个方面颇为有效的论据。

然而，我们也经常容易忽略这部作品表现拉美"现代历史"的极为独特的一面，它的批判性的视角所带来的东西。我们已经提到"第三世界"这个概念，认为这是小说叙述自身历史状况的一个本质的限定，那么对这个概念进行一番考察似乎也不是多余的，因为对"第三世界"的有关界定在理论上还存有质疑。

汉娜·阿伦特在《论暴力》中就提出了一个颇具争议的论断，她说："第三世界不是一个现实而是一种意识形态。"在与作家阿德贝尔特·莱夫的访谈中她又重申了这个观点："第三世界就是我所说的，一个意识形态或一个幻觉。"对此她作了进一步的阐释:"非洲、亚洲、南美洲——这些都是现实存在。如果你现在将这些区域和欧洲及美国相比较,然后你可以说——不过只有从这个角度——它们是低度开发的,又据此下定论,说这便是这些国家的一个重要共通点。然而,你忽略了它们在非常多的事物上是不相同的,而如果它们的确有些地方相同,只是因为是和另外一个世界呈对比;意思就是说,认为低度开发是一个重要因素,这种看法是一种欧美世界的偏见。整件事只是一个观点的问题;这里有一种逻辑的谬误。如果告诉某一个中国人,说他属于一个和非洲班图族人所生存的一模一样的世界,相信我,你会遭遇一生中最大的惊奇……新左派从旧左派的弹药库当中借来了第三世界这个标语。它被帝国主义者对于被殖民国家和殖民强权的区分所欺骗。因为对于帝国主义者,埃及就像印度:两者都可以用'臣属种族'(subject races)来概括。这种取消所有差异的帝国主义式做法为新左派所模仿,只是标签倒过来。旧瓶新装,情况都差不多:受惑于每一个流行标语、无能思考或不愿意去检查现象本身、套用类目而相信现象可以以此来归类。正是这种情形造成了理论的无用。"①

从毛泽东提出的三个世界划分的理论来看,必须承认"第三世界"的概念确实是从"高度发达"与"低度开发"的对比中产生的,而且显然是把"低度开发"看作是一个重要的因素,否则——正如汉娜·阿伦特所强调的——这个概念也就无从诞生了。它只能是从这个对比的角度出发,对世界的现存秩序及其不平衡的发展状况进行描述。帝国主义试图用"臣属种族"的标签来取消不同民族和国家的差异,这只是问题的一个方面。没有人会认为中国人和非洲的班图族人生活在"一模一样"的世界里,所谓"重要的共同点"乃是不发达地区相对于欧美世界所作的比较,从这个显然是客观存在的世界秩序之中得到关于自我的认识。因此,"第三世界"的概念强调的是一种现实对比的存在和不可避免。

加西亚·马尔克斯在非洲之旅中所获得的也是这种比较和认识。1986年在接受阿根廷《新闻记者报》的访谈中他说:"我们拉丁美洲人是世界

---

① 〔美〕汉娜·阿伦特、阿德贝尔特·莱夫:《关于政治与革命的思考》,《记忆》第3辑,中国工人出版社2002年版,第122页。

上的中产阶级。我在非洲旅行时发现了这一点，因为非常可悲，在整个人类中有的人远远比我们落后。在非洲我意识到我从前并不真正了解'不发达'的含意，非洲人仍旧处在一个以前的历史时期。对一个拉丁美洲人来说，懂得这一点是至关重要的。我们是一个发展不平衡的世界上的伟大的中产阶级。所以我们有一点这样的想法，打算超出自己的可能而生活得更好些——这是拉丁美洲中产阶级的特点——，对什么都不满意，力图实现阶级飞跃。"① 这种不可避免的着眼于比较和鉴别的观点当然是要冒风险的，不单是有可能在概念的归类中丧失具体的差别，而且也会在对比之中强化自我存在的焦虑。如果说这里面存在着什么"逻辑的谬误"的话，谬误也是在于某些人不得不生活在这种跨国、跨文化和意识形态的批判与对比之中，将自身的现实融入于"意识形态的幻觉"。我们知道，对于第三世界的人来说，要完全摆脱这种谬误和风险就像摆脱历史一样不可能。

《百年孤独》在创作上的一个非常独特的方面，是在于它试图从整体上表达意识形态的批判和幻觉。它首先以意识形态的概括为基础，发展出一种分析美洲历史的创作设想。这部讲述马孔多历史和"古怪家族"的小说在写作上非常独特：它没有一个通常应该有的核心的情节，一个用来围绕和解释具体社会学主题的框架性的事件，而是由一系列插曲组成的变动不居的叙事，是由说书人的讲述提供的一个"仿史诗"的范例；能将此书统一起来的主题便是"孤独"，这是布恩蒂亚家族血缘的标记，也是对马孔多的历史存在加以限定的一种精神状态。

陈众议说："加西亚·马尔克斯创作《百年孤独》并不旨在创造一个新的、意味着人类'老了'、'童心复发'的和'即将毁灭'的神话世界。恰恰相反，它是历史的艺术再现，是现实的形象反映，而且它已经判处一个注定要毁灭的腐朽没落的世界以死刑。这不是预言，而是意愿的袒露，是历史所使然的揭示，其意义远比建造一个'乌托邦'深远。"②

---

① 林一安编：《加西亚·马尔克斯研究》，云南人民出版社 1993 年版，第 257 页。

② 陈众议：《魔幻现实主义大师——加西亚·马尔克斯》，黄河文艺出版社 1988 年版，第 130 页。

　　尽管小说算不上是一部具体而精确的编年史，但是历史显然扮演了一个极为重要的角色，它不仅为人物和故事提供背景，它的诞生和毁灭也形成了一种特定的解释和存在。所谓的百年跨度就是代表着一个历史的概括和总结。它意味着，小说对于现实的表现首先也是从它对历史意识形态的某种解释展开的。与小说创作通常的游戏规则——也与加西亚·马尔克斯本人在创作上一贯的自我强调有所不同的是，它所包含的结论性的思考不仅是自觉的，而且也可以说是一种毫不避讳的、彻头彻尾的"主题先行"的表达。不仅是"孤独"作为一个预设的主题控制了全书的写作，同时也造就了它所要表现的现实，它对于"现代历史"一百年的毁灭性的解释也决定了全书的框架，限制了人物的命运和故事的走向。于是我们看到，一方面是形象和叙述的高度夸张，另一方面是语言对现实过度的控制，除了现实的循环、封闭和限定，亦即历史的某种否定性的结论之外不具有其他的可能性。可以说，在通常所认为的魔幻现实主义的想象力超越于历史意识形态的同时，这种想象力其实是预先被意识形态的某种解释所支配的。

　　加西亚·马尔克斯说："西班牙美洲的年轻小说家——多少带有社会主义倾向，人们并非是吃着同样颜色面包的国家的产物——富有创造性，采用西班牙巴洛克的优秀传统写作，同时进行社会批评。这种社会批评虽然不乏渲染之处，但是仍然是严厉的。"①

　　《百年孤独》这种潜在的创作逻辑与胡安·鲁尔福的《佩德罗·巴拉莫》极为相似，都是从一种特定的精神状态出发来讲述故事。叙述的变形不是出于讲述技巧的需要，而是出于故事所要抵达和限定的一种精神状态。这种特定的精神状态若是置于历史的纬度来看，实质就是一种终极性的状态和结论，或者说，它们是从一种终极性的、已然完结和封闭的认识中催生的想象和体验。就此而言，加西亚·马尔克斯的"孤独"与胡安·鲁尔福的"死亡"在创作中扮演的是相同的角色。区别在于，《百年孤独》以历史的形态进行叙述并且给我们提供一个历史的模型，我们因而也就可以提出质问：这段尚在进行中的历史为什么非得要以这样的方式和结局来

----

　　① ［哥］加西亚·马尔克斯：《诺贝尔奖的幽灵》，中央编译出版社 2001 年版，第 368 页。

表现？"死亡"和"孤独"是唯一用来解释这段历史和这些人类生活的答案吗？难道就不存在其他更富于希望和可能性的表达了吗？

鉴于《百年孤独》意在成为哥伦比亚或拉美历史的一个翻版，这部小说的主题性纲领因而也就不可避免地等同于一种历史意识形态的结论。暂时撇开"孤独"这个词所具有的诗情画意（迈克尔·伍德认为英文的 solitude 还不足以传达原文的韵味①），它的文化意识形态的含义和指向也是相当明确。那么，当作家是依据一种意识形态的观念来创作他的故事时，我们应该如何看待这些故事和想象力的来源？如何看待它们在社会生活中所处的位置？如果说这些人物和故事在浓缩了某种意识形态的同时还反映了真实生活的状况，那么"真实"这个词在这里又该如何定义？其性质是偏向于一种客观的反映，还是偏向于一种主观的写照，亦即对于某种精神状态的限定和创造，类似于诗歌、巴耶纳托音乐、爵士乐或摇滚乐的创作？

谈到《百年孤独》的结尾，路易斯·查莫拉在其《启示录写作：当代美国和拉美小说中的历史视野》一书中曾经指出："小说家选择这样一个结尾是很重要的，因为《启示录》的范型所推行的便是一种赋予历史意义的结尾……它以回顾的立场记录的是整个世界的历史，而不仅仅是从时间的流程中切割的一个历史断片。"②

孤独、死亡和毁灭，它们显而易见都是否定性的结论和写照。问题不在于这些作为前提的结论是否经得起推敲，是否符合历史辩证法的原则（显然是不符合马克思主义的历史观），它那种宿命论的倾向究竟是为我们带来消极反动还是通向于某种毁灭性的净化，等等。问题在于，将小说的主题等同于某种历史意识形态的结论，这在试图平摒除理性和说教的现代小说观念中无论如何也算不上是高明的做法，又如何在《百年孤独》中体现了一种深刻的创造性呢？再说，有关现实和历史的否定性的结论总是导

① Michael Wood：G. Marquez：One Hundred Years of Solitude. London：Cambridge University Press，1990，p. 34.

② Lois Parkinson Zamora. Writing the Apocalypse：Historical Vision in Contemporary U. S. and Latin American Fiction，Cambridge：Cambridge University Press，1989，p. 44.

向于感情的虚无和贫瘠，它与这部小说丰富的想象力之间是一种什么关系呢？

这些问题，对于深入了解加西亚·马尔克斯的思想和创作方法都是很重要的。如果我们援引汉娜·阿伦特的那个论断——"第三世界不是一个现实而是一种意识形态"，认为这句话其实也就是在阐释《百年孤独》观察现实的一个视角，那么，我们确实是在歪曲汉娜·阿伦特的话所要表达的一种含义，但是不妨认为，这种歪曲的引用也是十分耐人寻味的。加西亚·马尔克斯为历史和想象的结合找到了一个逻辑的支点。他的独特之处在于，不是从通常所说的生活现象的角度而是首先从意识形态反思的角度为两者的结合找到一个新的起点。实际上，巴尔加斯·略萨的《城市与狗》、卡洛斯·富恩特斯的《最明净的地区》也是符合我们所说的这个特点，区别又在哪里呢？

区别在于他们的创作没有像《百年孤独》这样以如此宏观的角度概述历史，因而也没有如此彻底地进行意识形态的剥离，正如我们刚才所说的那样，形成一种终极性的、已然完结和封闭的认识，一种美学和思想上更加激烈的破坏与否定。要评论这部小说的特点，就必须从这一点出发来加以认识并做出进一步的阐释。

按照迈克尔·贝尔的说法，围绕《百年孤独》有两条解释的主线，一者是强调其想象的维度，另者是强调其历史的视野——"它那种历史眼光的凝练和精确"。[①] 贝尔—维亚达，杰拉德·马丁，斯蒂芬·闵达，古斯塔沃·阿尔法罗，鲁西拉·伊内斯·梅纳，达索·萨尔迪瓦尔，达里奥·加拉米罗·阿盖德拉等等，这份名单中包含加西亚·马尔克斯研究中最为权威的人士，他们都无一例外地强调作家反映历史的忠实态度，认为小说对香蕉园大罢工事件的描述尤可成为这个方面的一个典范。[②] 但是我们知道，单是从"历史的视野"这个纬度来看，作家对于历史的表现也有着诸

---

① See Michael Bell：Gabriel Garcia Marquez，Basingstoke and London，1993，p. 2.

② See Eduardo Posada—Carbo：Fiction as History：The Bananeras and Gabriel Garcia Marquez's One Hundred Years of Solitude. Cambridge：Cambridge University Press，1998，Journal of Latin American Studies，Vol. 30，No. 2，pp. 397，398.

多需要讨论的细节，像"忠实于历史的反映"这样的说法是否能够在这句话通常的意义上去理解，似乎也是值得怀疑的。如果我们对作家的政治信念和阶级意识的矛盾性缺乏必要的认识，对这部小说表现历史事件、"政治现实"和阶级斗争的态度和手法的性质缺乏具体的分析，那么，只是泛泛地谈论小说"忠实于历史"并试图让人相信历史与魔幻之间达到了高度的一致，这也是没有意义的。

第二节 关于"政治现实"的两个插曲

一

在《另一个加西亚·马尔克斯：艰难岁月》中，佩·索雷拉指出："加西亚·马尔克斯是无须粉饰的共产主义的忠诚战士。也许这是他政治思想中很少被人理解的一面，因此，也是受到批评最多的。他多次说，他的准则是从不在公共场合批评一种共产主义制度，他把它看作是人类进步的一部分。"① 我们在第二章论述"承诺文学"时也已经谈到，加西亚·马尔克斯作为"学生作家"对于政治的觉悟使他倾向于马克思主义，这种基本的政治倾向一直延续下来，哪怕是在最富争议的"帕蒂拉事件"中，他对于古巴政权和马克思主义革命事业的支持也是始终不渝的。如果以这种意识形态的倾向来考察《百年孤独》的创作，我们会得出什么样的结论？

美国学者何·戴·萨尔迪瓦对此所下的结论是很明确的。他在《马贡多的意识形态和它的毁灭》一文中指出："加西亚·马尔克斯不是马克思主义作家，《百年孤独》也不是一部马克思主义作品。"② 此前的有关"承诺文学"的创作中，我们也已经论证了这个不得不谈的问题，并且也得出

---

① 林一安编：《加西亚·马尔克斯研究》，云南人民出版社1993年版，第103页。

② 同上书，第316页。

了相似的结论。如果说《百年孤独》包含的精神立场是激进的，而且也确实是对"主体的解放"投以极大的关注，那么这个"主体"是否等同于马克思所说的那个需要"解放的主体"？毫无疑问，这是用来检验这个问题的最为有效的途径。尽管答案实际上是不言而喻的，那些论述加西亚·马尔克斯的文章几乎都否认他的创作遵循马克思主义的思想原则，但是，对这个问题稍加展开也是有助于我们获得较为具体的认识的。

正如乔治·拉伦在其著作中概述的那样，马克思批判了古典政治经济学和黑格尔，但也深受这两者的影响，从中接受了 19 世纪所特有的对人类解放的关注。"三种理论提出的实现解放的使命的主体各不相同，这并不奇怪：对黑格尔来说是绝对精神；对政治经济学来说是资产阶级；对马克思来说是无产阶级。他们都渴望解放，都寻找一个能够完成这一使命的主体。……解放的主体可以不同，但都代表着历史理性的最高阶段。"①随着 20 世纪文明社会的演进，法兰克福学派的赫伯特·马尔库塞对此做出了必要的修正："在发达工业社会中劳动阶级的实际情况使马克思的'无产阶级'成了一个神话般的概念；当今社会主义的实际情况，使马克思的理想成为梦幻。"② 但是我们知道，作为第三世界的拉美的情况有所不同。乔治·拉伦的书中恰好谈到了马克思和恩格斯对拉美认识的一种转变：早期的马克思出于对殖民主义的正面肯定，认为殖民资本主义即便违背了其所宣称的意图，也必然会"为新的世界创造物质基础"，但是"后来这种想法让位给了一种更加审慎的立场，他意识到资本主义国家很可能成功地使殖民地保持其农村化的落后状态"。③

这种认识与加西亚·马尔克斯对"香蕉热"和联合果品公司的批判大体上是一致的。从《枯枝败叶》、《百年孤独》到《霍乱时期的爱情》，北美资本主义的进入与田园诗的腐败变质的关系一直是作家试图表现的一个

---

① ［英］乔治·拉伦：《意识形态与文化身份：现代性和第三世界的在场》，上海教育出版社 2005 年版，第 28—29 页。

② 上海社会科学院哲学研究所外国哲学研究室编：《法兰克福学派论著选辑》，商务印书馆 1998 年版，第 575 页。

③ ［英］乔治·拉伦：《意识形态与文化身份：现代性和第三世界的在场》，上海教育出版社 2005 年版，第 26 页。

内容。在这些标志着转折之年的社会图景中，人们的生活发生了巨大的变化，然而在他看来，这种能够带来变化的力量根本上是不负责任的；资本主义的商业殖民行为非但没有改变农村的落后面貌，反而加重了这些地区的混乱，进一步激化社会矛盾。这里必须指出的是，作家只是从他抒情的神话主义的视角来看待这个问题，实际上我们也可看到，殖民地劳工阶层的状况并不是他的创作所要关注的内容。

这里涉及了我们在第二章中谈到过的一个问题，马孔多的故事是否像达索·萨尔迪瓦尔所说的代表了"劳动人民平凡的想象和创造"[①]？布恩蒂亚家族作为马孔多故事的主体，其阶级属性不像是属于无产阶级劳动人民，这一点是毫无疑问的。那么，无产阶级、劳工阶层或一般意义上的劳动人民，在马孔多的小说中究竟占据什么样的地位，既然作家本人也宣称阿拉卡塔卡（通常认为是马孔多的原型）实际上是一个"壮工聚集的小镇"[②]？

1977 年，作家在与波哥大《宣言》杂志编辑人员的会谈中，对这个问题表述得很清楚。谈到《百年孤独》的人物塑造，当时编辑人员的一个意见是："……你的作品的特点是介绍形象清晰的人物，人物好像充满了作品。在作品中，人民仿佛被冲淡了，虽然也充满了作品，但是像艺人手里的泥团，处在次要位置，为什么？"加西亚·马尔克斯回答说："是的，因为'泥团'也应该有自己的作家，一个写其人物的作家。我是一个小资产阶级作家，我的观点始终是小资产阶级的。这就是我的角度，我的水平，尽管我的团结态度与此不同。但是我不了解那种观点，我从我的观点出发，从我站的窗口写作，就是说，关于人民，我只知道我说的那一切，我写的那一切。"[③]

一个作家，如果背离他所属的资产阶级家庭往往显得合情合理，但如果他所属的阶层是底层平民，又该如何呢？加西亚·马尔克斯有时会

---

① ［哥］达索·萨尔迪瓦尔：《回归本源》，外国文学出版社 2001 年版，第 178 页。

② ［哥］加西亚·马尔克斯：《两百年的孤独》，云南人民出版社 1997 年版，第 113 页。

③ 同上书，第 112 页。

让人想起狄更斯。乔·李·安德森的文章是这样来评价作家的倾向的,他说:"他本质上是一个社会民主党人,心里隐藏着那么一点点共产主义的思想。这么说恐怕会准确一些,他的政治立场是一系列观念的混合物,既有残余的青年时代的马克思主义,也有拉丁美洲传统的反帝倾向,还有西欧式的社会主义观念,但是他通常被称为是左派极端分子,特别是由于他和卡斯特罗的关系,北美的批评家便尤其以这样的立场来看待他。"[①]

作家本人坚定的表白则显得有一丝无奈:"我是一个找不到位置的共产党员,尽管如此,我仍相信社会主义是现实的,对拉美是很好的出路。……古巴革命开始时我曾力图使自己成为其中的一员……直到一个短暂的冲突把我从窗户抛出去。这丝毫未能改变我对古巴一贯的、宽容的、有时是艰难的同情,而却使我变成了一个被驱赶和束手无策的狙击手。"[②]

要清楚地指明加西亚·马尔克斯的政治信仰,并将他的政治立场与文学创作之间显然是矛盾的关系做出令人信服的表述,不是一件简单的事情,这个方面佩·索雷拉的著作便是很好的证明。不过单是从创作思想和美学的趣味来说,作家就《宣言》杂志所做的访谈已经表明,本质上他并不是一个马克思主义的作家,《百年孤独》也不是一部马克思主义的作品。所谓的小资产阶级的局限性问题,作家的回答也只是原则上的一种自我定义,还不足以用来解释其作品的意识形态属性。《百年孤独》所包含的激进的立场和价值观很难以"小资产阶级作家"的定义来加以衡量。对于深受现代主义影响的一代作家来说,哪怕是政治上存在着明确的倾向,这一点也很难成为解释其创作的一个简单依据。如果说自我的存在本身就是一个需要探索的问题,那么政治和道德倾向的自我确认同样也是一个问题。我们在评论格雷厄姆·格林、君特·格拉斯、大江健三郎、V. S. 奈保尔、萨尔曼·拉什迪、约翰·库切等一大批 20 世纪作家时会碰到这样的

---

① Jon Lee Anderson: The Power of Gabriel Garcia Marquez. New Yorker Profile, September 27, 1999.

② 林一安编:《加西亚·马尔克斯研究》,云南人民出版社 1993 年版,第 100—101 页。

情况，他们似乎比巴尔扎克和福楼拜时代的作家都要复杂一些。创作上需要不停地推翻和建构这个事实表明，他们的自我认识似乎更为专注也更趋向于不稳定。

对左翼政治的同情也未必能够说明这些作家是站在马克思主义的立场上看待问题。萨尔曼·拉什迪撰写了反映尼加拉瓜革命的长篇报道《美洲虎的微笑》（The Jaguar Smile），被北美的批评家视为"共产主义的玩偶"①。他和加西亚·马尔克斯、格雷厄姆·格林、哈罗德·品特一样，也是公然声援尼加拉瓜共产党的左翼知识分子作家，但是严格说来，他们没有一个是真正意义上的马克思主义作家。

加西亚·马尔克斯用尖刻挖苦的口吻套用"泥团"这个词，赋予其一丝蔑视的意味，同时又把自己定义为"小资产阶级"，这种挖苦和自嘲的方式某种意义上倒是适用于一个卡夫卡和弗吉尼亚·伍尔夫的信徒，既不相信劳工阶层的感受是有重要价值的，也绝不安于所谓的小资产阶级的清规俗套，更不赞同小资产阶级的美学和思想的趣味。这里我们不妨简单地做个归结，所谓的对于左翼共产党的同情往往是基于对现存秩序的不满和抗议，而构成这种情绪的基础则是源自于"对什么都不满意，力图实现阶级飞跃"②的拉美中产阶级的思想，有别于马克思所说的那个英国无产阶级"主体"，他们是能够意识到历史和文化发展不平衡的一股力量。关于这一点，陈光孚的论著中曾以"中等阶层作家的世界观"为题做过分析和归纳，可做参考。③

在前面的章节中我们已经指出，《枯枝败叶》对于"人民大众"的描写实质上是接近于一种"无化"的处理，而《宣言》杂志的编辑人员又在此指出，《百年孤独》中的"人民"犹如"泥团"，在作品中居于次席。以马克思主义的原则来衡量，我们能够更加清楚地看到这些以马孔多为中心的神话主义的创作中十分统一的现象，那就是"宅院"的内外二重性的区

---

① Salman Rushdie: The Jaguar Smile. New York: Henry Holt and Company, Inc. 1997, p. xv.

② 林一安编：《加西亚·马尔克斯研究》，云南人民出版社 1993 年版，第 257 页。

③ 陈光孚：《魔幻现实主义》，花城出版社 1986 年版，第 185—190 页。

分延续的是一种精英主义的视点，马孔多神话所要"解放的主体"实质也是受到压抑的精英知识分子的主体。这一点对于我们衡量和看待作品的政治批判意识是有意义的。

《百年孤独》明显涉及社会政治事件的有两个部分，其一是奥雷良诺·布恩蒂亚上校卷入的 19 世纪的自由党的战争，其二是何塞·阿卡迪奥第二领导的香蕉工人的大罢工。这两个部分的创作显示出作家对于人性和社会现实所做的极为深刻的描绘，以至于我们感到，要将作家的思想意识简单地归属于无产阶级或小资产阶级都是不尽适合的。加西亚·马尔克斯同情和支持自由党的事业，表现它的良知和义愤的力量，这在布恩蒂亚上校这个人物身上部分地体现出来。通过香蕉园大罢工事件，他揭露社会的谎言和欺骗，以一种煽惑的戏剧性描写造成否定性的批判。正如何·戴·萨尔迪瓦指出的，在《百年孤独》这个部分的创作中，作家协调他在美学和政治上的破坏力，形成对社会意识形态的一种批评性解释。[①] 凡此种种，可以让人看到作家如何将这些既有的内容从社会舆论中剥离出来，进行剖析和描绘，从而达到一种主观的反思和揭示性力量。

二

战争、革命、拉丁美洲暴力史，这是加西亚·马尔克斯作品中重要的题材。尽管他承认在表现 19 世纪哥伦比亚内战时较多采用神话化的手法，根据诗意和想象的需要"移动了它的位置"，[②] 作家对于这场内战的性质却有着相当清楚而现实的认识。他在政治上毫不犹豫地站在自由党一边，赞赏由拉斐尔·乌里维·乌里维将军代表的联邦主义纲领，并且对独立战争之后这场失败了的战争抱有惋惜和缅怀之情。

作家在 1986 年接受阿根廷记者的一次访谈中说："假若今天强制推行上个世纪末最后一员伟大的自由党战士拉斐尔·乌里维·乌里维将军

---

①　林一安编：《加西亚·马尔克斯研究》，云南人民出版社 1993 年版，第 316—317 页。

②　同上书，第 258 页。

的纲领的话，哥伦比亚会是一个比现在先进得多的国家。有件事在我看来是十分有关联的。乌里维·乌里维是个联邦主义者。……因为我认为，哥伦比亚在本世纪遭受的一切灾难，都是来自联邦主义的失败，来自上个世纪当自由党人还是真正的自由党人时的自由党的失败，因为今天自由党人和保守党人之间的思想界限已经抹掉了。如果说你看到了那些存在着非宗教教育、非宗教仪式结婚、政教分离、离婚的国家里的生活是多么不同的话……在哥伦比亚也存在着非宗教结婚和离婚，但那种赞同是形式上的，社会和道德是谴责这类事的。"① 在他看来，委内瑞拉与哥伦比亚的不同无非是由于国家体制的不同，造成差别的原因也是因为委内瑞拉的联邦主义者打赢了战争，而哥伦比亚的联邦主义者输掉了战争，其结果是僵化保守、脱离现实的形式主义占了上风，"哥伦比亚是个桑坦德式的国家，它的体制、司法组织和行政组织都是桑坦德式的"，因此，失败的自由党所代表的受抑制的民主传统是这个国家的历史留下的"唯一希望"。②

如果要为《百年孤独》的奥雷良诺·布恩蒂亚上校找到历史的原型，那么，这个人物只能是拉斐尔·乌里维·乌里维将军。这一点符合作家本人对于历史的兴趣和评价。他在后来的另一部长篇小说《迷宫中的将军》中重新塑造玻利瓦尔的形象，也是与他对联邦主义者的赞许和推崇密切相关的，因为，在他看来，失败了的哥伦比亚自由党和打赢了战争的委内瑞拉都是"更加接近于玻利瓦尔的思想"。③ 许多研究加西亚·马尔克斯的英美学者在他们的著作中探讨过奥雷良诺·布恩蒂亚上校与乌里维·乌里维将军之间的联系。英国学者迈克尔·伍德、斯蒂芬·闵达，美国学者贝尔—维亚达，等等，他们对这个问题的阐述往往有着较为深入的发现。

迈克尔·伍德对小说的情节和历史来源曾做过一番细致的比较，他说

---

① 林一安编：《加西亚·马尔克斯研究》，云南人民出版社 1993 年版，第 258—259 页。

② ［哥］加西亚·马尔克斯：《两百年的孤独》，云南人民出版社 1997 年版，第 291 页。

③ 同上。

乌里维将军的一些主要事迹，几乎都可在小说中找到相应的描写：作为自由党军队的领导，他和小说中的奥雷良诺·布恩蒂亚上校打的是同一场战争；他在始于 1876 年的各种起义中作战，起义皆告失败；他被选入众议院；又发动那场漫长的战争；在内艾尔朗迪亚（Neerlandia）签署了停战条约；1914 年遇刺身亡，这一点与奥雷良诺·布恩蒂亚上校不同，后者是在自己家中平静地死去的；此外，奥雷良诺·布恩蒂亚上校瘦削的脸庞和高耸的颧骨也与乌里维将军十分相像。① 贝尔－维亚达的著作补充说，这两个人都是出生在雨天，经受过不止一次的狱中判决，被捕后曾在城市里当众游街，而且与保守党的将军有十分良好的私交，等等。②

乌里维将军深受人们的爱戴，其中的一个原因，是他几乎没有打过胜仗。迈克尔·伍德引用斯蒂芬·闵达的话说，"或许乌里维·乌里维的生平和军事生涯中最奇异的一面，是他能够在屡战屡败之中保持光荣的声誉而使其毫发无损"。迈克尔·伍德因此也赞同鲁西拉·伊内斯·梅纳的结论："奥雷良诺·布恩蒂亚上校体现了此一时期整个自由党人的历史。他是造反、领袖、理想和失败的综合体。另一个方面，上校就是等同于战争⋯⋯"③作家本人也承认，小说第 5－9 章混乱的战事就是基于哥伦比亚 19 世纪的内战、历史上又称之为"千日战争"所提供的素材。他的外祖父是从自由党军队退伍的一员老兵，在作家童年时候起便向他灌输这方面的教育。④

加西亚·马尔克斯对自由党的同情从以上这些论述中已经有所反映。但这并不等于说，小说描写的自由党人因此便在道德上高人一等，而保守党人都是一群恶棍。事实上在作家笔下，两个政党的斗争其现实的含义是

---

① Michael Wood：G. Marquez：One Hundred Years of Solitude. London：Cambridge University Press，1990，p. 92.

② Gene H. Bell－Villada：Garcia Marquez, the Man and His Work, Chapel Hill and London，1990，p. 103.

③ Michael Wood：G. Marquez：One Hundred Years of Solitude. London：Cambridge University Press，1990，p. 92.

④ ［哥］加西亚·马尔克斯：《两百年的孤独》，云南人民出版社 1997 年版，第 249 页。

很不确定的。马孔多历史上最好的统治者是保守党的蒙卡达将军，而不是自由党的代理人（布恩蒂亚家族的私生子）阿卡迪奥，这样安排是否有些出人意料？客观地说，要从这部小说中找出一个政党胜于另一个政党的根据是比较困难的，在权力交替的你来我往的斗争过程中，两者更像是现实难以确定的善恶循环的一部分。

哥伦比亚的保守党人在选举中作弊是有历史依据的，[①] 这在堂阿波利内尔调票的细节中已经有了描写，年轻的奥雷良诺·布恩蒂亚指责"那些保守派是些搞阴谋诡计的家伙"[②]。他率领马孔多人起事是出于忍无可忍的义愤，本来这里的描写已经足够清晰，然而小说又插入了一个人物，那位唆使年轻人起事的自由党人却是一个热衷于暗杀活动的恐怖分子，其面目较之于保守党人更加丑陋可怕。"他的那一套，简单说来，就是协调一系列的个人行动，以便在一次全国范围的成功的政变中消灭一切官员以及他们的家庭，特别是他们的子女，以便将保守主义斩草除根。"奥雷良诺·布恩蒂亚对他说："您不是自由派，也不是任何别的什么派，您只不过是一个屠夫。"[③]

有关阿利里奥·诺盖拉医生的描写，可资比较的是《群魔》中对韦尔霍文斯基的刻画，这两个人物都是心术狡诈、满口谎言、意志坚忍不拔的革命恐怖分子。小说对这个人物的描写总共不过两页，尚未达到像韦尔霍文斯基那样令人发指的程度，但是作家描写政治的锐利眼光颇有一点陀思妥耶夫斯基的分量。如果说俄国 1917 年革命恐怖的本质在《群魔》中通过韦尔霍文斯基的活动是得到了某种骇人的预示，那么反观加西亚·马尔克斯的小说，作者是否也想从本质上得到类似的一种揭示？有一点是可以肯定的，从他对诺盖拉医生、执掌马孔多大权的私生子阿卡迪奥以及奥雷良诺·布恩蒂亚上校的种种描述中，我们似乎很难得出作家在访谈中的那个结论，认为失败的自由党是哥伦比亚（乃至于

---

① ［哥］达索·萨尔迪瓦尔：《回归本源》，外国文学出版社 2001 年版，第 13 页。

② ［哥］加西亚·马尔克斯：《百年孤独》，上海译文出版社 1989 年版，第 89 页。

③ 同上书，第 91 页。

拉丁美洲）历史留下的"唯一希望"。至少在这个方面小说没有给出足够的暗示。另一个方面，自由党军事失利的原因或许本来可以交代得更加详细一些，因为按照现有的描写来看，党的代表人物似乎无一例外要为战争的失败负责。

贝尔—维亚达在他的著作中总结说："纵观拉丁美洲的历史，自由主义鲜有真正成功的故事可以提供给读者——由于其机会主义也由于其缺乏足够广泛的经济基础，或者是由于缺乏深厚的自由传统的根基等种种原因。年轻的阿卡迪奥和后期的奥雷良诺都享受过短暂而恣意妄为的权力，这就让人联想起诸如索摩查家族那个压制自由的漫长的独裁专制，而索摩查家族正是尼加拉瓜的自由党。继《百年孤独》出版之后，我们目睹了阿根廷和智利血腥军事政变的一幕，他们提倡经济自由主义，同时又野蛮地镇压自由党的社会和文化更具吸引力的种种理想。"[1]

在奥雷良诺·布恩蒂亚上校军事生涯的后期，他"对这场没完没了的战争的恶性循环厌倦透了"，随着权力日益巩固，他的精神日益迷茫，越来越"不知道为什么要打这个仗、如何打以及打到什么时候"。[2] 自由党的一个委员会前来马孔多与他讨论战争的前途，其结果是提出三条主张："第一，放弃审查地契，以便重新获得自由派地主的拥护；第二，放弃反对教会势力的斗争，这是为了取得天主教居民们的支持；最后，取消私生子和合法子女享有同等权利的主张以保护家庭的完整。"[3] 奥雷良诺·布恩蒂亚上校在这份建议上欣然签字，从而彻底背叛了他和伙伴为之奋斗牺牲的那个理想。

鲁西拉·伊内斯·梅纳说："上校就是等同于战争……"这大概只有在小说的第 9 章中才可看得更加清楚，即有关于战争背后的权力、玩世不恭与自我寻求的机会主义本质的描写在这里已经达到了一个高潮。尽管奥雷良诺·布恩蒂亚上校在签署停战协议时自杀未遂，为他保留了一点个人

---

① Gene H. Bell—Villada: Garcia Marquez, the Man and His Work, Chapel Hill and London, 1990, pp. 103—104.

② ［哥］加西亚·马尔克斯：《百年孤独》，上海译文出版社 1989 年版，第 156 页。

③ 同上书，第 157 页。

的尊严，但是革命理想的背叛和失败没有比这里的描述更加令人失望和空虚了。自由党的失败似乎并不完全是因为军事上的失利、缺乏自由派地主阶层支持的缘故，还由于它本身似乎是难以避免的暴力泛滥和政治腐败的结果。

总的说来，在这个有关 19 世纪内战的插曲中，传奇的布恩蒂亚上校诠释了自由和反抗的思想是如何在这块土地上逐渐形成和发展的；它最初的动机并非是出于争权夺利，而是出于纯真的良知和义愤，因此得以成为现实的希望和人格化的一种力量。这个英雄人物不需要纪念碑也照样铭刻在马孔多人的心中。从这里可以看到作者在人物身上寄寓的一种道德和政治的同情，它在逻辑上也必然扩展到对整个自由党进步事业的同情和支持。然而，暴力和政治腐败主要是由作者同情和支持的、代表进步事业的自由党的活动体现出来，在相当大的程度上这也揭示了社会现实基础的腐败和绝望，这是小说的叙述发人深省的地方。

《百年孤独》在抒写出奥雷良诺·布恩蒂亚上校传奇生涯的同时，通过19 世纪那场内战深入探讨了暴力、权力和战争的实质，以其深刻的揭示性力量描绘出激动人心的历史画面。巴尔加斯·略萨说："我认为拉丁美洲社会现实和政治现实的基本问题在《百年孤独》里都得到了客观的描写，而不像别的书里（如科塔萨尔的作品）只进行间接的或隐喻的描写。"① 巴尔加斯·略萨重点所指的是"哥伦比亚的暴力和游击队问题"被作家以大胆的方式写进了小说，这在拉美"先锋派"和"新小说"的创作中是前所未有的。应该说，《百年孤独》反映的"政治现实"并不限于 19 世纪的内战，但它或许是其中写得最为透彻、方法上也是显得较为直接和详细的一个部分，显示了作者不囿于党派成见、直面事物真相的清醒和洞察。

那么，战争所谓的进步意义也大概只有是在抽象的层次上得到一种肯定。作家宣称说，"拉丁美洲诸国有那种妥协的或不妥协的内战，它不过是这块大陆正在经历的过程的一部分。这个过程的进步性是明显的"。②

---

① 林一安编：《加西亚·马尔克斯研究》，云南人民出版社 1993 年版，第 178 页。
② ［哥］加西亚·马尔克斯：《两百年的孤独》，云南人民出版社 1997 年版，第 269 页。

在小说中我们则很难看到这种进步性的前景和预言。我们看到的更多是精神空虚和毁灭的悲剧性：奥雷良诺·布恩蒂亚上校以"革命"的名义判处蒙卡达将军死刑，为了发泄私愤又焚毁了蒙卡达将军遗孀的房子，杀害了他的家人。这位自由党的军事领袖实际上是以对自己命运的隐秘失望而告终。他不是像历史上的乌里维将军那样遇刺身亡，得以保留一个失败者的传奇。他的结局要平凡得多，但某种程度上却更加催人泪下。上校的晚年生活实际上就是对于生活的无声无息的嘲讽和厌恶。在小说中这个部分的描写占据了相当的篇幅。

迈克尔·伍德认为布恩蒂亚上校的传奇故事主要是以"电影简化的风格"[①] 传达的，这也是反映了插曲式叙事在处理材料上的特点。不过，我们从这个部分的叙述中看到的，除了《枯枝败叶》的法国医生身上曾经表现过的"深蕴心理"的流露，还有一种未曾简化的意识形态的描绘。由布恩蒂亚上校身上体现出来的权力的孤独和政治的腐败，如果不是拉丁美洲内战特有的表现和产物，那至少也是一种不容回避的更大的现实和绝望。说加西亚·马尔克斯是在描写一个具体的政治事件，他甚至也没有展开对自由党的某一次战役的成败经过的探讨。然而，神话化的创作方式能够将现实材料的印象集中于一系列极端的精神状态的刻画之中，通过这个手段作者将他对社会意识形态的反思与人物的形象结合起来，让我们看到了小说的叙述所要探索和挖掘的东西——它绕过理想化的口号和宣传，最终抵达于现实意味深长的悲剧性的真实。

无论是采用曲笔的手法（胡安·鲁尔福的所有作品）还是插曲的形式（布恩蒂亚上校的传奇故事），拉丁美洲此一时期的叙事文学在反映社会斗争的方面都达到了很高的水平，具有深刻的思想内涵。《佩德罗·巴拉莫》对墨西哥 1910 年的大革命和 1926—1928 年间基督教会暴乱的侧面描写，同样是显得辛辣、清醒而又深刻。作者不是"盲目地歌颂大革命"[②]，而是无情地揭露其弊端，探察其现实的根源。但是反过来说，这又是一种思

---

① Michael Wood：G. Marquez：One Hundred Years of Solitude. London：Cambridge University Press，1990，p. 94.

② 赵德明：《20 世纪拉丁美洲小说》，云南人民出版社 2003 年版，第 380 页。

想上的自我孤立。作家在暴露问题的同时也深深触及了对现实的苦闷，他们在这个立足点上实际看不到任何出路，因此，神话主义的描绘中笼罩着一层悲观、宿命的气氛。

三

除了 19 世纪的内战，《百年孤独》触及的另一个"政治现实"是 20 世纪初的香蕉园大罢工导致的流血事件。这一事件由两部分组成，首先是美国联合果品公司进驻马孔多，然后在保守党政府军对罢工工人的大屠杀中达到它的高潮。《枯枝败叶》已经处理过这个题材，只是没有写到工人和大屠杀的场面。在《百年孤独》中，联合果品公司和大罢工这两个部分是第 12—15 章所要表现的内容。第 16 章写到那场下了 4 年 11 个月零 2 天的大雨，作为屠杀事件的尾声其实也应该划在里面。按照小说的叙述给予我们的暗示，马孔多的溃败就是从这个屠杀事件开始的。

历史上，这个事件是发生在 1928 年 12 月 6 日凌晨的谢纳加（Cienaga）火车站，作为一场"延时发生的悲剧"，给香蕉种植园的历史做出了总结。达索·萨尔迪瓦尔的《回归本源》第二章中对此有详细的考证，他说："大屠杀的细节和科尔特斯·巴尔加斯将军本人及其随后的'四号通令'都原原本本地出现在《百年孤独》中。"[①] 评传的作者此前已经着重指出："这一惨案是对加西亚·马尔克斯的人生与作品影响最大的一桩历史罪孽。"[②] 根据作家本人提供的材料，大屠杀事件是他童年时从外祖父那里了解到的，大约是在他 12 岁时"便知道在那场大规模的悲剧中存在着可以用来写一部无所不能的长篇小说的材料"，17 岁时便萌发了写作的念头，直到 20 年之后才写成。[③] 这个事件对于作家创作的重要性由此可

---

① ［哥］达索·萨尔迪瓦尔：《回归本源》，外国文学出版社 2001 年版，第 46 页。

② 同上书，第 33 页。

③ ［哥］加西亚·马尔克斯：《两百年的孤独》，云南人民出版社 1997 年版，第 225 页。

见一斑。

达索·萨尔迪瓦尔说：“更有甚者：他哥哥（实际上应该是弟弟——笔者按）路易斯·恩里克说作家改了自己的出生年份以使其与大屠杀的年份一致。”① 也就是说，作家有意将他真实的出生年份从 1927年改为 1928 年。那么，这个更改的年份至少在某些研究者的笔下发挥了作用。

阿瑞尔·多夫曼的《有人写给未来》便是以 1928 年中发生的几个巧合作为该书的开篇，并阐述其中的象征意义：这一年，哥伦比亚历史上最伟大的小说家何塞·奥斯塔西欧·里维拉去世，加夫列尔·加西亚·马尔克斯诞生，而在遥远的谢纳加城发生了大屠杀事件。在阿瑞尔·多夫曼看来，历史充满了巧合，在这些诞生和死亡的巧合之间存在着意味深长的联系：成百上千的工人被政府的军队杀害，这个历史的惨案日后将成为《百年孤独》的一个奠基，是其中最具戏剧性的事件之一，它使马孔多不可避免地颓败衰亡，大自然开始蚕食这块土地，四年大雨和十年干旱，犹如何塞·里维拉的《漩涡》（The Vortex）结尾那个句子：“……然后丛林吞噬了他们。”这个句子也预示了《百年孤独》的结尾对毁灭的处理。②

从这些巧合的象征意义中，阿瑞尔·多夫曼看到了底层和民间暗哑的历史如何在这部小说中找到了自己的喉舌。“这个故事以前当然是讲述过了。官方历史曾经用它有口无心的、谎言的声音讲述过了，但是可以肯定的是没有提供任何线索，告诉我们为什么事情弄糟了，为什么哥伦比亚人民生产如此富饶而生活如此贫困。曾几何时，集体记忆的嘴巴、耳朵和手也经常地讲述这种故事。”③

且不论阿瑞尔·多夫曼对于巧合的认识是否显得夸张，这段话的要旨在于肯定和强调艺术被赋予的那种揭示性力量及其在作家的创作中所具有

①　[哥] 达索·萨尔迪瓦尔：《回归本源》，外国文学出版社 2001 年版，第 44页。

②　Ariel Dorfman：Someone Writes to the Future. Duke University Press，1991，p. 18.

③　Ibid.，p. 20.

的意义。如何揭示"官方的谎言"和"集体记忆"之间存在的对立，其意义显然大于单个事件的揭示。文学的一个职能，便是力图揭开被"官方的谎言"所覆盖、被"集体记忆"所保存的那个过去，使它听到自己发出的声音。某种意义上我们可以说，文学就是现实的原告。

《百年孤独》写到香蕉工人大屠杀事件，它是由这个事件的幸存者向人们报告的。何塞·阿卡迪奥第二目睹了军队开枪、尸体被装进火车运走的全过程。他的惊惶失措的报告在人们的印象中似乎显得并不可信，于是他的讲述便带上了一种噩梦般虚弱的音调：

> "总有三千来人吧。"他咕哝着。
>
> "什么？"
>
> "死人呀！"他解释说，"在车站上的那些人大概都死了。"①

这个章节结尾时他终于逃回家中，又重复了他的话：

> "共有三千多人哪，"霍塞·阿卡迪奥第二只说了这么一句话，"现在我肯定，所有在车站的人都被打死了。"②

在屠杀现场的描写中有一个耐人寻味的细节，即被何塞·阿卡迪奥第二高高举过头顶的那个孩子。作家显然是在暗示我们，孩子是仅有的两位幸存者中的一位。"许多年以后，尽管人们仍然认为霍塞·阿卡迪奥第二是个疯疯癫癫的老头，可那孩子却常常讲起当时霍塞·阿卡迪奥第二把他高高举过头顶"的细节，也就是说，孩子不仅目击了现场，而且还占据一个更好的观察角度：

> ……头几排的人已经被机枪一排排子弹扫倒，躺在地上。活着的

---

① ［哥］加西亚·马尔克斯：《百年孤独》，上海译文出版社 1989 年版，第 289 页。

② 同上书，第 294 页。

人非但没有卧倒，反而想再回广场去，于是那惊恐像是巨龙甩一次尾巴，密集的人流冲向来自相反方向的另一个密集的人流，这是对面马路上被巨龙甩了一次尾巴而驱赶过来的人流，因为那里的机枪也在不停地扫射。他们被围赶着，打着旋转，变成巨大的漩涡，并渐渐地向其中心缩小，因为它的边缘正在有条不紊地被一圈一圈地剪裁着，好像剥洋葱皮一样，被机关枪这把永不知足且颇有条理的剪子裁剪着。……①

很难说，比喻和拟人手法的运用在这里仅仅是为了适用于一个孩子的感受，因为它显然还带有一种讽刺和荒诞的超然意味。人为的修辞所要突出的，是此类真实的场景中难以驱遣的一种梦幻色彩，它与屠杀的场面极不协调，给人以喜剧般的荒诞和清晰的印象。

我们注意到这种修辞上的特点在整个事件的描述中并不是孤立的。何塞·阿卡迪奥第二领导香蕉工人提出改善劳动条件的要求，得到的答复是"要求完全无效"，公司在"法律魔术师"的帮助下拥有无可辩驳的理由："因为香蕉公司过去没有，现在没有，将来也永远不会有任何为它服务的工人，该公司只是偶然招募一些临时工。……经过法院判定，并以公告形式严正宣布所谓香蕉公司的工人是不存在的。"② 在发生了大屠杀事件的一周之后，"官方的说法"通过一切宣传媒介重申："没有人死亡，工人们已经满意地回到了家里，香蕉公司在下雨期间暂停各项活动。……军人们对这些受害者的家属却矢口否认。……'这肯定是做梦想到的，'军官们反复重申，'马贡多过去没有，现在没有，将来也永远不会发生任何事情的，这儿是幸福之邦。'"③

显而易见，加西亚·马尔克斯在他的小说中所要做的，不仅是揭开历史被掩盖的真相，拆穿官方的谎言，而且还要进一步地演示修辞的虚

---

① ［哥］加西亚·马尔克斯：《百年孤独》，上海译文出版社 1989 年版，第 287 页。

② 同上书，第 283 页。

③ 同上书，第 291 页。

实颠倒的荒诞剧，它们是如何处心积虑地参与和编织所谓的现实。何·戴·萨尔迪瓦指出："史书上所写的哥伦比亚的过去，比之加西亚·马尔克斯在他的小说中所写的哥伦比亚的历史，更加是一个意识形态的虚构。这两种虚构间最重要的不同点，实际上就在于加西亚·马尔克斯是自觉地进行虚构的。他的描述向我们揭示了一切文件的欺骗意图，以及应如何进行阅读。因此，《百年孤独》的最后几页让我们看到，马贡多何以只存在于描述它的这本书的篇页里。"[①] 我们看到，在对香蕉工人的事件所作的一系列描述中，小说精心模仿讼师的辞令，也模仿政府和军方的公告辞令，通过显然是激进的、讽刺性的手段，提示历史的被掩饰和被遗忘的真实。

　　涉及所谓的历史真实，有一个问题经常被提出来讨论。有关屠杀的细节，也总是与人们对这部小说的关注结合在一起的，那就是谢纳加城的车站上到底死了多少人？

　　小说提供的数字是 3000 人。达索·萨尔迪瓦尔的书中说："政府只承认九人死亡，而目击者和幸存者却说有数百人。……死者的数目或许永远无法确切地知道了，但是可以完全肯定地说没有九个那么少，也没有3000那么多。"[②]

　　爱德华多·博萨达—卡沃曾就这个问题专门写过一篇论文，探讨小说的虚构和历史的真实性问题。作者声称他与迈克尔·伍德的研究方法不一样，他写文章的动机是源于作家本人的一篇谈话，它在达索·萨尔迪瓦尔的书中也有记录：

　　　　起初我相信死者很多，有几千人的说法。可是当我发现卷宗上的统计数字是七的时候，我问自己：死了七个人能说得上是大屠杀吗？于是我便拿一串串香蕉当死人往火车车厢里装，因为七个人是装不满

----

①　林一安编：《加西亚·马尔克斯研究》，云南人民出版社 1993 年版，第 325 页。

②　[哥] 达索·萨尔迪瓦尔：《回归本源》，外国文学出版社 2001 年版，第 42—43 页。

火车皮的。于是我在小说中讲大屠杀死了 3000 人,我将他们抛入大海。从来没有这种事情。这是虚构。……现在,传说被用作历史了。①

历史学家阿尔瓦罗·蒂拉多·梅加的著作《哥伦比亚历史经济导言》,有关联合果品公司的章节,便是以马孔多的罢工及其描述作为资料引用的来源,而这个流行的文本也受到哥伦比亚初中生的广泛阅读。博萨达—卡沃以不无讽刺的口吻指出:"可以毫不夸张地说,《百年孤独》是今日有关 20 世纪 20 年代香蕉园种植区发展状况的'官方版本'。"② 因为小说的影响太大,与社会科学的领域发生了混淆,博萨达—卡沃的指责不无道理。问题在于,当哥伦比亚的官方教科书中一再声称"没有发生过屠杀事件",③ 历史又被蓄意变成了"传说"。这是彼此矛盾的两个传说,彼此矛盾的两个版本。

叙述部分采用真实的材料、部分进行夸张的描写,这本是小说创作的一种常规手段,在处理有关历史问题时也不例外。斯蒂芬·闵达说:"在这个例子中,加西亚·马尔克斯本人一向坚持认为,精确性从来不是他主要考虑的问题。"④ 作家也承认,在创作《迷宫中的将军》之前他从未使用历史资料来进行工作。⑤ 我们只要读一读加西亚·马尔克斯《〈百年孤独〉的写作方式》中关于"香蕉园故事的真实性"这个部分就大概可以知道,岂止是"精确性"(accuracy),逻辑上自相矛盾的陈述对于他来说似

---

① [哥]达索·萨尔迪瓦尔:《回归本源》,外国文学出版社 2001 年版,第 43页。

② Eduardo Posada—Carbo: Fiction as History: The Bananeras and Gabriel Garcia Marquez's One Hundred Years of Solitude. Cambridge: Cambridge University Press, 1998, Journal of Latin American Studies, Vol. 30, No. 2, p. 399.

③ Ibid. , p. 396.

④ Stephen Minta: Garcia Marquez, Writer of Colombia. New York, 1987, p. 170.

⑤ See Eduardo Posada—Carbo: Fiction as History: The Bananeras and Gabriel Garcia Marquez's One Hundred Years of Solitude. Cambridge: Cambridge University Press, 1998, Journal of Latin American Studies, Vol. 30, No. 2, p. 413.

乎也是不加掩饰的。①

关键在于，为什么这个问题一再要被提出来加以检验？我们不禁要问，杀了七个人（或九个人）的流血事件难道就不算是"屠杀"吗？下令开枪的科特斯·巴尔加斯将军承认的伤亡数字是 47 人，"这本身就不是一个小数目了，它几乎就是哥伦比亚历史上这个方面史无前例的流血事件"。② 罗贝托·赫雷拉·索托综合各种材料得出的统计数字是在 47 人到2000 人之间，这是目前比较权威的说法。③ 暂且撇开这个数字不谈，围绕《百年孤独》对这个事件的描述及其产生的社会效果，历史时而变成传说，传说又时而变成历史，这是否说明历史的真相确实是被掩盖，而这个问题混乱的局面也确实应该是由官方来承担责任？

限于篇幅，这里不能就爱德华多·博萨达—卡沃的文章的主要观点和结论展开进一步的讨论。爱德华多·博萨达—卡沃赞赏阿兰·奈特的一句话："魔幻现实主义或许可用之于文学，但若是用之于历史和社会科学那就是死神之吻了。"④ 但是在这个问题上，斯蒂芬·闵达的总结显得比较客观和全面一些，他在《哥伦比亚作家加西亚·马尔克斯》一书中认为，加西亚·马尔克斯对大屠杀的描写包含着三点关注，一是作者对于罢工工人及其所处境遇的显而易见的同情；二是作者欲以挽救这样一种状况，即面对哥伦比亚历史上的重要事件，持续不断地保持沉默是一个阴谋……一旦对于过去发生的重要事件保持缄默，也就几乎等于否认过去是有意义的，那么从这一刻起，人们同样很容易剥夺现在与未来的意义；三是质疑历史记录和历史叙述的可靠性，该小说提供的版本是用来提醒我们，"所

① ［哥］加西亚·马尔克斯：《两百年的孤独》，云南人民出版社 1997 年版，第224—225 页。

② Eduardo Posada—Carbo：Fiction as History：The Bananeras and Gabriel Garcia Marquez's One Hundred Years of Solitude. Cambridge：Cambridge University Press，1998，Journal of Latin American Studies，Vol. 30，No. 2，p. 404.

③ Roberto Herrera Soto and Rafael Romero Castaneda：La Zona bananera del Magdalena，Bogota，1979，p. 79.

④ Alan Knight：Latin America，What Price the Past? An Inaugural Lecture delivered before the University of Oxford on 18 November 1993，Oxford，1994，p. 32.

有过去的版本全都不可救药的是虚构的"。①

四

　　19 世纪的内战和 20 世纪初的种植园大罢工，这是《百年孤独》从正面加以触及的两种"政治现实"，在小说中占据显著的位置和篇幅。从取材上讲，它们都属于过去的历史，是哥伦比亚不同历史阶段的重大事件，是在作家出生之前发生的，也都包裹着一层传说和谎言的迷雾，但从意识形态的性质来看，它们的作用和影响属于当代，是当代的社会生活迫切需要做出解释的课题。保守党和自由党的斗争，联邦主义和游击队问题，仍是今日哥伦比亚（包括大部分南美国家）社会思想和政治结构中的基本成分。如果小说略去这两个内容，那么它作为"社会小说"的支撑是非常薄弱的。正如巴尔加斯·略萨所说的那样，加西亚·马尔克斯把这些事件公开写入小说，使习惯于隐喻和迷宫的现代派小说创作进入到一个尖锐的、富于政治色彩的视野。

　　这确实是《百年孤独》创作上的一个引人注目的特点。另一个方面也要看到，尽管小说对这些政治事件的描述比我们通常所评论的还要翔实一些，而且也并非总是脱离史料进行自由想象的产物，但是由于这部作品创作形式的独特，它对于内战和罢工的处理是简化的，也就是说主要是以插曲的形式进行创作。如果我们以传统现实主义的创作要求来衡量，它对这两个题材的内容都还缺乏细致的承诺。按常理讲，一部中译不足 400 页的长篇小说，恐怕只能够符合其中一个题材的写作要求，更不必说除了内战和罢工之外它还有其他的许多内容，这就在结构上限制了两个重大题材的展开。

　　以香蕉园的故事为例，这个事件的实际规模是要大得多而且背景也十分复杂，支持罢工运动的有种植园主、商人和其他许多非工人阶层的成员，这些在小说中都没有得到反映。另外很重要的一点是，"社会主义革

---

　　① Stephen Minta, Gabriel Garcia Marquez: Writer of Colombia, London: Jonathan Cape, 1987, pp. 170—172.

命党"（PSR）的介入也赋予这个事件以革命色彩，当时从莫斯科归来的党的积极分子最后取得了罢工的领导权，他们原先计划在 1929 年起事，保守党政府对罢工的过激反应显然包含着对这个共产国际支部的恐惧。它是一场全国性的政治运动，而不是像小说描写的那样只是外省的一个事变。博萨达—卡沃在文章中指出："1928 年的罢工不是简单的行业内部的纠纷。"① 除了酝酿中的"共产党起义"，还有"自由党的反叛"，这些都是政府十分恐惧的因素。博萨达—卡沃的论文以及达索·萨尔迪瓦尔的评传提供了这个方面比较详细的研究。

应该说，对某个社会性题材展开写实意义上的细致挖掘，这个不是《百年孤独》的出发点。我们在阐述"承诺文学"和《恶时辰》的章节中已经探讨过这个现象，作家关注的并不是某个特定题材的现实意义，至少这不是他的创作所要表现的主体，因此，哪怕是以小人物的感受出发来传达社会政治的含义，他也不可能做到像 V.S. 奈保尔的《大河湾》等"非洲小说"那样，将某个特定的政治事件作为小说叙述的框架。在小说中，何塞·阿卡迪奥第二塑造得其实不像是一个工会领导人，他也不具备小人物的视角。这个人物无非是"古怪家族"的链条上影射外部世界的又一个环节而已。

插曲式叙事成了加西亚·马尔克斯表现"政治现实"的方式，这个方面他的确没有走得太远。也就是说，他并没有远离在《枯枝败叶》、《恶时辰》等前期创作中形成的那种个性，尽管《百年孤独》对于两种"政治现实"的描绘是前面的作品所没有的。从文化和哲学的角度来剖析这种创作个性，会得出一系列不同的结论。例如，杰拉德·马丁认为，《百年孤独》是"一个社会主义者……对拉丁美洲历史的解读"；香蕉园罢工的惨案"显然是历史性的事件"②。这个观点在古斯塔沃·阿尔法罗和鲁西拉·伊内斯·梅纳那里说得更绝对，他们认为"香蕉园的描写忠实地反映了历史

---

① Eduardo Posada—Carbo: Fiction as History: The Bananeras and Gabriel Garcia Marquez's One Hundred Years of Solitude. Cambridge: Cambridge University Press, 1998, Journal of Latin American Studies, Vol. 30, No. 2, p. 407.

② Gerald Martin: Journeys through the Labyrinth, Latin American Fiction in the Twentieth Century, London and New York, 1989, pp. 227, 229.

事实"①，而在达里奥·加拉米罗·阿盖德拉的笔下则演变为历史主义的畸变而有趣的产物："拉丁美洲'真实'的历史为虚构所拯救。"② 贝尔—维亚达和达索·萨尔迪瓦尔的看法比较接近，认为"加西亚·马尔克斯一丝不苟地传达这个地区的历史和民俗的背后，是一种对于现实本身的更大的忠实"③，这是从加勒比混合文化的影响和价值限定来看待作家的创作个性。

实际上我们可以发现，香蕉园的故事并没有以常规的方式创造任何一个与流血事件有关的人物，无论是自由党议员、政府代表、军人还是底层工人。从社会写实的角度讲，这是非常有局限的。和《枯枝败叶》一样，工人和群众性代表仍是缺席于虚构的舞台。用作者自己的话说，他虚构了填满火车车皮所需的大量尸体。其余部分则主要采用漫画式的反讽和抨击。那么，小说的叙事究竟是在何种意义上忠实地反映了历史的真实？斯蒂芬·闵达、贝尔—维亚达等人的观点之所以遭到攻讦，④ 其要害也在于此，因为我们不能将一种并不存在的特点附加于具体的创作之中。加西亚·马尔克斯的创作当然是"深深根植于美洲第三世界的真实历史之中"，他对流血事件的描述也绝非捏造事实，马孔多大屠杀的本质始终是与对这段历史的遗忘和粉饰结合在一起来表现的，但是从表现的形式上看，作者恰恰是放弃了传统或常规意义上所谓的"忠实反映"的模式，代之以一种"结构上的破坏"和意识形态的批评性解释，十分直率地表达了他对"传统现实"的怀疑。

在与巴尔加斯·略萨的一次谈话中他说：

---

① See Eduardo Posada—Carbo: Fiction as History: The Bananeras and Gabriel Garcia Marquez's One Hundred Years of Solitude. Cambridge: Cambridge University Press, 1998, Journal of Latin American Studies, Vol. 30, No. 2, p. 398.

② Dario Jaramillo Agudelo: 'Su mejor novela', Cambio 16, 13 January 1997.

③ Gene H. Bell—Villada: Garcia Marquez, the Man and His Work, Chapel Hill and London, 1990, p. 107.

④ Eduardo Posada—Carbo: Fiction as History: The Bananeras and Gabriel Garcia Marquez's One Hundred Years of Solitude. Cambridge: Cambridge University Press, 1998, Journal of Latin American Studies, Vol. 30, No. 2, pp. 397, 400.

我认为文学，特别是小说肯定有一种职能。现在我不知道这样说是有幸还是不幸，我认为这种职能是一种破坏性的职能。……我不知道有哪种优秀文学作品是用来赞颂已经确立的价值的。在优秀文学作品里我发现总有一种摧毁已被确立的、被强加的东西和促进建立新的生活方式和新的社会制度的趋势。总之，是改善人们生活的趋势。①

如此说来，题材的政治属性只是价值的一个方面，如何将历史的材料变成文学也"只是一个纯粹的技术问题"②，对于这位作家来说，小说的内容唯有与美学和意识形态上的破坏力协调起来的时候，它的价值和激进的立场才能达到一个预期的层次。换言之，"他关心的是艺术的毁灭和破坏的作用"③。

如何定义加西亚·马尔克斯作品中的叛逆性情绪及其意识形态的"愤懑"？这个问题涉及对他的创作思想和意识形态立场的理解，一直以来都有各种不同的解释或争议。我们认为，现代主义的反叛思想和怀疑精神是理解这个问题的关键。确实，小说写了大罢工，也写到了对香蕉工人的同情，其中马克思主义的观念和影响也是显而易见的。用作者的话说，破坏是为了"促进建立新的生活方式和新的社会制度的趋势"。如果说这样的言谈和创作中透露出了工团主义或社会主义的论调，那么需要指出的是，这也是接近于存在主义者所能理解的一种社会主义，强调个体的责任和介入，在个体反抗的基础上寻求乌托邦式的团结和联盟。小说发出的声音是一个对存在的压抑、官方的谎言和社会的一切陈规陋习的平庸表示不满的声音，并且祈望以言辞的批判性力量摧毁和否定现实。

这倒不是说，《百年孤独》是根据存在主义观念进行创作的一部小说，是对这种哲学观念的一个诠释。但是我们知道，这种意识形态的出发点既不属于马克思主义，其实也不属于加勒比地区的普通群众。它主要还是为

---

① 林一安编：《加西亚·马尔克斯研究》，云南人民出版社1993年版，第154页。

② 同上书，第167页。

③ 同上书，第315页。

了突现作者"限制意识形态语言所采取的积极步骤","从激进的叛逆观点出发，对这一真实的历史事件作出解释性的分析"①。如果一定要在哲学和文化思潮上给它一个归属，那么它也只能是属于左派存在主义的意识形态，政治上能够相信和接受社会主义观念，意识到个体的反抗和孤独，而且归根结底是从"存在论"的角度来看待历史和现实。或许这就是为什么《百年孤独》在许多环节上没有展开更为客观和写实的描写，它始终要突现内心与整个外部存在的冲突、不协调，尤其是在涉及政治事件的描述时这个特点愈加突出。

从"波哥大小说"超历史的讽喻到《枯枝败叶》意识形态"内外二重性的区分"，再到《百年孤独》意识形态的批评性解释，作家将一种存在主义和无政府主义影响下的现代反叛情绪与他对美洲政治历史的深刻理解密切结合起来，从而展示出对自身历史和"政治现实"的种种批判。因此，小说采用插曲式叙事不能看作是能力和结构上的限制，它主要还是服从于意识形态批判性的限制，显示为主体与社会存在之间的一种分离的意识，这才是作家真实的思想状况，而他所强调的"孤独的反义词是团结"的主张则是这个思想中辩证发展的部分，含有检讨和弥补的意图。

在采访墨西哥萨帕塔民族解放军副司令马科斯时，作家提交的"一份萨帕塔人的书目"中不忘提到"存在主义和萨特的影响"②，并将《堂·吉诃德》、存在主义和共产主义放在一起来提问，这似乎也不是偶然的。克尔凯郭尔、陀思妥耶夫斯基以及萨特的存在主义对作家的影响，以往的研究中几乎很少涉及，我们在第二个章节中分析《枯枝败叶》时谈到过一些。如果要定义加西亚·马尔克斯作品中的叛逆性情绪及其意识形态的"愤懑"，这一点似乎是不能不提及的。

在《番石榴飘香》等创作谈中，欧美现代主义思想和哲学上的影响几乎都没有触及，好像这是完全无关的一个话题，作家只限于从本体的角度

①　林一安编：《加西亚·马尔克斯研究》，云南人民出版社1993年版，第320—321页。
②　戴锦华、刘健芝主编：《蒙面骑士：墨西哥副司令马科斯文集》，世纪出版集团/上海人民出版社2006年版，第381页。

谈论小说的观念和创作，某种程度上这也影响了读者对这位作家的认识。加西亚·马尔克斯刻意将自己塑造成一个小说工匠的角色，习惯于从技巧和审美的立场谈论问题，正如后期的福克纳将自己塑造为不修边幅的乡巴佬，与自己作品中沉醉的思想保持一段距离。《圣殿》中的黑帮分子和女大学生带有存在论的基调，就像奥雷良诺·布恩蒂亚上校的"深蕴心理"是现代主义精神影响的产物。《百年孤独》最后四个章节对马孔多颓败的描述显然具有福克纳小说的浓烈情调。① 我们把这两位作家放在一起比较，可以看到一个共同的哲学背景。

贝尔—维亚达对这个问题也有论述，在谈到作家所强调的"孤独的反义词是团结"这个主旨时他补充说："与此同时人们也应该注意到，加西亚·马尔克斯是在那样一个时代里成长起来的，那就是存在主义有关孤独的种种观念在受过教育的人当中蔚然成风。"②

因此，当我们谈到存在主义的影响，也是将其看作一个思潮和文化的潜移默化的作用，较之于"理论上已经得不到信任"的工团主义思想及其对底层人民集体觉悟的幻想，实际上这个理论对作家的创作影响更大，也更加的深刻和持久一些。

第三节 "古怪家族"的形象及其精神分析

一

《百年孤独》描写马孔多小镇的变迁，其主要的表现对象是一个家族的秘史，确切地说，是发生在"宅院"内传宗接代的家族生活的历史。我们知道，"宅院"也是《枯枝败叶》的神话学场所和地形。从这一点上讲，

① Gene H. Bell—Villada: Garcia Marquez, the Man and His Work, Chapel Hill and London, 1990, p. 105.

② Ibid. , p. 117.

两部小说表现的规模不可相提并论，这个表现的模式则是大抵相仿的。马孔多的地名几乎就是等同于布恩蒂亚家族的大宅院，后者是小说中绝大多数人物活动的舞台。

迈克尔·伍德惊异于"某些故事似乎结束得太快"，例如，第六章讲述奥雷良诺·布恩蒂亚上校南征北战的故事，"我们期盼的是激动人心的编年体叙事，得到的却是一份实实在在的、直露的统计表"①，诸如"奥雷良诺·布恩地亚上校发动过 32 次武装起义，32 次都失败了。他跟 17 个女人生了 17 个儿子，但一夜间，一个接一个地被杀掉，最大的当时还不到 35 岁。他躲过了 14 次暗杀、73 次埋伏和一次行刑队的枪决"② 云云，都是"出人意料"的概括性交代。这一点也正好用来说明小说对宅院以外的叙述其实是着墨不多的。奥雷良诺·布恩蒂亚上校这个人物更多是透过亲属的眼光得以存在。全书 20 个章节的描写，几乎很少离开马孔多宅院的范围。

小说以一个家族七代人的命运来表现拉美近代社会的演变；其"历史的周期性循环重现和原始模样的神秘气氛"③，主要还是附着于宅院生活的前景透视来不断地加以展现的。也就是说，非理性的神话成分及其普遍性意义的融合与加入，其真正的表现基础既不是神话的原型和释义，也不是社会历史所提供的宏大场景的陪衬，而是一种始终能够显示其"日常真实性的狭小限度"④ 的勾勒，通过对家族日常生活的连贯性的关注和表现，得以在作品的内部创造一个更加私密和统一的意识结构。因此帕科·卡米诺所谓的"古怪的家族故事"才是这部小说"丰富多彩的主题和风格背景"中形成联结的一个中心。

根据阿瑞尔·多夫曼的概括，有两个事件几乎可称之为是结构性的，

---

① Michael Wood：G. Marquez：One Hundred Years of Solitude. London：Cambridge University Press，1990，p. 70.

② [哥]加西亚·马尔克斯：《百年孤独》，上海译文出版社 1989 年版，第 94 页。

③ 林一安编：《加西亚·马尔克斯研究》，云南人民出版社 1993 年版，第 440 页。

④ 同上。

它们贯穿于马孔多的这个家族。其一便是那个可能降临、最终确实是兑现的恐惧。书中的人物事先就被告知，像何塞·阿卡迪奥和乌苏拉这样的亲戚如果结婚，他们会生下长着猪尾巴的孩子。然后，正是乌苏拉不同意和她丈夫同房才导致了第二个可怕的事件：何塞·阿卡迪奥受到朋友普罗登肖·阿基拉尔的嘲笑，触犯了他的男子气概，使得他决意采取行动来捍卫自己的荣誉，于是他杀死了朋友并且强奸了妻子。由于普罗登肖·阿基拉尔的鬼魂一直纠缠着他，何塞·阿卡迪奥便决定出发去寻找一个新的村庄，希望在那儿性行为不至于会导致死亡。于是我们看到，既然马孔多是诞生于乱伦和杀害兄弟姐妹罪（fratricide）的双重罪孽之中，最终要避开这两者也是不可能的。每一代人中，战争捣毁土地、制造混乱和分裂，而每一代布恩蒂亚人总是上演大致相同的一幕，儿子渴望母亲，侄子爱上姑妈，兄弟娶了姊妹，等等。暴力是在大屠杀中达到高潮，哥伦比亚的军人杀害哥伦比亚的工人；乱伦则是在最后一代布恩蒂亚人中达到高潮，家族的最后一个女人阿玛兰塔·乌苏拉和家族的最后一个男性奥雷良诺，他们生下的孩子长着一条猪尾巴并且被蚂蚁所吞噬。①

与作者表达历史眼光的那种严肃深沉相比，这个被乱伦的恐惧和预言所支配的家族故事则是显示了某种程度的非理性，使得它的整体构思具有一种异想天开的、玩笑的荒唐性质。无论它的构思是否部分地出自于对《圣经》或其他预言书的戏仿，各种带有神意惩罚的灾祸介入到一个庞大的家族之中，这一点从小说的开篇就给了我们阅读神话或寓言故事的印象。例如，马孔多的集体失眠症，在乔·拉·麦克默里看来，"第三章中关于失眠症的描写是小说中最使人迷惑不解的事件之一"。② 对此我们可以做出各种不同的解释，将失眠和失忆症的时疫流行看作是"人类从原始的史前社会过渡到人类能意识到自己过去历史的社会这一创伤性转变"③的暗示，或者是把它看作人类依赖语言捕捉事物幻影的一种讽喻性描写，

---

① Ariel Dorfman: Someone Writes to the Future. Duke University Press, 1991, p. 23.

② 林一安编：《加西亚·马尔克斯研究》，云南人民出版社 1993 年版，第 440 页。

③ 同上。

或者视为集体遗忘症在马孔多今后的政治生活中的一个预示，等等。但是为什么要在雷蓓卡到来后发生这件事，并没有确定的一个原因。类似于迷信和隐喻性的描写代替了因果关系的交代。随着书中人物雷蓓卡的到来而发生的这个事件，它和其他的许多事件一样，其神谕式的暗示确实是超越了普通的因果关系的交代，使得相关的叙事蒙上一层令人迷惑不解的色彩，类似的环节在这部小说中比比皆是。然而另一个方面我们可以感觉到，以某种隐喻的方式浓缩叙事也给这部小说的创作带来了前所未有的自由。

可以这么说，寓言的或者说是"仿史诗"的性质与家族私生活的历史结合起来，大致形成了两个结果，同时也反映了作者在整体构想上的创造性。

其一是它打破了家族生活的单一叙事，从故事的来龙去脉的交代、情节演进的动机等方面完全抛开了传统模式的束缚，使得它的视点不再机械地（如果可以这么说的话）局限于事件通常的因果关系的追踪分析之中。作者固然是为了表现日常生活的悲喜剧，但是由于对悲喜剧的认识不同，因此他对如何来表现日常生活事件的动机和方式也有不同的考虑。卡夫卡的《变形记》可以看作是这类叙事融合寓言和日常真实的一个先例。我们知道，《枯枝败叶》和《百年孤独》都是脱胎于作者那部永远是未完成的大部头《家》，创作表现的材料早就已经有了，但是传统的单一叙事的方式显然不能满足作家的要求。[①] 我们或许是可以从这个角度解释有关《家》的早期创作中那谜一般的困难。

其二是借助于这个神话主义手法的介入，作者得以大胆地创造出他一整套人物的谱系。这也是《百年孤独》处理上非常与众不同的一点，接下来我们就要讲到。作者对于传统家族小说的改造，在人物塑造这个环节上体现出来，它显得如此自由，异想天开，同时也不可避免地流露出某种类型化的、理念性的痕迹。

关于第一点，贝尔—维亚达的论著中有过一个很好的总结。他认为

---

① ［哥］达索·萨尔迪瓦尔：《回归本源》，外国文学出版社 2001 年版，第 205—207 页。

《百年孤独》的写作即便置之于拉丁美洲小说当中也是非常独特的，其独特性在于它将"私密"的和"公共"的关注成功地统一起来。前者包括家庭生活、性的欲望、罗曼蒂克的爱情，等等，后者涉及移民、造反、战争、典仪、罢工和压迫，等等。尽管它有异想天开的夸张，有自然和政治的各种灾祸（也都是定了型的拉美经验），《百年孤独》的叙事中心却始终落在布恩蒂亚家族的日常活动及其每况愈下的记述，是一种忠实的、令人信服的记述。也就是说，我们读到的多半是可以预料的事迹，诸如每日的家务、婚姻关系、抚养后代、儿童游戏、兄弟姐妹的差异，等等，凡此种种也皆是由一个聪慧的、全知的叙事者做出一丝不苟的精心报道。[1]

换个角度也可以说，除了"私密"的与"公共"的关注得到统一的表现，梦幻与现实、理性和非理性的统一也为家族生活的叙述带来了极为丰富的动机，正如我们已经看到的那样，它们存在于人物精神不同的界域之中，并且能够自由地移动出入。小说已经成功地打破传统叙事的呆板模式，将看似对立的范畴统一在家族生活的日常描绘之中。

第二点是关于人物形象的塑造，它的巴洛克式的绚丽怪诞的形象谱系是小说引起惊异的一个地方。从布恩蒂亚家族成员的组成来看，它的特点就是夸张。这种夸张的组合达到了几近于饱和的程度，这也是传统家族小说不敢设想的。迈克尔·伍德曾经总结说："毫无疑问，布恩蒂亚家族是由一群怪物组成的家族。可他们是一群极具魅力的怪物，我们不能装作自己感觉不到而否认他们的这种魅力，作家本人想必也是感觉到了。"[2]

换一种方式不妨可以说，这是一个由"神话化诗艺"与精神的想象力组织起来的家族，充斥着各种"巨型"与"异类"的人物：国王（布恩蒂亚）、将军（奥雷良诺·布恩蒂亚上校）、独裁者（阿卡迪奥）、女族长（乌苏拉）、圣女（雷梅苔丝）、老处女（阿玛兰塔）、环游地球的浪子（何塞·阿卡迪奥）、寡妇和性欲狂（雷蓓卡）、挥霍无度的通奸者（奥雷良诺

---

① Gene H. Bell—Villada: Garcia Marquez, the Man and His Work, Chapel Hill and London, 1990, p. 98.

② Michael Wood: G. Marquez: One Hundred Years of Solitude. London: Cambridge University Press, 1990, p. 36.

第二)、工会领袖（阿卡迪奥第二)、书呆子和玄学家（奥雷良诺·巴比洛尼亚)，等等。人物看似没有顾忌的集成与组合的创造确实显得怪诞奇异。一个既非贵族亦非平民的南美外省家庭，充满了我们在文学作品和传记读物中才能接触到的不同类型的人物，而且绝大多数都是性格十分古怪，富于现代人的焦虑感和想象力。他们的这种组合既是自由、异想天开的，也是理念、类型化的，在实际生活中很难找到相应的实例，然而，这些人物组成了马孔多这个虚构大家族。

本小节讨论作品中的人物形象，首先从以上的论述中接触到它的这个不同一般的特色。同样是写"宅院"里的大家族，我们看到《枯枝败叶》的人物也是从物质环境的限制中进行某种程度的抽离，诸如老人、母亲、孩子的孤独感的描绘等等，表现内心和理念的更为纯粹的现实，但是这种概括说到底还是比较拘谨和老实的，并没有给人以超出常规的印象。《百年孤独》在家族人物类型的构造上完全打破了现实主义或自然主义的法则限制，亦即反映生活实际状况的真实性和客观性的常识限制；它从现代主义一贯主张的创造性地描绘人物精神状态的原则出发，以几近于天真、狂想的激情来塑造长篇小说的人物谱系，使得家族生活的描写与神话和"仿史诗"的创作动机结合起来。可以说，这种不同范畴的对立融合的要求在人物谱系的设计中就已经预先确定下来了，而且清楚明白地让我们看到作者并没有按照传统写实小说的规则行事。

二

有两个看似较为次要的问题值得一提。一是迈克尔·伍德所说的"怪物"（他的文章里是用了 monster 这个词[①])，除了用来形容多数人物的怪诞、超常、难以理解甚至是不可理喻之外，是否也可通过我们的理解稍加引申，将这个家族里的人物形象看作是某种程度的精神失常？二是我们按照小说的传统观念感到较难确定的一点是，谁是这部长篇小说的主人公？

---

① Michael Wood: G. Marquez: One Hundred Years of Solitude. London: Cambridge University Press, 1990, p. 36.

在家族 100 多年的历史上，中心人物显然不止一个。倒不是说作品的人物众多才产生了这个问题（《红楼梦》的人物比它的要多得多），而是主人公确实难以确定。

根据博尔赫斯睿智的逻辑，这两个问题正好是互为因果关系。在一篇自述中他谈到早期与阿道夫·比奥伊·卡萨雷斯合作的小说《文学故事》，他评论说：

> ……《文学故事》写的是想象中的现代古怪艺术家——建筑师、雕刻家、诗人、小说家、女裁缝，是以一个虔诚的现代批评家的笔调写的。但是无论作者还是他笔下的人物，全都是精神失常的人。所以很难确定究竟谁是主要人物。这本书是献给这三位被忘记的伟人的：毕加索、乔伊斯和科西巴尔。风格本身就是一种戏谑。①

博尔赫斯戏谑的谈吐同样可以针对《百年孤独》这本书。这两个问题在以往的研究中确实也是很少触及。单是以第二个问题来说，主人公的归属尽管显得比较次要，但也牵涉到对这部小说创作特色的一种理解。我们通常会将奥雷良诺·布恩蒂亚上校看作是小说的主角，作者本人也是这么看的，但是上校在后半部中消失了，第 13 章结束之后不再发挥作用，实际上是奥雷良诺第二在后 11 章中所占的比例更大一些，他是新出现的中心人物。按照这个逻辑来理解，小说还可以拥有更多的主角，诸如家族的第一个人、家族的最后一个奥雷良诺，等等。实际上我们是在根据前面谈到过的贝尔—维亚达和乔·拉·麦克默里的章节划分，从马孔多历史的每一个阶段中找出一个主角，他们分别是族长布恩蒂亚，奥雷良诺·布恩蒂亚上校，双胞胎的奥雷良诺第二以及家族的最后一个奥雷良诺。这里我们显然还遗漏了小说中的女性角色，她们也存在着一个系列。要是忽略了像乌苏拉和阿玛兰塔这些角色所发挥的作用，那无论如何也是不完整的。

认为小说有四个或四个以上的主角，可能比较接近于作品所提供的实

---

① 《博尔赫斯文集·文论自述卷》，海南国际新闻出版中心 1996 年版，第 136 页。

际面貌，但是我们知道这种说法是荒唐而无意义的，它会使"主角"这个词丧失固有的定义。可以肯定的一点是，《百年孤独》相当独特的创作形制在主人公归属的问题上是有所反映的，尽管我们将奥雷良诺·布恩蒂亚上校视为全书的主人公，这一点不会引起什么争议，但是，必须看到主人公的归属问题在相关的讨论中仍可招致传统规范的质疑，就像我们刚才所做的那样。

有关小说人物形象的处理，它那种独特的创作形制和自我系统的规划，从总体上看还是有着一套可供分析的逻辑。贝尔—维亚达的论文《〈百年孤独〉的人名及叙述模式》，绕过我们对主角问题的纠诘，从作品庞大的人名系统和叙述模式来研究人物形象，得出了一系列观点鲜明的结论。按照他的分析，加西亚·马尔克斯通过人名的重复在小说中设计了一个自我规范的系统，从而避免了有关主要人物和次要人物的安排协调的问题。这个解决问题的手段独特而有效，我们必须从作品本身提供的内部秩序来加以认识，如此才能看到问题的关键。《百年孤独》大量使用重复的人名来编织故事，这一点较之于主人公归属的问题似乎更值得我们研究和探讨。

贝尔—维亚达概括说："有五个人物取名'何塞·阿卡迪奥'（包括那个乖僻、短命的阿卡迪奥）。有三位重要人物都被冠以'奥雷良诺'的名字——这一组人中以后加上了最后一位奥雷良诺·何塞，上校的 17 个私生子，以及被蚂蚁吞食了的新生婴儿奥雷良诺。有三位妇女以'雷梅苔丝'命名（雷梅苔丝·莫科特，俏姑娘雷梅苔丝和雷纳塔·雷梅苔丝'梅梅'）。布恩蒂亚家族的最后一位女性——超摩登的、欧化的时髦人物阿玛兰塔·乌苏拉——继承了两位最有影响的妇女先辈的名字。"[①]

我们前面的论述中已经指出，人名的重复不像是作者宣称的那样只是拉美本土文化中习以为常的特点，而是一种戏谑的创造性行为的表现。贝尔—维亚达的研究也是受到小说提供的观点的启发，在此基础上给家族庞大的男性世界进行归类。他的观点是来自于原著第 10 章中的评论，叙述

---

① 林一安编：《加西亚·马尔克斯研究》，云南人民出版社 1993 年版，第 329页。

者借助乌苏拉的一段话给重复的人名清理出线索：

> 在家族漫长的历史上，这名字的一次又一次重复使她得出了她认为是无可争辩的结论：奥雷良诺们都离群索居，却头脑出众；而霍塞·阿卡迪奥们则感情冲动而有闯荡精神，但都打上了悲剧的印记。[①]

两兄弟性格类别的区分是否受到《圣经》的影响，这一点似乎还没有人提出来讨论过，作家本人也未曾做出解释。我们套用维特根斯坦"家族的相似性"[②] 的概念来说，《旧约·创世纪》对双胞胎的描写应该是这种性格类别区分的古老的渊源，雅各和以扫的不同性格特点在小说的两弟兄身上存在着颇为鲜明的"家族的相似性"，这是小说"仿史诗"写作的又一个事例。此外，他们也容易让人联想起《卡拉马佐夫兄弟》中的伊凡和德米特里两兄弟。

在贝尔一维亚达看来，"名字的重复不可避免地淡化所有有关人物的个性，而突出了家族的、集体的气质。这种气质主宰和全面塑造了一个特殊的何塞·阿卡迪奥或奥雷良诺。……布恩蒂亚人的行为举止受几乎从未怀疑过的过去力量所支配，他们被系统地纳入了他们先辈同名人物所建立的模式轨迹"。[③]

按照这个分析和看待问题的方式，小说处理人物形象的特殊手法也就显得一清二楚了，我们似乎没有必要从主人公的归属问题中再去争论小说可能存在的结构矛盾。由中心人物的归属带来的结构重心的问题是欧式长篇小说叙事学中的根本问题，但是加西亚·马尔克斯通过人名的重复建立了一个循环叙述的模式，不仅区分了形象的性格特征，而且由此形成对立的系列。它有自己的繁衍和构成的脉络。一个能够说明问题的最为恰当的

---

① ［哥］加西亚·马尔克斯：《百年孤独》，上海译文出版社 1989 年版，第 171 页。

② ［奥］维特根斯坦：《文化与价值》，浙江文艺出版社 2002 年版，第 29 页。

③ 林一安编：《加西亚·马尔克斯研究》，云南人民出版社 1993 年版，第 340 页。

例子是，按照贝尔—维亚达的归纳，部族的创始人何塞·阿卡迪奥·布恩蒂亚具有何塞·阿卡迪奥们和奥雷良诺们的双重特征。"在何塞·阿卡迪奥·布恩蒂亚身上，这两种截然不同的个性得到了充分的展现——如果不是真正协调存在的话，至少也是同时并存。而在创始人的子孙身上，那些对立的成分——本能/理智，冲动/深思熟虑，性欲/文明——则分裂成分离的实体，从不重现在同一个人身上。"①

我们或许会说，批评家对这个模式的发现应该是一种本质性的发现，它帮助我们看到了表现家族纷繁的人物谱系和重复人名背后的规律，它的特殊的编织方法。然而，这也是一个乏味的发现，因为它的分析和归纳会给小说的阅读带来某种教条化的倾向。这些不同的系列的特征和逻辑对立贯穿于整个故事中，经过有效的揭示之后可能会丧失它可贵的神秘感。

问题在于，作者确实是根据这个模式来创造的。在写作此书的过程中，作者不仅绘制了布恩蒂亚家族的世系图，还找到了辨识其家族特征的"一个简单的做法：延续其香火的叫何塞·阿卡迪奥的那些成员，不是叫奥雷利亚诺·布恩迪亚的成员"。② 这个模式经过分析之后似乎显得有些简单，在叙事学上可能也不具有普适性，对它进行推广运用无疑会显得愚蠢而多余，但是，借助于模式的分析至少能够使我们看到，《百年孤独》的作者如何在"仿史诗"的寓言与家族故事的结合中寻找自我规范的手段。重复的人名使用不仅从遗传学上"突出了家族的、集体的气质"，以此来"表现家族存在的基本和普遍的主题"③，而且通过其形象的基调及其一系列变奏的演绎，最终能够将这个精神失常的"古怪家族"纳入到常规理解的领域。

复数的人名系列显然使得单个的自我拥有了可以规约的标记，从而变得更易辨识，无论从创作的方面看还是从解读的方面看都是如此。贝尔—

---

① 林一安编：《加西亚·马尔克斯研究》，云南人民出版社 1993 年版，第 335 页。

② ［哥］加西亚·马尔克斯：《两百年的孤独》，云南人民出版社 1997 年版，第 52 页。

③ 林一安编：《加西亚·马尔克斯研究》，云南人民出版社 1993 年版，第 341 页。

维亚达概括说，所有的何塞·阿卡迪奥们都屈从于肉欲的诱惑，他们是十足的享乐主义者，是食物和情色的饕餮之徒，游荡在由本能所支配的活动领域，因此也都不同程度地为女人所控制，这个系列的人物尽管生性大胆却对政治不感兴趣；所有的奥雷良诺们都是胆怯、稳重、富有理性，其最突出的特征是头脑清醒、工于心计，他们生来就善于思考，具有从事宏大事业的毅力和智谋才略，能够做出寻常的勇气难以应对的事情；所有叫雷梅苔丝的妇女都是幼稚、无知、不成熟；所有的乌苏拉都是精力充沛，有见识的能干妇女。……贝尔—维亚达的论文对这几种系列的性格特征做出了细致而有说服力的总结，他在文章中还进一步指出，这两组妇女中的后一组与男性人物中的奥雷良诺一组相吻合；反之，雷梅苔丝一组其精神和功能则更接近何塞·阿卡迪奥们。[①]

唯一的例外要算是双胞胎兄弟，他们的性格与名字的系列不相符，名字叫奥雷良诺第二的人整日狂饮暴食，与女人私通，而叫何塞·阿卡迪奥第二的反倒成了工会领导人，但是我们知道这是因为作者在叙述中开了一个玩笑，将这两个人物的身份颠倒了过来，双胞胎兄弟最后在下葬时又被作者戏谑的叙述纠正了身份，也就是说，这里面不存在例外。

"如果说《百年孤独》中有什么正面的英雄形象，有什么重大的人物不带幽默和讥讽而是用尊敬而畏惧的笔调加以描述的话，那便是乌苏拉·伊瓜朗·德·布恩蒂亚。她不知疲倦的能力和过人的胆识使家族保持不衰。"[②] 这个人物除了神话般的长寿使她具有某种怪诞的色彩外，她几乎就是家族中唯一精神正常的重要人物。她的那位发疯的丈夫，马孔多的族长，身上兼有奥雷良诺们和何塞·阿卡迪奥们双重的性格特征，实质就是将两种疯狂的特质分别遗传给了他们的子孙。性欲和智力上的趋于极端就像是连接的藤蔓根须将庞大家族的成员裹绕，成为怪诞的、悲剧性的一体。单个说来，两个男性系列中的人物最终都是不可理喻的，用迈克尔·伍德的话说就是日常生活中的"怪物"，所谓类型化的对立区分也不能让

---

① 林一安编：《加西亚·马尔克斯研究》，云南人民出版社 1993 年版，第 331—337 页。

② 同上书，第 337 页。

我们无视这一个共同点。在情欲中迷失和在思虑中迷失，本质上并没有什么区别，他们是自我的存在和发育受到严重障碍的畸形儿，就像他们国家历史的发展由于自我理解的障碍而显得古怪畸形一样。这些以重复人名加以组合的家族成员实质都是分散的，孤独的，畸零固执而自我封闭。这一点是我们在做这个模式的分析时必须考虑到的。乌苏拉是这些人中保持镇静的一股力量，是常识和理智的化身。然而作为家族的守护神，她不屈不挠的努力也不能将一个迷失的世界扭转过来。

路易斯·哈斯（Luis Harss）早就已经指出，布恩蒂亚家族的男性人物"随心所欲，反复无常，是一帮空想家，总是为不可能的幻觉所蒙蔽，能够维持片刻的自高自大，但是从根本上讲，他们是懦弱而不稳定的人"；另一方面，妇女"通常是坚毅、理智、缺少变化并且脚踏实地，她们是秩序和稳定的表率"。[1] 作家本人也赞同哈斯的这个观点。

对家族形象进行模式化分析，使我们较清楚地了解到构成其男性世界的法则，一种系统的精神分析的手段帮助作家建立起类似于遗传学的图表，由家族的第一个人开始确定其性格的密码，然后自上而下地进行自我复制，这中间当然也包括一系列的分裂和变异。贝尔一维亚达和路易斯·哈斯的研究是想告诉我们，庞大的家族形象中有一个较为通俗而严密的叙述结构，不仅揭示了"家族存在的基本和普遍的主题"，也形成了这部小说的一个叙述模式，作者"以其明确而又巧妙的设计赋予众所周知并充满活力的叙述手法以新的生命"[2]。

三

加西亚·马尔克斯小说中的人物形象并不是一个容易分析和破解的课题。例如，前期的马孔多小说中，"教士和神甫是他的叙述所偏爱的一种

① Luis Harss：Gabriel Garcia Marquez, or the Lost Chord. New York：Harper & Row，1967，p. 327.

② 林一安编：《加西亚·马尔克斯研究》，云南人民出版社 1993 年版，第 341 页。

兴奋剂",包含着尖刻的笔调描绘出来的揽镜自照的自恋、自欺和胆怯愚蠢。用保罗·瓦莱里评论伏尔泰和司汤达的话来说,如果"不曾冒险深入到教士的内心,去寻找他也许能够找到的东西"①,作者是无法发现荒唐的行为中真正值得怜悯的东西。《周末后的一天》和《恶时辰》便是这方面的例子,这些小说的形象包含着一种内心的自我体验才能够触及的现实性。正如长篇小说《家长的没落》中的独裁者,我们普遍认为这个形象单调夸张,缺乏心理矿藏,殊不知创造这个人物的方法是与创造伊莎贝尔神甫、布恩蒂亚上校等人的方法如出一辙,其形象的心理基础是来源于某种自我的精神分析,含有浓厚的自传性成分。不能说这一点就是体现了加西亚·马尔克斯独特的风格,只不过他和许多现代主义作家一样,在这个方面显得尤为突出而已。

以奥雷良诺·布恩蒂亚上校这个人物为例,将他纳入到贝尔—维亚达的模式来分析,我们看到的是家族集体气质的一个类型,代表理智、深思熟虑、工于心计、富于才略,等等,这样看固然是不错的,但也只是这个模式的精神分析中较为通俗的一面,显然还不是形象的全部。另外,贝尔—维亚达的论文中没有讲到的一点是,在重复人名的两个不同系列中,名字叫做何塞·阿卡迪奥的人,描写都接近于卡通化,也比较容易做出类型化的概括,而名字叫做奥雷良诺的人,心理描写的深度能够达到悲剧性的要求,彼此的区别和特征也更加明显。我们自然可以说,这是由人物的性格特征决定的。用卡尔·荣格的心理学术语来讲,前者是"外向型"的人而后者是"内向型"的人,名字叫做奥雷良诺的系列人物更富于精神和性格上的复杂魅力,比较容易为作者的心理分析提供基础。

但是仔细观察不难发现,这个说法也未必是靠得住的。破译羊皮纸手稿的奥雷良诺·巴比洛尼亚,不会比酒色之徒奥雷良诺第二(实际上他是何塞·阿卡迪奥第二)在"性格"上更复杂,也不会在心理分析上更加多一点篇幅和分量了。实际上,这整部小说中作者写得最为着力的人物就是上校,这个形象的描写最富深度,悲剧的感染力也最强。除了通常所说的

---

① 〔法〕保罗·瓦莱里:《文艺杂谈》,百花文艺出版社2002年版,第140页。

性格和心理的描写之外，作者在人物的刻画当中还植入了一种我们称之为"内心现实"的东西，它是我们在模式化的分析中看不到的一个层面。某种意义上讲，这个层面的内容在《枯枝败叶》的大夫身上已经着力描绘过了。

上校是《百年孤独》也是"马孔多小说"，甚至是加西亚·马尔克斯整个创作中最为重要的人物。《枯枝败叶》间接提到的这个人物，身份是大战后期大西洋沿岸总监。大夫对上校敬佩得五体投地，十分感激对方的知遇之恩，还谈到他那位弱不禁风的小姐（结婚时还尿床的雷梅苔丝）和呆头呆脑的大儿子。《恶时辰》中有一行字匆匆提到上校的行踪："在最后一次内战期间，奥雷良诺·布恩蒂亚上校在前往马孔多谈判投降条款的途中，曾在这个平台上睡过一夜。"① 《没有人给他写信的上校》中主角的身份是总军需官，他是上校的财产管理员。他间接地提到上校生活的一个侧面："人们常常带着小姑娘去跟他交配。"② 此外，格兰德大妈的外祖母在1875年的那场内战中，曾以庄园厨房为战壕，单身与上校的一支巡逻队对阵。《星期二的午睡时刻》中的人物曾掏出一支"自从奥雷良诺·布恩蒂亚上校那会儿到如今还一直没人用过"③ 的老式左轮手枪。《一件事先张扬的凶杀案》中有一位主人公的父亲是将军，他的声望是来自于一场大难中对奥雷良诺·布恩蒂亚上校的成功营救。难怪作家把这个人物称为"一个永恒的东西"，在他的构思中"上校总有什么事情同某个人物或某个地方有关系"。④

像幽灵一样辗转于众多作品的奥雷良诺·布恩蒂亚上校，在《百年孤独》中终于得到了正面的描绘。从出生到死亡，生平每一个阶段的转折和变化几乎都写到了：儿时的预感，性的恐惧，短暂的婚姻，政治和军事生涯，晚年和死亡的场景，等等。其形象和身份最终定格于拉丁美洲土产的

①　《加西亚·马尔克斯中短篇小说集》，上海译文出版社1982年版，第373页。

②　同上书，第175页。

③　《上校无人来信——加西亚·马尔克斯小说集》，商务印书馆1985年版，第75页。

④　［哥］加西亚·马尔克斯：《两百年的孤独》，云南人民出版社1997年版，第45页。

"考迪略"（caudillo）①，一个大权在握的军事首领。某种意义上可以说，作者描写19世纪内战也是为了塑造上校这个传奇人物。迈克尔·伍德指出："上校是《百年孤独》中最复杂的、最使人难忘的人物，尽管不是最强有力的，也不是马孔多生活中最必需的人物。……他是严厉的，难以接近的，却是古怪地具有吸引力，而且似乎要引起他人不可遏制的欲望，要去简化他。这个'他人'包括许多的批评家，许多的读者，包括加西亚·马尔克斯本人以及上校的母亲乌苏拉。"②

例如，我们看到这样一段总结：上校"倒是个血气方刚的男子汉。他发动了32次武装起义……几十年的戎马生涯结束后他才恍然大悟：自由党和保守党原来是一丘之貉，都想夺取政权……此刻他绝望至极，只想一死。由于医生略施小计，他才幸免。此后他便解甲归田，闭门炼制小金鱼。充其量他不过是个勇敢的糊涂上校"。③

认为奥雷良诺·布恩蒂亚是个"血气方刚的糊涂上校"，毫无疑问，这种观点与作品的形象差距是比较大的。既然迈克尔·伍德认为作家本人的意见也是免不了要简化这个人物，那么作家本人又是怎么说的呢？他说："写《百年孤独》时有一段时间我想，奥雷利亚诺上校可以夺取政权……可以成为《家长的没落》里的独裁者。但是我完全打乱了作品的结构，它变成了另一回事。……我真正关心的是他出卖了战争，从……思想的角度讲，他出卖了战争。……由于奥雷利亚诺·布恩迪亚上校是个我憎恨的、我一直憎恨的人物，因为这个家伙要是愿意，他可以夺取政权，由于妄自尊大他才没有这样做……"④ 在另一个场合，作家说出了与福楼拜谈论包法利夫人相似的话语："……《百年孤独》中奥雷利亚诺·布恩迪

---

① Gene H. Bell－Villada：Garcia Marquez, the Man and His Work, Chapel Hill and London, 1990，p. 104.

② Michael Wood：G. Marquez：One Hundred Years of Solitude. London：Cambridge University Press, 1990，p. 91.

③ 朱景冬：《马尔克斯——魔幻现实主义巨擘》，长春出版社1995年版，第134—135页。

④ ［哥］加西亚·马尔克斯：《两百年的孤独》，云南人民出版社1997年版，第110—111页。

亚上校的权力，我完全是根据我自己的经历写的。"①

有关个人权力和"思想"上出卖了战争，这一点我们已经在前一个小节中谈到了。这里的引文中值得注意的是，作者完全是从自我体验的角度来谈论这个小说中的人物，而且是用一种爱恨交加的忏悔语气来表述内心的感受，这一点是耐人寻味的。这也使我们想起作者对《家长的没落》所作的评论："这是一本忏悔的书。也是一个作家的独白。他的孤独酷似文学中表现的孤独。"②

将军和独裁者，"考迪略"和"猩猩派"，他们与作家的自我等同起来，这是否算是加西亚·马尔克斯创作的一个引人注目的特色？普·阿·门多萨就曾对作家说："令人奇怪的是，你居然能够运用你个人的体验来描述一个独裁者的兴衰成败。任何一个精神分析家听到这里都会竖起耳朵……"③

一般说来，某个文学形象中包含创作者的自我体验，甚至包含浓厚的自传色彩，这并不是一个特别需要引起注意的现象。作家的自我体验成为塑造文学形象的重要来源，此类现象比比皆是，充其量是创作的一个常规手段，而且对于我们理解人物形象并无决定性的作用。就算知道了福楼拜是包法利夫人又能如何呢？再者，上校在这本书中也不是唯一的自传性角色。奥雷良诺·巴比洛尼亚的章节在这个方面表现得更加露骨，作家甚至将他的妻儿和密友的名字植入小说，造成一种随处可见的戏谑性的风格，这在某些研究者的著作中也都已经指出了。④ 因此，值得引起注意的并不是自传性的密码与虚构作品之间的关系，有关的考证所能揭示的那一点隐情——达索·萨尔迪瓦尔在这些环节上付出了巨大的努力，而是与这本书的创作风格密切相关的一个本质特征的揭露。

---

① ［哥］加西亚·马尔克斯：《两百年的孤独》，云南人民出版社 1997 年版，第131 页。

② 同上书，第 95—96 页。

③ ［哥］加西亚·马尔克斯、门多萨：《番石榴飘香》，生活·读书·新知三联书店 1987 年版，第 129 页。

④ Gene H. Bell—Villada: Garcia Marquez, the Man and His Work，Chapel Hill and London，1990，pp. 105，106.

《百年孤独》是一本极富幻想色彩的书，也是一个沉溺于自我的创作。如果说它对人物性格和心理的洞察在表现的幅度上还不能够与巴尔扎克、陀思妥耶夫斯基的作品相提并论，那么原因恐怕不仅仅在于所谓的"客观化"创作手段的欠缺影响了它的视野。现代主义作家原则上已经抛弃了这种手段，再把它当作一个准则来衡量多少显得有些隔膜，尽管我们意识到这确实是造成欠缺的一个根本性的因素。作家不无遗憾地同意奥斯卡·王尔德的一个观点，陀思妥耶夫斯基之后我们的笔下就只有形容词了。"陀思妥耶夫斯基之后，在对人类的本性分析方面，人们还能补充什么吗？"①这个时代有抱负的作家不得不在传统的压力下另辟蹊径，探索内心活动中那些尚未勘察的领域。《百年孤独》人物形象的心理塑造可能不是它最富成就的一个方面，不过它也取得了自己的成果。就奥雷良诺·布恩蒂亚上校这个形象而言，他作为自由党叛逆的象征以及作为拉美"考迪略"的政治悲剧的象征是我们研究中考虑得比较多的，而他作为一个"活死人"的形象所触及的精神悲剧和心理意蕴，也就是能够折射出作品独特的诗学内涵的方面，我们谈得还太少。

《枯枝败叶》的大夫，《百年孤独》的上校，《家长的没落》的独裁者，这些"活死人"形象的创造是加西亚·马尔克斯小说的贡献和特色。三部作品其实就是围绕"死者"的视点来表现的，②而且造型和语言也都采用了诗歌化的手段。巴尔加斯·略萨和普·阿·门多萨分别谈到《百年孤独》丰富多彩的语言风格，把它当作另一套笔墨来看待，没有意识到这部作品和另外两部作品一样，实质是用诗歌的手段加以扩张的叙事，是叙事遭到反复压缩的诗歌创作。所谓叙事诗的现代主义尝试应该会有许多不同的变体（典型的如弗朗茨·卡夫卡、弗吉尼亚·伍尔夫、撒缪尔·贝克特的作品），与传统的小说家的创作会有所区别，总的说来，它取决于形象所在的"内心现实"中占据的层次，倒不一定是取决于对某种语言风格的尝试和兴趣。从这个角度看，这些作品的内在联系是显而易见的。三个

---

① ［哥］加西亚·马尔克斯：《两百年的孤独》，云南人民出版社 1997 年版，第177 页。

② 同上书，第 106 页。

"死者"的形象呈现递进的系列。然而，其个人创作逻辑的形成及来源要早于这个系列，应该追溯至"波哥大小说"的探索，也就是作家早期晦涩迷离的写作中发现和披露的那些东西。

这个方面，达索·萨尔迪瓦尔的阐述极有见地，"活死人"这个概念就是他的书中提出来的。在谈到《有人弄乱了玫瑰》这个短篇时他说："小说里那个想从家庭祭坛偷些玫瑰摆在自己坟头的小孩，已经不是上了讣告、以苦为乐、由于躯体在阴间分解和无法与活人沟通而痛苦不堪的死人，而是本身具有吸引力，并且知道自己可为和不可为之事的一个冷静的活死人。从这个小孩开始，一群活死人出现了；加西亚·马尔克斯后来对《佩德罗·帕拉莫》的阅读，使他们的形象更加丰满成熟；他进而强化这一法则，显露其怪癖，从而使之充斥于《百年孤独》全书。"[1]

这里的评论已经触及了《佩德罗·巴拉莫》和《百年孤独》相当独特的死亡诗学，我们将会在"魔幻现实主义"的章节中对这个课题展开论述。在《百年孤独》中，各显其怪癖的"死者"群像既包含在阴间找水喝的普罗登肖·阿基拉尔，他哀伤的神情使人怜悯，也包含绑在栗树底下的族长，他发疯的真实原因我们尚需做出论述，另外也包括为自己缝制尸衣的阿玛兰塔，啃食泥土的寡妇雷蓓卡，等等。死亡的现实与人物内心的现实是互相包含的，这个方面的诠释与表现自然莫过于主人公奥雷良诺·布恩蒂亚上校，他性格中的消沉和孤寂成了全书贯穿的一道心理潜流，不但支配着这个人物的活动方式，诠释他隐秘的精神悲剧，而且显然延及其家族最后一个男性，奥雷良诺·巴比洛尼亚那种隐匿与乱伦的激情。

小说第3章写到主人公对性的恐惧，成了预定其性格基调的一笔：

> 奥雷良诺脱去衣服，他感到害臊，心里老想到自己的裸体样子不
> 如他哥哥强壮。姑娘作了一切努力，他却越来越麻木不仁，甚至感到

---

① ［哥］达索·萨尔迪瓦尔：《回归本源》，外国文学出版社2001年版，第214页。

孤单得令人害怕。……时光的流逝消除了他心中轻率的念头，但那种失望的感觉却更加强烈了。他埋头工作，甘愿打一辈子光棍，免得为自己的无能而羞愧。[①]

这次失败的经历在成年后的生活中似乎得到了弥补，生理性的疾患也痊愈了（"他跟 17 个女人生了 17 个儿子"[②]），然而我们不妨可以说，上校的每一次孤独退缩的行为都可以在这个细节中找到某种解释。不是弗洛伊德的创伤性治疗与临床诊断式的解释，而是叙述人的语言中可以感觉得到的一种宿命般的语气与关切，导向于内心的反思和怜悯。

上校不像《枯枝败叶》的大夫，有一套哲学观点可以提供辅助性的解释，但是这个形象同样有着一种从环境中抽离出来的趋向和特质。早年的性挫败使他变成一个优秀的工匠，而成年后军事生涯的厌倦又使他重回老行当，变成一个不问世事的工匠。因此从表面上看，心理描写采用追踪事实的方法似乎不断有所发现，其实是在重复同一个结论，加深存在的印象和奥秘。人物形象并没有在解释当中失去其神秘性，反而在抽丝剥茧的分析中引入一个深层的现实，亦即有关于存在与孤独的本质境况的描述，这在上校的身上体现得十分明显。我们来看奥雷良诺的妻子死后的一段心理描写：

> 雷梅苔丝的死并没有引起他一直担心的震惊。确切地说，只是产生了一种慢慢消融在孤寂和消极失望之中的无声愤恨，类似过去他甘愿过没有女人陪伴的生活时所体验的感情。他又埋头工作起来，但保持了与岳父玩多米诺骨牌的习惯。[③]

类似的描写总是包含着痛苦和自我嘲讽，典型的莫过于第 5 章中的这

---

① ［哥］加西亚·马尔克斯：《百年孤独》，上海译文出版社 1989 年版，第 47 页。

② 同上书，第 94 页。

③ 同上书，第 87 页。

一句：

> 六个月后，奥雷良诺才知道，诺盖拉医生对他绝望了，已经不把他看作是一个有作为的人，他不拨不动的性格和定了型的孤独天性使他成了毫无前途的多愁善感者。①

依照这里的分析，奥雷良诺率众起义的动机也就不仅仅是出于良知和义愤。他个性中根深蒂固的骄傲从来都没有使他倾向于行动。但是借助于战争爆发的机会，一个来自于外部世界的机会，他要"撕毁所有同死神签订的协议"②。这是促成戏剧性转变的十分重要的因素，他试图打破内心与命运的和解，表现他的高深莫测的消沉失望中那种性格的力量。在其传奇的军事生涯中这个因素赋予了他的行为与众不同的内涵，而在他退回到工作间制作小金鱼的岁月，这个因素仍是本质性的。"他隐约知道，一个幸福晚年的秘诀不是别的，而是与孤寂签订一个体面的协定。"③ 人物于是又重新回到了早年生活的轨道。他把制作小金鱼换来的金币溶化，制作成小金鱼再去换回金币，这个徒劳的工作周而复始，刻画出"活死人"沉痛的形象。从内心纯粹的现实来理解，19 世纪的内战和上校整个的军事生涯可以简化为对命运的一种感受，也就是人物所有的行动都不过是在帮助他意识到自己作为死者的无力抗拒的命运。

作者原先的计划是要让人物夺取政权，让他变成《家长的没落》里的那个独裁者。④ 也就是拉美真实生活中的"考迪略"和"猩猩派"更容易自我辨认的一个形象。结果，人物存在的逻辑阻止了这个计划。上校"拒绝共和国总统授予他的勋章，最终当了革命军的总司令，率领部队南征北战，成为最令政府惧怕的人物，但却从来不让别人给他照相。他谢绝了战

---

① ［哥］加西亚·马尔克斯：《百年孤独》，上海译文出版社 1989 年版，第 91 页。

② 同上书，第 159 页。

③ 同上书，第 188 页。

④ ［哥］加西亚·马尔克斯：《两百年的孤独》，云南人民出版社 1997 年版，第 110 页。

后发给他的终身养老金，靠着在马孔多工作间里制作小金鱼了度残生"。①

奥雷良诺·布恩蒂亚上校的义愤和威严，高傲和孤独，像极了《枯枝败叶》中那个犬儒主义者。蔑视世俗的欲望，其实也蔑视权力和社会道德的逻辑，最终也表现为某种形式的玩世不恭与自我弃绝。这就是作家的声明中所说的"妄自尊大"，是他"憎恨"的一种性格，也是他痛加忏悔的精神哲学，但又何尝不是他的神性和秘密。在这里，所谓的"妄自尊大"与其说是指向某种通俗的人格标签，毋宁说，其确切的定义是有关自我的精神冒险必然触及的死亡及其痛苦的代价和根源。我们觉得奇怪，当作家退回到他所谓的神话主义创作时，同样性质的人物何以又重新出现，并且仍然成为他小说的叙述所围绕的视点。在人物性格的层面上，《枯枝败叶》中的"死者"与《百年孤独》中的"死者"，他们的神秘感是读来相仿的，犬儒主义者那种尖锐的基调也是如出一辙。

埃德蒙·威尔逊指出："任何一部小说的真实元素当然都是作者个性的一部分：他的想象在人物的形象、处境与场景中，显现出他本性里的基本冲突，或者他本性所惯于经历的阶段的循环。人物是作者个人各种冲动与情感的拟人化；而小说中他们的冲突实际上就是这些冲动和情感的冲突。我们认为某些作品更令人满意的原因，很大程度上系于作者以过人的透彻与坦诚表现出这些情感与关系。我们觉得他的世界真实而完整，不仅是因为包含不同的元素，更因为这些元素能够成为一个有机的整体。"②

另一个方面，上校性格中那种高深莫测的消沉失望，他对于死亡和隐匿的那种需求，也贯穿着作者早年在《死亡三叹》中对卡夫卡艺术的诠释，确切地说，是对 resignation 这个词所作的诠释：死亡的现实也即等同于内心感受的现实，正是在自我的退缩和消亡的意义上，它包含着对于存在与时间的一种诗性体验。这是作家施加于人物形象的一种抽象化的感受素质。普鲁斯特干脆说："这只能是来自我们内心晦暗不明的东西，而

---

① ［哥］加西亚·马尔克斯：《百年孤独》，上海译文出版社 1989 年版，第 94 页。

② ［美］埃德蒙·威尔逊：《阿克瑟尔的城堡》，江苏教育出版社 2006 年版，第 127 页。

别人并不了解。由于艺术是由这些周围的真实生活组成的，而且在自己内心才能达到这些真实，所以浮动着一种诗意的氛围，一种神秘的温馨；这种神秘只是我们穿越而过的半明半暗。"[1] 弗吉尼亚·伍尔夫也表达过类似的意思，她塑造的赛普蒂默斯便是一个具有现代的"深蕴心理"的形象，实际上，那是一种既非"心理"亦非"性格"所能概括的内心哲学：唯有当现实的死亡与存在的虚无之间展开真正的对话，人物心理上的任何形式的痛苦和退缩才具有了感受上的无限性。离开了这一层"深蕴心理"的还原（或是可供抽象）的认知，我们对于人物的理解是不完整的。这是小说塑造上校和一系列"活死人"的心理和美学的基础。

从技法上讲，加西亚·马尔克斯的心理描写采用西方文学的常规手段，与巴尔扎克或托马斯·曼的方法并无二致，也就是叙事人以评论的手段切入，进行诠释和定义。米兰·昆德拉的小说对于一系列关键词进行语义阐释的做法（例如他的"误解小辞典"），看似背离小说创作的模式，滑向了理论界说的抽象，其实还是既有手段的一种提炼，通过形式的剥离增添了刺激和挑衅的色彩。抽象从来都不是欧式小说的敌人，相反，倒是它的一个标志（例如与中国古典小说相比），或者说是它的一个乐趣、推动或方法的源泉。某些人讥笑索尔·贝娄的小说是"学者小说"或"教授小说"，那也往往是出于对西方小说创作的逻辑与方法的大背景的无知。正是因为语义学或精神现象学的分析与小说的叙述密切结合，带来了欧美两个世纪以来丰富多彩的小说文化。事实上，心理的分析与精神的分析都是源自于人文研究的假设，在还原的同时又进行某种程度的抽象，彼此之间也往往难分界限；无论是否采用斯维登堡的学说，弗洛伊德、卡尔·荣格的模式，马克思主义阶级分析的方法，或者是存在论的观点，都不可能脱离自由化的文化思潮所赋予的作家解释世界的方式。从这个意义上讲，加西亚·马尔克斯的创作以及《百年孤独》的人物刻画和心理描写，其"方法的根源"来自于西方，哲学和精神的理解方式也是西方化的。土著的印第安文化或加勒比沿海的大众文化在这部小说中是如此活跃，无拘无束，色彩缤纷，然而我们看到其中生存和限定的人物却是如此孤独，神思恍

---

① 转引自郑克鲁《法国文学纵横谈》，上海文艺出版社 2006 年版，第 231 页。

惚，虽生犹死。

上校的心理描写并不是关于世态和风俗的一般意义上的界定，而是包含现代小说已经加以拓展的"深蕴心理"的描绘，是针对于自我的存在与体验的一种深刻的精神分析。归根结底，《百年孤独》中"死者"群像的构想和描绘，乃是基于个体"一种内在的主观经验，试图为象征性语言和自我理解建立最密切的联系"①。当作者声称上校的故事就是他本人的一篇自叙的时候，这份声明的意义也在这里。主观的体认必须要取代貌似客观化的逻辑，象征性的语言必须反映内心存在的某种现实。如果内心的现实才是创作真正的出发点——依据其精神死亡的强度及其对生存体验的浓缩，我们几乎可以将其称为是"第二现实"，那么人物性格和精神的存在也必然是要遵循这个现实，它包含自我虚无的体验、梦想和审视。

雷蓓卡拼命吞食泥土、蚯蚓、蜗牛壳，发狂变死，叙事人却说"奥雷良诺是唯一能理解雷蓓卡的悲痛的人"②。那么叙事人依据的观点也正是人物对于孤独和变态的体认。书中的另一个人物阿玛兰塔，在她母亲乌苏拉看来，"阿玛兰塔的铁石心肠曾使她胆寒，她那深重的哀愁曾使她痛苦，然而，在最近一次观察中乌苏拉却发现，阿玛兰塔是从未有过的最为温柔的女人。她以惋惜的心情彻底搞明白了，阿玛兰塔对皮埃罗·克雷斯庇的一切不合理的折磨，并非如大家所认为的那样是出于报复心理；她那使赫里奈多·马尔克斯上校终生失望的缓慢折磨，也不像人们认为的那样是出于她的一腔辛酸。所有这一切都是她那强烈的爱情与不可战胜的怯弱之间的殊死搏斗，而最后却是那种荒谬的恐惧占了上风，阿玛兰塔的这种害怕的感情始终凌驾于她自己那颗备受磨难的心。"③

在阿玛兰塔、雷蓓卡（她是外来者）和奥雷良诺上校等人之间难道真的存在那种"家族的相似性"吗？结论是毋庸置疑的，他们性格中的执拗和梦幻、怪癖和命运是何其相似，而叙事人插入的精神分析也正是试图揭

① 林一安编：《加西亚·马尔克斯研究》，云南人民出版社1993年版，第314页。

② ［哥］加西亚·马尔克斯：《百年孤独》，上海译文出版社1989年版，第59页。

③ 同上书，第235页。

示这一点。他认为，阿玛兰塔缝制裹尸布与奥雷良诺上校制作小金鱼的实质是一样的：阿玛兰塔临死前意识到，她在缝制裹尸布"这项工作上的专心致志已经给了她承认失败所需要的镇静。正是这个时候她才懂得了奥雷良诺上校制作那些小金鱼时的恶性循环的实质。现在，整个世界缩小到了她的皮肤的表面，而她的内心已经摆脱了所有的痛苦。她难过的是没能在多年以前就得到这样的启示，那时她还能够净化那些回忆，并在新的光芒的照耀下重建世界，还能够毫不颤抖地回忆起傍晚时皮埃特罗·克雷斯庇身上的熏衣草气味，还能够把雷蓓卡从她悲惨的境遇中解救出来。这既不是出于恨，也不是出于爱，而是出于对孤独的无比深邃的理解"。①

　　这是诗人的眼中才能捕捉到的爱与死亡的哲学。加西亚·马尔克斯和胡安·鲁尔福，不妨将他们称为"叙事的诗人"。胡安·鲁尔福的《烈火平原》和《佩德罗·巴拉莫》中的死者群像并不是像人们通常认定的那样，是轮回的古老观念的表现；因其死亡不是周期性的，而是极性的，有时甚至就是单一的，静止的，形而上的抽象与定格，因而也是片面的汇集的阴影，这是作品的语言如雕刻般的透明并保持质感的秘密，形成其细腻而千变万化的技巧，哀伤而自我倾听的絮语，在这个既是土地的天空又是艺术的穹顶的空间里保持激情的绵延回响。从气质上讲，这是两个完全不同的作家，但他们对暴力和痛苦的控诉则是一致的。从"叙事诗人"对死亡的痛苦及其感受的无限性而言，他们都是拉美这片土地上忠实的儿子。然而与胡安·鲁尔福处理死亡的观念不同，加西亚·马尔克斯走的还是"波哥大小说"所奠定的那条路子，所遵循的是有关于"个人精神演化的可塑性"的原则，他的死亡观念与胡安·鲁尔福那种静止、绝望而崇高的观念不同。从"波哥大小说"起，他的一个强烈的兴趣便是在观念上试图破解生死转换的秘密，汲取死亡所蕴涵的生命力。这一点随着年龄的增长、创作的深化会取得不同形式的深入，而在一个具体的作品中，随着情节的进展和形象的连贯交汇则呈现出肉体上的鲜明印记，它有高潮，也有希冀，更加倾向于世俗生活的许诺所展现的一系列对话和图景。这是《百

① ［哥］加西亚·马尔克斯：《百年孤独》，上海译文出版社 1989 年版，第262—263 页。

年孤独》中有关于人物精神分析的一个本质的趋向，在它对老处女阿玛兰塔"孤独"的阐释中也已经精彩地表现出来。

我们自然是不能将一种生死观念的诠释看作一般意义上的性格和心理分析，那样会导致对作品含混的观察和结论，也忽视了不同的批评概念之间应该有的区分。然而，在奥雷良诺上校身上，在阿玛兰塔和其他人物身上，尤其是在叙事人的评论经常要假借和征用的乌苏拉身上，我们处处可以看到叙事人将心理、精神以及有关于生死观的诠释与分析结合起来，就如我们在引文中随处可见的那样，试图在象征性的语言和自我理解中寻求最为密切的结合。人物的"内心现实"的存在显然是超越了风俗和民情的规约，也超越了人际关系的一般性解释，它们导向于精神的激情与死亡的再现，融合了诗人的洞察及其对于"第二现实"的一系列深湛有力的刻画，从而也瓦解了我们对"现实"这个概念狭隘的适应性。不仅是《百年孤独》，加西亚·马尔克斯的所有前期创作都具有这个倾向，否则的话，我们很难真正去理解像《周末后的一天》、《没有人给他写信的上校》等作品中那种深刻而动人的想象力。

在涉及《百年孤独》人物形象的理解时，这个倾向的特点是不能够忽视的。对这种语言模式的更具普适性的观察，在约瑟夫·康拉德、弗吉尼亚·伍尔夫和威廉·福克纳等人（他们都是对加西亚·马尔克斯的文学影响至深的人物）的作品中已经可以建立起来，尽管创作个性完全不同，我们同样可以看到他们在象征性的语言和自我理解中寻求结合的倾向，并且领会到这个倾向给现代的叙事文学带来的内在变化。这个方面，他们的作品可以提供范例上的比较和借鉴。

第四节　性描写的跨文化倾向及其道德和诗学的特征

一

"性是《百年孤独》涉猎最多的主题。""孤独是小说中的一个重要主题，并且与性相关。"① 此外可以补充说，死亡也是小说的一个重要主题，并且与性相关。考虑到这个家族的存在始终与一种若隐若现的恐惧，亦即乱伦的恐惧密切相关，那么性欲这个主题在书中的强调已经大大超出了寻常的规模。我们或许会赞同罗伯特·基利在《真正的魔术》一文中的总结，他认为，魔法的一个观念是要我们抱持忘却凡间的态度，能够看到侏儒、小仙子、神奇的法术和道德奇迹，然而加西亚·马尔克斯却将粗俗的幽默和情色的主题带进了这个领域。"魔域中什么都做遍、做腻了。马孔多即使在最诱人、最有趣的时候，也已在渗漏、发臭和焚烧。那是个充斥着谎言和骗子的地方，却又极其写实。这部小说中的情人可将对方理念化，成为没有肉体的精神，在他们的吊床上发出愉快的叫声，或者在自己身上涂桃子果酱，赤裸地在前门翻滚。"②

事实上，性描写在加西亚·马尔克斯的创作中一直付之阙如，这一点似乎是颇有些奇怪的。即便在如达索·萨尔迪瓦尔所反复强调的"舔斗鸡主义者"的态度已经影响了作家的创作，使他逐渐从弗吉尼亚·伍尔夫的纯精神的诱惑之中摆脱出来，他在这个方面的描写也仍然是缺失的。我们在第二章的论述中已经指出，直到《恶时辰》的定稿才有了性的描写，而《恶时辰》定稿的时间与《百年孤独》的创作时间已经相距不远，都是在20 世纪 60 年代前期，前后相隔不过三年，是作家的风格和观念差不多已经定型的时候，从这里我们看到一个创作上的突然而明显的变化。

乱伦或乱伦关系的暗示是胡安·鲁尔福小说的一个主题，也是福克纳小说中的主题，它们对加西亚·马尔克斯的作品不可能没有影响。有关的研究显示，对胡安·鲁尔福的阅读是创作《百年孤独》的一个关键性环节，③ 那么这个过程中作家可能是综合了从《佩德罗·巴拉莫》以及早期从福克纳小说中得到的启发，将这类描写的程度加以扩大，并且渗透到整体的构思当中。但是另一个方面我们看到，在胡安·鲁尔福和福克纳的小

---

① 张德明：《世界文学史》，浙江大学出版社 2006 年版，第 369—370 页。

② [美] 查尔斯·麦格拉斯编：《20 世纪的书》，生活·读书·新知三联书店出版社 2001 年版，第 313 页。

③ [哥] 达索·萨尔迪瓦尔：《回归本源》，外国文学出版社 2001 年版，第 363、366 页。

说中，乱伦的主题其实还是故事的一种暗示性的线索，显得暧昧而又节制，语言的处理上并没有这样写实和无所顾忌。

粗俗的性欲描写在二三十年代出生的作家中其实存在着一种呼应的关系，几乎可视之为时代精神的潮流在小说创作中的反映。这个年龄层的作家如米兰·昆德拉、君特·格拉斯或大江健三郎等等，大致在20世纪60年代起致力于这个主题的创作，在延续现代主义理念的同时从形式和精神上开始自我的改造，而性欲的主题便是他们作品共同的一个关注。用大江健三郎的话说，"20世纪后半叶给文学冒险家留下的垦荒地只有性的领域了"①。因此，出现在《百年孤独》中直露的性欲描写也同样出现在《玩笑》、"但泽三部曲"和《人的性世界》等作品当中，事实上已经成为一个跨国的泛文化的现象，在20世纪后半期的文学中有很大的影响。

米兰·昆德拉并没有忘记给性描写加上一个间离性的定义，他认为戴·赫·劳伦斯和亨利·米勒的性描写是专属于"淫秽的抒情"，与他所认同的那种真正的淫秽还是有很大的区别。属于肉欲的感觉还是属于艺术的感觉，这两者既不能等同也不可截然区分开来，但在排除浪漫主义的抒情感受方面倒是表现得一致的。② 大江健三郎也在《我们的性世界》一文中指出，他"透过这个性表象来抓住、并想真实描绘出那份停滞的感觉"，说明他"决不是浪漫主义者"。③ 不过他认同亨利·米勒的启示，认为后者"是个被辛酸的性热情攫住的现代人"，"他远离劳伦斯却迫近于我们"，"对他来说，性行为即使真的伴有快乐，本质上也是一种痛苦，它与'人之存在'背后的深渊紧紧相连着"。④

如此看来，把性欲的主题当作存在的黑暗和抗争来表现，从而确立文学在这个层次上的不同主题的联结与转化，这一点与现代意识的自我觉醒是密切相关的。在肉体的自然属性中发现并强化一种本质上是物化世界的感觉，即从"肉体的宇宙"这个封闭性的视角来描绘生存世界的表象，其

---

① 转引自叶渭渠《〈日常生活的冒险〉代序》，作家出版社1996年版，第8页。
② ［捷］米兰·昆德拉：《被背叛的遗嘱》，上海译文出版社2003年版，第48页。
③ 《大江健三郎作品精选集》，漓江出版社1999年版，第649页。
④ 同上书，第643页。

结果是看到"最大程度的虚构性和偶然性的客体世界的无意义而且无法被人类的想象的所救赎"① 的事实。亨利·米勒以其绝对的淫秽试图穿透的便是这个宇宙，它那从内到外的荒芜和孤寂的本性。他小说中连篇累牍的交媾场景不仅毫无春情逸乐，肉欲的自然属性的满足也是被有意识的痛苦所扭曲。"比亨利·米勒更具现代意识的杰克·凯鲁亚克"，他的流浪汉小说中的性行为——"互相靠拢不安的身体和心"——在大江健三郎看来，也是明显表达出"现世绝望的深渊和赤裸裸的买卖"。② 这个存在主义描述的"充满忧思的现代世界"，孤独，沉沦，迷失，带有悲剧的紧迫感，也附带生存的滑稽和惨状。福克纳小说中的人物及其思想也是生存于其中，一个被存在论的意识所照亮的"肉体的宇宙"，只不过他不愿承认美、精神和想象在这个世界中的无力救赎罢了。

　　加西亚·马尔克斯常常谈到他与福克纳的相似是在于他们都是加勒比作家。在他看来，福克纳不仅"是一位加勒比作家，在某种意义上他是位拉丁美洲作家"。③ 这是他发明的一句妙语，后来还试图推广到 V. S. 奈保尔身上。④ 没有人像他这样来定义福克纳，干脆从地理上把约克纳帕塔法与马孔多"缝合"在一起。但是我们知道，并非所有的加勒比作家都与福克纳相似，哪怕他们步其后尘，在作品中留下模仿的痕迹，其相似之处恐怕也不在于美国南方腹地与加勒比的地貌气候之间存在着天然的亲缘关系。从我们论述的这个主题来讲，把约克纳帕塔法与马孔多缝合在一起的那种亲缘关系是存在的，那就是南方村镇社会的家族故事与现代意识的孤独相结合的一个宇宙模式。这里的"南方"也是一个政治经济的概念。在这个模式中，我们看到那些古老的面孔，芸芸众生，植被和飞蛾，被赋予了新时代的爱欲与死欲。

----

① 〔美〕弗雷德里克·詹姆逊：《60 年代断代》，见王逢振主编：《六十年代》，天津社会科学院出版社 2000 年版，第 37 页。

② 《大江健三郎作品精选集》，漓江出版社 1999 年版，第 644 页。

③ 林一安编：《加西亚·马尔克斯研究》，云南人民出版社 1993 年版，第 186—187 页。

④ 〔哥〕加西亚·马尔克斯：《诺贝尔奖的幽灵》，中央编译出版社 2001 年版，第 197 页。

建造这个宇宙模式，也就是要以缔造者的耐心耗去精力，使得这两个"加勒比作家"避开了亨利·米勒、杰克·凯鲁亚克等人受虐狂式的漂泊无度，对生活的追逐及其"对悲剧的固执"，得以在精神生活的另一个侧面安顿下来。尽管我们知道，能够将这些人联系起来的对现代意识的敏感则大抵是一致的。

以孤独的现代意识来表现加勒比的农村生活及其古老宗族，表面上看，这与亨利·米勒、杰克·凯鲁亚克等人的现代波希米亚幻想，与米兰·昆德拉、大江健三郎的城市知识分子的气质似乎大相径庭，但是内在的联系是难以否认的。以性欲的描写作为一个需要提升的文学主题，以爱欲和死欲来表征同一个"黑暗的深渊"，在此基础上表达那个不可能被真理之光照亮的世界，归根结底这是作为个体的现代人对于存在的感受。加西亚·马尔克斯的创作与传统的现实主义、土著主义或风俗派的"集体意识"已经距离比较远，其心理和观念应该与上述提到的那些作家成为同类。不仅仅是卡夫卡、福克纳和现代主义小说，后期象征派诗歌和存在主义哲学，另外还有 20 世纪 60 年代全球性的文化气候，性解放，先锋电影，爵士乐和摇滚乐等大众文化的泛滥影响，使得这个主题的表现得到强化。我们提到《百年孤独》在创作上的突然而明显的变化，便是关涉到时代和潮流的诸种因素的作用，60 年代的文化意识形态的特殊性，作家本人的兼收并蓄的视野，等等，这些都是需要考虑的因素。《百年孤独》明显渗入"甲壳虫音乐"的血液，[①] 也可算是一个例证。

不妨来看小说第二章中的一个场景，描写何塞·阿卡迪奥出走之前，在游艺场邂逅一名年轻的吉卜赛女郎：

> 霍塞·阿卡迪奥和那个姑娘没有观看斩首的场面。他们走进姑娘的帐篷，一面脱衣服一面迫不及待地亲吻起来。这是一只瘦弱的小青蛙，两条瘦腿还不及霍塞阿卡迪奥的胳膊粗，但她的热情却补偿了体态的单薄。然而，霍塞·阿卡迪奥无法承她的情，因为他俩是在一顶

---

① ［哥］加西亚·马尔克斯：《两百年的孤独》，云南人民出版社 1997 年版，第326 页。

公用帐篷中，吉卜赛人进进出出在搬着马戏道具，干着他们的事情，有时还在床边上待上一会儿玩玩骰子游戏。悬挂在中间撑柱上的灯火照亮着整个帐篷。在他们俩抚爱亲热的间歇，霍塞·阿卡迪奥躺在床上不知如何是好，姑娘就在他旁边。不一会儿，进来一个体态丰盈的吉卜赛女人。一个男人陪着她，那人既不参加演出，也不是本村人。那女人也不招呼一声，就盯着霍塞·阿卡迪奥看，她不胜羡慕地看着这头憩息着的绝妙公兽。

"小伙子，"她叫了起来，"愿主保佑你健壮！"

霍塞·阿卡迪奥的女伴要求他们让他俩安静些，于是，那对男女就在离床很近的地上躺下了。别人的热恋激发了霍塞·阿卡迪奥的欲火。姑娘眼眶里噙着泪水，周身发出忧伤的叹息和一种模糊的泥浆味。但她以惊人的坚强和勇气忍受了这次打击。此刻，霍塞·阿卡迪奥只觉得飘飘然进了仙境，在那里，他的心融入一股柔情的淫荡之泉，泉水涌进姑娘的耳朵，又从她的口中流出，变成了她的语言。那天是星期四。星期六的晚上，霍塞·阿卡迪奥用红布把头一裹，跟着这批吉卜赛人走了。①

这个场景的奇想中如果剔除性描写的成分，它的节庆气氛与马戏团布景的搭配有阿兰—傅尼埃（Alain－Fournier）《大莫纳》（Le Grand Meaulnes）的情调②，其梦幻般的超现实感令人联想起米兰·昆德拉《生活在别处》的"泽维尔"这个章节，而官能的芬芳提炼则几乎抵达大江健三郎《人的性世界》的肉欲描写。小青蛙的瘦腿、悬挂的灯火和陌生人掷骰子的制景是源自于卡夫卡和超现实主义的，而像"忧伤的叹息散发模糊的泥浆味"之类的造句，也只有在象征派诗歌之后才会出现。在20世纪后半期的文学中，捕捉肉欲官能的优美和自然性的天赋，加西亚·马尔克

---

① ［哥］加西亚·马尔克斯：《百年孤独》，上海译文出版社1989年版，第30页。

② See Alain－Fournier, Le Grand Meaulnes, Trans., by Frank Davison, Published in Penguin Books, 1966.

斯、米兰·昆德拉和大江健三郎都是代表性的作家。他们吸收了新的美学素养，同时也被赋予了精神和感知的一种新倾向。

后期象征派诗歌和超现实主义文学从官能和下意识的活动中提炼美感，其影响可以从这个场景的形象和语言处理中反映出来。梦幻的情欲和火热的气息，通过官能享受而达到启示性的精神状态，等等，就这些描写背后隐含的艺术哲学而言，我们看不到作家描写农村生活与亨利·米勒、大江健三郎等人描写大都市特殊种类的时髦生活有什么差别。不仅是何塞·阿卡迪奥的出走、吉卜赛女郎的异域风情等线索向我们暗示作家的波希米亚情结，单是这个细节的想象和语言的特点也可以反映出波希米亚知识分子典型的趣味。

这一点以往的研究中都没有谈到，没有从性欲的描写中去定义作家的文化倾向和内在素养，那么某种程度上我们也就没有办法对马孔多的宇宙模式产生必要的认识。游艺场的情节是在马孔多"原始社会"刚建成后不久，与小说结尾时阿玛兰塔·乌苏拉（她在作品中代表 20 世纪的欧式时髦女性）的乱伦描写，故事的历史时间相距甚远，但是精神趣味上没有差别。也就是说，性的描写并没有受制于人物的时代和身份。通过比较我们会对这种精神和想象贯穿的本质获得更清晰的印象。

值得一提的是，小说第 18 章写到另一个也叫何塞·阿卡迪奥的人，从罗马的神学院归来，与四个男孩子厮混。这个情节中，其幻美的场景处理也隐约具有《大莫纳》的情调，尤其让人联想到城堡王子弗朗茨故事的章节。这似乎不像是偶然的巧合。有些研究者认为，作者对何塞·阿卡迪奥与男孩子在浴缸里嬉戏的描写是暗示人物有"恋童癖"和鸡奸行为。[①]这一点暂且可以不论。从这个插曲中我们倒是可以再度领略到它与阿兰—傅尼埃颇为相像的写作，即在乡村的颓败及孩童世界中注入浓厚的波希米亚风味，使得场景的描写贯穿一种萎靡不安、奇异动人的幻觉，它表达时间的流逝、死亡的暗示和自我的观感。《百年孤独》中这个小插曲的风格是异常精美的，它使马孔多具有一种异国的情调，也提供了该书种类丰富

---

① Gene H. Bell—Villada: Garcia Marquez, the Man and His Work, Chapel Hill and London, 1990, p. 99.

的性描写中又一个反常的类型。

《百年孤独》解决了超自然迷信和现实可能性之间的严格界限，也就是以魔幻现实主义的手法打破了这个界限的束缚，那么通过对以上实例的分析，我们是否也可以说，它同样在技术上解决了艺术的现代性倾向与作家所处的文化环境之间的矛盾？

这两者如果不是对立的，至少也是有差距的。严格说来，从地理和文化的角度将约克纳帕塔法与马孔多相提并论是错误的，认为福克纳是加勒比作家也是一个站不住脚的说法，两地的社会发展基础和经济体制完全不同，即便是文学想象力的自由和认同也不可能完全跨越这道鸿沟。以现代主义的精神描写美国南方腹地，或是 60 年代的东京大都市，多少还是有它们的物质和现实的外壳，然而同样的尝试放在一个南美外省的村镇之中，它至少有一半时间处在 19 世纪，又试图去表达现代的艺术哲学，这个做法是十分冒险的。从《枯枝败叶》到《恶时辰》，实际上作家一直做得很拘谨，似乎受到笛卡儿式的唯理主义逻辑的重压，受到实证主义常识的束缚，没有办法放开手脚。我们看到，在其预设的前提是"无所不能"① 的这部长篇小说中，这个方面的矛盾得到了解决。魔幻现实主义的宗旨是将精神信念当作现实事件来进行描写，那么即便存在所谓的"对立"或"差异"，也是可以在这个原则之下得到内在的转化的。这个时候，作家的想象或精神的力量也就变成了首要的关注，而城市波希米亚的趣味或是超现实主义的梦态表现也将自如地进入马孔多的情欲世界，不会作为一个怀疑的对象来看待。对于创作者来说就是这样，而读者并不负担构造一个世界的责任，所以看待问题会相对宽容一些。

因此，从我们论述的这个方面看，马孔多的"性世界"实在可以首先作为小说跨文化的一个表征来加以观察。在农村的生活形式和城市现代意识之间，在宗族男女的古老模式与存在论的"肉体宇宙"之间，在外省居民的生活习性与特殊种类的时髦文化人之间，在本土的形象与外来精神的倾向之间，它们出现了多重的转换和混合。在这个过程中，城市知识分子

————————

① ［哥］加西亚·马尔克斯：《两百年的孤独》，云南人民出版社 1997 年版，第225 页。

和波希米亚艺术家的精神趣味及倾向则是占据着主导的地位，这一点也决定了《百年孤独》现代化的风格与色调。

二

贝尔—维亚达曾对《百年孤独》的"性世界"做过一番概括，他认为，就"性经验"这个词最充分的意义而言，小说在这个方面达到的范围也是最为广阔的，性描写是这个作品不能不谈的一个内容和特色。例如，它有婚恋（何塞·阿卡迪奥·布恩蒂亚/乌苏拉），有少年钟情（奥雷良诺/雷梅苔丝·莫科特），有露水夫妻（庇拉·特内拉/何塞·阿卡迪奥，然后是奥雷良诺），有传统的、正式而优雅的求爱（皮埃特罗·克雷斯庇/雷蓓卡，然后是阿玛兰塔），有偶合的婚姻（阿卡迪奥/圣塔索菲娅·德·拉·佩达），有三角夫妻（奥雷良诺第二/菲南达·德尔·卡庇奥/佩特拉·科特），有不匹配的婚姻（奥雷良诺/雷梅苔丝，奥雷良诺第二/菲南达），有年轻人的热恋（梅梅/马乌里肖·巴比洛尼亚），有疑似鸡奸的"恋童癖"（神学院学生何塞·阿卡迪奥/四男童），有摩登的"开放式"婚姻（阿玛兰塔·乌苏拉/加斯东），还有导向乱伦的狂热真爱（奥雷良诺·巴比洛尼亚/阿玛兰塔·乌苏拉），等等。[①]

实际上，探讨《百年孤独》的性世界，妓女的形象不仅需要提及，而且还要做出分析。庇拉·特内拉，是布恩蒂亚家族联结外部世界的一条线索；和乌苏拉一样，她也是贯穿小说的一个长寿人物，是在马孔多世界行将毁灭时才寿终正寝的。在人品和道德上，她是与乌苏拉对立的一个样板，感情粗俗，轻佻放荡。这种连贯和对立也使小说的叙述取得鲜明的轮廓，从中发展出家族内外的不同女性系列，例如，乌苏拉和菲南达，庇拉特·内拉和佩特拉·科特，前者拘谨保守，后者使家族的性关系变得混乱。不过，作家本人对这个问题有不同的看法，在谈到佩特拉·科特在小说中的作用时他说："有一种极其肤浅的看法，认为她仅仅是菲南达的对

---

① Gene H. Bell—Villada: Garcia Marquez, the Man and His Work, Chapel Hill and London, 1990, p. 99.

立面。也就是说，她是一位加勒比地区的女性，没有安第斯地区妇女那种道德偏见。但是我认为，倒不如说她的人品和乌苏拉极为相似。当然，她的感情比真正的乌苏拉要粗俗得多。"①

性描写以及道德偏见的问题，在这部作品中无疑表现得十分引人注目。我们自然可以赞同批评家的概括，分出两类极端不同的人物，但是很难在乌苏拉和庇拉·特内拉的对立样板中看到道德上的取舍。贝尔—维亚达是根据性欲/性冷淡的区分来概括类型化的人物，例如，何塞·阿卡迪奥，冲动的种马；雷蓓卡，难以满足的妻子；俏姑娘雷梅苔丝，最罕见的尤物；菲南达，高傲美丽的节妇；佩特拉·科特，永恒的情妇；阿玛兰塔，痛苦的老处女——具有讽刺意味的是，她的名字包含西班牙语"爱"的动词 amar，自己却是无力去爱的一个人；等等。② 贝尔—维亚达延续他在分析人名模式时建立的观察，为小说庞大的人物群做出归纳。但是，性欲/性冷淡的这种归纳能否有助于我们深入理解小说的叙述逻辑呢？这个问题似乎不好回答。但是我们可以对道德对立的问题进行一番讨论。

乌苏拉和庇拉·特内拉这两个主要人物确实代表着社会道德上的对立，因此我们自然会将菲南达和佩特拉·科特分别看作是延续对立的复制品，尽管这种归纳十分粗糙，也毕竟反映了一些共同的特点。问题在于，作者对乌苏拉的赞赏和他对妓女庇拉·特内拉的赞赏都是显而易见的，虽说立足点可能不同，但在表示赞赏这一点上很难说一定有厚薄之分。这里涉及的还不是这本书的一个极为明显的思想价值，"即作者对其笔下所有不幸的人物的深切同情"③，而是一个主题上不容回避的基本道德偏见或道德取舍的问题。以巴尔扎克的《贝姨》为例，华莱丽和于洛太太，体现在这两个人物身上那种德行的原则和区分是十分明确的，尽管它的描写最

---

① ［哥］加西亚·马尔克斯、普·门多萨：《番石榴飘香》，生活·读书·新知三联书店 1987 年版，第 110 页。

② Gene H. Bell—Villada：Garcia Marquez, the Man and His Work, Chapel Hill and London, 1990, p. 99.

③ ［哥］加西亚·马尔克斯、普·门多萨：《番石榴飘香》，生活·读书·新知三联书店 1987 年版，第 113 页。

终也显示了喜剧的开阔理解力。《百年孤独》中的母亲和妓女，这个对立的样板中如果我们看不到有道德情感上的倾斜，那么，它也就不存在实质性的区分和对立。事实上，小说给予我们的正是这样一种印象。这倒不是说，母亲和妓女的角色可以互换位置，而是我们发现在马孔多的世界中类似的道德观在某种程度上受到了颠覆，或者说进行了模糊的"原始"处理。与其说是小说的性描写过于露骨使读者感到震撼，还不如说是作者描写和美化妓女的态度使人震撼。

庇拉·特内拉的轻佻放荡总是带来和谐机智的力量，她用纸牌算命，尽情提供服务，事实上倒成了小说中最富现实感、明辨是非、懂得生活并且予人安慰的角色，变成了一种力量的化身。正是在这个意义上，佩特拉·科特的形象应该和她归为一类，用纸牌算命和用彩票抽奖，她们谋生的手段也是大同小异，对于家族男性所起的作用更是十分相似。如果要归纳这两个人物在小说中所起的作用，其作用的确不仅仅在于她们与乌苏拉和菲南达在道德倾向上的对立（强调这种对立在小说中已经意义不大），也不在于她们的存在对于家族运转起到一个补足的功能，而是在于它的主题更为关注的另一个方面，它关注的是情欲本身的价值，它对现实的包容，对弱者的拯救和对创造力的刺激。通过庇拉·特内拉无私奉献的身体，佩特拉·科特刺激家畜的那种惊人的繁殖力，小说作者对情欲粗俗的价值唱起了赞美诗。

达索·萨尔迪瓦尔反复强调的"舔斗鸡主义者"的态度，是在这些人物及其章节中得到了真正的表现。无论是"永恒的妓女"还是"永恒的情妇"，她们的形象体现了小说通过大量的性描写所要表达的一种价值观。它与作者本人在政治上支持自由党，在道德上反对天主教保守势力，在文学上反对脱离现实的观念是一致的。理论上讲，它仍然是有关于社会一切民主形式的启蒙。我们通过小说对庇拉·特内拉葬礼的描写，其混合着赞美与幽默的生气勃勃的叙述，领略到这种价值观所带来的颠覆性力量。

在马孔多的葬礼典仪中，其中有四个人得到较详细的描绘，他们是族长布恩蒂亚，老处女阿玛兰塔，马尔克斯上校和妓女庇拉·特内拉。作者将庇拉·特内拉的葬礼放在最后一章中，在马孔多呈现挽歌的气氛之中，给这个妓女施行了怪诞而动人的加冕仪式。

　　人们遵照她的遗言，没有给她棺葬，只是在舞池中央挖了一个大坑，让她坐在摇椅上，由八个男人用龙舌兰绳把摇椅吊进坑里。皮肤黝黑的妇女们穿着黑色的丧服，哭得脸色苍白。她们一边为死者祈祷，一边摘下耳环、别针、戒指，扔在墓穴中。末了，人们把一块既无姓名又无日期的石板盖在坑上，并在上面堆起一堆亚马逊山茶花。然后毒死了所有的家畜，用砖头和灰浆把门窗封死，这才四散走开。临走时，他们把庇拉·特内拉的大木箱全带走了。这些箱子内壁糊着圣徒像和从杂志上剪下来的彩画，还糊着她在很久以前偶尔相爱的鬼魂般的情人们的肖像，他们有的屙钻石，有的吃人肉，有的是公海上的加冕牌王。……这已是马孔多历史的尾声。在庇拉·特内拉的坟上，在妓女们唱圣诗拨念珠的和声中，历史陈迹的瓦砾已经在腐烂。①

　　妓女的形象在马孔多的性世界中便具有了人格的魅力。除了庇拉·特内拉，还有黑人尼格鲁曼塔，后者一度成为奥雷良诺·巴比洛尼亚的情妇，她"长着一副结实的骨骼和母马似的腰身，一对乳房就像两只活动的甜瓜"②。类似的描写后来大量出现在《霍乱时期的爱情》当中，使得妓女成为日常生活和加勒比底层社会中极为活跃的角色。在加西亚·马尔克斯的中后期小说中，要区分妓女的魅力和底层生活的魅力是不那么容易的。如果要在这个问题上辨别作家的社会态度，那么他对于底层阶级的看法比较接近于亨利·米勒，本质上是一种落拓不羁的波希米亚艺术家的观念。我们看到《百年孤独》粗俗的描写也对《枯枝败叶》的道德情调造成了颠覆，像庇拉·特内拉这一类的移民，在马孔多的早期世界中属于贬义的群体，应该是名副其实的"枯枝败叶"，然而

---

　　① ［哥］加西亚·马尔克斯：《百年孤独》，上海译文出版社1989年版，第369页。

　　② 同上书，第357页。

到了《百年孤独》中却具备了人格的活力。这种创作趣味上的对比是颇为耐人寻味的。

在《六十三个词》中，米兰·昆德拉对"粗俗"一词下了定义：

> 粗俗的地盘在下三路，那里由肉体及其需要支配。粗俗：灵魂对下三路规则的丢人现眼的屈服。在乔伊斯的《尤利西斯》中，小说第一次接纳了广阔的粗俗主题。①

从乔伊斯到加西亚·马尔克斯，性欲的粗俗描写变成了一个需要提升的文学主题，从生理、心理的辅助描写的层面转化为另一种具有独立价值的东西，成为类似于主观的想象、体验及其表象世界中结构和组织的基础。对加西亚·马尔克斯来说，这个主题的接纳在某种程度上也是其创作导向于通俗化的标志，这是他与乔伊斯和福克纳非常不同的地方；甚至还融入了单纯的赞美和大胆的想象，对戒律和成规的公开蔑视，成为作者价值观的一种宣示。小说写到何塞·阿卡迪奥想要娶义妹雷蓓卡为妻，这个行为触犯了禁忌，但是何塞·阿卡迪奥的回答具有宣言的性质，他说："伦理这玩意儿，我要往它上面拉上两堆屎！"②迈克尔·伍德在解说这个细节的含义时分析说："何塞·阿卡迪奥没有说雷蓓卡不是他妹妹，而是他压根就不在乎。""这里其实没有乱伦，有的只是对于乱伦的漠不关心，它也就是等同于某种形式的破坏戒律。"③

何塞·阿卡迪奥的宣言是很典型的，较之于米兰·昆德拉对"粗俗"的定义，更缺少精神的意味，它删除了"丢人现眼的屈服"这句话中保留的婉约和敏感性，变成耸人听闻的一个高八度的声音。从创作的时代和文化环境来看，小说对社会成规的否定无疑是具有某种激进的价值，篇中大量的性描写和对妓女形象的肯定都可以说明这一点。但是严格说来，上述

---

① ［捷］米兰·昆德拉：《小说的艺术》，作家出版社 1993 年版，第 157 页。

② ［哥］加西亚·马尔克斯：《百年孤独》，上海译文出版社 1989 年版，第 85 页。

③ Michael Wood：G. Marquez：One Hundred Years of Solitude. London：Cambridge University Press，1990，p. 85.

讨论的这些内容未必真正具有道德冒险的意义。"它有几分反叛法律和道德的味道，但却并不属于法律和道德的简单反叛。"① 我们可以说，托尔斯泰的《克莱采奏鸣曲》具有道德冒险的意义，它使得婚姻关系及其社会规则的合理性全都受到怀疑。然而相比之下，波希米亚式的性描写，它在伦理和道德问题上的破坏性似乎是暧昧而有限的。这是因为支配它的那种理想化的精神还是十分现实的。它意味着生活欲望的丰富和想象力的一种跃进，是以表达生活可能性的形式来表达对生活的肯定。

诚如贝尔一维亚达概括的那样，类型丰富、范围广阔的性描写是此书的一个特色。我们可以从作者对乌苏拉、俏姑娘雷梅苔丝的塑造，对罗曼蒂克爱情的描绘等等，看到小说在道德情感上所采取的一种兼收并蓄的态度。庇拉·特内拉和何塞·阿卡迪奥，他们代表的粗俗的犯禁和性描写，是属于诗人和孩童式想象的一种饕餮，在一个喜剧的综合体系中具有观念的透明性。鉴于作品对马孔多现实的神话化的需要，这种性欲的描写和单纯的肯定，整体上仍是属于自我繁育的游戏中的组成部分。

三

《百年孤独》触及乱伦的主题，这是我们的论述中必须要探讨的一个方面。究竟应该在何种意义上来看待乱伦的描写？按照苏扎尼·吉尔·莱文（Suzanne Jill Levine）的意见，书中最为色情的场景也都是最接近于乱伦的场景，隐喻的或是实际的乱伦。② 在以前的论述中我们已经提到，马孔多神话是建立在家族人物对乱伦的恐惧这个主题上面，而乱伦的主题既包含心理的暗示也涉及具体的表现。作品在这个方面的描写很多，在研究者的分析中也较多歧义。

迈克尔·伍德曾以嘲弄的口吻举例反问说："何塞·阿卡迪奥的尸体流出的血液穿过村庄寻找他的母亲，这是传统的忠孝观超越死亡的表示

---

① ［法］米歇尔·福柯：《性史》，青海人民出版社 1999 年版，第 35 页。

② See Michael Wood：G. Marquez：One Hundred Years of Solitude. London：Cambridge University Press，1990，p. 85.

呢，还是一种姗姗来迟的、有博拉罗风味的俄狄浦斯愿望的流露呢?"①
小说中，何塞·阿卡迪奥在与庇拉·特内拉第一次做爱时"看到的是乌苏拉的脸"，"他渴望时刻和她在一起，希望她就是他的母亲"。于是从这些句子中，约塞特（Joset）和巴伦西亚—罗斯（Palencia—Roth）这样的批评家便一眼看出了乱伦的含义。巴伦西亚—罗斯进而认为，存在着所谓的"潜意识的乱伦"（subconscious incest）和"隐喻的乱伦"（metaphorical incest）两种形式，前者表现为女性对待情人的行为就像母亲，后者典型的如何塞·阿卡迪奥，他一边与雷蓓卡睡觉并结婚，一边叫她妹妹。②

在何塞·阿卡迪奥这个例子中，迈克尔·伍德不同意"俄狄浦斯情结"的说法，但也并不否认细节的描写是暧昧的。"这个孩子不是什么俄狄浦斯，他不过是觉得女性的一切都是他母亲的领地，他也想不出另一个可以表达他欲望的形象了。""男孩的那种一般性的迷恋和对初次性行为的害怕，毫无疑问是主要的，但这里也不排除有乱伦的阴影。"迈克尔·伍德所说的"不排除有乱伦的阴影"的考虑是基于小说中的这句话："他模模糊糊地知道，他正在干一桩渴望已久但从未想到真能如愿的事……"他认为"这种语言才是处心积虑地显得暧昧了"。③

迈克尔·伍德的这个分析其实也颇有商榷的余地。引文的句子无非是在描写男孩的初次性行为的感受，和人物在下文回答兄弟的询问时所说的"就像一次地震"④ 应该是一个意思。因此，句中的"渴望已久但未能如愿"既不是指向乱伦的欲望，也不包含这方面的暗示，关于这一点，语言的表达应该是很清楚的，又何来"处心积虑地显得暧昧"呢?

有关"潜意识的乱伦"和"隐喻的乱伦"的界定究竟在何种意义上能

---

① Michael Wood：G. Marquez：One Hundred Years of Solitude. London：Cambridge University Press，1990，p. 83.

② See Michael Wood：G. Marquez：One Hundred Years of Solitude. London：Cambridge University Press，1990，pp. 83，84.

③ Michael Wood：G. Marquez：One Hundred Years of Solitude. London：Cambridge University Press，1990，p. 83.

④ ［哥］加西亚·马尔克斯：《百年孤独》，上海译文出版社 1989 年版，第 27页。

够说明那些细节和形象的实质，似乎还有赖于更为细致和全面的分析。何塞·阿卡迪奥和雷蓓卡本来就没有血缘关系，人物自己也清楚这一点，说是"隐喻的乱伦"似乎也未尝不可。至于何塞·阿卡迪奥尸体流出的血寻找乌苏拉，如果这也归结为是"姗姗来迟的俄狄浦斯情结的流露"，那么这种解释就更显得牵强了，过于强调它的寓意而忽略了形象本身的魔幻趣味。

这里正好有两种对立的原则性意见。其一，根据作家本人声称，小说中使他尤为感兴趣的是"讲述这个为乱伦所痴迷的家族故事"，然而迈克尔·伍德却认为，这种痴迷只是表现为一种间歇性的存在，同时也是表现为一种"滑稽模仿"（burlesque），故而很难将其作为一个稳定的主题来看待。① 其二，贝尔—维亚达指出，作为欲望/禁闭的一股辩证力量，乱伦是贯穿于布恩蒂亚家族生活的关键，就像列维—斯特劳斯所说的，乱伦禁忌总是"处在文化的界限上，是在文化之中，而且某种意义上……（是）文化本身"。作家通过对它的强调触动了人类社会的基础，这个方面小说的处理是很成功的。②

不可否认的是，乱伦是该书有关性描写中最为突出的部分。迈克尔·伍德认为，不能把它当作稳定的主题来看待，理由是它表现为一种间歇性的存在。但如果我们把所谓的"间歇性"（intermittent）这个词换成"瞬间性"，那么它正是符合此书的叙述时间的一个特色。至于说血缘婚姻和生下猪尾巴婴孩的恐惧，从小说首尾的构想上看，它确实是一种"滑稽模仿"，然而具体的描写并非属于"滑稽模仿"。家族人物对于乱伦的痴迷贯穿于百年历史之中，构成了此书最富色情意味的性描写。

姑表兄妹结婚，害怕生下的后代是蜥蜴；姑姑和侄子互相追逐，其中有两例都牵涉到阿玛兰塔。乱伦是萦绕着人物——主要还是家族的未婚男性——身心的一种欲望，是孤独、死亡、战争和污秽的感受中滋长的一种

---

① Michael Wood: G. Marquez: One Hundred Years of Solitude. London: Cambridge University Press, 1990, p. 85.

② Gene H. Bell—Villada: Garcia Marquez, the Man and His Work, Chapel Hill and London, 1990, p. 100.

冲动，停留在与死亡意识密切相关的那个黑暗区域。乔治·巴塔耶在其著作中指出："禁忌的自然领域不仅是性欲和污秽的领域，也是死亡的领域。"① 神学院学生何塞·阿卡迪奥，肿胀的尸体漂浮在水池里，还在思念他的曾祖姑妈阿玛兰塔。这个细节所蕴涵的意味是值得引起注意的，它牵涉到我们对该主题表现形态的一种基本理解。如果说乱伦是一种普遍意义上的反常的性行为，那么此书涉及这种行为的大部分描写尽管露骨，却远非是我们设想的那样具有实质性。除了最后两章的阿玛兰塔·乌苏拉和奥雷良诺·巴比洛尼亚的关系具有实质性之外，余下的就要算第8章当中的阿玛兰塔和奥雷良诺·何塞的关系了，但是我们知道，后者也只是停留在禁忌的游戏阶段。总的说来，人物关系中的色情意味多半是一种反常的痴迷和刺激的挑逗，处在人性的半自然状态，并不是像萨德侯爵的作品那样真正逾越人性的界限，用全新的试验和彻底的自然性眼光来表达性的主题。人物反常的性行为的冲动，是作为死亡的一种污秽和内在形式的聚焦来加以表现的。

　　这一点提示我们，那些未遂的、停留在意念中、像是一个不稳定的主题来表现的内容，我们非但不能够将它们从分析之中排除出去，而且还要将其视为该书表达乱伦这个主题的主要形态。米歇尔·福柯、乔治·巴塔耶、列维—斯特劳斯的科学理论无法圈住的东西，或许就是该书表达这个主题的精华。它毕竟不是萨德侯爵那样关于性活动及其违禁形式的试验作品，依赖于经验世界的绝对值，而是属于早熟而孤僻的孩童对这个世界的想象，依赖于情感和表象的魔力。因此要在性科学的层面上探讨小说的这个主题，它未必具备经验和范型的真正意义。我们可以注意到此书的两个特点，一是所有的乱伦表现，不管是隐喻的还是实际的，都出自于一个想入非非的、软弱而孩子气的男性世界，主要是从他们自我毁灭的感受来加以表现；二是迈克尔·伍德所说的那种"间歇性"的发生，其实是小说表现这个主题的主要形态，它是叙述不断地突入并加以延宕的一个个瞬间，而实质性的乱伦行为一直是被拖延和回避，直到叙述进入最后的两个章节才发生。

① ［法］乔治·巴塔耶：《色情史》，商务印书馆2004年版，第64页。

　　在这个基本的形态中，此书有关乱伦和禁忌的冲动主要可以归纳为两种形式的描述：除了"越轨/阻碍"这类试图突破禁忌的尝试不断涉及的毫无结果的冲动，还有那种隐秘的柏拉图式的色欲，在欲念的根茎中未曾结出果实与花朵，因为它的冲动从来就是落空的。它们大致是活跃在由命运、家族和历史所构成的那个黑暗地带，没有启示之光，也没有未来。如果未来正是如同罗杰·加洛蒂所说的那样，是无神论者仅有的超验存在，那么马孔多的子民是并不享有这种性质的存在。唯有这个身体的感觉才是隐秘的，它生活在由盲目的瞬间所构成的重复而漫长的时间当中，呈现为一种叔本华式的悲观的色欲：冲动是死亡的本质，而爱欲也是死欲的一种形式。神学院的学生对于曾祖姑妈的思念让我们看到，所谓的乱伦也可能是跟实际的感觉没有关系。就像福克纳的小说反复探讨的那样，它更像是一种脆弱的精神庇护，试图在血缘的性关系中进入死亡意识的顽固，无论那是实际发生的还是假想的关系；它像是一面镜子，反映了存在于这个世间最深的孤独（本质上道出了与西方人的历史意识相对的那种死亡意识）；它像是毫无希望的祈祷，不断地求助于一种失去了的可能性。

　　　　在过去那段日子里，他无时无刻不想念她。在攻占了村镇的黑魆魆的房间里，特别是在那些非常偏僻的村子，他老是撞见她的倩影。在伤员们绷带的干涩的血味里，在面临死亡危险的瞬息惊惧中，他时时处处觉得她真的就在眼前。他那次偷偷离开她，不仅想以地隔遥远，而且想用被他的战友们称为鲁莽的失却理智的残忍来打消对她的非分之想。但他越是把她的形象翻倒在战争的垃圾堆上，这战争本身就越像阿玛兰塔。因为寻找以自己的死亡来消灭她的方法，他遭受流落异乡的苦楚，直到听到有人讲那个古老的故事，说一个人同不仅是他的表姐，而且还是他姑妈的女人结婚，结果他的儿子成了自己的祖父。①

---

　　① ［哥］加西亚·马尔克斯：《百年孤独》，上海译文出版社 1989 年版，第 139页。

在有关奥雷良诺·何塞和奥雷良诺·巴比洛尼亚的章节中，加西亚·马尔克斯创作出了他那种不可取代的散文华彩段落，最富于灵感和色情的文字，其经验的本质也只有在孕育它的历史和意识形态的虚无性中才能找到。文化和政治上的无政府主义，孤独和死亡意识的根深蒂固，男人不可救药的孩子气及其渗透到骨子里的迷误，等等，这些都是极为写实的，又充满了深刻的讽喻和同情。

如果说乱伦的描写是马孔多世界里从未出现过的一个主题，那么这个主题出现在《百年孤独》中并非只是作为刺激读者的一种添加剂，可以将它从整体的表达之中分离开来，相反，它还在结束此书所需要的力量、逻辑和艺术必然性的汇聚之中扮演一个重要的角色。马孔多的毁灭是伴随着《枯枝败叶》里已经描写过的那一场飓风，主要的人物相继死去，墨尔基亚德斯羊皮书的预言一一应验而展开的，在这个结尾的过程中，我们注意到它还插入了此书从未描写过的一个完整的乱伦场面。

> 奥雷良诺和阿玛兰塔·乌苏拉被孤独的爱情以及爱情的孤独囚禁在由于红蚂蚁的喧闹使人无法入睡的房子里，他们是唯一幸福的生灵，是世间最幸福的人。……那是一种缺乏理智的、疯狂的、会使坟墓里的菲南达的骨殖怕得发抖的激情，这激情使他俩永久地保持着兴奋的状态。……他们俩失去了现实感，失去了时间概念，失去了日常饮食起居的节奏。他们重新关起了门窗，免得费时脱衣服。他们索性像俏姑娘雷梅苔丝当初一直想干的那样光着身子在家里走来走去，赤条条地滚在花园的烂泥中。……他们开始了对身体的崇拜。有一天晚上，他们俩从头到脚涂上了蜜桃糖浆，躺在走廊的地板上，像狗一样互相舐来舐去，发疯似的相爱。一群准备把他俩活吞了的食肉蚂蚁爬过来，才把他俩从梦中惊醒。①

奇怪的是，奥雷良诺·巴比洛尼亚与阿玛兰塔·乌苏拉的故事是这部

---

① ［哥］加西亚·马尔克斯：《百年孤独》，上海译文出版社 1989 年版，第 374—375 页。

小说唯一完整地描写乱伦行为的事件，按照作者的说法，这也是马孔多唯一产生真爱的故事。他们的结合应验了这个家族古老的预言和恐惧，生下一个长着猪尾巴的婴孩。贝尔—维亚达认为，这唯一的例外"也只有发生在马孔多全面崩溃的时候，周围的情形是如此反常以至于一切社会规则都变得互不相干了"①。也就是说，外部世界的混乱最终导致了人物行为的混乱。

我们或许会问，这是产生真爱的一个条件吗？作者为什么把这两种可能性都赋予了这对情侣，而不是把它们交给何塞·阿卡迪奥和雷蓓卡，或是奥雷良诺·何塞和阿玛兰塔呢？

末世论式的终局体验是一个至关重要的因素。至少从人物提供的感受来看，热恋的双方共同感受到了他们即将到来的毁灭。在马孔多漫长的历史中，没有人像他们那样处在这个一切都行将瓦解的时刻之中，获得那唯一的也是最后的权限：能够意识到自己的毁灭，同时也以前所未有的方式打破禁忌和界限。对身体的原始崇拜或许是这些章节中最富色情挑逗的描写，它的基础乃是人物对于心理和自我意识的超越。阿玛兰塔·乌苏拉的那种动物般的尖叫和快乐所要传达的便是这种自我泯灭的意识，尽管其快感的描写不无夸张，有时也因为语言的华丽渲染反而削弱了色情的刺激，然而我们知道，单一的色情刺激已经不是这些描写的主要动机了。人物所拥有的不仅仅是性爱，还有一种家族的宿命中从未有过的超越自我的权限，借用宇文所安（Stephen Owen）的著作中的一段话来说："这种想消灭自我意识的欲望对其自我毁灭性了解得一清二楚：这一行为将带着我们越过人性的边缘，变成不是半自然而是完全自然的东西。那将是一个没有未来的时刻，从漫长的重复的时间中解脱出来——这是一个死亡、自由和性结合的瞬间。"②

作者将所谓的"没有未来的时刻"这一明确的意识，将"自我毁灭性"的清晰了解交给了马孔多最后的情侣奥雷良诺·巴比洛尼亚和阿玛兰

---

① Gene H. Bell—Villada: Garcia Marquez, the Man and His Work, Chapel Hill and London, 1990, p. 100.

② ［美］宇文所安：《迷楼：诗与欲望的迷宫》，三联书店 2003 年版，第 182 页。

塔·乌苏拉,从而将人物终极性的感受与历史终极性的时刻结合起来,使得故事的叙述转化为一片浓情。这是一个由心灵反思的力量加以控制和推动的结尾,如同作者后来在《霍乱时期的爱情》中以其纹丝不乱的方式所做的那样;它对高潮的叙述正是依赖于一种"反省的情感"的作用,使人物反常的行为与清晰的自我理解能够充分地契合,达到一种自由的启示和诗意宏伟的感染力。对于篇中的人物(同时也是对于小说的读者)来说,死亡和乱伦的所有可怕的体验都在这个瞬间转化了,变成对于幸福和爱情的唯一可能的体验;奥雷良诺·巴比洛尼亚是唯一能够破译羊皮书、读懂自己命运的人,也是进入最后的毁灭时刻的人,而现实的解脱、悲悯、自由和性爱的实现都在这个跨越界限的时刻融合起来,这也是单纯的色情描写无法达到的一个境界。

如果结尾的部分抽掉了这个乱伦的插曲,那么它的叙述不是将变得缺少刺激,而是将变得缺少力量,缺少那种综合一切的理性的悲悯,或者更准确地说,将缺少交响乐中的一个构件,一个代表力量和原始的低音部分,因其形态构造的实质"像交响曲多于像叙事","更近于音乐而非戏剧"①,如同马塞尔·普鲁斯特、詹姆斯·乔伊斯、弗吉尼亚·伍尔夫等人的创作一样,人物"一般的行动、叙述与戏剧性"其实都不是导向决定性的因素。因此,马孔多的崩溃和社会规则的瓦解也只有在加入"反省的情感"进行推动的时候,其不同的主题和叙事动机的综合才有形成高潮的可能。从这里也可以看出,加西亚·马尔克斯对于时间、性爱、人物意识和故事进展的处理,秉承现代主义诗学的衣钵,其方式完全是内向的、梦幻般的和神话式的。他不依赖现实单一的情节主线,也不依赖具体的社会学主题的解释,而是依靠诗人的反省和顿悟的力量,使得插曲式的叙述能够浸透现实生活的各个角落。事实上,唯有艺术的人工制品才能做到将悲剧毁灭的幻象与"世俗意识的噩梦"(索洛维耶夫语)结合起来,并且赋予低俗的情欲主题以某种新鲜的启示意义。

迈克尔·伍德说:"乱伦显然就是孤独的一种性欲的形式,是一种失

---

① [美]埃德蒙·威尔逊:《阿克瑟尔的城堡》,江苏教育出版社 2006 年版,第150 页。

败，即找不到从这个家族走出来的一条途径，与这个世界进行接触。"①
以此来阐释家族封闭的痼疾是正确的。在概括乱伦冲动的两种形式时，我
们也已经对这个主题与死亡意识的关系做了一番论述。然而小说的作者让
我们看到，这种行为的罪孽及恐惧纠缠了家族 100 年，在它真的实现的时
候，它显然是完全无辜的，甚至可以是纯洁幸福的。似乎没有人像加西
亚·马尔克斯这样，描写如此反常的性行为，却能使其洋溢幽默和柔情，
忧伤和圆满，并且将悲剧的毁灭和自我启示的能力真正地统一起来。

---

① Michael Wood：G. Marquez：One Hundred Years of Solitude. London：Cambridge University Press，1990，p. 85.

第 四 章

马孔多的魔幻现实主义

第一节　回归神话主义的一个综述

一

　　加西亚·马尔克斯前期创作的实验，所走的是一条曲折演进的道路。在他创作《枯枝败叶》这个时期，围绕马孔多的确立，他走上了与福克纳相似的道路，而早期的卡夫卡的影响也就退居其后。用他本人的话说，福克纳取代了卡夫卡，其意义不是在于发现文学而是发现如何表现现实的文学。随着马孔多的小说渐成规模，尝试了几种不同的方法之后，他的创作又走进了死胡同。这个时候，他又重新求助于卡夫卡的文学，试图在徘徊和矛盾的状况中寻求突破。

　　马孔多的创作使批评家意识到，总体上他是在"准确而机械地遵循福克纳的结构方式和风格"；两位作家"在围绕一个小小的地方安排事件和人物这一点上基本是一致的"。那么，这种"反复旋转同一个螺母的重复做法"是否还隐藏着深刻的区分和其他的目的？加西亚·马尔克斯的回答显得坦率而又机警，他说："福克纳之所以那么做，是因为他要通过他的全部作品创造一个完整的世界。我那样做仅仅是因为我感到写作很困难，并且还不太清楚我的目的是什么。"① 对此他又补充说："从我的第一本小说《枯枝败叶》（是我十九岁时写的）到最近出版的《恶时辰》（我三十三岁时写的），我一直在重复写同样的事情，至今我还不很确信有人会相信我讲的故事。"②

　　这种在回顾前期创作时流露的审慎而消沉的语调，与他在创作《百年孤独》之后的昂奋情绪形成了鲜明的对比。在 60 年代初的五个年头里，加西亚·马尔克斯度过了一段文学上的沉默时期，他没有萌生创作一篇小说的愿望。"我再也不写作了！"他曾经三番五次斩钉截铁地对朋友说道。③

　　巴尔加斯·略萨后来在评传中对此有过一番解释。他认为加西亚·马尔克斯的"文学创作此时已进入一个危机时期，而这几年，他正在进行自我批评。自从他发现了这一点，自我批评就成了他唯一的，也是最大的愿望。他认为，截至此时，他的所有作品（几个短篇、两部中篇和一部短篇小说集）都是'失败之作'，以他雄心勃勃的创作初衷来衡量，太渺小，太羸弱了。加西亚·马尔克斯这几年对自己的创作所进行的严肃的自我批评，并没有使他在文学上退却逃脱，恰恰相反，倒使他得以对自己这些年来所使用的表面上的'写实主义'和'客观的语言'进行了一番检查。这些年他文学沉默的结果是：他做出了一个根本性的决定，即改变创作风格。"④

　　实际上，60 年代最初的五个年头也并非是创作上的欠收期。作家在墨西哥创作了不少电影文学剧本，是一个名副其实的剧作家，同时也仍然是笔耕不辍的新闻记者和小说作家。不仅完成了长篇小说《恶时辰》，还创作了《虚度年华的海洋》和《格兰德大妈的葬礼》等作品。批评家对此一时期的创作中所出现的征兆通常都十分敏感。他们还注意到了，《格兰德大妈的葬礼》不同于他收录其中的同名集子里的其他短篇创作，这是一

---

　　① ［哥］加西亚·马尔克斯：《两百年的孤独》，云南人民出版社 1997 年版，第 253 页。

　　② 同上书，第 252 页。

　　③ 林一安编：《加西亚·马尔克斯研究》，云南人民出版社 1992 年版，第 80 页。

　　④ 同上。

篇手法怪异的小说，与集子里其他短篇放在一起多少显得有些格格不入。

作者要从"表面的写实主义"和"客观的语言"的模式中掉转头来，重归神话主义的创作。作为一种转折和改变的征兆，这篇小说要告诉我们的便是这一点。我们不妨可以说，马孔多在经历了与福克纳相似的组织和发现之后，又引入了卡夫卡的模式。与此前的任何一篇小说相比，《格兰德大妈的葬礼》的卡夫卡风味是最为浓厚的，不单是叙事的观念，细节和语言的格调也时不时地流露出卡夫卡的幽默和怪诞，这一点接下来还会具体谈到。达索·萨尔迪瓦尔说，这篇小说"是引导他走向那部巨著的关键一步"[1]。它出版于 1962 年，与《恶时辰》的出版是同一年，比《虚度年华的海洋》晚了一年。

巴尔加斯·略萨所说的"自我批评"，作家在后来的访谈中也都谈到了。按照形式和内容来区分，这份对"表面的写实主义"的"检查"大致可以分成两个方面。其一是有关语言和技法上的反思："我一向认为，电影由于具有强有力的视觉效果，它是一种完美的表现工具。在《百年孤独》之前出版的我的一切作品都似乎由于没有把握而显得笨拙了些。在那些作品已存在着一种对人物和场景的视觉化的过分努力，一种在对话时间和情境之间的微弱联系，甚至存在一种指明角度和取景方法的癖好。然而在从事电影工作的过程中，我不但明白了什么事情可以做，也明白了什么事情不可以做。我认为，形象对其他叙事因素占有的支配地位的确是一个优势，但也是一个局限。对我来说，那一切是一种令人眼花缭乱的发现，因为只有在那时我才认识到，小说的可能性是无限的。在这个意义上说，我在电影方面的经验毋庸置疑地开阔了我的小说家的视野。"[2]

其二是有关创作理念的抉择，这个问题我们在第二章"承诺文学"的部分已经谈到过了，但是没有具体引用作家本人的意见。在题为《现在：

---

① [哥] 达索·萨尔迪瓦尔：《回归本源》，外国文学出版社 2001 年版，第 341 页。

② [哥] 加西亚·马尔克斯：《两百年的孤独》，云南人民出版社 1997 年版，第 27 页。

两百年的孤独》的访谈中，作家干脆把他对"承诺文学"的尝试看作是"一个错误的政治决定"，因此他对于内容的反思实质也是等同于一种美学意识形态的反思：

> 《百年孤独》的神话表现方法在《枯枝败叶》中也采用了。这是个好方法。但是在哥伦比亚出现了被称为"暴力"的事情（我把它作为一个很便于表现的题材，因为暴力贯穿哥伦比亚的历史）……那时我二十二三岁，写过《枯枝败叶》，头脑里已有《百年孤独》的模糊轮廓。当时我想："我应怎样处理这块神话般的土地和我们正在经历的事情。好像是一种逃避。"现在我想，那是一个错误的政治决定。我打算更进一步接近哥伦比亚的现实，便写了《没有人给他写信的上校》和《恶时辰》……我觉得我在政治上更成熟了，我明白：认为神奇的方法是一种逃避是不对的。于是就像我已经做的那样，我全力开始了《百年孤独》的写作。……关于现实的一种更清楚的观念在我脑海里产生了。《没有人给他写信的上校》和《恶时辰》的直接现实主义像电台一样有其有效的范围。但是我发现现实也是人类的神话，是信仰，是人类的传说；是人的日常生活，并影响着人的胜利和失败。我发现，现实不仅是跑来杀人的警察，而且也是纯粹的神话，纯粹的传说，是构成人的生活的一切。应该把这一切包括在内。……我相信我在政治上达到了足够的成熟后，就不感到事情复杂了，并且说：不，我的责任是面对全部现实，是创作反映全部现实的文学。所以在写《百年孤独》时我又走了《枯枝败叶》的道路。[①]

在《拉丁美洲小说两人谈》中，类似的意见也可看到。我们感到其中耐人寻味的地方是有关于"现实"的颇为矛盾的界定。例如，其中有这样一段话："当我告诉你说我对这些题材感到有点陌生时，我是在向你承认，作为一个作家，一些对我来说实在是极为深刻的东西，它们使我甚为忧

---

① ［哥］加西亚·马尔克斯：《两百年的孤独》，云南人民出版社 1997 年版，第46—49 页。

虑，因为我感到《没有人给他写信的上校》这篇在《百年孤独》之前最成功的故事，它并不是一本非常真诚的作品。这本书是为处理这样一些问题而写成的，即它们并不十分吸引我，但我又认为应该使我产生兴趣，因为我感到我是一个被卷入这一题材的作家。"

巴尔加斯·略萨插话："我觉得《没有人给他写信的上校》是一本比《百年孤独》更具承诺性的小说。"加西亚·马尔克斯同意并回答说："是的，是自觉地更带承诺性。我认为这本书的失误就在于此，这也是使我不舒服的原因。"①

按理说，暴力的问题贯穿于哥伦比亚的历史，以反映和揭露暴力的现实为己任的创作，至少从概念上讲，就应该是包含于作家所认为的"反映全部现实的文学"这个范围之内，否则，他在上文所说的"我的责任是面对全部现实"这句话又该如何来理解？这里所谓的"全部现实"的界定及支点又在哪里呢？

认为《没有人给他写信的上校》"并不是一部非常真诚的作品"的看法，只是来自于作家本人，也只有他才把该篇的创作看作是一个值得忧虑的深刻的教训。这些作品与《百年孤独》放在一起，是否显得像是出自于同一个作者之手，甚至这一点也使作家感到忧虑。②如果将这类态度理解为是惯有的多疑症的表现，也未必是没有道理，在其他的场合他会说出另一番完全不同的意见。但是从我们论述的这个主题来看，这些说法确实是有针对性的，而且以上的引文中包含着若干意味深长的反思；某些结论的理论价值，作家本人和批评家都还没有展开讨论过。我们不妨抓住其中与论题相关的一点做出总结，从他对"承诺文学"的批评中看到他的创作重新回归于神话主义的倾向。无论是巴尔加斯·略萨所说的"表面上的写实主义"还是加西亚·马尔克斯所说的"直接现实主义"，它就像一块绊脚石阻碍了他的创作所要进入的另一片广袤的天地，属于内心和梦幻的神话所主宰的疆域，实际上就是作家多年前在卡夫卡的启发下已经探索过的那

---

① 林一安编：《加西亚·马尔克斯研究》，云南人民出版社1992年版，第183—184页。

② 同上书，第184页。

个世界，是"波哥大小说"表现的有关于死亡的神话和净界。因此，回归于神话主义的创作也就是回归于卡夫卡的那个源头。

至于作家所说的"反映全部现实的文学"，与卢卡奇《小说理论》中提出的"总体"的概念应该是截然不同的，后者所谓的"总体"（Totalitat）是源自于黑格尔《精神现象学》所说的"整体"（das Ganz）这个词，反映了传统现实主义创作的一种本质的要求，也就是高尔基后来提出并加以界定的批判现实主义理论试图涵盖的立场。加西亚·马尔克斯所说的"全部"则是指向于创作者的内心世界，或者说，是以内心的梦幻为支点的一个丰富多彩的创作天地，具有浓重的幻觉和神话色彩。

问题是，难道福克纳的文学不也是在表现梦幻和神话吗？我们所说的"回归于卡夫卡的源头"究竟是指什么呢？

说到作家此前的创作，《没有人给他写信的上校》事实上具有梦幻般的格调，也贯穿着"孤独"这个原本是属于马孔多的主题。但是作者认为这种表现还远不够充分，由于题材和理念的束缚，这种表现也远不够自由。所谓的讽刺、嘲弄、戏仿、"半是严肃半是滑稽"（serio-comic）的笔法，或者是怪诞的、恶作剧的幽默，这些在前期创作中时而闪现的艺术手法和精神，它们的表现可以说都是低烈度的，分散和不充分的，像是文静和忧郁的声调吐露的信号，显出一种观望式的犹豫。因此我们不难理解，为了证明作家对其创作个性之有欠真诚的一种反拨，新的作品也就无怪乎要通过语音调值的变化首先表现出来。在《格兰德大妈的葬礼》的开篇，马孔多的叙事人突然以从未有过的坚定和吆喝声开始对人说话：

> 天下怀疑成性的人们听着，容我讲一段女族长格兰德大妈的故事。她足足活了92岁，一直主宰着马孔多这块独立王国。九月份的某个礼拜二，她在宗教气氛中与世长辞，连教皇都赶来参加了她的葬礼。①

---

① 《加西亚·马尔克斯中短篇小说集》，上海译文出版社1982年版，第304页。

贝尔—维亚达指出，这个故事是以"集市上的说书人"或"狂欢节上的小贩"那种扯起嗓子的"高调门"来讲述的。①我们或者也可以说，它是意味着忧郁和神经质的诗人迟缓的发育，拖了很久终于变嗓的一个信号。可以参考另一个短篇《"魔幻"舰的最后一次旅行》（1968年）的开篇：

现在你们该知道我是谁了。他带着变声后的粗嗓门自言自语地说道。这时离他第一次看见那艘巨大的远洋轮船悄然无声地驶过已经过去很多年了。那艘轮船大极了，船上没有任何灯光，像一座无人居住的楼房，比整个小镇还要长，比教堂顶上的尖塔还要高。它在黑暗中朝着海湾对岸的那座殖民城市驶去。②

这两个短篇开头所要传递的信息是一样的，表现的特征也相仿：随着叙事人声调的变化，变粗和提高（仍然带有神经质的不安和纤细的余音），无所顾忌的夸张也就接踵而至。巨人格兰德大妈的独立王国或是一艘巨大无比的"魔幻"舰，等等。这正是《百年孤独》的叙事方式出现变化的征兆。

我们从创作发生学的角度可以读出其中直白的自传性含义。伊萨克·巴别尔在谈到俄国诗人萨沙·乔尔内的诗作时说："他是一个安静的犹太人。我在没开始写作之前，也曾经是那样。那时我并不明白，用安静和胆怯是干不成文学的。"③ 对于加西亚·马尔克斯来说，意识到这一点要花去他20年时间。也就是说，经过20年的暗中摸索，他才学会用内在的意识来肯定自己所发出的声音。人们对卡夫卡的疑惑不解也体现在这里，这位文静的年轻人从其写作伊始就表现出了那种力量和肯定，似乎压根就没有一个我们通常所说的学徒期或准备阶段。

---

① Gene H. Bell-Villada: Garcia Marquez, the Man and His Work, Chapel Hill and London, 1990, p. 126.

② ［哥］加西亚·马尔克斯：《一个遇难者的故事》，云南人民出版社1991年版，第241页。

③ ［俄］伊萨克·巴别尔：《骑兵军》，人民文学出版社2004年版，第152页。

回归于神话主义的创作也就是回归于卡夫卡的源头。对于加西亚·马尔克斯来说，这种变化所施加于精神上的演进及其结果，其实并不具有什么可比性。本质上他是一个忧郁的抒情作家，像胡安·鲁尔福一样，以近乎固执的牺牲，执著于心灵逝去的余音。与更为年轻的例如巴尔加斯·略萨等作家相比，他们似乎还没有自信而大声地说过话。胡安·鲁尔福的小说《你应该记得》，其回旋的音律和民谣的色彩，与加西亚·马尔克斯"小镇喜剧"低回的音调能够发生共鸣。现在，通过《格兰德大妈的葬礼》，作者要改变立足点和说话的声调，以一种更为谐俗的意识对这个世界发出智者的嘲讽。

也是从这篇小说开始，叙事人的身份变得复杂了。他在神话和历史、虚幻和真实的国度之间穿行，其讲述的有效性在很大程度上是有赖于读者的好奇和宽容。这一点在后面的小节中会有具体的分析。总的说来，这种做法似乎要逐渐地脱离"表面的写实主义"或"直接的现实主义"所依赖的那个基础，使得小说的叙事在某种意义上融入或是变成一个"悬空的结构"。对于卡夫卡或是赫尔曼·麦尔维尔的读者来说，这种悬空的结构方式或许并不让人感到陌生，但是我们所要注意的是这种写法给加西亚·马尔克斯的创作带来的变化，其真正的价值将在《百年孤独》中可以看得更加清楚。

前面我们说过，回归于神话主义的创作也就是回归于卡夫卡的源头。实际上，最初以卡夫卡的影响为标志的"波哥大小说"，它们一味描摹自我的蜕变和观念性的气氛，倒是并不具有神话和历史、虚幻和真实等等不同维度之间的交织呈现，只有当这个表现的特点出现在《格兰德大妈的葬礼》中时，才更多地显示出卡夫卡艺术的影响，使得该篇小说拥有不同于其他的、引人注目的特质。它变化的征兆也是我们理解《百年孤独》风格形成的不可缺少的环节。

二

《格兰德大妈的葬礼》的"创作时间晚于同集的其他短篇小说，也晚于《恶时辰》，因而也就更接近于《百年孤独》和《族长的没落》"①，它开启了后面两部巨著的魔幻现实主义创作的先声，这一点在陈众议、贝尔—维亚达和达索·萨尔迪瓦尔等人的著作中都谈到了。与同集的短篇小说相比，总的说来它有这样几个不同以往的特点：一是"全景式的视角和高调的散文叙述"，"具有民间说书人的口头叙述的风格"②；二是"将历史、政治、神话、传说以及一个地区和一个家族的记忆熔于一炉"，"再现了本国的历史现实那种凝滞不同的特点"③；三是"不动声色的夸张、一本正经的杜撰——却不同于早期的幻想——显示了加西亚·马尔克斯叙事艺术的一个飞跃"。④这三个已经总结出来的特点，大致概括了小说的创作面貌。

达索·萨尔迪瓦尔认为："这部小说和《百年孤独》的背景，将不再像《没有人给他写信的上校》、《恶时辰》以及《格兰德大妈的葬礼》集子里的大部分短篇小说那样，是不久前发生或者即将发生的暴力行为，而像最初在《枯枝败叶》中安排的那样，是广泛的神话传说般的古老的基本的现实；在日常生活中，这一现实表现为每日每时的静止——好像老是星期一，一天一天的时间最终要过去却并未过去。""马孔多的历史时间由于格兰德大妈及其家人在经济、政治、精神上的独裁统治而凝固了，只剩下一个不可思议的缺乏历史依据的时间，这个时间进行着破坏和杀戮，以使一切保持现状。"⑤ 因此，从这个角度可以将小说理解为是对于本国历史和政治的一种抨击，这是它的主题比《枯枝败叶》尖锐的地方。

神话般的小说主人公，其形象的来源在最近的研究中也有了某种程度

---

① 陈众议：《魔幻现实主义大师——加西亚·马尔克斯》，黄河文艺出版社 1988年版，第 103 页。

② Gene H. Bell-Villada: Garcia Marquez, the Man and His Work, Chapel Hill and London, 1990, p. 126.

③ ［哥］达索·萨尔迪瓦尔：《回归本源》，外国文学出版社 2001 年版，第 341 页。

④ 陈众议：《魔幻现实主义大师——加西亚·马尔克斯》，黄河文艺出版社 1988年版，第 103 页。

⑤ ［哥］达索·萨尔迪瓦尔：《回归本源》，外国文学出版社 2001 年版，第 342 页。

的揭示。达索·萨尔迪瓦尔的著作帮助我们看到，小说的作者"在构思中再现了姑姥姥弗朗西斯卡·西莫多塞阿·梅希亚（养育了他并且完全像上校似的在外祖父母家发号施令的玛玛婶子）和苏克雷镇母权制族长玛丽亚·阿玛莉亚·桑帕约·德·阿尔瓦雷丝（她为这部小说提供的素材有庄园、两层楼房的府邸、昔日的家具和衣物、她本人的愚蠢无知）的形象；在从本国史料里选取'新生'与'全国阵线'这两个政治联盟的同时，从拉谢尔佩镇的民间传说里采集了关于当地那位女侯爵（殖民时代的西班牙'大妈'）和财大气粗的香蕉开发企业'联合果品公司'（尤乃大妈）的故事"①。

这是了解主人公形象构成的线索。但是，小说为何选定一个女族长的形象来创作这个讽喻故事，其神话学的基础和现实影射的含义是什么，这一点却是颇难索解的。在马孔多小说中，女族长的形象既没有延续也缺乏渊源，放到充斥"考迪略"和"猩猩派"的现实政治中更缺少可比性。相比之下，小说的基本情节构成倒是体现了创作上的一种渊源和特色。表现某个重要人物的死亡及其带来的社会影响，这也是《枯枝败叶》的基本情节模式，不止一次出现在加西亚·马尔克斯的创作之中。围绕着"权势人物"的死亡及其带来的后果和影响，历史时间和集体记忆的叙述将渐次展开，这是《家长的没落》的模式，在《格兰德大妈的葬礼》中已经有了完整的预演。贝尔—维亚达的论著中也谈到了这个写作特点。②

只有陈光孚的文章是这样来解释人物的意义的，他说："加西亚·马尔克斯在小说中所塑造的格兰德大妈的形象在某种程度上是美国势力在拉丁美洲的化身。格兰德大妈这个名称出自何处呢？格兰德这三个音节在西班牙文中是大的意思。'大妈妈'是作者有意讥讽美国帝国主义势力的称呼。原来在四五十年代，中美洲地区民间把美国联合果品公司等跨国公司称为'小妈妈'（Mamita）。到了六十年代，美国势力在这个大陆上更加

---

① ［哥］达索·萨尔迪瓦尔：《回归本源》，外国文学出版社 2001 年版，第 341 页。

② Gene H. Bell-Villada: Garcia Marquez, the Man and His Work, Chapel Hill and London, 1990, p. 127.

雄厚和霸道，而且不止是一个联合果品公司，而且是石油、汽车等跨国公司垄断了拉丁美洲的经济。这样，'小妈妈'这个名称对美国势力已经不相称了，作者把'小妈妈'改成了'大妈妈'。格兰德大妈对庄园（影射着拉美大陆）统治了两个世纪之后终于死了。她的死意味着美帝国主义势力在拉丁美洲的结束，于是惊动了全世界……"①

这个结论的引申还是比较牵强的，把本地女族长的形象理解为对美帝国主义势力的影射，在小说中找不到基础。格兰德大妈"按照祖传的秘诀"维持其独立王国安定团结的政治局面，搞"假选票"，进行政治贿赂，用已经死亡的公民去投票，等等，这些段落对于人物的"爱国热忱"的编排和讽刺都毫无歧义地表明了她的身份。格兰德大妈是土生土长的马孔多独裁者，小说的情节是对拉丁美洲的隐喻和政治讽刺，这些作为结论都是没有疑义的。然而，即便是主题的政治含义像达索·萨尔迪瓦尔剖析的那样，已经十分明确了，我们仍然要说这仅仅是小说写作的一个出发点，还不完全是它内在的价值和特质。贝尔—维亚达指出："正是加西亚·马尔克斯想象力的翱翔，才将普通的政治丑闻的搜集和张扬提升到了幻象、恢弘和智慧的非凡高度。"② 这句评语才概括了小说创作的特质。过去的研究中没有提到的是该篇的风格与卡夫卡的联系，这种联系对于我们研究它的特质很重要。

卡夫卡的幻象和幽默的特色在本篇的写作中随处可见，从庄园的"世袭医生""只能靠假设和托人传话给人家治病"这些荒唐有趣的情节中可以反映出来，也可以从如下的细节描写、讽刺和幻觉的修辞艺术当中看到《城堡》等篇的笔法：

> 房子中间有一条挺深的走廊，墙上嵌着铁钩，这里在每年八月的那几个礼拜天里都挂满了剥掉皮的猪，有时此地还用来宰鹿。可现在雇工们无事可做，横七竖八地倒在盐袋或农具上睡大觉，他们等候着

---

① 陈光孚：《魔幻现实主义》，花城出版社1986年版，第140页。

② Gene H. Bell-Villada: Garcia Marquez, the Man and His Work, Chapel Hill and London, 1990, p. 127.

命令，随时准备加鞍上马，跑遍漫无边际的庄园去报告噩耗。……远方的首都也笼罩着阴影，居民们当天下午在号外的头版上看见一位年方二十的少女相片……在破旧不堪的公共汽车上、在政府部门的电梯里、在挂着深色窗幔的冷冷清清的茶室里，人们都怀着崇敬的心情窃窃私语，议论着这位刚刚死在气候炎热、疟疾猖獗的乡村里的要人。……红衣主教协会的全体成员，在私邸见到报上的这张相片，不约而同地都呼出"格兰德大妈"的名字。在庞大无边的基督世界内，这是二十世纪以来的第三次；主教们六神无主、泣不成声、慌作一团。这种情况一直持续到教皇登上他那条专用的黑色长船奔向遥远和捉摸不定的国度去参加格兰德大妈的葬礼时为止。①

仅仅通过叙事人的陈述，而不是通过人物的独白和意识流的穿插便导致小说时空的梦幻般变形，从这一点上我们看到了卡夫卡和福克纳的分野。卡夫卡式的幻象，其阴郁和神秘的表象背后似乎隐含着一种魔法。在这种魔法的作用之下，人与对象的关系发生微妙的变形。时间变得深不可测，空间成倍地扩大，物体的噪声失去其尖锐和钝重，阴影和透视都具有一种梦幻般的暗示。实际上，加西亚·马尔克斯的创作中还从未真正使用过这种语言的魔法。当他说此前的所有作品都"存在着一种对人物和场景的视觉化的过分努力，一种在对话时间和情境之间的微弱联系，甚至存在一种指明角度和取景方法的癖好"，并且流露出对这种"表面的写实主义"的不满时，我们应该将他的自我批评与他在《格兰德大妈的葬礼》中的尝试联系起来，看到他如何通过学习卡夫卡的艺术来调整创作的想象力。

不能将取景角度的固定和场景转换的机械化的弱点都一概归咎于海明威、多斯·帕索斯等人的影响，或是电影艺术过分追求视觉化的影响和局限。也不能将这篇小说"全景式的视角和高调的散文风格"仅仅理解为是一种无所顾忌的夸张，因为改变时空范围的那种能力其实并不来源于此，

---

① 《加西亚·马尔克斯中短篇小说集》，上海译文出版社 1982 年版，第 305—318 页。

而挣脱了局限的过分夸张也可能是软弱无力的。关键在于如何调配幻觉并将其加入到现实的表象之中，从而改变对眼前这个世界的观感。我们从该篇小说中第一次看到了马孔多的时间深不可测，如同卡夫卡的笔记和小说曾经展示的那样，空间可以成倍地扩展。从偏僻的乡村府邸一直延伸到遥远的首都和罗马天庭，从格兰德大妈"阴森森的房间里堆满了四代人的箱、柜和什物"，到首都议会大厅陈列的"伟人的油画和希腊思想家们的雕像"，① 其无处不在的"全景式的视角"能够成立，源于语言的幻象融合并且统摄现实的能力，以及由此产生的讽喻的微妙和自由。将真实与幻觉的界限消除并融合起来，叙事人只能通过语言的游戏改变他与叙述对象的关系，某种程度上削弱或是扭曲自身的物质引力作用，从而摆脱"表面的写实主义"取景的滞重和局限，使得各种颜色、形象以及意念的暗示趋于丰富的极端，在讽喻和联想的层面上彼此渗透，达到精神的综合可能具有的那种高度想象的自由。因此，作家是在语言幻象的层面而不是在普通视觉的层面领悟到，"小说的可能性是无限的"。以上分析可以使我们看到，作家如何改变他的"表面的写实主义"的约束，这种改变又如何真正能够过渡到《百年孤独》的创作。

理论上讲，作家的领悟是来自于他对电影艺术局限性的反思，对传统的"直接现实主义"创作方法的不满，但是从创作的实际结果考察，我们看到这也是对卡夫卡艺术的一种发现和利用，或许是他的创作中意义深远而未被充分评价的一个环节。在《我相信现实生活的魔幻》一文中，作家十分明确地将卡夫卡的影响排在陀思妥耶夫斯基和福克纳前面，并且说："很难探究我完全接受的是谁的影响……不过，毫无疑问，确实有一位作家对我产生过重大影响，他就是弗朗茨·卡夫卡。"② 我们切莫以为，他讲的这种影响只是局限于最初的"波哥大小说"的学徒时期。

加西亚·马尔克斯在《格兰德大妈的葬礼》和《百年孤独》等篇中展

---

① 《加西亚·马尔克斯中短篇小说集》，上海译文出版社 1982 年版，第 305—317 页。

② ［哥］加西亚·马尔克斯：《诺贝尔奖的幽灵》，中央编译出版社 2001 年版，第 385 页。

示的不仅仅是"丰富的语言"（巴尔加斯·略萨和门多萨等人始终对这种突然的"丰富"感到困惑），还有智者的幻象和嘲讽。创作的意识及其表现的方式已经改变了，除了需要以肯定的声音发出对现实的揶揄和抨击，他还需要以更为坚定的内在意识来肯定语言的游戏，幻象的权限，神话主义在现实意识中占据的地位，肯定一切"可信而不可能"的叙述，等等。因此，在传统说书人和小贩叫卖的面具之下他还不忘记强调，趁着"历史学家们光顾采访之前，我们暂且用板凳把大门顶上，待我把这桩震动全国的事件从头细细道来"[①]。历史学家被排除在外，这个申明的含义是不言而喻的。在小说结尾的时候，作者又将他"板凳顶住大门"的呼吁重复了一遍。叙事人试图让人相信格兰德大妈的故事，实质也是试图让人（包括他自己）相信这个故事的讲述，那种"一本正经的杜撰"所包罗的怪诞和幽默。

在这篇小说中，卡夫卡式的游戏笔墨用之于当代的政治讽喻，体现了作者更为辛辣的政治批判意识，也表现了他对于现代语言传统的一种改造。我们看到小说的每一段、每一页浓缩的素材，远远超过了集子里的其他短篇小说，使得作品的体积含量也出奇的丰赡，呈现为巴洛克式的绚丽奔放的姿态，不同于卡夫卡以黑白二色为主调的语言，尽管它偶尔也会流露出一种卡夫卡式的神秘阴郁的调子。事实上，海明威的"冰山原则"——它那种讲求取景角度、精微和化约的原则被摒弃了，代之以变形的时空以及形象的包罗万象的浓缩。这个特点的变化在《百年孤独》和《家长的没落》中还可以看得更清楚，而且我们在君特·格拉斯和萨尔曼·拉什迪的创作中亦可见到类似的做法：一方面是叙事的眼光紧盯着一种撒旦式的现实和造型，不断地挖掘其中的含义和变化，另一方面是它那副语言的肠胃以不同常规的方式吞噬着素材，消化现实的五花八门的信息。

《格兰德大妈的葬礼》中的讽喻、戏仿、编排、嘲弄和鞭笞的语言，体现了叙事人与现实社会变态层面的深刻结合。它的立意十分清楚，不是我们通常所谓的"模仿现实"——卢卡奇或高尔基意义上的"总体现实"，

---

① 《加西亚·马尔克斯中短篇小说集》，上海译文出版社 1982 年版，第 304 页。

而是要"全面"而有意识地去表现一个撒旦和魔鬼的现实。卡夫卡和陀思妥耶夫斯基的小说，果戈理和布尔加科夫的小说（也就是东欧的魔幻现实主义），他们的创作所要深入并立足的就是这个现实。

加西亚·马尔克斯在60年代初的沉默检讨曾经给人以停滞不前的印象，就像巴尔加斯·略萨的评传和何塞·多诺索的记事中所描述的那样，实际上，这里面已经在酝酿着一种观念和手法的深刻变革。因此归结起来讲，"回归卡夫卡的源头"可以视为作家对语言及其功能的一个有所鉴别反思的过程。文学语言是一种较之于电影传媒更注重内省的载体。主体与语言的关系是现代主义作家探索的核心问题。卡夫卡的幻象、幽默、"可信而不可能"的叙述，集中体现了这个时代的创作主体对于语言的自由度（以及语言的界限）的认知。这是一笔可贵的精神财富。

作家告别"小镇喜剧"的优美和抒情的寄托，进入到格兰德大妈主宰的领地，女权统治和"近亲乱婚"的马孔多，一个政治独裁和精神变态的国度。其中一切揶揄夸张和使人发笑的事物都具有魔鬼的性质。教皇和各级政府官员举行仪式，女族长临死前打响嗝，尸体在华氏104度中腐烂，继承人迫不及待瓜分遗产，而女族长的财产如此之多简直难以计数。"大家都深信，她占有着所有的水。无论是活水还是死水，是落到地面的雨水，还是没有落下来的雨水都归她所有。所有乡间的道路和电线杆子就更不在话下了，连闰年多出来的那天，还有所有带热气儿的全都归她所有。"①

除了有形的财产，还有"精神上的遗产"的统计，那就是"地下资源、领海、国旗的颜色、国家的主权、传统的各种政党、人权、公民的权利、最高法官、第二轮审判、第三次辩论、介绍信、历史的证据、自由选举、选出的历届美女、那些有影响的演说、大规模的示威游行、漂亮出众的小姐们、举止端庄的先生们、拘泥呆板的军人、尊敬的阁下、最高法院、禁止进口的商品、自由派的女士、肉的问题、语言的纯洁性、世界的范例、司法程序、自由而负责任的新闻事业、南美的女神、公众的舆论、民主选举、基督教的道德、外汇的短缺、避难权、共产主义的危险、国家

---

① 《加西亚·马尔克斯中短篇小说集》，上海译文出版社1982年版，第306页。

的库存、生活费用上涨、共和派的传统、受损害的阶级，以及联合通报。"① 贝尔—维亚达统计出这个段落包含的 39 个词和词组，并且说这份清单的罗列"像是惠特曼变成了讽刺作家"，"它给本篇的叙述带来了浮夸、破例的嘲讽和正话反说的调子"。② 这一点在小说介绍"全国各界美女皇后"的段落中也有表现。

"自我戏仿"所带来的一个结果是叙事人语言的谐俗倾向，这是卡夫卡或福克纳的小说所没有的，应该视为加西亚·马尔克斯个人风格的一种体现。他开始融入新闻报刊的表达方式，漫画和"粗俗喜剧"的笔法（该小说与《恶时辰》的定稿均完成于同一年），他特有的对数字数据的罗列夸张，名词词组和象声词的运用，等等。例如，这个由于加入拟声词而凸显讽刺效果的段落："终于，帕斯特拉纳的牧师擂着鼓出现在广场中央，宣读重要文告：咚咚咚……宣布社会秩序进入非常时期；咚咚咚，总统的特别权利……咚咚咚……允许他自己……咚咚咚，参加格兰德大妈……咚咚咚……的葬礼……咚咚……"③

智者的嘲弄戴上轻浮丑角的面具，诗人的幻象协调大众文化的鼓噪。这就是讲述马孔多故事的人的一个崭新的形象，他回归于神话主义的叙述所带来的变化。《格兰德大妈的葬礼》作为变法和过渡的环节所具有的意义，我们已经做了阐述。作家说自己重新回到了《枯枝败叶》的道路上，只是说出了部分的真相。那个阶段的创作中并没有谐俗和玩笑的成分，也没有"一本正经的杜撰"所容纳的幽默。马孔多的毁灭曾经在《枯枝败叶》中有所暗示，带着一种愁郁迷茫和恍惚不安的诅咒，召唤那场末日飓风，而《格兰德大妈的葬礼》则以玩笑和自我戏仿的率直力量，协同、承认并且宣告这种毁灭的必然。

　　人们都长长地舒了一口气，十四天以来的祈求、赞美和颂扬所带

---

① 《加西亚·马尔克斯中短篇小说集》，上海译文出版社 1982 年版，第 313—314 页。

② Gene H. Bell-Villada：Garcia Marquez, the Man and His Work, Chapel Hill and London，1990，p. 127.

③ 《加西亚·马尔克斯中短篇小说集》，上海译文出版社 1982 年版，第 319 页。

来的劳累，都随着这声深呼吸而烟消云散。可是，在场的人也有些头脑比较清醒的，预感到自己参加的是一个新时代降生的洗礼。现在，教皇已经完成了降临俗世的使命，可以毫无顾忌地返回天庭；总统也可以安然地坐在宝座上，按其方针治理国家；各种牌号的美女皇后也可择优而嫁、寻求幸福，还会生下许许多多的孩子。现在，人们可以随心所欲地在格兰德大妈这块广漠的庄园里占领地盘，搭上自己的帐篷。因为那唯一有权压制他们的人已经在铅板之下开始腐烂。……明天，也就是礼拜三，清道夫们就要来到这里把葬礼剩下的垃圾一股脑儿地清扫干净，让它们永生永世不再卷土重来。①

小说的结尾带着我们在《百年孤独》和《家长的没落》等篇中听到的挪揄而放纵的笑声，预示着一个艺术家经历 20 多年的摸索所获得的自信，要求拥抱并结束这个漫长的循环。这是加西亚·马尔克斯被冠之以"魔幻现实主义"创作的开始。

第二节　魔幻现实主义与加西亚·马尔克斯的变法

一

将"承诺文学"的创作看作是"一个错误的政治决定"，加西亚·马尔克斯在他回顾这个阶段的创作时说："我写《枯枝败叶》时，头脑里已经形成文学应该是怎样的概念，即文学应该是经历和周围现实的富有诗意的再现。"② 作为延时实现的一个命题，《百年孤独》的创作初衷便是试图"艺术地再现"作家"童年时代的世界"，用他本人的话说，是"要为我童

---

① 《加西亚·马尔克斯中短篇小说集》，上海译文出版社 1982 年版，第 322 页。
② 〔哥〕加西亚·马尔克斯：《两百年的孤独》，云南人民出版社 1997 年版，第 84 页。

年时代所经受的全部体验寻找一个完美的归宿。"①

通过达索·萨尔迪瓦尔和陈众议的著作，我们看到作家的童年经历、外祖父家的"大屋"和迷信是如何的滋养着这部小说的创作。穿着丧服、身材小巧的外婆像小说里的乌苏拉，她"不让黑蝴蝶飞到家里来，因为黑蝴蝶是很不吉祥的，带着死亡的信息；也不能让盐撒在地上或硫黄味儿进入卧室，因为二者与巫师或者魔鬼有关"②。她接纳丈夫的一大群私生子，就像乌苏拉接纳奥雷良诺·布恩蒂亚上校的儿子。作家的外祖父和外祖母是近亲结婚，就像孕育了布恩蒂亚家族的那个血缘之谜。在几部小说中曾经出现过的"浑身装饰着老虎皮、老虎爪和老虎牙的马尔伯罗公爵"，这位欧洲历史上著名的英国军人（1650—1722）如何出现在了马孔多，一直让读者感到迷惑不解，原来是外祖母信口开河的胡诌让作家后来将错就错，把他变成了上校的战友。那位像阿玛兰塔一样叫人缝制寿衣的表姑奶奶，大家叫她"玛妈"，也是穿着丧服，性格保守。③ 作家的整天啃吃泥巴的妹妹，"还有许许多多名字完全相同的亲戚"。④ 外公带着外孙去看马戏团和骆驼，为了解释"冻鱼"这个词还带他去冰库摸冰块，这个细节成了《百年孤独》第一章的来源。

在《回归本源》一书中，达索·萨尔迪瓦尔提示我们，凡是小说中我们认为不可思议的、虚构和幻想的人物，几乎都可找到实际生活的原型，他们来自于作者的童年记忆和加勒比民间文化的经历，是他的童年生活的"富有诗意的再现"。

"大屋"渗透土著文化的血液，为《百年孤独》"神奇的现实"提供创作的源泉。如果说"魔幻现实主义"始终是一个有争议的创作标签，那也是涉及对这种童年记忆和民间文化的认知与理解。在作家"童年的感觉知觉中，外祖母家充满了幽灵和鬼魂。他常听到外祖母同鬼魂交谈。当他问

---

① ［哥］加西亚·马尔克斯、门多萨：《番石榴飘香》，生活·读书·新知三联书店 1987 年版，第 103 页。

② 陈众议：《魔幻现实主义》，辽宁大学出版社 2001 年版，第 75 页。

③ 同上书，第 75—79 页。

④ ［哥］加西亚·马尔克斯、门多萨：《番石榴飘香》，生活·读书·新知三联书店 1987 年版，第 103 页。

她为什么这么做时，她总是不动声色地回答说，她之所以这样做是因为不这样做死去的人就会感到孤独难熬。为了表示对鬼魂的应有的尊重和理解，外祖母还特地预备了两间空房，供他们歇脚。每当夜幕降临，外祖母便再不许人到那儿去。她嘱咐年幼的加西亚·马尔克斯早早上床安歇，以免不期然碰上闲散的幽灵、游荡的鬼魂。无独有偶，加西亚·马尔克斯的一位'姨妈'既不是行将就木，亦非病入膏肓，可有一天突然感到了死亡，于是就关起门来织寿衣。当加西亚·马尔克斯问她干吗这样时，她微笑着说：'为了死亡。'"①

这些描述与我们在小说中看到的情节几乎如出一辙，印证了作家后来的陈述："我的作品中写的基本经历不是很多，而且它们已开始变得陈旧了：都是在我生命的最初八年的经历。"②

因此，在一些研究者的阐述中，童年拂之不去的幽灵记忆进驻他的艺术世界，像处女作《死亡三叹》中那个7岁的小孩在死亡中继续生长的噩梦，还有《枯枝败叶》中11岁的男孩，想起厨房的那把破椅子，"每天深夜，有个鬼魂戴着帽子，坐在椅子上，观赏着灶膛里熄灭的灰烬"，③ 等等，这些形象的孕育与《百年孤独》的世界是一体的。④

问题在于，它们的写法实际上是不一样的。如果我们把《死亡三叹》和《枯枝败叶》中的相关叙述与《百年孤独》等同起来，这就混淆了它们与"魔幻文学"之间的区别。《死亡三叹》和《枯枝败叶》不同程度地再现了作家的童年记忆，《百年孤独》也是在回溯这种记忆，两者之间确实有着千丝万缕的联系。然而它们的区别是显而易见的，它们依赖的是不同的创作概念。这是我们要阐述的一个中心议题。

概括地说，前者是一般意义上的对现代派文学的模仿，通过模仿寻找自我，体现为一种"向内转"的神话主义倾向的叙述，它的意识和方法都没有超越现代派文学的范畴，其创作的新意和破坏力均与本土社会保守落

---

① 陈众议：《魔幻现实主义》，辽宁大学出版社2001年版，第31页。

② ［哥］加西亚·马尔克斯：《两百年的孤独》，云南人民出版社1997年版，第252页。

③ 《加西亚·马尔克斯中短篇小说集》，上海译文出版社1982年版，第59页。

④ 陈众议：《魔幻现实主义》，辽宁大学出版社2001年版，第74页。

后的美学意识形态有关；它的一个突出的主题是寻找，寻找者并不讳言徒弟与师傅的关系，也就是欧美文学被赋予的楷模作用，在这中间不断地转移学习和模仿的对象，因此也始终脱不了习作的气味，即便已经拥有熟练的技法，创作的概念还是落后的。后者是我们现在所说的魔幻现实主义的创作，而且是公认的这个流派的典范之作，具备了独特而又成熟的创作意识，是在艺术哲学的层面上促成并体现了安赫尔·阿斯图里亚斯所说的有关于"美洲现实的第三范畴"①的发现，也就是"魔幻现实"的一个发现，表明它在精神和概念的意义上获得了自我实现的可能性，从而去塑造现实的表象、形态和生命，这种发现的意义是不可估量的。它意味着这个大陆的文学使命变得日益清晰并且激动人心，即如何创作拉丁美洲的小说，这个大陆的自我发现的文学？

发现和寻找并不是同一个概念，尽管它们的联系总是显得矛盾而微妙。加西亚·马尔克斯将他参与"承诺文学"的创作看作是"一个错误的政治决定"，他的不无怨恨的语气是在说明，这个阶段的创作是不对路的，是在《枯枝败叶》和《百年孤独》之间设置了漫长的时间隔阂，大大地延缓了后者的到来。我们不禁要问，事情果真是这样的吗？读者似乎已经习惯了作家在访谈中自相矛盾的陈述，因为在另一个场合他同样会说，《没有人给他写信的上校》是"平生得意之作"，各个方面都无懈可击，而《星期二的午睡时刻》是他写得最好的短篇小说。②这些作品均是完成于"承诺文学"的阶段，也就是他悉心效法海明威的时期。我们从另一个角度看，这种漫长的时间隔阂难道不也是必然的吗？

作家的歧路徘徊的创作经历倒是十分典型地体现了"师徒对话"和"自我寻找"的主题，很难说全然出于政治上的幼稚。早在"波哥大小说"时期这种寻找就开始了，《死亡三叹》的生死取舍的探索是有意识的，它的阴性的向度决定了作家精神感受的生长力，为了摆脱传统的叙事状物的呆板模式，有意识地选择一条内向的道路。《没有人给他写信的上校》又

---

① 陈众议：《魔幻现实主义》，辽宁大学出版社 2001 年版，第 29 页。
② ［哥］加西亚·马尔克斯、门多萨：《番石榴飘香》，生活·读书·新知三联书店 1987 年版，第 88 页。

何尝不是作家的一幅自画像，关于贫穷和灵感之间那层隐秘的联系被描画得如此动人，让人联想到毕加索蓝色时期的创作，主角的等待和落寞的形象似乎凝结着一种超凡脱俗的价值，衬托在一个几乎是心甘情愿的自我牺牲的无名境遇之中。实际上这也是含蓄地总结了"承诺文学"这个阶段的精神和创作的价值。达索·萨尔迪瓦尔的《回归本源》仍然取用巴尔加斯·略萨用过的框架，截取《百年孤独》之前的历程为加西亚·马尔克斯作传，大概也是出于对这个主题的兴趣。可以说，他不仅是拉美最富于探索和变化的作家，而且也是这个方面最有意义的作家。

从"先锋派"作家到"新小说"作家，这种自我的寻找从来就没有停歇过。在文学史的叙述、作家的作品以及相关的评论中我们可以看到，"如何创作拉丁美洲小说"这个命题其实早就渗入了 19 世纪末受到欧洲现代主义影响的文学界，而在"地域主义"文学的倾向中已经迈开了步子。强调"美洲主义"的理念以及"综合观察"的出现，意味着作家以更为开阔的眼光看待本土社会和"地方特色"。① 在"先锋派"作家阿莱霍·卡彭铁尔、安赫尔·阿斯图里亚斯等人的宣言与实践中，这个命题的思考变得更加自觉，意图也显得更加激越。

在《一个巴罗克作家的简单忏悔》中，阿莱霍·卡彭铁尔宣称："我觉得为超现实主义效力是徒劳的。我不会给这个运动增添光彩。我产生了反叛情绪。我感到有一种要表现美洲大陆的强烈愿望，尽管还不清楚怎样去表现。这个任务的艰巨性激励着我。我除了阅读所能得到的一切关于美洲的材料之外没有做任何事。我眼前的美洲犹如一团云烟，我渴望了解它，因为我有一种信念：我的作品将以它为题材，将有浓郁的美洲特色。"②

另一位"先锋派"作家安赫尔·阿斯图里亚斯，也是与他喜爱的欧洲先锋艺术展开叛逆性的对话，并且"明确地提出了魔幻现实主义的创作原

---

① 朱景冬、孙成敖：《拉丁美洲小说史》，百花文艺出版社 2004 年版，第 215—216 页。

② 转引自陈众议《魔幻现实主义》，辽宁大学出版社 2001 年版，第 27—28 页。

则"①。他在访谈中阐述"魔幻现实"的概念:"简而言之,魔幻现实是这样的:一个印第安人或混血儿,居住在偏僻的山村,叙述他如何看见一朵云彩或一块巨石变成一个人或一个巨人……所有这些都不外是村人常有的幻觉,谁听了都觉得荒唐可笑、不能相信。但是,一旦生活在他们中间,你就会意识到这些故事的分量。在那里,尤其是在宗教迷信盛行的地方,譬如印第安部落,人们对周围事物的幻觉印象能逐渐转化为现实。当然那不是看得见摸得着的现实,但它是存在的,是某种信仰的产物……又如,一个女人在取水时掉进深渊,或者一个骑手坠马而死,或者任何别的事故,都可能染上魔幻色彩,因为对印第安人或混血儿来说,事情就不再是女人掉进深渊了,而是深渊带走了女人,它要把她变成蛇、温泉或者任何一件他们相信的东西;骑手也不会因为多喝了几杯才坠马而死的,而是某块磕破他脑袋的石头在向他召唤,或者某条置他于死地的河流在向他召唤……"②

从这些宣言当中不难看到一个共同而迫切的欲望,那就是作家要掌握自己的创作概念。"为超现实主义效力是徒劳的",作家意识到自己不能给这个流派和运动增添一点新的东西。从另一个方面讲,也正是因为加入西方现代文化的"师徒对话"的虔诚和努力,这个问题才有可能提出来。阿莱霍·卡彭铁尔说:"对我而言,超现实主义有着十分重要的意义。它启发我观察以前从未注意的美洲生活的结构与细节……帮助我发现了神奇的现实。"③ 同样的申明也出现在安赫尔·阿斯图里亚斯的谈话中。"超现实主义是一种反作用……它最终使我们回到了自身:美洲的印第安文化。谁叫它是一个耽于潜意识的弗洛伊德主义流派呢?我们的潜意识被深深埋藏在西方文明的阴影之下,因此一旦我们潜入内心的底层,就会发现川流不息的印第安血液。"④

魔幻现实主义的诞生与这种回归自我的文化思潮不可分离。它的源头

---

① 赵德明:《20世纪拉丁美洲小说》,云南人民出版社 2003 年版,第 172 页。

② 转引自陈众议《魔幻现实主义》,辽宁大学出版社 2001 年版,第 29 页。

③ 同上书,第 30 页。

④ 同上。

是19世纪末即已开始的拉美现代主义小说"为了摆脱传统的古典主义和模仿的浪漫主义的束缚,试图创作新型的民族文学而做的努力"①。尽管魔幻现实主义的目标并非是简单地创作一种"新型的民族文学",它的性质也不是"民族文学"或"风俗派"的定义可以概括的,但是从复活自我的灵魂这个角度看,文化回归的思潮显然是有着较为漫长的渊源,而且对处在这个背景中的作家都产生了影响。

如果我们仔细考察加西亚·马尔克斯的电影评论和文学评论——这些文章的写作也鲜有评论,不难看到,从拥有自我的创作概念出发来谈论文学的全部都是出现在《百年孤独》之后,在此之前像他评论埃德加·爱伦·坡的文章,有关于福克纳的影评,等等,除了显示作者渊博的文学修养和见识的敏锐,基本上都没有超出一个才子的胸襟。这些专栏文章表明他和阿莱霍·卡彭铁尔一样,已经掌握了西方现代文化的来龙去脉,具备精深的文学造诣,但是还缺少本质性的发现,一种或许是粗线条的凝聚现实的思维轮廓,也就是说,缺乏某个核心的创作概念。卡彭铁尔和阿斯图里亚斯的宣言所包含的追求,与加西亚·马尔克斯的追求应该没有本质上的区别。

归结起来说,同样是利用童年的幽灵世界作为创作的材料,方法是不一样的。以处理童年经验这个议题为切入点来考察变法的意义,或许可以使我们看到,早期的"波哥大小说"、《枯枝败叶》,还有《格兰德大妈的葬礼》这个集子中的大部分短篇,事实上都渗透着作者早熟而幻灭的情绪记忆,也许是以更为贴切的形式记录了他童年的体验和创伤。不同之处在于,《百年孤独》的观念恰好是与阿莱霍·卡彭铁尔提出的观念相仿,从"神奇的现实"这个创作观出发再现童年的记忆,结果塑造了一个全然不同的艺术世界。不是一种幼稚和成熟的递进关系,也谈不上是一种必然的发展和替代,它们是各自依据性质不同的概念来写作的。只能说《星期二的午睡时刻》、《没有人给他写信的上校》体现了另一种意义上的完美,依据的是另一种文学创作的概念。因此这里我们不能否认的恰恰是概念所起

---

① 朱景冬、孙成敖:《拉丁美洲小说史》,百花文艺出版社2004年版,第133页。

的作用，而不是一般所说的风格、技巧和语言所带来的变化。阿莱霍·卡彭铁尔的《〈这个世界的王国〉序》被视为"魔幻文学"的经典论文，它所要强调的就是这个思想。

伊塔洛·卡尔维诺在论及切萨雷·帕韦泽的创作时说："在帕韦泽的作品中我们还发现自然与历史，它们是对立的：自然是包含着童年各种最初发现的乡村，它是完美时刻，它在历史之外，它是'神话'；历史则是'永远不会终结'的战争，是'应更深地扎入我们血液中'的战争。"[1]

认为童年的乡村是一种与历史对立的自然存在，并且从这种对立之中强调其魔幻和神话的性质，《百年孤独》的开篇所要确立的便是这个思想意识，较之于作家此前的创作，它昭示了一种全然不同的创作概念。

加西亚·马尔克斯对他获得的创作概念有过这样一番解释：

> 我相信现实生活的魔幻。我认为卡彭铁尔就是把那种神奇的事物称为"魔幻现实主义"的，这就是现实的生活，而且正是一般所说的我们拉丁美洲的现实生活……它是魔幻式的。毫无疑问，这里有来自非洲的影响，来自阿拉伯的影响，对它还可以作出许许多多的解释。……我们生活在一块大陆上，这里每日每时的生活中现实都与神话羼杂。我们诞生和生活在一个虚幻的现实世界中。也不知为什么，当年我家乡的小镇里每发生一次神奇的事件，我们的家就成了咨询处。每一次那种谁都搞不清楚的事情一发生，人们就纷至沓来。通常，婶婶总是有问必答。我看正是这种自然天性为我打开了通向长篇小说《百年孤独》的大门。小说中最神奇、最扑朔迷离的情节描写得很从容。我的婶婶也正是这样从容坦然地叫人在院子里烤长尾蜥蜴卵的。……拉丁美洲的生活就是这样的，即便是日常生活也光怪陆离。这是一块放浪形骸又极富想象的土地，因孤独而耽于幻想和种种错觉的土地。我的作品人物在表现这种虚幻的现实

---

① ［意］伊塔洛·卡尔维诺：《为什么读经典》，译林出版社 2006 年版，第 220 页。

时是真实的。①

《百年孤独》的手法和原则包含在这个段落的阐述中，它们靠的不是信手拈来的简单技巧。我们看到，作家要打破"以前作品中独有的逻辑性几乎很强的散文式的现实主义的谨慎"（法·罗德里格斯语）②，必然要在总体上对现实观念进行解构和语义的重构，这是《百年孤独》试图变法的基点。这一点在后面的小节中还会作出详细的论述。

二

阿莱霍·卡彭铁尔谈到拉美新小说的"爆炸"时说，"他们用一种完全巴洛克主义的方法演示了美洲人文和包括森林、田野在内的地理环境"。③巴洛克主义也常常成为魔幻现实主义流派的代名词。从形态上讲，这些小说属于百科全书式的创作，仿佛又回到了19世纪的欧洲文学；从文化上讲，它们带有鲜明的地域文化特色，印第安人和黑人的血液融入其中，具有文化融合的多元性。这两点在研究中已有定评，确实也是最为重要的特色。然而，新小说归根结底是从现代主义的思想意识中孕育的，文化形态的多样性中没有脱离先锋文学的命题，因此讲到魔幻现实主义的风格和手法，这里需要另作一番补充说明。

美籍评论家拉塞尔·M.克拉夫1967年的文章《乌斯拉尔·彼特里短篇小说中的魔幻现实主义》，反驳那种认为真实的东西与幻想相结合便是魔幻现实主义的基本特征这种简单的说法，他说：

> 如果魔幻现实主义仅仅是现实主义和幻想的混合物，那么，它便

---

① ［哥］加西亚·马尔克斯：《两百年的孤独》，云南人民出版社1997年版，第169—170页。

② 林一安编：《加西亚·马尔克斯研究》，云南人民出版社1992年版，第452页。

③ ［古］阿莱霍·卡彭铁尔：《小说是一种需要》，云南人民出版社1995年版，第17页。

不是文学史上的什么创新，也就与古往今来所有的文学作品毫无区别了。如果用这个标准来衡量，连《天方夜谭》和中世纪的动物寓言，由于不乏取材于现实生活的故事情节和虚构的人物，也就可以毫无顾忌地将它们划入魔幻现实主义的范畴了。如此归纳，魔幻现实主义也就完全失去了应有的标准，从而也就毫无必要开创这个新的流派了。①

M. 克拉夫的文章提出了一个十分尖锐的问题，需要我们做出正面的解答。《百年孤独》魔幻现实主义手法创新的实质是什么，尤其是当人们将这部小说与布尔加科夫的《大师和玛格丽特》相提并论时，其叙事学上进行比较的依据是什么，这些问题如果不能得到一个有针对性的解答，那么 M. 克拉夫所说的那种概念上的混淆仍会在研究中继续下去。一般说来，《百年孤独》表现"魔幻现实"的一个笼统的定义是"夸张"，或者再加上"荒诞"等等，这些词语成了我们在理论上阐释其创作特色关键。

奥雷良诺·布恩蒂亚儿时预言的那只汤锅，按照他的预言从厨房的桌子上移动并且摔碎在地上。死者在浴室里洗他脖子上的伤口，在屋子里翻腾着找水来浸湿芦苇做的止血栓。女婴的摇篮自己摇晃起来，甚至围着屋子绕上一圈。神父喝下一杯热巧克力，离地腾空 12 公分。姑娘在晾晒衣物时抓着床单升天，直到在人们的视线中消失。人们患上集体失眠症和集体失忆症。吉卜赛人的飞毯重现《天方夜谭》的奇景，而马孔多接连下了四年十一个月零两天的大雨足以将诺亚方舟再度漂浮起来。这类情节在书中比比皆是，单独挑出来显得像是儿童读物中介绍的细节或场景，但实际上我们知道，它们并不是小方格里描画的象征性图案装饰着这本书，像维森特·罗霍的封面设计所展示的那样，使它显得精巧而富于童趣，而是与现代史的生活内容结合在一起，直接构成了"魔幻现实"的表征。换言之，维森特·罗霍精彩的图案装饰艺术所不能传达的，是语言艺术绘制"多维空间"的奇妙能力。

在东欧的魔幻现实主义——尤其是布尔加科夫的小说——尚未得到充

---

① 转引自陈光孚《魔幻现实主义》，花城出版社 1986 年版，第 199 页。

分介绍之前,《百年孤独》的写作风格使当代的读者感到闻所未闻。除了巴洛克风格的奇异现实的描绘使人感到眼花缭乱,这里面还有一层重要的内涵,是"夸张"这个术语解释不了的,这是我们要在这里重点分析的一个问题,很大的程度上,它也关系到加西亚·马尔克斯与阿莱霍·卡彭铁尔、卡洛斯·富恩特斯等人之间叙事艺术上的区别,尽管他们是属于同一个创作流派。

委内瑞拉评论家马尔克斯·罗德里克斯在他 1974 年的论文《澄清有关阿莱霍·卡彭铁尔的两个问题》中谈到了同一个流派的作家之间的区别,他的分析对于我们进一步了解《百年孤独》的魔幻手法颇有启迪:

> 如同大家已经看到的那样,魔幻现实主义的艺术家与"神奇现实"的艺术家的作用是不同的……当读者看到加西亚·马尔克斯在《百年孤独》中关于升腾的情节时的反应,大概和在读到《这个世界的王国》中马康达尔被处死刑,活活被烧着的时候,人们看到他变成了一只飞禽振翼高飞的情节所产生的反应是不同的。加西亚·马尔克斯在他的作品里,对基于民间信仰的场面作了想象的加工;而卡彭铁尔不是加工一个想象的事实,而只是囿于把当时记录下来的情况如实地传达给读者。后一种情况当然也有艺术上的加工了,不然,卡彭铁尔的故事就无异于报道或者历史故事了。然而这是和加西亚·马尔克斯不同的加工……在魔幻现实主义中,魔幻在于艺术家;而在"神奇现实"中,神奇却在于现实。①

罗德里克斯强调"魔幻在于艺术家",这是在提醒我们,作家对于文本的控制是这种创作形式中的关键。《百年孤独》夸张的叙述看起来并不复杂,何以在效果上引起如此的微妙和震骇?我们认为,加西亚·马尔克斯对想象的事实进行加工,这里涉及的是一个模仿论的界线的问题。它不是一般意义上的夸张,而是试图以革新的方式跨越模仿论的界线。

一般说来,童话、民间传说或神话的范畴原本与日常现实的范畴之间

---

① 转引自陈光孚《魔幻现实主义》,花城出版社 1986 年版,第 201—202 页。

存有界限，任何一个头脑正常的人都不会否认这道裂隙的存在，它们是事物存在的不可逾越的界限。日常现实的三维空间的视觉总是要排除俏姑娘雷梅苔丝升天之类的"奇迹"，只能把它当作是存在的象征而不能把它看作是正在发生的现实，也就是当下的现实中发生的事件。除非是在一个"仿梦"的情境之中，它们才会出现在同一个三度空间，以没有隔阂的方式彼此融合起来。也就是说，"真实"和"虚幻"的不同范畴的存在是以一种可以目睹却难以理解的方式进行融合。梦之使人惊讶的地方也往往在于此。但如果我们被告知，这个游戏并不代表做梦，我们恰恰是在读一部小说，一部反映现实的小说，是那种讲述某个地方的人们生活、斗争和历史的小说，其结果又会如何？

俏姑娘雷梅苔丝升天成了我们的视觉无法否认的现实，正如格列高里·萨姆沙变形为甲虫，它的方法恰恰不是依靠夸张。实际上，这是果戈理以来鲜有人尝试的一种创作，其场景的叙述中保留了语言模仿现实的规则，同时也公开抹去了虚幻和真实的界限。我们认识到这一点的时候也等于是被告知了新的游戏规则，甚至需要参与这个游戏的制作过程，因为我们的理智受到愚弄的同时也受到利用。而在游戏被推向极致的时候，梦的前提也被取消了（或者是被魔术师巧妙地隐藏起来），留下的只是一种"可信而不可能"①的叙述。如果我们仔细考察《变形记》的创作，也可以看到这种写法的来源，卡夫卡保留日常真实的同时进行变形的叙述就已经包含了这种意识。在他的那个世界里，一切也都是公开的，没有隐瞒也没有前提性的说明和解释，甚至否认这是一种"仿梦"的行为。

魔幻现实主义将"虚幻"和"真实"的截然对立的范畴彼此融合起来，在叙述逻辑可以变化的内部产生一种思想认知的新境地。《百年孤独》对于历史意识形态和日常生活的描述是极为现实的，对于情欲刺激的描写也采取自然主义的态度，在这个语言模仿现实的基准线上，也就是在同一个"再现"的视觉平面上，它加入神话不可思议的元素但是又不做任何说明和解释，不像超现实主义那样始终强调"梦幻"或"潜意识"这个预设

---

① 金亚娜等：《充盈的虚无：俄罗斯文学中的宗教意识》，人民文学出版社2003年版，第9页。

前提，把人的视线带离当下的三度空间之外，去臆造一个什么东西。

在这个意义上讲，阿莱霍·卡彭铁尔对于超现实主义的指责其实是一种更加严谨的学术批评。在《〈这个世界的王国〉序》一文中他指出，超现实主义"精心加工"的梦幻文学已经变成陈词滥调；他们的鼻祖引以为自豪的格言："你们看不见，就想想那些看得见的。"这真是十足的官僚口气，一种没有说服力的娇弱放纵。"他们只依照某些绘画的模式，宣扬软绵绵的钟表、女裁缝的模特儿、模糊的男性生殖器等千篇一律的廉价神奇，其效果并没有超越在解剖桌上或荒漠中的雨伞、蝗虫或缝纫机。"①归根结底，骨子里还是不愿扔掉"以梦幻为前提"这块"理性主义的遮羞布"②。这就是说，超现实主义试图强调想象的神奇，终究还是隔了一层。

在《我相信现实生活的魔幻》一文中，加西亚·马尔克斯以简洁的评论道破他的创作手法的实质，他说："我避免去打破那些似乎是现实的事物和似乎是虚幻的事物之间的界限，因为在我力图表现的世界中，并不存在这种樊篱。"③

戴布拉·卡斯蒂罗（Debra A. Castillo）因而要强调，加西亚·马尔克斯混合民间文化与精英艺术所造成的特殊能量是由于"它反映了一种全新的、高度即兴的、可认知的模式；历史和虚构都源自于哥伦比亚的历史，并辅之以批评性的方法，与此同时又将那种历史和那种虚构转化为一种观看的新方式。"④

较之于布尔加科夫的魔幻文学，《百年孤独》"转化为新方式"的内涵是不同的，但同样让我们了解到，这种观看事物的新方式是与变革叙事学的内在逻辑有关，它也只能是以包含模仿论在内的整个成熟文化的反思和

---

① 柳鸣九主编：《未来主义/超现实主义/魔幻现实主义》，中国社会科学出版社1987年版，第470页。

② ［哥］加西亚·马尔克斯、门多萨：《番石榴飘香》，生活·读书·新知三联书店1987年版，第39页。

③ ［哥］加西亚·马尔克斯：《两百年的孤独》，云南人民出版社1997年版，第170页。

④ Emory Elliott 主编：The Columbia History of the American Novel. ，外语教学与研究出版社2006年版，第618页。

观察为前提，哪怕是接受了黑人和印第安人观念的影响，它真实的支点也不在于原始文化而是在于更具批判性的现代意识。无论是看待布尔加科夫还是加西亚·马尔克斯的魔幻现实主义文学，这都是非常重要的一点。过去的研究中较为流行的一种结论认为，拉美"魔幻现实主义作家采用极端夸张和虚实交错的艺术手法，将现实化为幻觉，将幻觉变为现实，其作品的真实建立在印第安古老文化传统基础上，为现代读者所认可"①。从流派的总体特征来讲这么说未尝不可，但是用它来解释《百年孤独》的方法和意义，《百年孤独》与《家长的没落》在手法上的区别，加西亚·马尔克斯与安赫尔·阿斯图里亚斯、阿莱霍·卡彭铁尔等人的区别，恐怕就显得过于笼统了些。我们会忽略推动这部小说写作的艺术野心，它的欧美叙事学的渊源和特质，它所强调的与传统模仿论之间的微妙而不可分割的联系，等等，正如我们前面论述其方法时所讲的那样。

《百年孤独》表现本土的文化和历史，同时自觉而有意识地挑战传统的模仿论的界限，以毋庸置疑的突破性的做法构成了欧美小说发展的一个环节，它的变革叙事学的意义也体现在这里。前面引用的安赫尔·阿斯图里亚斯关于"魔幻现实"的阐释，其实并不完全适用于加西亚·马尔克斯的创作，那番论述多少还是显得比较粗浅，其原始主义的面具掩盖了现代叙事学的向度。如果小说只是依靠露骨的性描写和本土文化的猎奇，或者只是依赖地区性文化对于"真实"这个概念的诠释，其作用也未必能够像何塞·扎拉克特所说的，它"击中拉丁美洲的读者颇似圣保罗在去大马士革的路上被击中那样"②。事实上小说"击中"的不单单是拉美读者，它的启蒙性的影响是十分广泛的，而利用本土文化创作成功的拉美小说又何止这一部。

贝尔—维亚达十分重视小说对"日常现实"的描绘，以为这是它的一个特色，但是由于他否认"魔幻现实主义"的说法对于解释这部小说

① 王守仁：《谈二十世纪的现实主义》，《外国文学评论》1998 年第 4 期第 48 页。

② Emory Elliott 主编：The Columbia History of the American Novel.，外语教学与研究出版社 2006 年版，第 618 页。

的意义，因而在他的论著中也未能指出这种描绘在整个文本中的位置。①《百年孤独》魔幻现实主义的一个关键是体现在对这种日常现实的描绘和利用。我们可以说，与拉美这个流派的其他作家相比，再也没有人像《百年孤独》的作者那样钟情于日常现实的描绘，也没有人像他那样将这种层次的描绘与神话的维度结合起来，对想象的事实进行加工，形成文本的更富魔术性的张力和跨度，让人感觉到这种方法的不可阻挡的敏锐，在类似于女婴的摇篮漂浮的情景再现之中拨动人们的心弦。它大胆跨越模仿论的界限，同时又巧妙地维系一个三度空间的日常视觉。在它的语言魔法的有效性中这两者缺一不可，因为它们组成了叙述故事的新规则。

在此基础上，我们或许能够理解达索·萨尔迪瓦尔以下这一连串排比句的激动。在讲述作家的创作过程时他这样写道，小说"进展到森林里发现一艘船这一情节（第一章结尾）之时，作家'还真的认为这本书写不出什么名堂。可是从这个情节起，就完全进入了类似疯狂的状态，而且还十分开心'。显然，对他而言，能以随心所欲的笔触用西班牙语流畅自如地写作，是开心的；看着梅尔加德斯拖着磁铁行进，宣称器物本身皆有生命，关键在于唤起它们的灵性，是开心的；看着何塞·阿卡迪奥·布恩迪亚面对吉卜赛人变幻无穷的魔法苦思冥想，绞尽脑汁，是开心的；看着尼卡诺尔·雷依纳神父喝下一杯巧克力饮料之后离地腾空，是开心的；看着何塞·阿卡迪奥·布恩迪亚试图制造记忆机，先是用来记录那些令人惊叹的发明，而后用它对付健忘症，是开心的；看着俏姑娘蕾梅迪苔丝坐上费尔南达·德尔·卡皮奥的亚麻布床单，就从外祖父母家他很喜欢玩的那个五颜六色的花园完完全全飞升上天，是开心的"②。

加西亚·马尔克斯将神话传说和"虚幻事物"当作一个现实再现的维度，将事物对立的范畴进行转化与融合，不是抹去事物的差异，而是抹去

---

① Gene H. Bell-Villada: Garcia Marquez, the Man and His Work, Chapel Hill and London, 1990, pp. 106—108.

② ［哥］达索·萨尔迪瓦尔：《回归本源》，外国文学出版社 2001 年版，第 392 页。

它们存在的界限，从而创作出一个亦真亦幻的世界。詹明信指出："我相信，这是将文学魔幻现实主义的人类学观点中的'真实时刻'加以理论化的最恰当的方式，而且也是用卡彭铁尔'奇异的现实'的概念来解释'真实时刻'的策略性重述的最恰当的方式：不是一种因魔幻背景的'补充'而改变形态的现实主义，而是一种本身就已经在魔幻或神幻中并且本身就具有魔幻或神话性质的现实。"①

但是从超越模仿论的角度看，这种写法其实是对传统现实主义的一种别具匠心的解构，与布尔加科夫小说的做法比较的接近，与卡彭铁尔的"神奇的现实"则是有所区别。指明这一点很有必要，这也是对 M. 克拉夫提出质疑的一个解答。

第三节　关于暴力、死亡、孤独和
"非存在"的命题

一

在加西亚·马尔克斯博采众长、力图变法的过程中，胡安·鲁尔福的影响终于加入进来。拉美本土作家中，后者对他的影响来得较晚，无疑也是很大的。作家在回忆 60 年代初旅居墨西哥的那篇文章中谈道："作为一个小说家，我的大问题是，在写了那五本书之后，我觉得自己钻进了一条死胡同，到处寻找钻出来的裂缝。我很了解那些能够给我指明道路的好作家和坏作家。然而我觉得自己徘徊在同心圆中。我不认为自己已经山穷水尽。相反的：还有许多作品等待我去写。只是我肚子里没有写这些书的令人信服的、富有诗意的方法。"在文章结束时他以十分坦诚的语气总结说："我谈到上面的一切，是为了最后说明这一点：对于胡安·鲁尔福作品的深入了解，终于使我找到了为继续写我的书而

---

① ［美］詹明信：《晚期资本主义的文化逻辑》，生活·读书·新知三联书店1997 年版，第 566 页。

需要寻找的道路。"①

三个作品构成了变法的一个过渡性环节，它们是《虚度年华的海洋》、《恶时辰》和《格兰德大妈的葬礼》。这三个作品中，第一个得到的评价不高，第二个是毁誉参半，第三个获得了好评。《格兰德大妈的葬礼》已经有过详细的论述，《恶时辰》的创作我们也在第二章中作了阐述，"粗俗喜剧"和"非连续性叙述"与《百年孤独》的联系是值得注意的，尽管很多人对它评价不高，但它的部分价值已经体现出来。比这两个作品定稿早一年的《虚度年华的海洋》，实际上是作者阅读胡安·鲁尔福的一个产物。

达索·萨尔迪瓦尔对于这篇作品评价比较高，认为小说"符合的是卡夫卡的作品同样采用的那种富于隐喻的虚幻的现实主义"，也是一篇"看得出受胡安·鲁尔福的时空改变观念影响的作品"，"准确地讲，它是《百年孤独》的前奏"，尽管写的不是马孔多而是一个海滨村庄，但已经显露了巨著的部分轮廓。小说描写的"这个村子地太少，人死了不能埋，只好扔到海里。就在这一短篇小说和《伊莎贝尔在马孔多观雨时的独白》里，大量出现具有马孔多特征的事情，比如我们看到一位会腾空而起的神父，一个领着妻子去见识冰块的男人，一个无名无姓的'埃伦蒂拉'，一座似是而非的梦中幻景般的村镇（就像马孔多建立前何塞·阿卡迪奥·布恩迪亚所梦见的村镇），一件将村子变回从前模样抑或变得比从前还糟的非常事件；此外还有一座淹没在海里的鬼怪村庄，村里的男男女女都骑在马上——活脱脱一个水下科马拉"。"所以，受到胡安·鲁尔福影响（构思和格调上的影响）的《虚度年华的海洋》，标志着自给自足的马孔多镇塑造过程中的第一或第二个成就。"②

有关变法的过渡性环节的三个作品，它们各自的意义到这里已经有了比较完整的了解。《虚度年华的海洋》被认为是一个不太成功的作品，普利尼奥·门多萨的意见似乎起了主导作用，在《番石榴飘香》中他认为这

① ［哥］加西亚·马尔克斯：《百年孤独》，云南人民出版社 1997 年版，第 158—160 页。

② ［哥］达索·萨尔迪瓦尔：《回归本源》，外国文学出版社 2001 年版，第 364—366 页。

个故事过于"虚幻",作家本人也同意这个看法。① 贝尔—维亚达的论著中对它还是展开较长篇幅的论述,也认为它"构成了作者的一个突破","至少从故事的内容上看是《百年孤独》的初本速写稿"。但是指出它"柔和而常规的叙述风格却无助于成功地处理其大胆的、令人不安的题材(正如巴尔加斯·略萨注意到的那样)"。"从这里我们可以看到加西亚·马尔克斯发展他想象力的天赋所跨出的引人注目的步子,只是在相应的语言技巧和构思上还显得跟不上趟。"② 贝尔—维亚达用了但丁的《神曲》和托·斯·艾略特的《荒原》来形容故事中淹没在海底的那个鬼怪村庄,不像达索·萨尔迪瓦尔那样直截了当地指出,这个构思其实是来自于《佩德罗·巴拉莫》的科马拉村的造型。达索·萨尔迪瓦尔的文章第一次指明了两者之间的亲缘关系。

深入分析胡安·鲁尔福所带来的影响,这会是我们打开《百年孤独》的又一把钥匙。我们已经从叙事学的角度分析魔幻现实主义,现在需要从社会意识形态的角度来考察它的美学内涵。作家声称,"发现胡安·鲁尔福,就像发现弗朗茨·卡夫卡那样,无疑是我记忆中的重要篇章。"③ 实际上,《虚度年华的海洋》只是这种影响的十分有限的结果,如果他们的联系仅仅停留在这里,那么作家是不会费心将他与卡夫卡的作用相提并论的。加西亚·马尔克斯在访谈中屡次声称他能将《佩德罗·巴拉莫》倒背如流,而且他还曾以剧作家的身份参与了这部小说的改编工作。这里我们不妨做个归结:对胡安·鲁尔福笔下的科马拉村的深入而细致的解剖,至少在两个方面影响了他的《百年孤独》的创作。

其一,打破生死界的叙述。

《佩德罗·巴拉莫》的前半部分是以一个无能的叙述者——佩德罗·巴拉莫的儿子胡安完成一个叙述的游戏。胡安因母亲嘱托,千里迢迢到科

---

① [哥]加西亚·马尔克斯、门多萨:《番石榴飘香》,生活·读书·新知三联书店 1987 年版,第 40 页。

② Gene H. Bell-Villada: Garcia Marquez, the Man and His Work, Chapel Hill and London,1990,pp. 132—133.

③ [哥]加西亚·马尔克斯:《百年孤独》,云南人民出版社 1997 年版,第 156 页。

马拉村寻找父亲佩德罗·巴拉莫，给他做向导的人正是他的同父异母兄弟、杀死了父亲佩德罗·巴拉莫的赶驴人阿文迪奥。阿文迪奥告诉胡安，佩德罗·巴拉莫已经死了好多年了。来到科马拉后，有个叫爱杜薇海斯的老人对他说，阿文迪奥也已经过世了，不久前引导他的是一个鬼魂。随后胡安又听说，爱杜薇海斯太太其实也是一个鬼魂。最后他遇到多罗脱阿，才知道自己也是一个死人，是在与多罗脱阿合葬的坟墓里进行着这场谈话。原来这一切都发生在过去，科马拉早已不复存在。现在的科马拉是一片凄凉的废墟，飘荡着各色鬼魂的低声细语。

这种非常规的时序与空间的安排，使读者每走一步，犹如踏进深浅莫测的泥潭。鬼魂的谈话和引导会使人联想到但丁造访的世界，科马拉的名字也暗含有"炼狱"的意味。但是表现的意义不一样，《佩德罗·巴拉莫》中已经死亡的世界没有一刻不在展现活人所体验的世界，胡安·鲁尔福对于"炼狱"的描绘是以叙述观念的破冰为前提的，并不具有宗教赎救的意味。他有意打破生死界的隔阂，使"死"成为"生"的一种常态，从而拓宽了现实表现的范围。生死界限一旦可以冲破，时间就不再重要了。整部作品既无纵向的时间坐标（只能从作品内容反映的历史背景上去判断），也无横向的空间坐标（只有一个孤零零的科马拉村）。即使是死者之间的对话也不时地被他人的内心独白和回忆所打断，细若游丝的故事线索跳跃式前进，为读者展示一个光怪陆离的鬼魂世界。

《百年孤独》将离奇和死亡当作常态的叙述，它处理时间和空间的那种专断方式，与《佩德罗·巴拉莫》的影响是分不开的。加西亚·马尔克斯把周而复始的鬼魂叙述的表现形式予以强化，将它推广至活人的领域，最终造成了不同的效果。我们看到，在早期的《枯枝败叶》或更早的"波哥大小说"已经涉及的童年幽灵记忆的叙述中，这种处理的方式是没有的。

其二，环形结构的创设。

《佩德罗·巴拉莫》叙述手法的另一个引人注目之处，是以环形结构完成它的"无边界写作"。小说开头的鬼魂阿文迪奥引导胡安来到科马拉村寻找佩德罗·巴拉莫，与小说结尾阿文迪奥亲手杀死佩德罗·巴拉莫相衔接，构成一个圆环；从这个环的任何一点进入，我们都可以读到一个完整的故事。这种影响的痕迹在《一件事先张扬的凶杀案》中也可看到，故事以圣地亚哥·纳赛尔被杀的征兆开始，以他被杀时的惨状结束。陈众议所说的《百年孤独》的"预言（禁忌）——逃避预言（违反禁忌）——预言应验（受到惩罚）"① 的模式也构成了总体的封闭性结构。这种环状的封闭结构的形成与其孤独、死亡的主题密切相关。胡安来到科马拉村的第一印象是"凄凉"，小说结尾处我们看到经历了繁盛的科马拉又在饥馑之中消亡，完成另一个圆环。较之于《虚度年华的海洋》，《百年孤独》对于马孔多的处理，很多方面与科马拉如出一辙。

《百年孤独》开篇那个受到不遗余力的广泛称颂的主题句："许多年之后，面对行刑队，奥雷良诺·布恩地亚上校将会回想起，他父亲带他去见识冰块的那个遥远的下午。"② 这个句子在小说中总共使用了两次，这是对《佩德罗·巴拉莫》中环形叙述的借鉴：

> 雷德里亚神父很多年以后将会回忆起那个夜晚的情景。在那天夜里，硬邦邦的床使他难以入睡，迫使他走出家门。米盖尔·巴拉莫就是在那个夜晚死去的。③

这种杂糅过去、现在、未来，表现轮回时间观念的句式是胡安·鲁尔福的原创，与小说的"无边界叙述"的核心原则水乳交融，《百年孤独》借用它来统领前后两个部分的叙述。除了上面引用的第一章开首的句子，还有第十章开头的第一句话："若干年之后，当他在病榻上奄奄一息的时候，奥雷良诺一定会记得六月份一个阴雨连绵的下午，他踏进房去看他头生儿子时的情景。"④ 我们在前面的论述中已经讲到，第 10 章正好是分割小说上下两个部分的分界线，这个主题句对故事承先启后的叙述起了很大的作用。但是，无论是对情节的推动还是对人物性格的刻画，它仍不及

---

① 陈众议：《拉美当代小说流派》，社会科学文献出版社 1995 年版，第 108 页。
② ［哥］加西亚·马尔克斯：《百年孤独》，上海译文出版社 1989 年版，第 1 页。
③ 《胡安·鲁尔福全集》，云南人民出版社 1993 年版，第 209 页。
④ ［哥］加西亚·马尔克斯：《百年孤独》，上海译文出版社 1989 年版，第 171 页。

《佩德罗·巴拉莫》运用这个句式的精彩，米盖尔·巴拉莫之死对于佩德罗·巴拉莫造成极大的触动，同时也决定了整个作品的走向。

环状的封闭结构的形成与它内含的孤独、死亡的主题密切相关，不能将它当作一种孤零零的手法来看待。因为从写作学的角度来分析，环形结构的叙述本身并无任何独特性可言，它也可以纳入"首尾照应"这一类习常的技法来理解。但是在胡安·鲁尔福和加西亚·马尔克斯的作品中，实际情况并非如此。它的含义要显得更加精深一些。

《佩德罗·巴拉莫》打破生死界的叙述与环形结构的创立都是源自于一个极为独特的创作设想，在作者本人的创作谈中已经做了阐述，他说：

> 我只是取消了议论，只限于叙述事实，为此，我就去寻找不在时空范围内的死去的人物……是的，在《佩德罗·巴拉莫》中有一个结构，但是，这是一种由沉默、悬线、分割的场面构成的结构，因为一切都是在一个非时间的同一时间中发生的……我找到了一种尚不存在的现实主义，一个从未发生过的事实和一些从未存在过的人物。[①]

莫妮卡·曼索尔在《鲁尔福与魔幻现实主义》一文中对于"何谓叙事"有过一个常规的界定："所谓叙事就是一个情景的发展，这一情景先是作为一个前提提出，然后在其本身的演变中结束。换句话说，必须有一个开头、一个曲折以及一个转变后的情景，即结尾。这种发展就是所谓的故事，它是在时间和因果关系这两个轴心上产生的。然而，这两个轴心同现实生活一致到何种程度却取决于某种思想意识，取决于整个文化价值。表现'现实'和'虚构'之间一致到何种程度，这就为文学和一般艺术作品提出了一个'可信度'的问题。正是根据不同的一致程度，我们才能进行分类，如'现实主义'、'魔幻现实主义'、'幻想文学'等等。"[②]

那么，胡安·鲁尔福所说的"非时间的同一时间"和"从未发生过的

---

① 柳鸣九主编：《未来主义/超现实主义/魔幻现实主义》，中国社会科学出版社1987年版，第448—449页。

② 同上书，第448页。

事实和从未存在过的人物", 即有关于这个作品对"时间"和"因果关系"的独特处理也必定是代表着一种"思想意识"和"文化价值", 尽管作者有意识地在作品中"取消议论", 它们还是在叙述和形象的各个层面上体现出来。所谓"取消议论", 是由于作者感觉到他找到了更恰当、更有说服力的方式来表现他的思想。这种"取消"和"沉默"的安排本身也是一种语言。

《佩德罗·巴拉莫》的主题是在讲述暴力、孤独和死亡, 主题本身似乎并无特异之处, 所谓的"尚不存在的现实主义"指的是什么? 加西亚·马尔克斯对于胡安·鲁尔福创作的认同和评价, 是否仅仅局限于我们已经概括的那两个方面?

对于胡安·鲁尔福独特的"现实主义"和"思想意识"的认识, 从我们对于这两个问题的答案中应该体现出来。某种意义上讲, 这两个问题实质就是围绕着同一个核心, 针对的是同一个命题。

二

关于科马拉神话的多元文化的来源, 相关的研究提供了这样的归纳: "从《佩德罗·帕拉莫》一开始, 读者就可以看到俄底修斯的影子。古希腊神话说, 勒玛科斯离开母亲帕涅罗寻找外出多年不归的父亲俄底修斯。胡安·普雷西亚多也是遵照母亲的嘱咐, 回到故乡去寻找父亲的。在《圣经》里, 亚当和夏娃因为偷吃了禁果而被上帝逐出伊甸园。多尼斯因为和自己的妹妹发生性关系, 同样受到上帝的诅咒, 永远要在科马拉受苦。在村中游荡的许多鬼魂令人想起了但丁的《神曲》。根据阿兹特克的传说, 犯有罪孽的人死后亡灵永远在大地上游荡。胡安·鲁尔福的家乡哈利斯科州有个节日是专门为亡灵回家而设置的。《佩德罗·帕拉莫》中就有为死人过节的生动描写。胡安·鲁尔福成功地把这些神话因素糅合在一起, 创造出一个崭新的神话: 科马拉这个神秘的世界。"[①]

---

① 赵德明:《20 世纪拉丁美洲小说》, 云南人民出版社 2003 年版, 第 379—380 页。

这个村庄之孑然孤立、年代与时间模糊以及神话和阴间的暗示，使故事的叙述具有普世的意义——从孤立的即是普世的二律背反中，我们可以想见人类的现实处境的暗示。这一点它与《百年孤独》的马孔多神话相似。小说中大量"相反的和互相矛盾的价值（如生与死，现在与回忆，时间与非时间）并列出现"①，加强了类似的效果。胡安·鲁尔福说：

> 人物是我想象的，我曾看见他们。于是我问自己：怎样安排他们呢？自然我会想到，让他们在一个梦幻般的村庄里生活。而且，死人当然生活在时间和空间之外。这就给了我处理人物的最大自由：我可以随意让他们出现，然后再轻而易举地让他们消失。②

于是故事中"人物的死亡可以不止一次，时间也可以前进，也可以停止甚至后退"③；全篇的布局由倒叙、回忆、对话、独白加以分割和组合，如同一幅"碎石拼成的镶嵌画"④。我们注意到，作者被赋予的自由度实际上还不止他所说的那些。例如，佩德罗·巴拉莫的独白：

> 你在厕所里待这么长时间，在干什么，孩子？
>
> 没有干什么，妈妈。
>
> 你在里面再待下去，毒蛇就要出来咬你了。
>
> 你说得对，妈妈。
>
> 我是在想念你，苏珊娜，也想念那座座绿色的山岭。在刮风的季节里，我俩总在一起放风筝。听到山下的村庄人声嘈杂，这当儿我们是在山上，在山岭上。此时风把风筝往前吹，麻绳都快脱手了。"帮

---

① 柳鸣九主编：《未来主义/超现实主义/魔幻现实主义》，中国社会科学出版社1987年版，第449页。

② 转引自朱景冬、孙成敖《拉丁美洲小说史》，百花文艺出版社2004年版，第359页。

③ 朱景冬、孙成敖：《拉丁美洲小说史》，百花文艺出版社2004年版，第359页。

④ 赵德明：《20世纪拉丁美洲小说》，云南人民出版社2003年版，第378页。

我一下，苏珊娜。"于是，她那两只柔软的手握住了我的双手。"把绳子再松一松。"

这一段写的是童年回忆，以下的段落反映的是人物晚年的心声：

> 我等你回来已等了三十年了，苏珊娜。我希望得到所有的一切，而不是其中的一部分。我希望得到能取得的一切，这样，除了你的愿望之外，我们就没有别的愿望了。……
>
> ……
>
> 我觉得天门已开，我精神十足地向你奔去，想使你充满愉快，充满我的哭声。我哭了，苏珊娜，当我知道最终你将回来的时候。[①]

无恶不作的独裁者被赋予人性，甚至被赋予诗意，包括诗歌语言的回环复沓的深沉美感，这种处理肯定对《家长的没落》（包括卡洛斯·富恩特斯的《阿尔特米奥·克罗斯之死》）也产生了影响。由于《佩德罗·巴拉莫》精细的切割造成的结构呼应，以上独白在叙述的不同段落和基调的映衬下还产生多重的战栗，他的匠心和效应是极为隐蔽而细腻的。那么在作者所说的"非时间"的叙述处理中，应该包含着这种创作自由的要求。我们看到，亡灵的世界也是一个诗的语言获得自由的世界，而在看似"碎石拼成的镶嵌画"中，它有着比常规的叙述更加严格的自我控制。

胡安·鲁尔福在有关暴力、死亡和孤独的主题中探索了一种叙事神话的诗学，即有关于人的精神及其梦幻的"非存在"的诗学。《烈火平原》要是失掉这一层就会失去很大的价值，试看《塔尔巴》、《卢维纳》等篇亦可知道，它们的匠心、格调与《佩德罗·巴拉莫》实质是一体的，只不过后者更为神秘深邃，探索的形式更加彻底。这些作品写的都是乡土题材，人物多为贫民和地主，背景是墨西哥革命后的农村（《佩德罗·巴拉莫》的故事发生的特定历史时期："1910 年爆发的大革命和 1926—1928 年间

---

① 《胡安·鲁尔福全集》，云南人民出版社 1993 年版，第 152、222—223 页。

基督教会的暴乱。"①），但要是把这位作家称之为"乡土作家"，恐怕会模糊了其创作的风格和旨趣。耶鲁大学的埃·罗·蒙内加尔教授在总结拉美当代小说的发展时断言，拉美小说家自 20 世纪 40 年代以来"已将重心彻底从上帝创造的农村转向人所创造并为人所居住的城市"②。这个说法大致是不错的。对于这些作家，毋宁说，重心已是从上帝创造的农村转向作家创造并为"人鬼"或"活死人"居住的地方——科马拉或马孔多孤立的神话般的村镇。

胡安·鲁尔福的"人鬼"的形象，与加西亚·马尔克斯的"活死人"的形象本质上是相通的，这两个合成词所塑造的概念亦可表明他们共同拥有的东西。没有比"人鬼"和"活死人"更能准确地揭示精神之非存在的境况了。一般说来，拉美文学中有关暴力、死亡和孤独的主题比较的常见，《佩德罗·巴拉莫》涉及的就是这些主题，我们何以感到从主题学的角度还不足以解释它的内涵？这是因为暴力、死亡和孤独的主题已在作品中加深一度重新获得表示和定义，这些主题已是被纳入到"非存在"的范畴之中加以透视，成为一种看待现实的观念，一种构思和叙述的自我演绎，一种表现现实的独特诗学，因此作家才会在一个更高的立场说，他"找到了一种尚不存在的现实主义"。

这种"尚不存在的现实主义"，其手法和观点的统一对于加西亚·马尔克斯毫无疑问产生了吸引力。但是我们在论述前者对后者带来的影响时，也必须有所交代，他们并不全然是一种模仿和被模仿的关系。年龄上这是两代人，而创作的时间说明他们几乎是同辈作家。《烈火平原》发表于 1953 年，《佩德罗·巴拉莫》发表于 1955 年，而《枯枝败叶》也是发表于 1955 年，"波哥大小说"的写作时间是从 1947 年到 1955 年，《伊莎贝尔在马孔多观雨时的独白》是 1955 年，《周末后的一天》是 1954 年。也就是说，科马拉的世界和马孔多的世界在互不了解的情况下形成，年代也非常接近。痛苦和暴力的主题，孤独和死亡的主题，分别贯穿这两个人

---

① 赵德明：《20 世纪拉丁美洲小说》，云南人民出版社 2003 年版，第 378 页。

② 柳鸣九主编：《未来主义/超现实主义/魔幻现实主义》，中国社会科学出版社 1987 年版，第 434 页。

的创作。

不妨这样来假设，使加西亚·马尔克斯从创作的死胡同里钻出来，找到他"需要寻找的道路"，有赖于科马拉的缔造者给予的启发，或者说只要给予必需的勇气和信念：一个亡灵的世界其实已经不存在莫妮卡·曼索尔所说的"现实"和"虚构"之间相互验证的"可信度"的问题。它提出的原则既十分简明和单纯，也可以说是十分疯狂和专断：所谓的现实只是一种非现实，它的存在也只是一种非存在。

胡安·鲁尔福所说的"非时间的同一时间"和"从未发生过的事实和从未存在过的人物"，归结起来讲，就是对人的精神及其梦幻的"非存在"的表达。这种表达命题的立场，如果不是出自于作家对现实世界的一种形而上学的笃诚理解，岂能还有其他的立足点？的确是没有其他的立足点了。承认这一点，并以此勾画出自我精神的界限，需要有足够的勇气。如果它的背后是代表着某种"思想意识"和"文化价值"，那至少也是代表着静止的、形而上学的、死亡和封闭的圆环，而不是辩证的、发展的、常规时空及其演变的因果链。证之于《佩德罗·巴拉莫》的构成法则，这个归纳或许耐人寻味。

《百年孤独》没有袭用科马拉村的造型和观念，它有家族和政治的各种意蕴丰富的变奏曲式的主题："历史，父权，不安分的孩子，城市，预言，天堂，死亡，天启，还有孤独。"（何·戴·萨尔迪瓦语）[1] 比起《佩德罗·巴拉莫》它在表现形态上更接近于常态世界，具有民间说书人的流畅奔放的风格和对日常生活的绚丽多姿的描绘，而科马拉的调色板显然要精简得多，按照赵德明的说法，它只有"明亮的灰色和属于阴间的黑色两种色调"[2]。迷信、征兆、印第安人和黑人文化的杂糅也是马孔多世界的表征，这在科马拉村的鬼魂、街巷和坟墓的表象叙述中实质是看不到的。然而，加西亚·马尔克斯赋予他的世界以悲观毁灭的基调，与胡安·鲁尔福的做法并无本质的差别。我们从两个世界的区别中看到的正是一种无差

---

① 林一安编：《加西亚·马尔克斯研究》，云南人民出版社 1992 年版，第 317 页。

② 赵德明：《20 世纪拉丁美洲小说》，云南人民出版社 2003 年版，第 377 页。

别的诗学法则：他们笔下的现实同样是被置入死亡和封闭的圆环，意味着艺术家乃是以某种终极性的眼光看待世界。

科马拉村的叙述已经暗示我们，这是死去的人讲述的故事。某种意义上讲，这些由死人讲述的故事既不可复制也不可逆转，似乎沾染了死亡的永恒的权力。《百年孤独》的叙事人则极为可疑，它的全知者的视角和基本上是直线型的叙述告诉我们，这个叙事人与普通的小说叙事人没有什么不同，但是作者却暗示我们，小说真正的叙事人是羊皮书的作者墨尔基阿德斯，他是故事中早已死去的一个角色，已经把马孔多的命运写在羊皮纸上了。按照故事的交代，看到羊皮书的人只有墨尔基阿德斯和家族的最后一个奥雷良诺，而他们已经连同马孔多的毁灭一起从地球上消失了，那么，现在讲述故事的这个人又是谁呢？他又是从哪里获得羊皮书的内容？法·罗德里格斯说："《百年孤独》和实际是加西亚·马尔克斯自己破译的手稿都体现在墨尔基阿德斯身上。"[①] 小说叙事人有疑问的存在，实质是缘于讲述这个故事的自由度突破了叙事人通常被赋予的权限。小说直线型的叙述频频受到干扰，因为开篇第一句话即已阐明，所谓的直线型叙述是基于另一种循环的时间观念的变形。表面上它按照莫妮卡·曼索尔所说的时间和因果关系的轴心在向前移动，实际上它反复再现的却是一个不可逆转的前提，一个死亡和封闭的圆环。

由于《百年孤独》叙述方式上的这种含混和矛盾，它比《佩德罗·巴拉莫》更容易让人对叙事人的性质提出知性的判断，觉察到它在手法和形式背后所透露的哲学。路易斯·查莫拉认为，小说的叙述者就像《约翰启示录》的作者，"使用一种解释性的结构，以全面而易解的方式塑造他们得以窥见的历史"。[②] 假托墨尔基阿德斯的羊皮书至少可以解决叙事人那种可疑的权限——它毕竟还是有一个"可信度"的问题——让读者在故事内部设立的关系中找到一个立足点，正如戴布拉·卡斯蒂

---

① 林一安编：《加西亚·马尔克斯研究》，云南人民出版社 1992 年版，第 482 页。

② Lois Parkinson Zamora, Writing the Apocalypse: Historical Vision in Contemporary U. S. and Latin American Fiction, Cambridge: Cambridge University Press, 1989, p. 35.

罗所说的，能够接受它历史和神话的双重叙事，在两个不同的地方来回穿梭。①

　　然而这种假托墨尔基阿德斯羊皮书的安排，针对叙述的"可信度"的考虑还是其次的，本质上是为了造成故事既不可逆转也不可复制的性质，这是普通的叙事人难以承担的任务：它在总体上要将现实置入一个静止而封闭的圆环，意味着作者是从死亡意识的角度而不是从其他的角度来解释现实。

　　因此，《百年孤独》的创作方式仍然需要归结为它对胡安·鲁尔福的借鉴。一个亡灵的世界也即是标志一个终极性的世界，这是一个被死亡意识的实在性和无穷性所取代了的想象的世界，成为一个关于死亡冲动的神话。它表现为对现实存在及其概念有效性的一种相当程度的否认和破坏，时间的规范变得不再重要，它的存在发生变异，使得过去、现在和未来共存于一个瞬间。胡安·鲁尔福所说的"非时间的同一时间"，也是《百年孤独》借以自我构成的那个连续性的"瞬间"。历史和神话不同纬度的交织，真实和虚幻的自由混合，叙述的"内视点"在类似于自由联想的层面来回扫描，等等，其创作手段的诗化无不是以它的终结性反顾的立场为前提。《佩德罗·巴拉莫》彻底抛弃社会学解释的羁绊（这并不等于说它取消社会学的内容和主题），甚至扼杀了历史主义辩证和发展的观念——也就是现实主义思想赖以生存的原则，从死亡意识的神话这个形而上学的范畴出发，去构筑一个梦幻般的神秘的悲剧世界。死亡扮演了如此重要的角色，它不仅是现实生活暴力的反映，也是叙述以及支配这种叙述的思想获得自主性的前提。它打破了虚构与真实之间固有的平行关系，在事物终极性的意义上描述这个世界，找到一条囊括现实的途径。加西亚·马尔克斯从这个墨西哥人塑造的亡灵世界中，看到了诗意地表达他的家族故事的可能性。他说："在探索中我发现，拉丁美洲的现实，我们所生活在其中、养育在其中、成长在其中的现实，每天都和幻想交混在一起。"所有未经验证的事物，看似不真实的事件，都是"存在于人类意识中的一种现实；

---

　　① Emory Elliott 主编：The Columbia History of the American Novel.，外语教学与研究出版社 2006 年版，第 619 页。

根据别人对你讲的，你毫不怀疑事情就是这样的。在某种意义上讲，这多少就是《百年孤独》的方法"①。

这种方法固然是不同于传统的现实主义，也不同于博尔赫斯代表的"幻想文学"。因为，在现实和幻想的混合过程中，现实表现的范围被拓展而且是被改变了，实际上它既不完全是以现实为基点，也不完全是以幻想为基点，而是演变成为一种以"非真实"和"非存在"（nonbeing）的思想意识为基点的创作。它指向于精神和现实已然死亡的世界，并以这种指向的认知作为观察和感受的汇聚点。"死"不过是"生"的一种常态，或者说，是它的悲剧的一副不能摆脱的面具。因此谈到科马拉村鬼魂的形态及其情感的实质，加西亚·马尔克斯不得不指出："在《佩德罗·巴拉莫》中，想确定死人与活人之间的界限是不可能的，追求精确性更是不切实际。事实上，谁也不知道死亡的岁月会持续多久。"② 这个世界的构成也可在民俗学和地域文化中获得部分的解释，如奥克塔维欧·帕斯所说："墨西哥人并不给生死划绝对的界线。生命在死亡中延续……"③

从社会意识形态的角度看，魔幻现实主义正是从这里找到了它逾越真实性的界线并且反过来捕捉现实形态的总体法则。以"幻想"来定义固然不对，以"现实"来定义同样不够准确。它的"可信度"并不取决于所谓的"魔幻"是在多大程度上隐喻现实，也不取决于现实表现的成分应该占据多大的程度，或者是"魔幻"和"现实"的结合是否符合某个黄金分割比例。它的"可信度"的成立实质是取决于对"非存在"这个命题的体验和认知，或者说是取决于该命题的存在何种意义上能够被视为真实。因而它与作家看待社会的信念和态度联系起来，反映在具体的创作当中，实际上是成为作家诠释现实的一种绝望的形而上学。加西亚·马尔克斯说："在这样的国家里，非真实是衡量现实的唯一尺度。"④

① [哥] 加西亚·马尔克斯：《两百年的孤独》，云南人民出版社 1997 年版，第 40 页，第 109 页。

② 同上书，第 160 页。

③ 转引自陈众议《魔幻现实主义》，辽宁大学出版社 2001 年版，第 68 页。

④ [哥] 加西亚·马尔克斯：《诺贝尔奖的幽灵》，中央编译出版社 2001 年版，第 163 页。

　　这句话阐明了他的社会学视角，这是耐人寻味的。在评论博尔赫斯的创作时，他又对这个命题的阐述做了一番补充："我认为博尔赫斯笔下的非现实也是虚假的，它不是拉丁美洲的非现实。这里我们又步入了怪谬之境：拉丁美洲的非现实是如此真实、如此寻常，以至与人们所理解的现实完全融合为一体。"①

　　如果说《百年孤独》的魔幻现实主义应该理解为一种"社会现实主义"②，这是基于以上的论述中所归纳的那个模式。它是将"非存在"的存在视为这个大陆生存与现实的本质表现。作家在《拉丁美洲的孤独》一文中用了大量的数据统计来表明，这个大陆的暴力、死亡和孤独的现状是如何被大家低估和曲解，甚至被忽略和遗忘，而"存在"与"真实"的严格定义又是如何与它实际体验到的状况显得格格不入的。作家用普世性的立场来解释这种现实，它最终得到的将是一个悖谬的表达法，这一点似乎是不足为奇的。就此而言，所谓的"非存在"的命题必定是一个政治批判的命题，也是一个在普遍的意义上试图寻求客观理解的命题。因此，非存在与存在，非真实与真实，非现实与现实，这些概念的运用和出现并不是为了探讨欧洲主观主义哲学在文学中的延续和表现，像博尔赫斯的小说所做的那样，而是用来反思自身的现实和意愿所处的位置，使得那些被遗忘和被否认的心灵找到自我表现的途径。从这个命题的表达法中已经产生了一个亦真亦幻的悖谬世界，也就是魔幻现实主义怪诞游戏的梦幻般的世界，然而我们看到，它的视野和思想的出发点又是如此的现实，建立在对现实存在的高度敏感和批判的基础之上。

　　以现实的死亡为主导的叙事神话，一方面不可避免地要被看作是对现实社会的"优美而反动"（托雷·尼尔松语）③ 的、形而上学的表达，它以神话取代历史，而另一方面它审视现实的立场又是如此的尖锐，包含着

---

　　① 林一安编：《加西亚·马尔克斯研究》，云南人民出版社 1992 年版，第 177 页。

　　② ［哥］加西亚·马尔克斯：《两百年的孤独》，云南人民出版社 1997 年版，第 40 页，第 236 页。

　　③ 林一安编：《加西亚·马尔克斯研究》，云南人民出版社 1992 年版，第 178 页。

对于社会历史的清醒的批判意识。

如果只是从历史和社会学的观点来看待，这两个方面的意义纠结在一起，势必使问题陷入到矛盾和复杂暧昧的状况，从而导致各种各样的争议和解释。这或许也是"非存在"命题悖谬的表达法不能摆脱的一点。实际上我们可以发现，有关魔幻现实主义的一系列理论争议都是出在这个地方。

第四节　作为后现代主义的魔幻现实主义

一

陈光孚的论著《魔幻现实主义》最后一章"关于拉美'魔幻现实主义'的探讨"，就该流派的美学定义所包含的分歧做了一番综述，对于我们了解这个方面的状况颇有帮助。它重点介绍欧美各国的评论界从 20 世纪 40 年代到 70 年代初，围绕"魔幻现实主义"概念的实质所进行的一场持续 20 多年的争论。从安吉尔·弗洛里斯发表于 1955 年的文章《论西班牙语美洲小说中的魔幻现实主义》谈起，主要介绍安吉尔·弗洛里斯、路易斯·莱阿尔、M. 克拉夫、安徒生·因贝特、马尔克斯·罗德里克斯、安赫尔·拉马等人的具有代表性的观点，以及这些观点的探讨所产生的各种争议。

美籍教授安吉尔·弗洛里斯的文章是第一篇有关这个流派的学术论文，是在《佩德罗·巴拉莫》和《百年孤独》尚未问世之前发表的，仅限于这个流派的三位先驱（他将博尔赫斯列在里面）的论述，所以还显得比较片面。[①] 但是文章中已经提出了卡夫卡的影响问题，单就这一点来讲，它也是一个很有价值的观点。我们在本章节的不同地方几次谈到卡夫卡的影响，并且把这种影响的演变看得非常重要，也是等于回答了墨西哥评论家路易斯·莱阿尔在这个问题上对于弗洛里斯的观点的驳斥。

---

① 陈光孚：《魔幻现实主义》，花城出版社 1986 年版，第 192 页。

由于魔幻现实主义的流派包含创作个性极为不同的作家，单个作家的特色也总是很难与流派的美学风格完全画上等号。仅就欧美文学的影响和渊源而言，对于阿莱霍·卡彭铁尔至关重要的超现实主义，对加西亚·马尔克斯就未必显得那么重要，反过来讲，卡夫卡的影响也同样如此。阿莱霍·卡彭铁尔说："而今，这一时期的每个小说家都有其独特的叙述技巧。胡利奥·科塔萨尔、胡安·鲁尔福、卡洛斯·富恩特斯、加西亚·马尔克斯、罗阿·巴斯托斯和我都有叙述自主性，无须相互关照。"① 而这往往又是我们在对流派的泛论中很难顾及的。流派的定义不外乎是原则上的定义，所能反映的只是最为基本的共性。

路易斯·莱阿尔发表于 1967 年的文章《论西班牙语美洲文学中的魔幻现实主义》，驳斥了弗洛里斯的几个基本观点，不赞成魔幻现实主义是由博尔赫斯发动起来并在 1940 至 1950 年间达到高潮的说法："其原因是：第一个使用'魔幻现实主义'这一术语的是艺术评论家弗朗茨·罗……在西班牙语美洲第一个使用这一术语的，人们一般认为是乌斯拉尔·彼特里……继彼特里之后，是阿莱霍·卡彭特尔最关心这种文学现象。"②

陈众议的论著《魔幻现实主义》第九章"博尔赫斯是魔幻现实主义作家吗？"对于博尔赫斯是否应该列入的问题专门作了分析，他得出的结论是否定的。③ 我们在前面的论述中也谈到了博尔赫斯代表的"幻想文学"——欧洲主观主义哲学的精神主题与魔幻现实主义的区别，尽管没有展开论述，结论还是基本一致的。为魔幻现实主义流派定义的历史，从以上的引文中也可以得到一个基本的轮廓。这个方面，有关的论著和文章已经作了详细和重复的介绍，具体就不再赘述。

路易斯·莱阿尔强调指出："魔幻现实主义首先是对现实所持的一种态度……那么何谓魔幻现实主义面对现实的态度呢？我们说过，不是去臆造用以回避现实生活的世界——幻想的世界，而是要面对现实，并深刻地

---

① ［古］阿莱霍·卡彭铁尔：《小说是一种需要》，云南人民出版社 1995 年版，第 30 页。

② 转引自陈光孚《魔幻现实主义》，花城出版社 1986 年版，第 193—194 页。

③ 陈众议：《魔幻现实主义》，辽宁大学出版社 2001 年版，第 139—147 页。

反映这种现实，表现存在于人类一切事物、生活和行动之中的那种神秘。"
"魔幻现实主义的主要特点并不是去虚构一系列的人物或者虚幻的世界，
而是要发现存在于人与人、人与其周围环境之间的神秘关系。具有神秘色
彩的现实客观存在，是魔幻现实主义文学创作的源泉。"这个表述获得了
广泛的赞同，美国评论家马·弗雷泽发表于 1972 年的文章《幻想的手法：
魔幻现实主义与幻想文学》中说："莱阿尔首先论证了这一术语的历史。
它是由德国的文艺批评家弗朗茨·罗首创的。以后，为乌斯拉尔·彼特里
及阿莱霍·卡彭铁尔所采用。魔幻现实主义反映了对现实生活中的奥秘的
一种发现。"①

　　用来泛论该流派的美学特质，以上路易斯·莱阿尔的表述已经足够说
明问题了。它廓清了这种风格的创作难免要被附会的"虚幻臆造"的种种
恶名，强调了魔幻现实主义力图深刻地反映现实的本质特点。在陈光孚的
《魔幻现实主义》概述的那场长达 20 多年的讨论中，对流派的性质及其历
史的定义大致已经完成。从对创作概念的基本理解来看，我们赞同的是路
易斯·莱阿和马尔克斯·罗德里克斯的论断，尽管许多方面还存在着继续
讨论的余地。

　　总的说来，魔幻现实主义感受现实的态度，这种对于现实的表现是极
为深刻的，但或许也是带有某种垄断性的，它超出了小说一般性表现的范
畴，导致了时间和因果关系的再解释，而这个"再解释"又成了其形式的
某种独创性标志，被赋予了和谐的神秘性。《佩德罗·巴拉莫》和《百年
孤独》对于拉美人的生存异化所作的揭示，它们对于"非存在"这个大前
提的强调无不是在表明这一点。在这个认识的基础上，我们才能理解所谓
的"可信度"的问题如何已经退居其次。因为，现实认识的前提既然已是
如此确定，科马拉或马孔多的孤立也像是命中注定，人物的生与死的关系
逃脱不了这个大前提的表现，那么除了赋予它们的存在以某种诗意，还需
要编造或添加些什么吗？事实上，作家创作的与其说是通常意义上的虚构
小说，还不如说是一种关于人的无限孤独的叙事神话，首先是建立在对现
实及其文化命题的深刻观察基础上的一种批评性的表达，因此在它们的叙

---

①　转引自陈光孚：《魔幻现实主义》，花城出版社 1986 年版，第 194—197 页。

述中，对现实生活的带有终极性的观察和结论发挥着主导作用；科马拉或马孔多的创造都是意味着历史主义的终结，试图在神话的梦幻般的叙述中复活。

加西亚·马尔克斯曾经不无赞同地引用过一位美国女作家访问萨尔瓦多的感想："初到这个国家时认为加西亚·马尔克斯是魔幻现实主义作家，后来发现实际上他是一位社会现实主义作家。"对此他又阐述道："所以，我们认为是现实的、真正现实的东西，他们便认为是神奇的，并且为了进行解释而找到了神奇现实主义或魔幻现实主义之类的说法。而对我来说，这就是现实主义。我自认为，我是个社会现实主义者。我不善于做任何想象，不善于虚构任何东西，我只限于观察，把看到的东西讲述出来罢了。"①

同样的问题在作家早年的表述中似乎显得更为真诚些，他说：

> 过去我以为孤独是人性所共有的，但是现在我想这可能是拉丁美洲人异化的产物，那么，这样我就是在从社会的角度、甚至从政治的角度，从远比我以为的那样广泛得多的角度在表述我的看法。如果真是这样，我就不像我所担心的那样形而上学了。我想无论如何要做个真诚的人，我依然为孤独这个可能成为带点反动色彩的问题而忐忑不安，不是吗？②

使作家感到"忐忑不安"的恐怕并非是创作上"任意杜撰"之类的嫌疑，而是牵涉到创作背后的精神立足点的问题，作家到底是在维护社会共同体的幻觉还是在施行一种体制化的解构，也就是阿根廷评论家安徒生·因贝特所说的"分化现实（魔幻现实主义）和摹拟现实（现实主义）"③之间的区分可能产生的问题，说得更直接一些，就是魔幻现实主义对于现

---

① ［哥］加西亚·马尔克斯：《两百年的孤独》，云南人民出版社 1997 年版，第236 页。

② 林一安编：《加西亚·马尔克斯研究》，云南人民出版社 1992 年版，第157页。

③ 转引自陈光孚《魔幻现实主义》，花城出版社 1986 年版，第 201 页。

实的解释是否存在着"过度控制"的问题。关于这一点，雷吉娜·简恩斯在其《加西亚马尔克斯：奇境中的革命》一书中辩护说："作家的同行都在这部小说中感觉到，他们自己的许多关注都被极大地唤醒了：这是一部书写拉丁美洲的'总体小说'，有着社会的、历史的、政治的、神话的不同维度，尤其是它兼有明白晓畅和错综复杂、栩栩如生和自我关注、自我指涉的虚构性的特点。"①

阿曼多·杜兰已经注意到了《百年孤独》叙事形式的破坏性力量，他在对作家的访谈中说："现实，这是我们应该仔细研究的问题。我第一次读《百年孤独》时，主要注意了两件事：即存在一种恣肆的想象和对叙述故事的关心，但是并不破坏叙述的结构，也不破坏语言的结构。但是第二次读它时，却使我想到，《百年孤独》也符合破坏的意图，《百年孤独》最后破坏了现实的结构。我想起了普鲁斯特，想起他为赋予我们以人类关于世界的形象的巨大努力。我还想到了康拉德。我真诚地认为，对现实的处理方法是我们在谈论叙事形式时应该提出的基本问题之一。"②

尽管加西亚·马尔克斯总是要强调他的创作是不自觉的，是从具体的形象出发而不是从概念或观念出发写作小说，但是《百年孤独》有关于孤独的叙事神话的精心绘制则可以表明，一种试图囊括美洲现实的"总体小说"（a "total" novel），是以对文化观念的解构和语义的重构为前提的，它至少在我们已经论述的三个层次上实现了这种解构和重构的工作：一是将家族历史、民间传说和政治记忆等等非主流的话语纳入到官方版的权威历史话语当中，企图以颠覆的方式改写哥伦比亚的历史；二是通过抹去真实和虚幻的对立范畴之间的界限，将神话的维度与日常现实的维度彼此融合起来，形成某种再现和观察事物的新方式，这是在传统的模仿论和叙事学意义上进行解构的尝试；三是从拉美现实的"非存在"的命题出发，对

① Regina Janes, Gabriel Garcia Marquez: Revolutions in Wonderland, Columbia, Missouri: University of Missouri Press, 1981, p. 7.

② ［哥］加西亚·马尔克斯：《两百年的孤独》，云南人民出版社 1997 年版，第 32—33 页。

这个大陆的政治和社会生活的本质作了悲观而绝望的定义，从它对现实认知的分化之中确立自我表现的原则，产生了有关于死亡和孤独的叙事神话。"非存在"的诗学是基于现实生活的难以逃避的体认，同时也在客观的意义上包含着对文化命题的解剖，从而导致对现实的一种悖谬的表达法。

《百年孤独》作为拉美魔幻现实主义的最具代表性的作品，其跨越鸿沟的力量正是基于这三个层次的全面而系统的解构所带来的结果。它所体现出来的"破坏性的创造"绝非是靠某种信手拈来的简单技巧可以完成的，也不可能只是限于"玛玛"婶婶从容不迫的态度带来的启发，更不是一种印第安文化和黑人文化为基础的巫术的面具。魔幻现实主义是艺术而非巫术。它的文化解构和语义重构的巨大工程，既来自于对本土社会生活的一定程度的抽离，也来自于跨国的文化视野的介入，两者缺一不可。拉美"先锋派"和"新小说"的创作所要昭示的也是这一点。

在评论卡洛斯·富恩特斯的《我们的土地》时，阿莱霍·卡彭铁尔说："我认为它是一部由拉丁美洲作家撰写的难读的作品，一部集古典、现代和有史以来西语文化所要关键因素于一身的巨制。迄今为止还没有一个西班牙语作家敢承担这样将我们文化的所有因素浓缩在一部作品里的宏伟工程（当然，这里所采用的是一种美洲视角）。""批判，分析，揭秘，深潜，对西语世界（真正的西语世界）一切基本内容的超时空的浓缩，这就是卡洛斯·富恩特斯的《我们的土地》所完成的宏伟事业。"①

阿莱霍·卡彭铁尔的"美洲视角"也是一个基于文化的解构而形成的视角，同样适用于《百年孤独》的多元文化改造的表现，它意味着文化的迁移和转换过程中日益显示出来的能动性。卡彭铁尔甚至认为，中等文化水平的知识分子不足以完成这样的任务。"在我看来，文化是一种知识的积累，它能使人跨越时空，在两种相似或者相反的现实之间建立联系并通过与另一现实的相似性对某一可能发生在许多世纪之后的现

---

① ［古］阿莱霍·卡彭铁尔：《小说是一种需要》，云南人民出版社 1995 年版，第 32 页。

实作出阐释。"①

小说创作与文化觉悟之间的内在关系及重要性，这是他的《新世纪前夕的拉丁美洲小说》反复强调的议题。卡彭铁尔批驳"文化是小说家自然发挥的一个障碍"、"文化太多会才思枯竭、个性沦丧，从而变得过分思辨"等等观点。② 这种阐释是发人深省的。如果离开了多元文化的综合审视，那么既不会有《我们的土地》和《世界末日之战》，也不会有《百年孤独》和《跳房子》，因为促成其文化的解构和语义重构的动力与拉丁美洲现代化的要求是一致的，或者说，与这种现代化要求的超前性和迫切程度是一致的。就此而言，法国的季奥诺的乡土小说，以阿尔卑斯滨海省的马诺斯克小镇为背景的小说，与加西亚·马尔克斯以加勒比近海小镇马孔多为背景的小说，两者的文化意义完全不同。这里指的还不是由国别、民俗和时代的不同所造成的差别，而是创作意识的某种不同性质的功能在起作用。

魔幻现实主义总是以带有原始色彩的农村生活为题材，涉及前现代和封闭的村落为主体的生存形态，但是它本身却不是一种乡村意识的单纯反映，它的神话也不是一种土著神话的单纯再现。它的美学所要克服的恰恰是地区性和乡土主义的农民口味，在一种"超时空的浓缩"中完成对多元文化的审视和吸收。伊恩·R. 麦克唐纳德干脆将 Magic Realism（魔幻现实主义）这个术语改称为 Magical Eclecticism（魔幻的博采众长主义）；他在评论阿莱霍·卡彭铁尔的《迷失的足迹》时，指出这种创作是对西方文化和本土文化的双重介入和双重逃离，是在展现一系列矛盾冲突的平衡关系中体现其真实性：个人和集体，特殊和一般，自由和决定论，固定不变的人性和革命的可能性。③

如果我们将《百年孤独》的内涵缩减为一种精英主义的理解，这就抹杀了文本向不同层次的阅读开放的可能性；这样做也不符合对一部小说的

---

① ［古］阿莱霍·卡彭铁尔：《小说是一种需要》，云南人民出版社 1995 年版，第 33 页。

② 同上。

③ Salvador Bacarisse：Contemporary Latin American Fiction：Seven Essays. Edinburgh：Scottish Academic Press，1980，p. 14.

判断，毕竟它不是一篇文化论文。但是我们从文化形态学的角度来分析它的解构和重构的工作，指出这项工作对于写作一部拉美"总体小说"所起到的作用，是自有它的真实依据的。其理由已经在前面三个层次的论述中作了归纳和分析。我们甚至可以说，没有多元文化意义上的综合审视的批评活动，《百年孤独》的魔幻现实主义也是无从谈起的。

二

值得注意的是，这个研究领域中还有相当一部分学者和批评家否认"魔幻现实主义"的概念，或者干脆就不使用这个术语。他们当中不少是加西亚·马尔克斯研究的权威和专家，如贝尔—维亚达、斯蒂芬·闵达、达索·萨尔迪瓦尔等人。贝尔—维亚达的著作综合论述《百年孤独》的章节，只是以"马孔多的历史"为题进行阐述和归纳，基本上是把该小说列入常规的创作模式来考察。迈克尔·伍德有关《百年孤独》的专题论著中论及小说的创作手法，也只字不提魔幻现实主义。阿瑞尔·多夫曼的《有人写给未来》一书中对这个术语公开提出质疑，否认《百年孤独》"人工制品"的性质，也反对使用"魔幻现实主义"的术语。① 这是我们国内研究中以前较少介绍的一个方面，涉及概念之争的完全不同的侧面，同样值得引起关注和讨论，它意味着学术上相关的争议还远未结束。

即便像《哥伦比亚美洲小说史》这样较为权威的文学史论著，它的归纳方法也与流行的意见不甚一致。涉及"爆炸文学"和加西亚·马尔克斯的创作，两个专章的标题都没有采纳"魔幻现实主义"这个通行的称谓，而是分别以"后现代现实主义"（Postmodern Realism）和"拉丁美洲小说"（Latin American Fiction）为题进行论述，考察的角度也与前面20年的概念之争有所区别，尤其是前者提出了以"后现代现实主义"取代"魔幻现实主义"的说法，理论上显得较有新意。

---

① Ariel Dorfman: Someone Writes to the Future. Duke University Press, 1991, p. 22.

何·戴·萨尔迪瓦（Jose David Saldivar）认为，加西亚·马尔克斯对魔幻现实主义的使用与阿莱霍·卡彭铁尔的不同，后者的"魔幻现实主义"，构成其概念的基础是"超自然"主题的转义，这一点与加西亚·马尔克斯的创作有类同之处，但是并不完全适用。加西亚·马尔克斯的小说，揭开了魔幻现实主义"全球化"高潮的序幕，其创作的前提是叙述者与大众口头文化的表述及其身份的认同，通过集体叙述的声音，以玩笑的方式颠覆拉丁美洲官方文化的价值。构成加西亚·马尔克斯"后现代现实主义"概念的主要是《枯枝败叶》、《格兰德大妈的葬礼》、《百年孤独》和《家长的没落》四部小说，又以《迷宫中的将军》的创作为此类范式的一个体现。在这个备受争议的文本当中，作者将玻利瓦尔这个圣者的形象演绎为普通的男人，甚至带有粗人的特征，这与他此前的作品将普通事物转化为神话和魔术的做法如出一辙，都是体现了后现代叙事的实验性原则：给读者提供历史逼真的表象，然后将其打碎，铸入另一个炫目的模型中；历史学的面貌似乎仍以传统的样式持存，实际上提供给读者的是一个意味深长的创造发明的举动。①

将《枯枝败叶》的创作列入"后现代主义"是不恰当的，这样等于是混淆了现代主义与后现代主义的区分。我们在第二章中已经对这部小说的美学性质作了总结，可以用来参照。根据第二章有关"承诺文学"的论述，不妨用《恶时辰》代替《枯枝败叶》，放入到何塞·萨尔迪瓦尔所举的四部小说中，会显得更贴切些。《恶时辰》的"非连续性叙述"和"粗俗喜剧"的性质也比较接近于何·戴·萨尔迪瓦对"后现代现实主义"的定义。

在何·戴·萨尔迪瓦的文章中，"后现代"或"后现代主义"与其说是一个精确的定义，还不如说是对一系列社会文化思潮及其特征的感知，诸如有色人种男女、犹太人和同性恋的地位问题等等，也就是精英现代主义和先锋派的历史时期未曾出现的状况。换一种方式来表达，"所谓后现代理论决不应该是被视为一种同质的现象，而是应该被视为这样一个现

---

① Emory Elliott 主编：The Columbia History of the American Novel. 外语教学与研究出版社 2006 年版，pp. 526—528。

象，那就是政治上的异议在其中占据核心地位。"何·戴·萨尔迪瓦引用路易·阿尔都塞的晚期马克思主义理论和朱迪丝·巴特勒的女性主义解构理论，进一步来说明他的观点。

就像许多后现代现实主义者一样，阿尔都塞的理论提醒我们去做出鉴别："现实主义"并不是指一种风格，代表一种未曾扭曲的对现实世界的反映；在他看来，现实主义代表一种意识形态的统治方式，通过这种方式思考并表达我们与周围的自然和社会的关系。换言之，现实主义的功能是一种意识形态的功能，它自谓为是对这个世界不偏不倚的中立的反映，实际上却不过是想象世界的一种方式而已。而朱迪丝·巴特勒的女性主义理论更具有解构的性质，它提出了与魔幻现实主义相仿的观点：幻想不应该与不真实画等号，而是应该与尚未显得真实的事物，或者说应该是与属于真实的另一种说法的事物画等号。①

何·戴·萨尔迪瓦正是在这样一种观念的基础上，将阿莱霍·卡彭铁尔和加西亚·马尔克斯为代表的魔幻现实主义划入到他所谓的"后现代现实主义"的归纳之中，与他所罗列的"泛美叙事"作家群等而观之，他们包括深受拉美魔幻现实主义影响的美国本土作家，诸如托尼·莫里森、阿图洛·伊斯拉斯、汤婷婷（Maxine Hong Kingston）；另外还有雷蒙·卡佛、乔伊斯·卡罗尔·欧茨和 E. L. 多克托罗等人。他借用琳达·哈钦的说法，指出这些作家的创作共有的特征："文本具有强烈的自我指涉的特点，却也悖谬地声称有权拥有历史事件和历史人物。"②

且不论这种归类的方法是否妥当——将魔幻现实主义代表作家与雷蒙·卡佛等一批各具风格的北美作家混同的做法显然会招致异议，我们从何·戴·萨尔迪瓦关于"后现代现实主义"的论述中倒是看到了过去的概念之争中未曾有过的概括，而且更为重要的是，看到了这个流派的创作，尤其是加西亚·马尔克斯的魔幻现实主义在后殖民与后现代的语境中具有的位置，从它产生的跨国影响中进一步观察其创作的性质，它的文化迁移

---

① Emory Elliott 主编：The Columbia History of the American Novel. 外语教学与研究出版社 2006 年版，pp. 521—522。

② Ibid. , p. 522.

和转换过程中所具有的意义。

琳达·哈钦在其《"环绕帝国的排水管"：后殖民主义和后现代主义》一文中指出："'魔幻现实主义'的形式技巧（及其把幻想与现实的独特混合）已经被许多批评家挑选出来，作为后现代主义和后殖民主义的一个连接点。"以前一直是被用于第三世界文学，尤其是拉丁美洲和加勒比地区的文学，现在则广泛地被用于其他后殖民和文化上边缘化的语境，甚至与非洲的"新现实主义"运动相关联，显示为对帝国中心及其总体化系统进行抵制的倾向。因为在琳达·哈钦看来，魔幻现实主义影响下的后殖民和后现代文学具有这样一种堪为比照的特点：

> 当现代主义非历史地拒斥了过去的负担之后，后现代艺术便自觉地寻求（有时甚至戏仿地）重建与过去的关系；同样，当殖民主义对许多国家强制推行帝国主义文化、切断本土历史之后，后殖民文学也（往往戏仿地）商榷与重新评价本土的过去相关的、曾经是暴戾的殖民历史的意义。①

这些是我们前面的论述中没有加以概括的，即魔幻现实主义来自于现代主义的影响，又如何显示为一种历史观的区别。我们谈到魔幻现实主义的叙事神话有排斥历史主义的倾向，这一点与现代主义的乌托邦倾向同出一源，但是琳达·哈钦指出了这种反历史主义的态度所发生的微妙变化："尽管马克思主义把后现代主义视为脱离其建筑根源的非历史性运动——因为它怀疑而非证实历史过程，后现代主义还是卷入了与过去的争论与对话之中。这正是它与后殖民主义构成重大重合的地方，后殖民主义从定义上说涉及'对历史、政治和社会环境的认识'。应该说这不是利用或恢复后殖民而使其并入后现代，而仅仅是指出其共同的关怀，我以为，这就是萨尔曼·拉什迪、罗伯特·克鲁契、加布里埃尔·

---

① 罗钢、刘象愚主编：《后殖民主义文化理论》，中国社会科学出版社 1999 年版，第 493 页。

加西亚·马尔克斯和许多其他作家之所以影响广泛、闻名遐迩的原因。"①

这种"戏仿地"重建历史、卷入与过去的争论和对话之中的特点，使得批评家似乎有理由将魔幻现实主义纳入到后现代主义的范畴中，从而与现代主义的精神特征能够区分开来。如此一来，我们对何塞·萨尔迪瓦尔以"后现代现实主义"来取代"魔幻现实主义"的意图就有了更为清楚的认识。魔幻现实主义的形式问题，它关于历史和边缘化的主题关怀，反讽和讽喻的话语策略等等，尽管与后殖民和后现代的用法可能不尽相同，不能混为一谈，但是这种大胆新颖的形式所包含的批判重建的意识，确实是属于一个文化转换的新时代。我们从后现代理论所强调的"差异"、"他者"和"边缘"等话语中，认识到《百年孤独》是如何以琳达·哈钦所说的那种戏仿的立场来考问官方的历史。

借用后现代和后殖民的理论术语来考察加西亚·马尔克斯的创作，会弥补过去的理论考察上的一些不足。例如我们知道，单纯将黑人文化和印第安文化视为《百年孤独》魔幻现实主义表现基础的观点，与作品所展示的情况并不相符，几乎沦为本土文化一元论的错误结论。它也常常引申为对本位民族主义和教条式的本土主义的过分关注，忽视了跨国多元文化的转换所形成的"混合空间"，后者才是魔幻现实主义文化表现的基础。按照陶家俊对霍米·巴巴后殖民主体建构的评述，这种跨国和转换的文化其实是一种"生存文化"，"生存文化与欧洲古典主义、浪漫主义、现实主义传统维系的民族文化强调的民族历史传承不同，其主要特征是跨国性和转换性。文化跨越国界……文化同时又是不同文化的转换，因为后殖民话语关注的文化置换不仅是宗主国与殖民地，第一世界与第三世界历史差异的结果，更是跨越空间距离的文化传播与接受，是不同地缘空间之间的文化互动。"② 用这段话的精神来考察魔幻现实主义，它的形态特征和创作发

① 罗钢、刘象愚主编：《后殖民主义文化理论》，中国社会科学出版社 1999 年版，第 493—494 页。

② 陶家俊：《理论转变的征兆：论霍米·巴巴的后殖民主体建构》，《外国文学》2006 年第 5 期，第 82 页。

生学的内在特质，无疑是更为全面，也更具启发性。

我们在第三章中谈到《百年孤独》的性描写时，已经指出它的多元文化转换的特点，无论是场景布置还是超现实梦幻的渗透，都显示了现代波希米亚艺术家的素养和情调，与马孔多前现代的农村生活的表现杂糅起来，这个创作上的特点在以往的研究中没有引起足够的重视，但是它非常能够说明问题，并不只是囿于所谓的性描写。从文化上真正打破第三世界和第一世界的二元对立结构观，拉美的作家通过这个"混合空间"的构制为人们做了一系列的演示。加西亚·马尔克斯、阿莱霍·卡彭铁尔、卡洛斯·富恩特斯、巴尔加斯·略萨等等都是如此。"爆炸文学"作家的特点与其说是本土题材加上现代技巧，还不如说这是当代的一群"文化转换论"有力的实践者。文化转换论的"真正的焦点是，在对立、异质的文化政治空间结合部，关注更复杂、微妙、变化不定的文化政治现象"。对此，陶家俊的文章中引用了霍米·巴巴的论述："关于'民族'、'种族'或可信的'民俗'传统的自然、具有统一力的话语，那些根深蒂固的关于文化独特性的神话，不再是一劳永逸的参照框架。"①

表面上看，这个论断与我们过去看待魔幻现实主义的观点显得格格不入，实际上它阐明了这种创作背后自我身份的隐匿及其变革的特点。魔幻现实主义总是刻意强调本土性，本土文化和本土政治性质的表现，但是它传递的已经不是传统意义上的民俗、自然和社会共同体的统一话语，它的巴洛克主义的百科全书式的创作也与传统现实主义的表现有所不同，本质上还是回避对社会模式的全方位的解释，所谓的"总体小说"也并不等同于包罗万象的全景式的再现。从有关《格兰德大妈的葬礼》、《恶时辰》和《百年孤独》的"讽喻、戏仿与谐俗倾向"的分析中，我们透过创作者的美学意识所看到的实质是一种不同的历史体验。"一种有别于过去与现在或传统与现代之间'进步主义'式分界的新体验；一种对'事物本身和摹本'的模仿无力包容的新体验。"（霍米·巴巴语）② 同时，它也是一种在

---

① 陶家俊：《理论转变的征兆：论霍米·巴巴的后殖民主体建构》，《外国文学》2006 年第 5 期，第 83 页。

② 同上书，第 84 页。

叙事重构的批判意识中进一步联系或融入"生存文化"的新体验。

我们不难看到，魔幻现实主义表达本土政治的悲剧和历史性绝望，却暗示一种行动的乐观和社会转型的新蛊惑。它"深深地关注涉及到拉美身份的种种问题，以此来赞成或反对想象中的'全世界'的观众"①。在它的语言、主题和表现形式中，由文化的多元转换带来的普世主义的倾向是根深蒂固的。魔幻现实主义成为后现代与后殖民的一个连接点，不是出于一种偶然的联系。它以自身的边缘化立场造成对主流文化和官方话语的颠覆，通过一种强烈的自我指涉来肯定游戏和想象的力量，这是包含于文学活动中的不同以往的一种历史体验。正如伊哈卜·哈桑在阐述转义的后现代特点时所暗示的，"在缺乏主要原则或范式的情况下，我们转向嬉戏、交互作用、对话、复调、讽喻、自反——简言之，转向反讽。……这些表现了精神在寻找一种不断规避它的真理的过程中不可避免的再创造，剩下的只有自我意识的一种反讽的增进或过分。"②

何·戴·萨尔迪瓦在《哥伦比亚美洲小说史》中提出"后现代现实主义"的概念，以此来解释加西亚·马尔克斯的创作所代表的魔幻现实主义，这是一个较为新颖的研究思路。这里我们结合琳达·哈钦、霍米·巴巴等人提出的后现代和后殖民理论的一些术语和表述，试图在此基础上对前面章节中归纳的一些观点进行补充性的阐述，借此勾勒出这个流派的创作由现代主义到后现代的、一个跨国多元文化的转换所形成的轮廓。

---

① Emory Elliott 主编：The Columbia History of the American Novel. 外语教学与研究出版社 2006 年，第 613 页。

② 转引自罗钢、刘象愚主编：《后殖民主义文化理论》，中国社会科学出版社 1999 年版，第 511 页。

结　语

　　贝尔—维亚达在论述《百年孤独》时总结说，这部作品对于各种意识形态都有吸引力，"左派喜欢它对社会斗争的处理和对帝国主义的描写；保守派则因这些斗争的腐化失败以及家庭这个角色得以持存而欢欣鼓舞；虚无主义者和寂静派教徒感到他们的悲观主义又得到了肯定；而对政治漠不关心的享乐派则在所有的性描写和冒险活动中找到慰藉。对于不同的读者来说，这是一本名副其实的'见仁见智'的书"。[①]正如我们在论文第三章中指出的那样，从近代社会历史的发展和畸变的角度来看这本书，东方的读者与西方的读者会得出大不相同的观感。而那些主张"乐观进步论"的读者恐怕未必能从此书中得到安慰和支持。

　　从研究和批评的角度来看，围绕加西亚·马尔克斯的创作还是形成了比较集中的学术议题，有着一条可以依循的线索。例如在欧美学术界，《百年孤独》及"马孔多系列小说"的研究在近半个世纪里已成为一个重要而活跃的课题。国外连篇累牍的评论中，有四个理论术语先后与之发生关联：现代主义，巴洛克主义，魔幻现实主义和后现代现实主义。因此，该课题的研究不仅涉及拉美"爆炸文学"及其所代表的魔幻现实主义，而且涉及20世纪具有广泛影响的现代主义和后现代主义思潮及嬗变。"马孔多小说"起步于欧美现代主义的哺育，在结合本土文

---

　　① Gene H. Bell-Villada: Garcia Marquez, the Man and His Work, Chapel Hill and London, 1990, p. 93.

化特色的基础上创作出具有世界性意义的文学，在传统批评观的描述中，这是欧美现代文学影响下的第三世界文学寻求发展并获得成功的案例，具有典型的研究意义。随着后殖民和后现代理论话语的勃兴，近期的评价出现了变化，认为加西亚·马尔克斯代表着一个仍在延展之中的跨国多元文化交融的现象，对于20世纪后半期的美国少数民族裔文学、移民文学和亚非拉后殖民文学等等具有广泛而深远的影响，属于后殖民和后现代文学的一种构建和拓展，因而魔幻现实主义从理论上讲也属于后现代现实主义，这个带有双重性质的术语意味着理论视角的调整与检视，反映了研究中饶有深意的变化，从传统文学史固有分类观念的限定到一个全新的文化语境中来考察其创作，在文化身份和创作含义的鉴定上具有了新的理论意义，使得该课题被赋予了研究的多重视角，成为阐释现代主义、魔幻现实主义和后现代主义的联系和发展变化的一个中心环节，也使我们对《百年孤独》的创作特质产生了更加深刻的理解，其理论研究的价值无疑是十分重大的。这是我们的论述得以展开的一个学术背景。

　　需要指出的是，该课题研究中如果不引入现代主义美学特质的阐述，不从具体的理论视角出发定义创作的性质，仅靠传统的印象式批评的方法既无法准确地把握这些作品的特色，也无法深入探讨创作意识嬗变的成因。初期的"波哥大小说"往往被当作"不成熟的习作"一笔带过，《枯枝败叶》的诠释之所以遗留下许多未解决的问题，原因就在于此。研究《百年孤独》的魔幻现实主义，也必须立足于现代主义和后现代主义的整个演变来进行诠释和定义，不能简单地停留在区域性文化渊源的解释上面。魔幻现实主义的形成本身是一个跨国的多元文化转换的现象，单从拉美的原始文化的特色来解释是不能讲透的。

　　涉及作家的源流与影响的比较，我们略去了《百年孤独》与包括《阿马迪斯·德·高拉》在内的西班牙骑士小说之间的联系，"探险类纪事"、"殖民地罗曼司"对《百年孤独》"通俗传奇"的影响，还有包括丹尼尔·笛福、约瑟夫·康拉德、阿尔多斯·赫胥黎、格雷厄姆·格林等在内的英国小说家的影响，博尔赫斯的虚构观念之于《百年孤独》的意义，兰波的语言和幻象艺术等等，这些也都没有谈到。《百年孤独》涉及与拉美小说之间的"互文关系"远不止《佩德罗·巴拉莫》，它还包括阿莱霍·卡彭铁尔的《启蒙世纪》、卡洛斯·富恩特斯的《阿尔特米奥·克鲁斯之死》、巴尔加斯·略萨的《绿房子》，等等，由于篇幅和论题的限制，这个研究同样没有展开。

以"马孔多的魔幻现实主义"为题研究《格兰德大妈的葬礼》和《百年孤独》的魔幻现实主义，论题的范围是做到集中和富于逻辑性了，但是舍弃《家长的没落》的论述，对于加西亚·马尔克斯的魔幻现实主义的研究来说，无论如何都是不完整的。《家长的没落》的魔幻现实主义大大的不同于《百年孤独》的形态，具体论述起来需要较长的篇幅，也需要打破本文所确立的整体框架和章节之间的平衡，因此还是放弃了对它的论述，最终将论题的范围局限于"马孔多系列小说"的论述。

对《百年孤独》跨越模仿论界线的叙事学意义的阐释是一个创新点，在此基础上将拉美的魔幻现实主义与东欧的魔幻现实主义联系起来，拓展了研究的视野，对于魔幻现实主义这个新型的创作概念的理解是有深入发现的，而以三重意义的解构和重构来论述《百年孤独》的后现代特质，也是一种颇有深度的总结，但是我们对《百年孤独》自身的魔幻现实主义特点的总结还很不全面。一方面是考虑到陈众议、朱景冬等人的著作中已经总结的内容都不再重复，另一方面也是为了在理论上突出我们所提出的论题的意义和逻辑，本文所针对的是既往研究中的各种议题和讨论，重点还不是针对作品的方方面面，我们对作品的讨论全都是透过他人研究这层过滤网去看的。对于一篇讲究中心论题的论文来说，这种忽略没有太大的损失，但是对于创作的品位和鉴赏来说，此类的取舍都是不能令人满意的。

加西亚·马尔克斯和他的导师福克纳一样，对于生活中被遗忘的事物——其"蛮荒"和"边缘"的风貌——具有一种敏锐和抒情的反应。对于加西亚·马尔克斯所代表的拉美新一代作家而言，纯粹的"民族文学"的改造和建设并不是他们考虑的要点，区域性的现实主义从一开始就不是他们创作的起点。无论是马孔多还是无名"小镇"，莫不是意味着个人的主观和梦幻对于现实历史的模拟。它们所包含的难忘而动人的场景是从一个过路的旅客或是流浪汉的眼中映现出来的，这个精神上略含虚无和忧伤的特点在其作品中随处可见：

> 早先可不是这样，那时候一列满载香蕉的火车就够他看整整一个
> 下午的；一百四十节满载水果的车厢，仿佛永远也过不完，等到最后
> 一节车厢上的人挂起绿灯，总要到夜色降临时分。这时他看见铁路对
> 面的小镇上已是灯火通明，便觉得这么看着火车，好像这列火车已经
> 把他带往他乡。①

而小说中那位因误了火车不得不滞留在马孔多的男孩，像是初次看见
这个世界：

> 他把凳子搬进店堂，已是镇上华灯初上时分。他没有见过电灯，
> 因此一看见旅馆里那几盏脏乎乎、可怜巴巴的电灯，印象十分强烈。
> 他随即想起妈妈曾经对他说起过这种玩意儿，这才又继续把凳子搬进
> 饭厅，一面竭力躲闪着像子弹一样不住撞击着镜子的蛇虫。②

这些画面忧郁的情感特色是难以取代的。英国学者刘易斯（R. W.
B. Lewis）在其《流浪的圣徒：当代小说中的表征性人物》一书中，曾将
加缪、福克纳、格雷厄·姆格林等六位作家纳入到死亡和审美的现代流浪
汉文学的范畴中来考察。这个范畴也同样适用于加西亚·马尔克斯的创
作。"马孔多小说"的这种再现式的梦态抒情，将现实生活中几乎是被人
遗忘的画面进行艺术的提炼，说明作家的底层叙事中保留着一种诗意而敏
锐的格调以及钟情于生活的情愫，其实是马孔多前期叙述（尤其是第二个
类型的中短篇写作）中不能忽略的情感和艺术的价值。这一点在第二章的
专题讨论中我们基本上未予论述，而在第三章有关《百年孤独》的专题论
述中同样没有涉及。

---

① 《上校无人来信——加西亚·马尔克斯小说集》，商务印书馆 1985 年版，第
119 页。
② 同上书，第 129 页。

　　我们刻画了作家的一只讥评世事的眼睛，这当然是符合作品意识形态主题的表达，但是遮没了另一只钟情于生活的眼睛。如果略去作品中这种流浪汉诗人的宝贵情愫，对其包含的现代性视角和精神的意义不加评论，那么任何对于《百年孤独》的艺术价值的论述也都将是不全面的。有幸的是，在贝尔—维亚达的著作中这个特点已经得到了很好的论述。

附 录

文献综述

　　本论文的写作参阅了多种国内外文献。附录之文献索引所开列的著作论文，在本文的构思、预备和写作过程中都起到了不同程度的影响和启发。其中与该课题有关的若干著作，对于本文的核心议题和理论概念的形成有着重要的帮助，有些是在正文部分反复加以征引，直接构成了这个课题的学术对话，为本文的写作确立了框架。以下便是相关文献的综述。

　　贝尔—维亚达（G. H. Bell-Villada）的《加西亚·马尔克斯：其人其作》（Garcia Marquez: the Man and his Work.），出版于1990年，是学术界公认的这个领域中一部有代表性的专著。选择此书作为侧重的依据，是因为它能够较好地反映90年代的研究成果，综合并消化了早期的研究中形成的观点。较之于乔·拉·麦克默里等人为代表的早期研究，此书所涵盖的作家创作的范围更广，对于学术界不同阶段研究成果的吸收更全面，因而也更具有综合的价值和权威性，是创作论研究方面的一个重要成果。贝尔—维亚达的研究方法秉持传统的"知人论世"的原则，对于作家生平和文化背景的考证颇为用力，对于不同阶段创作的品鉴也称得上是精细出色，这个方面他的观点常常具有启发性，也是本论文在写作当中参考得最多的。尽管理论阐释不是这本著作所要涉及的方面，它的研究视野也仍显得十分开阔。全书分两大部分，第一部分涉及欧美小说创作的状况、哥伦比亚的地理和文化、作家的生平、作家的政治活动和作家的阅读等五个方面，第二部分涉及《百年孤独》、中短篇小说、早期创作、独裁的主题、爱的主题以及创作的影响和意义等六个方面，其择取的角度和整体的构思都显得颇具特色。本论文前三章的论述颇多参照贝尔—维亚达的研究，尤其是第一章评述"波哥大小说"，列位论家的论述中这个方面往往讲得不详细，贝尔—维亚达著作的第七章"短篇圣手"（The Master of Short Forms）逐篇加以评论，成了我们第一章和第二章中阐述"波哥大小说"、"小镇喜剧"系列的主要依据和参考。贝尔—维亚达对单个作品的研究显示出很高的水平，在形式、主题、风格和语言的把握上总是深具洞见，他的立论稳健，行文畅达，文风可以信赖。本论文对单个作品的研究于此书获益最多。

达索·萨尔迪瓦尔的《回归本源——加西亚·马尔克斯传》，是一部优秀的评传作品。作者穷 20 年之调研而撰写的这部作品深获学界好评，连传主也认为《回归本源》是有关他的传记中最好的一部。此书的框架与巴尔加斯·略萨的评传大致相同，截取的时段是到《百年孤独》为止，这也是本论文所限定的论述范围，在论述的动机和问题的关注等方面颇多契合，因此，《回归本源》也成了我们论述过程中参考最多的一本书。达索·萨尔迪瓦尔的著作对于作家生平和思想的考证极为精详；如果要深入研究作家第一周期的创作，这个方面的了解是必不可少的，事实上该书所提供的材料和细节已经成为我们研究中的一个重要参考。此书虽是传记作品，实为有深度的创作论，堪为这个方面的代表之作。由于作者掌握第一手材料，又具有独到的见解，在作品的具体论述中往往能够提供新鲜的角度，拓宽研究的视野，使人获益良多。笔者十分赞同他对"波哥大小说"所作的美学价值的评估，卡夫卡的"净界"与《百年孤独》的想象力之间的渊源关系是以前的研究中没有讲到过的，达索·萨尔迪瓦尔的评论揭示了这层关系，他的观点讲得很透彻，而他提出的"波哥大小说"中"活死人"形象的意义对于剖析作家的创作也很重要，一方面它体现在《百年孤独》家族人物独特的塑造上，另一方面也与胡安·鲁尔福的死亡诗学互相联系起来。评传的作者提出的"活死人"的概念不仅被我们采纳，而且也在本论文中作了进一步阐发。现代主义的美学如何影响加西亚·马尔克斯的创作，一般意义上的理论套用显然是不够的，需要类似的准确而独到的总结，来探讨它的传承、渊源和独创的价值。

　　贝尔一维亚达和达索·萨尔迪瓦尔的这两个著作汇集了创作论研究的前期成果，成为我们反复引用、展开论述、进行学术对话的一个方面。我们对于单个作品和创作现象的认识与这两位学者不尽相同，具体的见解也常常相左，但他们的观点是我们进行总结的基础。从论述的过程来看，他们的观点与以往的研究成果之间保持着密切的联系，本身也是在引用和辩驳当中建立起来的，因此，我们所进行的这场学术对话应该是立足于一个更加宽广的范围，选择他们的著作作为参考也是考虑到这些观点所具有的代表性。

　　叶·莫·梅列金斯基的《神话的诗学》出版于20世纪70年代，是一部有重要理论价值的著作。该书在总结西欧"现代小说神话化的种种形态"的同时，已经注意到了"神话化诗艺"在"第三世界文学"中的表现，尤其是《百年孤独》的出现"似为神话主义种种变异的综合"，作者认为加西亚·马尔克斯的创作在这个方面"居于异常重要的地位"。另外他还在书中指出，早在长篇小说《枯枝败叶》中，加西亚·马尔克斯即借助于铭文，赋予叙事以神话的对应，诸如此类手法，包括对希腊神话的借用，无不表明加西亚·马尔克斯同西欧现代主义确有关联。尽管对《枯枝败叶》这个简要的概括在其著作中未能进一步展开，对《百年孤独》的论述也停留在总体概括的层面，该书从詹姆斯·乔伊斯和托马斯·曼两个人创作的比较着手，延及卡夫卡的艺术，对现代小说"神话化诗艺"的内在特征却是做出了一系列颇为繁富缜密的理论分析，对于古代神话与现代小说神话化倾向的本质区别也做出了颇为精辟的论述。这本书是从理论上真正帮助本论文确立起观察的框架。我们在题目中以"神话"一词来定义"马孔多小说"，借以指认其现代主义精神及其"神话化诗艺"的特质，这是受到《神话的诗学》一书影响的结果。我们认为，《百年孤独》及其"马孔多小说"的神话化倾向首先应该作为欧美现代主义影响和变异的一个课题来考察，如此才能在理论上确立清晰的向度，廓清过去的研究中遗留的问题。借助于叶·莫·梅列金斯基提出的"神话化诗艺"的几个概念，我们对《百年孤独》的前身《枯枝败叶》的创作做了重新评价，对它的独白的结构、时间观和人物"深蕴心理"的表现进行了系统的考察和论述。

这个方面，詹明信的《晚期资本主义文化逻辑》给本论文第一章和第二章的写作也带来了助益。这是指它对于现代主义美学精神的分析具有点化主题的作用。詹明信的文风晦涩，反映了美国学院式批评的一个侧面，自省不足又喜好过度的分析，但在理论上他是颇有见地的。在《晚期资本主义文化逻辑》中，作者提出"现代主义作家心理与主观的深度应该用具体化的观念加以探索"的观点，也就是说，通常所谓的难以捉摸的感觉和情绪，其实是作家心理经验中"对于一系列内在事物的体验和观念"，并在诗的语言中进行具体的、客观的转化。这个说法能使我们从一个更恰当的角度去评价"波哥大小说"的美学和精神特征，认识到这些创作包含的特定的世界观的意义。詹明信的著作强调这个意义，并将它与现代主义的"内倾"的趋向联系起来，指出现代主义既不是纯心理的发现，也不是宣扬主观主义的幻觉，它的实质是"包含了世界本身的转变和即将来临的乌托邦的感觉"。从这个总结出发，他提出现代主义叙事的两个特点，一是对"线性历史观"的攻击，二是对物质主义的拒斥，即在其综合的美学野心中具有一种"非历史的思维"。我们在第一章的论述中概括并采用了詹明信的这些观点，认为这些观点较之于彼得·福克纳的《现代主义》所做的论述更为精辟，更具有理论上的说服力。借助于《晚期资本主义文化逻辑》对现代主义的分析，我们对"波哥大小说"的评价就不应该局限于"习作"和"技巧"这个普通创作论的层次上，而是应该将它与现代主义的美学精神紧密联系起来考察，去挖掘它的内涵。这是加西亚·马尔克斯研究中还没有做过的工作。它的意义不仅是重新评价"波哥大小说"，更为主要的是能够由此而系统地评价作家的创作性质，确认其内在的基调和逻辑。乌托邦式的"非历史的思维"孕育于"波哥大小说"，形成于《枯枝败叶》，综合在《百年孤独》之中。本论文所说的"神话"或"神话化"，与詹明信的所谓"乌托邦"或"乌托邦式"，它们在概念上是可以互相置换的。这样我们便从宏观上确立了研究"马孔多小说"的理论视角，将作家第一周期三个阶段的创作统一起来。因此，叶·莫·梅列金斯基和詹明信的著作对于形成本论文的核心概念和理论视角具有重要的意义。

围绕着现代主义的"神话化倾向"和"神话化诗艺"的观点，我们参照并吸收了一系列性质不同的著作，并且找到了这些著作在思想和主题上的联系，对于论文中相关的论述具有深化和扩展的作用。它们既有像诺斯洛普·弗莱的《现代百年》、让·保罗·萨特的《萨特文学论文集》这样的理论著作，也有像大江健三郎的《我在暧昧的日本——大江健三郎随笔集》、君特·格拉斯的《与乌托邦赛跑》这样的随笔类著作。

诺斯洛普·弗莱的《现代百年》，提出现代艺术的一个总体特点是对于理智和理性的不信任，它们具有君特·格拉斯的文章中所说的"追求内心"和"构筑神话"的兴趣。诺斯洛普·弗莱的著作是以一个超越文学艺术的、更具普泛性的社会学的观点来总结这个现象，他指出，波希米亚和流浪汉的两大传统在这个时代中的结合，反映了一种以弗洛伊德的学说取代马克思主义学说来界定无产阶级的下意识努力，即把既定的社会看作是一个压抑性的忧虑结构，其基础是控制性的冲动，因此，谁想要得到自由，释放创作能量，从现行社会的体制中抽身引退是关键的第一步。这个社会学的表述对于界定现代小说的社会和文化意识形态的性质很有帮助，它使我们比较清楚地认识到现代主义以及现代主义之后的作家所具有的共同性，他们"追求内心"和"构筑神话"的兴趣背后整个非理性思潮的塑造和影响。诺斯洛普·弗莱还从社会文化的角度谈到"神话叙述"的定义，它们在现代文化中的位置及其表现，等等，这些观点我们在论文第一章和第二章中也都分别加以引用。

这样从理论上讲，叶·莫·梅列金斯基、詹明信和诺斯洛普·弗莱的观点，对现代神话的诗艺、美学精神和社会学这三个不同的侧面分别进行了阐释，最终在我们的论文中得到综合运用，使得这些原则性的思想观点互相补充，能够在同一个议题中彼此获得联系。这些理论阐述有助于我们更为深入地去考察作家的创作，探讨其复杂的形态、嬗变的成因及其与外部世界的联系，或者说去揭示它们独特的性质和意义。这些问题如果不介入较为完整的理论视角的分析，单从传统创作论的角度确实是很难讲清楚的。即便像达索·萨尔迪瓦尔这样的研究者，迄今为止仍然将"波哥大小说"视为是"做作"和"空洞"的习作，并且将"波哥大小说"与《枯枝败叶》的联系割裂开来，没有从理论上意识到"波哥大小说"奠定了神话化创作的总体基调和倾向，它对现代主义美学的深刻传承造就了作家的精神、想象方式与世界观，其实是从本质上限定了作家创作的性质。以上列举的三位理论家的著作帮助我们看到了这一层联系。在这个课题的研究中，如何从理论上阐明"波哥大小说"的创作内涵这一点很重要。与传统的创作论所抱持的那种进化论观点有所不同，一个较为成熟的理论视角能够帮助我们去看到形态背后的有机联系，重新发现其中的意义和秩序。诺斯洛普·弗莱提出的"波希米亚和流浪汉两大传统"的社会学阐释，在本论文第三章有关"性描写的跨文化倾向"的分析中继续发挥作用。

除了诺斯洛普·弗莱的著作，我们还参照了大江健三郎、君特·格拉斯等人的文论，对现代主义神话化倾向的论题进行了理论上的补充。大江健三郎的文论《在小说的神话宇宙中探寻自我》，收录在《我在暧昧的日本——大江健三郎随笔集》一书当中，也是一篇给我们的论述带来启发和印证的文献。论文第二章论述《枯枝败叶》时提出"宅院神话的地形学分析"，这是从大江健三郎的文章中化用的一个说法。它对于论文接下来分析小说的道德主题和人物形象很有帮助，在这个概念的基础上我们提出了"宅院内外二重性区分"和"群落道德级差的定制"的观点，这不仅有助于分析《枯枝败叶》的创作内涵，而且对于其神话化倾向的总结也提供了富有实效的概念。另外，在《萨特文学论文集》中撷取了"陷入"的概念，它与叶·莫·梅列金斯基提出的"迭现"的概念指称同一个现象，用来分析小说的现代主义时间观，理论上显得富于联系，也显得更有依据。萨特所谓的"陷入"这个概念来自于他的论文《关于〈喧哗与骚动〉·福克纳小说中的时间》，这一点也正好暗示了《枯枝败叶》的创作与福克纳小说的内在联系。大江健三郎的随笔集中还有一篇题为《21世纪的对话——大江健三郎VS莫言》的文章，对拉美魔幻现实主义进行定义，在本论文的《导言》当中我们也有所引用。

但是需要指出的是，引用大江健三郎的文论还有另一层意义。尽管在论文中没有更多的展开，事实上我们是将加西亚·马尔克斯与大江健三郎、君特·格拉斯、萨尔曼·拉什迪、米兰·昆德拉等人看作是同一个创作群体，即二战后的现代主义影响下具有跨国倾向的一代作家，这个观察在论文的第一章和第三章中均有所涉及。由这些作家代表的现代主义之后的国际化创作群体，普遍具有"构筑神话"的兴趣以及性描写直露的特点，如果以诺斯洛普·弗莱的《现代百年》中的理论来分析，应当会有一番说法。基于此，在写作论文之前笔者已经全文翻译了萨尔曼·拉什迪关于尼加拉瓜革命的长篇报告文学《美洲虎的微笑》，此书以亲历者身份报道拉美左翼政治的状况，也以一个作家的观点谈论拉美诗歌和文学，颇有参考价值。在论文写作过程中，还参阅了君特·格拉斯、大江健三郎、J.M.库切、萨尔曼·拉什迪、米兰·昆德拉、V.S.奈保尔等人的创作和文论，其中有个别阅读文献在"参考文献"的索引中并未列入。

云南人民出版社于90年代中后期出版的"拉美作家谈创作"丛书，在本文的写作中也得到较为广泛的引用。《两百年的孤独——加西亚·马尔克斯谈创作》自然成了本文参考和引用最多的一本书。它包含三个部分的内容，一是作家与记者的访谈，这个部分占据最多的篇幅；二是作家撰写的创作谈，其主要观点与访谈的内容大同小异；三是作家撰写的若干影评和文学评论，可以用来检视作家本人的文艺观。前两个部分的内容还有这样一个特点，即它们全都出现在《百年孤独》的创作之后，作家已经拥有了成熟的创作概念，对"马孔多小说"及其魔幻现实主义进行回顾和评论。本论文的主题即是"马孔多神话与魔幻现实主义"，这本书的观点自然成了论文写作的重要依据。该课题的研究中，"爆炸文学"和"魔幻现实主义"的成因及其嬗变始终是一个关注的焦点，因此，作家创作谈也就成了我们分析和研究的重要线索。其中，《现在：两百年的孤独——与埃内斯托·贡萨莱斯·贝梅霍的会见》、《返本归源的旅行——与〈宣言〉杂志编辑人员的会见》等长篇访谈是我们引用得最多的。另外，《回忆胡安·鲁尔福》、《再次小议文学与现实》、《〈百年孤独〉的写作方式》、《我相信现实生活的魔幻》等文章也有助于研究加西亚·马尔克斯创作观。作家创作观的自述是很宝贵的参考文献，尽管不是一个绝对的依据。这些谈论"马孔多小说"创作过程的文章，与达索·萨尔迪瓦尔、贝尔—维亚达的著作结合起来，在创作论的层面上形成足可参证的材料，这是我们系统地研究作品和创作现象的依傍。在本论文第二章的写作中，我们首次引入陀思妥耶夫斯基的创作来论述《枯枝败叶》，这个比较研究以前还没有人做过，但是，我们从作家创作谈中可以找到一些最基本的依据。

加西亚·马尔克斯的访谈和文论在其他出版物中也有汇编，其中不少篇章是重复的。《番石榴飘香》散见于不同的汇编资料中，三联书店 1987 年有一个全译本出版，我们主要参考的是这本书。《诺贝尔奖的幽灵》的"文艺杂谈"一栏中，多数篇章也与《两百年的孤独》多有重复，但是第二编中的文章《建设一个繁荣而公正的国家》是一篇不可多得的研究文献。我们在论文中提出"非存在"的说法，是一个经过独立研究得出的结论，在作家的这篇文章中得到了印证和支持。作家强调说："在这样的国家里，非真实是衡量现实的唯一尺度。"这些自觉的论调对于诠释其社会观和文艺观都是十分有意义的。

"拉美作家谈创作丛书"主要是汇集"先锋派"和"新小说"作家的创作谈。我们参阅了奥克塔维欧·帕斯、巴尔加斯·略萨等人的文论，与加西亚·马尔克斯本人的"创作谈"进行比较研究。其中对于本文写作发生影响的是何塞·多诺索的《文学"爆炸"亲历记》。本文第一章第一小节"孤儿与自我身份的隐匿"，便是建立在对这本书的重点评述的基础上。何塞·多诺索的自述对于我们考察新一代作家的"去本土化"倾向、文学史断代的意义、新人排斥父辈价值观及其迫切的国际化欲望等等，都是有着鲜明的参照价值。此外，《小说是一种需要——阿莱霍·卡彭铁尔谈创作》也是我们参考较多的一本书。阿莱霍·卡彭铁尔对于美洲巴洛克主义的阐述，在本文的第四章和"导言"中多有引用，他的观点在理论上具有启发性。收录在此书中的《新世纪前夕的拉丁美洲小说》是一篇有较高参考价值的文献，我们在"导言"中引用并评论了它的观点。

林一安编选的《加西亚·马尔克斯研究》出版于 1993 年，这是国内十多年来研究加西亚·马尔克斯创作的一部重要的文献资料，辑录了国外许多有代表性的研究成果。此书的内容分成三个部分，第一部分是有关于作家生平事迹的研究资料，选译了像巴尔加斯·略萨、佩·索雷拉等人角度不同的评传作品，是该书独家拥有的资料；第二部分是作家的文论和创作谈，有像巴尔加斯·略萨的《拉丁美洲小说两人谈》这样的对话录，这在其他的文献汇编中是没有的；第三部分是国外学界研究加西亚·马尔克斯的多种论文，作者中有乔·拉·麦克默里、贝尔—维亚达、史提芬·闵达这样的权威和专家，收录的大部分文章的质量都很可观，具有很高的学术价值。本论文的写作对这些文献多有参照。弗·多斯特的《〈枯枝败叶〉

中的含糊不清与不确定状态》，是我们在第二章当中重点引用的一篇论文，涉及《枯枝败叶》的道德主题与人物形象的认识问题，对他文章中的结论进行了较为详细的探讨和批评。何·戴·萨尔迪瓦的《马贡多的意识形态和它的毁灭》，对于形成本论文第三章的观点和构架帮助最大。何·戴·萨尔迪瓦的论文指出，《百年孤独》的写作是体现了作家"根据一种意识形态的观点改写哥伦比亚历史的一种批判性解释"，这个结论对于我们论述小说独特的创作形制最具有影响，是一个提纲挈领的观点，由此我们发展出关于历史、政治和道德意识形态等一系列问题的探讨和阐释，对该篇的哲学的、超虚构的和通俗化的几个重要特点进行分析。撇开魔幻现实主义的研究不谈，何·戴·萨尔迪瓦所发掘的这个批评视角已经大可说明《百年孤独》创作上的独特性，它的创作形制与传统现实主义的区别，所以说这是一篇能够给人带来启发的论文。贝尔—维亚达的《〈百年孤独〉的人名及叙述模式》一文融会了路易斯·哈斯等人的早期研究的观点，对布恩地亚家族人物的特点进行了精细透辟的阐述，从对人名重复现象的模式化分析中提炼出小说叙述模式的研究，观点清晰，角度独到，论述具有说服力。我们在本论文第三章"古怪家族的形象及其精神分析"一节中已经加以引用，并对他论文中的观点提出了修正、补充和批评。另外值得一提的是，法·罗德里格斯的《〈家长的没落〉：文字迷宫》一文也具有很高的学术质量，由于它所涉及的主题不在我们论述的范围内，对这篇论文的引用和评论就比较少，但是它的表述还是对我们的写作起了一定的影响。乔·拉·麦克默里的论文《〈阿莱夫〉和〈百年孤独〉：世界的两个缩影》，提出对《百年孤独》20 章的三个阶段的划分，这个观点我们在第三章中有所引用，并将它划分的方法与贝尔—维亚达的划分方法进行比较。

总之，《加西亚·马尔克斯研究》也是我们写作当中引用最多的一本书，是本文的写作所不可或缺的文献。它所选用的巴尔加斯·略萨的评传和对话录、佩·索雷拉的文章等等，也都是比较重要的参考资料。比林一安编的《加西亚·马尔克斯研究》更早的两部汇编集，是由张国培编选的《加西亚·马尔克斯研究资料》，柳鸣九主编的《未来主义/超现实主义/魔幻现实主义》，分别出版于 1984 年和 1987 年。它们部分地反映了国内加西亚·马尔克斯研究的早期成果，辑录了陈众议、陈光孚、赵德明、林一安、何榕、朱景冬、丁文林等一批拉美文学研究专家的论文,在学术上具有开拓的价值。国外研究被收录的有莫妮卡·曼索尔的《鲁尔福与魔幻现实主义》、阿莱霍·卡彭铁尔的《〈这个世界的王国〉序》等论文,我们在论文的第三章和第四章中分别做了引用及评论。

国内的研究我们主要参考了朱景冬、陈光孚、陈众议、赵德明等人的著述。陈众议的《20 世纪墨西哥文学史》、《拉美当代小说流派》、《魔幻现实主义大师——加西亚·马尔克斯》、《加西亚·马尔克斯传》、《魔幻现实主义》等五部专著,陈光孚的《魔幻现实主义》,朱景冬的《马尔克斯:魔幻现实主义巨擘》,朱景冬、孙成敖合著的《拉丁美洲小说史》,赵德明、赵振江、孙成敖合著的《拉丁美洲文学史》,赵德明的《20 世纪拉丁美洲小说》,等等,这些著作在本论文写作过程中得到反复的参考和引用。在“导言”中我们较多地参考了陈众议的《拉美当代小说流派》一书的观点;前面三个章节的论述中,较多地参考了陈众议、朱景冬的两部评传;第四章的论述中则较多地参考了陈众议、陈光孚的两部研究魔幻现实主义的专著。陈众议在《拉美当代小说流派》中提出以“文学的自省式回归”和“文学自表”来研究拉美小说,观点和思路都很具有启发性。它们既涉及拉美文学自身地位的独特性,也涉及《百年孤独》等作品的后现代主义特色,对此我们已经在“导言”中做了评述。本论文的写作必然涉及拉美“先锋派”和“新小说”作家的比较研究,陈众议、赵德明等人的著作给予了很大的帮助,它们对流派特点的分析和文学史的相关描述都是我们不可缺少的参考。陈众议、陈光孚的研究魔幻现实主义的专著也给本论文第四章的写作带来了助益,有关魔幻现实主义不同阶段的划分、魔幻现实主义的概念之争等一系列学术问题的了解,主要是受惠于这两个专著的介绍和评论,我们在文章中对他们的成果作了较多的引用。另外,在论文第三章的写作中,有关《百年孤独》历史意识形态批判性的特点,作家的中产阶级属性等等问题,我们在论述当中也融入了陈众议、陈光孚的观点。

外文参考文献的影响除了前面提到的贝尔—维亚达的著作,主要还有埃默里·埃利奥特(Emory Elliott)主编的《哥伦比亚美洲小说史》(The Columbia History of the American Novel,2006),阿瑞尔·多夫曼(Ariel Dorfman)的《有人写给未来》(Someone Writes to the Future,

1991），迈克尔·伍德（Michael Wood）的《〈百年孤独〉导读》（G. G.
Marquez: One Hundred Years of Solitude, 1990），斯提芬·闵达（Ste-
phen Minta）的《哥伦比亚作家加西亚·马尔克斯》（Garcia Marquez,
Writer of Colombia, 1987），萨尔瓦多·巴卡里赛（Salvador Bacarisse）
主编的《当代拉美小说研究论文选》（Contemporary Latin American Fic-
tion: Seven Essays, 1980），卡洛斯·阿隆索（Carlos J. Alonso）的《西
班牙语美洲小说：现代性与本土性》（The Spanish American Regional
Novel: Modernity and Autochthony, 1990），还有托马斯·费希（Thom-
as Fahy）的《〈霍乱时期的爱情〉导读》（Gabriel Garcia Marquez's
Love in the Time of Cholera, 2003）等一系列著作、评传、访谈、报道和
论文。其中，对本文的写作影响最大的是《哥伦比亚美洲小说史》中何·
戴·萨尔迪瓦（Jose David Saldivar）的《后现代现实主义》（Postmodern
Realism）、戴布拉·卡斯蒂罗（Debra A. Castillo）的《拉丁美洲小说》
（Latin American Fiction）两篇专题论文，阿瑞尔·多夫曼的《有人写给
未来》和迈克尔·伍德的《〈百年孤独〉导读》两部专著。

　　迈克尔·伍德的《〈百年孤独〉导读》一书收入由斯特恩（J. P.
Stern）主编的"世界文学名著丛书"（Landmarks of world literature）系
列，是一部颇具深度和见解的学术专著。除了分章论述《百年孤独》的创
作，它还论及"波哥大小说"和"马孔多小说"前期叙述的特点，对于本
文的写作有较大的参考价值。本文第二章论及《恶时辰》的创作，迈克
尔·伍德的观点起了很大的作用，他以"政治上的绝望与艺术上的迫切"
来定义拉美新一代作家的创作，以"玩笑"和"恶作剧"来定义《恶时
辰》的基调，并且与米兰·昆德拉等人所代表的现代主义之后的创作结合
起来考察，对于我们分析作品的主题和形式的特质很有帮助。我们在第三
章论及《百年孤独》的历史时间与家族形象时，参照了迈克尔·伍德和阿
瑞尔·多夫曼的观点，在论文的其他地方也多次引用他们的观点和意见。

　　这里需要说明的是，第三章论述《百年孤独》"政治现实"的两个插
曲，涉及小说描写的香蕉园大屠杀事件这个有争议的话题，在分析当中使
用了较多的外文资料，试图对这个较为敏感的议题有所展开。我们在写作
中参阅了迈克尔·贝尔（Michael Bell）、爱德华多·博萨达—卡沃（Edu-

ardo Posada-Carbo)、斯提芬·闵达（Stephen Minta）、罗贝托·赫雷拉·索托（Roberto Herrera Soto）罗梅罗·卡斯特纳达（Rafael Romero Castaneda）、阿兰·奈特（Alan Knight）、达里奥·阿圭德罗（Dario Jaramillo Agudelo）、杰拉德·马丁（Gerald Martin）等人的文章和著作，他们的观点都有助于该论题的展开和深化。另外，论文第二章中论述《恶时辰》的创作时，我们还借用了保罗·博拉尼《好莱坞俗片是否不可貌相》一文中有关"粗俗喜剧"（gross comedy）的诠释，用来定义该篇小说美学精神的新特质，这篇文章对于概念的形成起了作用。

　　《哥伦比亚美洲小说史》中的两篇专题论文，戴布拉·卡斯蒂罗的《拉丁美洲小说》涉及魔幻现实主义部分，以 anachronism 一词概述拉美文学的发展及其与欧美文学的关系，以此来考察加西亚·马尔克斯的创作；通过文化形态学的视点看问题也是我们在论文中试图进行的一项工作，他所确立的视角及其对《百年孤独》文本的阐释均有独到之处，我们在论文的"导言"和第四章中分别引用了他的一些观点。何·戴·萨尔迪瓦的《后现代现实主义》一文提出"后现代现实主义"（Postmodern Realism）的概念，并将它与"魔幻现实主义"的概念等同起来，这是该领域中出现的一个新的说法，意在将加西亚·马尔克斯的创作置于后殖民和后现代的语境中来考察，从一个不同于以往的角度来发掘它的影响和意义。围绕这个论题，我们参阅了一些相关的文献，在论文第四章"作为后现代主义的魔幻现实主义"一节中做了综合的论述。罗钢、刘象愚主编的《后殖民主义文化理论》，陶家俊的《理论转变的征兆：论霍米·巴巴的后殖民主体建构》，都有可以采纳和引用的材料。将琳达·哈钦和霍米·巴巴的一些观点与何·戴·萨尔迪瓦的论述结合起来，则大致可以勾画出一个理论分析的轮廓。从本论文的第一章起我们就强调，以加西亚·马尔克斯为代表的拉美新一代作家对欧美现代主义的融入是一个典型的跨文化的现象，而以后现代和后殖民的理论话语来描述《百年孤独》的创作，其意义不仅在于支持一种理论界的新论调，反过来它还能够使我们对作品的性质有更新的发现，或者说是力图在理论上获得一种更准确的概括。以"后现代现实主义"的视角考察《百年孤独》的创作，这个论题还有大可展开的余地，通过深入的比较和分析，我们对现代主义、巴洛克主义、魔幻现实主义和后现代主义这几个术语的内在联系将会产生更加清晰的认识，这个方面琳达·哈钦和霍米·巴巴等人论调在理论上具有开拓性，而何·戴·萨尔迪瓦的这篇论文较为深入地阐发了琳达·哈钦等人的观点，对加西亚·马尔克斯的创作重新加以论述，他的文章是很有启发性的。说到本论文第四章第四节的写作，整个思路的形成和文献的来源，即如以上所交代的那样。

郑克鲁的《法国文学纵横谈》是一部较为系统地评论法国作家及其流派理论演变的论文合集，涉及面广而且综合性强，其文艺学和创作论的内涵都相当丰富。在本文的构思和写作过程中，笔者反复阅读其中的论文，获得了很多宝贵的启发。该书论述巴尔扎克的多篇论文，是我们研究"马孔多系列小说"的主要参照，帮助用来鉴别"马孔多小说"与传统系列小说创作的区别，通过比较能够深入地了解前者所具有的独特的创作形制。我们在论文的"导言"和第二章中对这个问题有专门的论述，借助于《法国文学纵横谈》中提供的一系列观察，阐述"马孔多小说"的特点。其中的《现代法国小说的演变》、《20世纪法国现实主义文学的发展》、《巴尔扎克论》和《多方位、多声部的叙述方式——〈追忆逝水年华〉的叙述创新》等多篇论文，对于本文的构思和观点也起到了潜移默化的作用。由于加西亚·马尔克斯及其魔幻现实主义的创作是一个跨文化的现象，它必然涉及与欧美文学的比较，既有普鲁斯特、兰波这样的现代主义文学，也有对传统现实主义创作和概念的认识，这是一个不断进行比较和再认识的过程。《法国文学纵横谈》的视野及其综合的研究成果给我们带来了助益。

以上所做的文献综述是仅限于与本课题的研究有关、对本文的写作思路、框架、概念和观点的形成直接有关的参考资料。还有许多在"参考文献索引"中列入和未列入的著作，给本文的写作带来了多种多样的启发和帮助，限于篇幅这里没有一一涉及。

参考文献

（参考文献以译名的拼音首字母为序）

［美］埃德蒙·威尔逊：《阿克瑟尔的城堡》，黄念欣译，江苏教育出版社 2006 年版。

［古］阿莱霍·卡彭铁尔：《小说是一种需要——阿莱霍·卡彭铁尔谈创作》，陈众议译，云南人民出版社 1995 年版。

［哥］阿尔瓦罗·穆蒂斯：《他长着海盗般的眉毛》，载于《参考消息》2003 年 11 月 17 日第 16 版。

［阿］博尔赫斯：《博尔赫斯七席谈》，林一安译，光明日报出版社 2000 年版。

［阿］《博尔赫斯文集·文论自述卷》，王永年、陈众议等译，海南国际新闻出版中心 1996 年版。

［阿］《博尔赫斯全集》，王永年、陈泉等译，浙江文艺出版社 1999 年版。

［秘］巴尔加斯·略萨：《谎言中的真实——巴尔加斯·略萨谈创作》，赵德明译，云南人民出版社 1997 年版。

［秘］巴尔加斯·略萨：《城市与狗》，赵德明译，时代文艺出版社 1996 年版。

［美］彼得·福克纳：《现代主义》，傅礼军译，昆仑出版社 1989 年版。

［法］保罗·瓦莱里：《文艺杂谈》，段映虹译，百花文艺出版社 2002

年版。

〔美〕布罗茨基等：《见证与愉悦》，黄灿然译，百花文艺出版社 1999 年版。

〔美〕保罗·博尼拉：《好莱坞俗片是否不可貌相？》，载《世界电影》 2006 年第 4 期。

〔法〕贝尔纳·瓦特莱：《小说——文学分析的现代方法与技巧》，陈艳译，天津人民出版社 2003 年版。

〔法〕巴尔扎克：《贝姨》，傅雷译，安徽文艺出版社 1998 年版。

〔美〕查尔斯·麦格拉斯编：《20 世纪的书》，李燕芬等译，三联书店 2001 年版。

〔哥〕达索·萨尔迪瓦尔：《回归本源——加西亚·马尔克斯传》，卞双成、胡真才译，外国文学出版社 2001 年版。

〔美〕戴维·明特：《福克纳传》，顾连理译，东方出版中心 1996 年版。

〔日〕《大江健三郎作品精选集》，杨炳辰译，漓江出版社 1999 年版。

〔日〕大江健三郎：《万延元年的足球队》，于长敏、王新新译，光明日报出版社 1996 年版。

〔日〕《我在暧昧的日本：大江健三郎随笔集》，王中忱、庄焰等译，南海出版公司 2005 年版。

〔俄〕伊萨克·巴别尔：《骑兵军》，戴骢译，人民文学出版社 2004 年版。

〔德〕恩斯特·卡西尔：《神话思维》，黄龙保、周振选译，中国社会科学出版社 1992 年版。

〔美〕福克纳：《我弥留之际》，李文俊译，上海译文出版社 1995 年版。

〔美〕福克纳：《圣殿》，陶洁译，上海译文出版社 1997 年版。

〔美〕弗拉基米尔·纳博科夫：《文学讲稿》，申慧辉等译，三联书店 1991 年版。

〔美〕弗拉基米尔·纳博科夫：《菲雅尔塔的春天》，石枕川、于晓丹等译，浙江文艺出版社 2003 年版。

［英］弗吉尼亚·伍尔夫：《达洛卫夫人/到灯塔去》，孙梁、苏美、瞿世镜译，上海译文出版社 1988 年版。

［英］弗吉尼亚·伍尔夫：《伍尔夫读书随笔》，刘文荣译，文汇出版社 2006 年版。

［美］弗雷德里克·詹姆逊：《60 年代断代》，见王逢振等编译：《六十年代》，天津社会科学院出版社 2000 年版。

［美］弗雷德里克·詹姆逊：《政治无意识》，王逢振、陈永国译，中国社会科学出版社 1999 年版。

［苏］格罗斯曼：《陀思妥耶夫斯基传》，王健夫译，外国文学出版社 1987 年版。

［智］何塞·多诺索：《文学"爆炸"亲历记——何塞·多诺索谈创作》，段若川译，云南人民出版社 1993 年版。

［墨］《胡安·鲁尔福全集》，屠孟超译，云南人民出版社 1993 年版。

［阿］胡里奥·科塔萨尔：《中奖彩票》，胡真才译，云南人民出版社 1993 年版。

［德］赫尔曼·海塞等著：《陀思妥耶夫斯基的上帝》，斯人等译，社会科学文献出版社 1999 年版。

［美］哈罗德·布鲁姆：《西方正典》，江宁康译，译林出版社 2005 年版。

［德］汉娜·阿伦特、阿德贝尔特·莱夫：《关于政治与革命的思考》，蔡佩君译，《记忆》（第 3 辑），林贤治、章德宁主编，中国工人出版社 2002 年版。

［德］君特·格拉斯：《与乌托邦赛跑》，林笳、程巍等译，上海译文出版社 2005 年版。

［德］君特·格拉斯、哈罗·齐默尔曼：《启蒙的冒险——与诺贝尔奖得主君特·格拉斯对话》，周惠译，浙江人民出版社 2001 年版。

［哥］加西亚·马尔克斯：《一个遇难者的故事》，王银福译，云南人民出版社 1991 年版。

［哥］《加西亚·马尔克斯中短篇小说集》，赵德明、刘瑛等译，上海译文出版社 1982 年版。

〔哥〕加西亚·马尔克斯：《诺贝尔奖的幽灵》，朱景冬译，中央编译出版社 2001 年版。

〔哥〕《上校无人来信——加西亚·马尔克斯小说集》，陶玉萍译注，商务印书馆 1985 年版。

〔哥〕加西亚·马尔克斯：《霍乱时期的爱情》，徐鹤林、魏民译，漓江出版社 1987 年版。

〔哥〕加西亚·马尔克斯：《超越爱情的永恒之死》，王银福、石灵译，浙江文艺出版社 2001 年版。

〔哥〕加西亚·马尔克斯：《两百年的孤独——加西亚·马尔克斯谈创作》，朱景冬译，云南人民出版社 1997 年版。

〔哥〕加西亚·马尔克斯、普·门多萨：《番石榴飘香》，林一安译，三联书店 1987 年版。

〔哥〕加西亚·马尔克斯：《百年孤独》，黄锦炎、沈国正、陈泉译，上海译文出版社 1989 年版。

〔哥〕加西亚·马尔克斯：《家长的没落》，尹信译，山东文艺出版社 1985 年版。

〔墨〕卡洛斯·富恩特斯：《同加博的友谊》，载《世界文学》，2004 年第 5 期。

〔墨〕卡洛斯·富恩特斯：《阿尔特米奥·克罗斯之死》，亦潜译，译林出版社 1999 年版。

〔墨〕卡洛斯·富恩特斯：《最明净的地区》，徐少军、王小芳译，译林出版社 1998 年版。

〔奥〕《卡夫卡全集》（全 10 卷），叶廷芳主编，河北教育出版社 1996 年版。

〔德〕克拉夫德：《卡夫卡小说论》，唐文平译，北京大学出版社 1994 年版。

〔德〕卡尔·曼海姆：《意识形态与乌托邦》，黎鸣等译，商务印书馆 2000 年版。

〔苏〕考茨基：《莫尔及其乌托邦》，关其侗译，三联书店 1963 年版。

〔西〕克维多等：《西班牙流浪汉小说选》，杨绛等译，人民文学出版社 1997 年版。

　　〔哥〕里维拉：《旋涡》，吴岩译，上海译文出版社 1981 年版。

　　〔法〕罗杰·加洛蒂：《论无边的现实主义》，吴岳添译，上海文艺出版社 1986 年版。

　　〔英〕理查德·艾尔曼：《乔伊斯传》（上下卷），金隄、李汉林、王振平译，十月文艺出版社 2006 年版。

　　〔美〕琳达·诺克林：《现代生活的英雄：论现实主义》，刁筱华译，广西师大出版社 2005 年版。

　　〔匈〕卢卡契：《历史与阶级意识》，杜章智等译，商务印书馆 1996 年版。

　　〔法〕莫泊桑：《羊脂球》，易建民译，时代文艺出版社 2001 年版。

　　〔法〕马塞尔·普鲁斯特：《追忆逝水年华》第七卷《重现的时光》，徐和瑾、周国强译，译林出版社 1991 年版。

　　〔美〕马克·爱德蒙森：《文学对抗哲学：从柏拉图到德里达》，王柏华、马晓冬译，中央编译出版社 2000 年版。

　　〔英〕马·布雷德伯里等：《现代主义》，胡家峦等译，上海外语教育出版社 1992 年版。

　　〔德〕马克斯·霍克海默等：《法兰克福学派论著选辑》（上下卷），上海社会科学院哲学研究所外国哲学研究室编译，商务印书馆 1998 年版。

　　〔美〕麦克罗伊：《存在主义与文学》，沈华进译，春风文艺出版社 1988 年版。

　　〔美〕梅莉莎·麦克丹尼尔：《欧内斯特·海明威》，吴超莹译，世界知识出版社 1998 年版。

　　〔苏〕米·赫拉普钦科：《作家的创作个性和文学的发展》，上海人民出版社编译室译，上海人民出版社 1977 年版。

　　〔捷〕米兰·昆德拉：《被背叛的遗嘱》，余中先译，上海译文出版社 2003 年版。

　　〔捷〕米兰·昆德拉：《小说的艺术》，唐晓渡译，作家出版社 1993 年版。

　　〔法〕米歇尔·福柯：《性史》，姬旭升译，青海人民出版社 1999

年版。

〔加〕诺斯洛普·弗莱：《现代百年》，盛宁译，辽宁教育出版社 1998
年版。

〔加〕《诺斯洛普·弗莱文论选集》，吴持哲编，中国社会科学出版社
1997 年版。

〔英〕奈保尔：《毕司沃斯先生的房子》，余珺珉译，译林出版社 2002
年版。

〔英〕奈保尔：《幽暗的国度：记忆与现实交错的印度之旅》，李永平
译，三联书店 2003 年版。

〔阿〕奥尔兰多·巴罗内整理：《博尔赫斯与萨瓦托对话》，赵德明译，
云南人民出版社 1999 年版。

〔德〕奥斯瓦尔德·斯宾格勒：《西方的没落》，齐世荣等译，商务印
书馆 2001 年版。

〔墨〕奥克塔维欧·帕斯：《批评的激情——奥·帕斯谈创作》，赵振
江译，云南人民出版社 1995 年版。

〔秘〕欧亨尼奥·陈—罗德里格斯：《拉丁美洲的文明与文化》，白凤
森等译，商务印书馆 1990 年版。

〔日〕平野嘉彦：《卡夫卡身体的位相》，刘文柱译，河北教育出版社
2002 年版。

〔法〕乔治·索雷尔：《进步的幻象》，吴文江译，上海人民出版社
2003 年版。

〔法〕乔治·索雷尔：《论暴力》，乐启良译，上海世纪出版集团/上海
人民出版社 2005 年版。

〔英〕乔治·拉伦：《意识形态与文化身份：现代性和第三世界的在
场》，戴从容译，上海教育出版社 2005 年版。

〔法〕乔治·巴塔耶：《色情史》，刘晖译，商务印书馆 2004 年版。

〔英〕斯坦利·霍夫曼主编：《大师笔下的大师》，约翰·库切等著，
黄灿然等译，中国电影出版社 2005 年版。

〔丹〕索伦·克尔凯戈尔：《克尔凯戈尔日记选》，晏可佳、姚蓓琴译，
上海社会科学出版社 2002 年版。

［英］萨尔曼·拉什迪：《想象祖国》，张宁译，见《今天》1998 年第 3 期（总第 42 期），联经出版事业有限公司 1998 年版。

［法］《萨特文学论文集》，李瑜青、凡人主编，施康强等译，安徽文艺出版社 1998 年版。

［俄］陀思妥耶夫斯基：《群魔》，臧仲伦译，译林出版社 2002 年版。

［美］W. 考夫曼编著：《存在主义》，陈鼓应等译，商务印书馆 1995 年版。

［美］宇文所安：《迷楼：诗与欲望的迷宫》，程章灿译，三联书店 2003 年版。

［美］约翰·维克雷编：《神话与文学》，潘国庆等译，上海文艺出版社 1995 年版。

［英］约翰·汤普森：《意识形态与现代文化》，高铦等译，译林出版社 2005 年版。

［南］约翰·库切：《迈克尔·K 的生平与时代》，邹海伦译，浙江文艺出版社 2004 年版。

［意］伊塔洛·卡尔维诺：《为什么读经典》，黄灿然、李桂蜜译，译林出版社 2006 年版。

［法］雅克·马利坦：《艺术与诗中的创造性直觉》，刘有元、罗选民等译，三联书店 1991 年版。

［苏］叶·莫·梅列金斯基：《神话的诗学》，魏庆征译，商务印书馆 1990 年版。

［美］詹明信：《晚期资本主义的文化逻辑》，张旭东编，陈清侨等译，三联书店 1997 年版。

［苏］扎东斯基：《卡夫卡与现代主义》，洪天富译，外国文学出版社 1991 年版。

（以下索引以姓氏的拼音首字母为序）

陈众议：《20 世纪墨西哥文学史》，青岛出版社 1998 年版。

陈众议：《拉美当代小说流派》，社会科学文献出版社 1995 年版。

陈众议：《魔幻现实主义大师——加西亚·马尔克斯》，黄河文艺出版社 1988 年版。

陈众议：《加西亚·马尔克斯传》，新世界出版社 2003 年版。

陈众议：《加西亚·马尔克斯评传》，浙江文艺出版社 1999 年版。

陈众议：《魔幻现实主义》，辽宁大学出版社 2001 年版。

陈众议：《孤独是一个永恒的主题》，载《世界文学》1990 年第 2 期。

陈光孚：《魔幻现实主义》，花城出版社 1986 年版。

段若川：《安第斯山上的神鹰——诺贝尔奖与魔幻现实主义》，武汉出版社 2000 年版。

戴锦华、刘健芝主编：《蒙面骑士：墨西哥副司令马科斯文集》，世纪出版集团/上海人民出版社 2006 年版。

方瑛：《略论拉丁美洲文学》，北京语言学院出版社 1994 年版。

黄俊祥：《简论〈百年孤独〉的跨文化风骨》，载《国外文学》2002 年第 1 期。

金健人：《文学作为语言艺术》，百花文艺出版社 1994 年版。

金亚娜等：《充盈的虚无：俄罗斯文学中的宗教意识》，人民文学出版社 2003 年版。

纪怀民、陆贵山、周忠厚、蒋培坤编著：《马克思主义文艺论著选讲》，中国人民大学出版社 1982 年版。

李庆西：《魔法无法——外国文学阅读手记》，上海教育出版社 2004 年版。

罗钢、刘象愚主编：《后殖民主义文化理论》，中国社会科学出版社 1999 年版。

林一安编：《加西亚·马尔克斯研究》，云南人民出版社 1993 年版。

李文俊编选：《福克纳评论集》，陶洁等译，中国社会科学出版社 1980 年版。

柳鸣九主编：《未来主义/超现实主义/魔幻现实主义》，中国社会科学出版社 1987 年版。

柳鸣九主编：《从现代主义到后现代主义》，中国社会科学出版社 1994 年版。

刘志：《沉浸与游离——一种时间美学视野中的现代作家》，载《外国文学》2006年第3期。

毛信德、蒋承用主编：《多元文化与外国文学》，浙江大学出版社2005年版。

马原、肖瑞峰、南帆主编：《大学语文新读本》，浙江文艺出版社2004年版。

木心：《哥伦比亚的倒影》（含白皮书《关于木心》），广西师范大学出版社2006年版。

彭甄：《〈群魔〉译序》，见《群魔》，译林出版社2002年版。

苏宏斌：《现代小说的伟大传统》，浙江文艺出版社2004年版。

索飒：《丰饶的苦难：拉丁美洲笔记》，广西师大出版社2003年版。

陶家俊：《理论转变的征兆：论霍米·巴巴的后殖民主体建构》，《外国文学》2006年第5期。

吴亮、章平、宗仁发编：《魔幻现实主义小说》，时代文艺出版社1988年版。

武跃速：《西方现代主义文学的个人乌托邦倾向》，上海社会科学出版社2004年版。

王正蓉：《试论〈百年孤独〉的双文化视角》，载《外国文学评论》1994年第4期。

王平：《拉美现代化的经验教训及其借鉴意义》，载《湖北大学学报》2003年第2期。

王守仁：《谈20世纪的现实主义》，载《外国文学评论》1998年第4期。

吴元迈主编：《20世纪外国文学史》（一、二、三卷），译林出版社2004年版。

吴笛：《比较视野中的欧美诗歌》，作家出版社2004年版。

徐玉明选编：《幽香的番石榴——拉美书话》，江西教育出版社2000年版。

萧风编译：《印第安神话故事》，宗教文化出版社1998年版。

袁可嘉等编选：《现代主义文学研究》，中国社会科学出版社1989

年版。

殷同：《在文化消费时代里作家如何定位》，载《外国文学评论》1994年第3期。

杨晓莲：《拉丁美洲的孤独——〈百年孤独〉的文化批判意识》，载《西南民族学院学报》2002年第10期。

叶永胜：《现代小说中的"神话叙事"》，载《文艺理论与批评》2006年第2期。

朱景冬：《马尔克斯：魔幻现实主义巨擘》，长春出版社1995年版。

朱景冬、孙成敖：《拉丁美洲小说史》，百花文艺出版社2004年版。

赵德明、赵振江、孙成敖合著《拉丁美洲文学史》，北京大学出版社1989年版。

赵德明主编：《我们看拉美文学》，云南人民出版社2000年版。

赵德明：《20世纪拉丁美洲小说》，云南人民出版社2003年版。

张国培编：《加西亚·马尔克斯研究资料》，南开大学出版社1984年版。

张京媛主编：《后殖民理论与文化批评》，北京大学出版社1999年版。

张京媛主编：《新历史主义与文学批评》，北京大学出版社1993年版。

张首映主编：《20世纪西方文论》，北京大学出版社1999年版。

张绪华：《20世纪西班牙文学》，上海外语教育出版社1997年版。

郑克鲁：《法国文学纵横谈》，上海文艺出版社2006年版。

郑克鲁：《现代法国小说史》，上海外语教育出版社1998年版。

郑克鲁：《法国文学史》（上下卷），上海外语教育出版社2003年版。

郑克鲁主编：《外国文学史》（上下卷），高等教育出版社1999年版。

张德明：《世界文学史》，浙江大学出版社2006年版。

曾艳兵主编：《西方现代主义文学概论》，北京大学出版社2006年版。

（以下索引以姓氏的英文首字母为序）

Anderson, Jon Lee. *The Power of Gabriel Garcia Marquez.* New Yorker Profile, September 27, 1999.

Agudelo, Dario Jaramillo. '*Su mejor novela*', Cambio 16, 13 January 1997.

Alonso, Carlos J. *The Mourning after: Garcia Marquez, Fuentes and the Meaning of Postmodernity in Spanish America*. MLN, Vol. 109, No. 2, Hispanic Issue (Mar., 1994), 252—267. US: The Johns Hopkins University Press, 1994.

Alonso, Carlos J. *The Spanish American Regional Novel: Modernity and Autochthony*. Cambridge: Cambridge UP, 1990.

Anderson, Benedict. *Imagined Communities: Reflections on the Origin and Spread of Nationalism*. London: Verso, 1983.

Bell—Villada, G. H. *Garcia Marquez: the Man and his Work* (Chapel Hill and London, 1990).

Bell, Michael. *Gabriel Garcia Marquez* (Basingstoke and London, 1993).

Bacarisse, Salvador. *Contemporary Latin American Fiction: Seven Essays*. Edinburge: Scottish Academic Press, 1980.

Burns, Graham. *Garcia Marquez and the idea of solitude*. The Critical Review, No. 27, 1985.

Brotherston, Gordon. *The Emergence of the Latin American Novel*. Cambridge: Cambredge University Press, 1977.

Conrad, Joseph. *Nostromo*. London: Cox and Wyman Ltd, 1994.

Donaldson, Scott, ed. *The Cambridge Companion to Ernest Hemingway*. 上海外语教育出版社 2000 年版。

Desai, Anita. *An Introduction to Midnight's Children*. New York: Alfred A. Knopf Inc, 1995.

Dorfman, Ariel: *Someone Writes to the Future*. Duke University Press, 1991.

Dix, Robert H. Colombia: *The Pilitical Dimensions of Change*. New Haven and London: Yale University Press, 1967.

Earle, Peter, ed. *Garcia Marquez*. Madrid: Taurus, 1981; 1987.

Elliott, Emory, ed. *The Columbia History of the American Novel.* 外语教学与研究出版社 2006 年版。

Fahy, Thomas. *Gabriel Garcia Marquez' s Love in the Time of Cholera.* New York: The Continuum International Publishing Group, 2003.

Franco, Jean. *An Introduction to Spanish — American Literature.* Cambridge: Cambridge University Press, 1969.

Gallagher, D. P. *Modern Latin American Literature.* Oxford: Oxford University Press, 1973.

Gonzalez, Eduardo. *Beware of Gift — Bearing Tales: Reading Garcia Marquez According to Mauss.* MLN, Vol. 97, No. 2, Hispanic Issue (Mar. , 1982), 346—364. US: Johns Hopkins University Press, 1982.

Harss, Luis. *Gabriel Garcia Marquez, or the Lost Chord.* New York: Harper & Row, 1967.

Janes, Regina. *Gabriel Garcia Marquez: Revolutions in Wonderland* (Columbia, Missouri: University of Missouri Press, 1981).

Knight, Alan. *Latin America, What Price the Past?* An Inaugural Lecture delivered before the University of Oxford on 18 November 1993 (Oxford, 1994).

Lewis, R. W. B. *The Picaresque Saint: Representative Figures in Contemporary Fiction.* Philadelphia and New York: J. B. Lippincott Company, 1959.

McMurray, G. R. *Gabriel Garcia Marquez.* New York: Ungar, 1977.

Minta, Stephen. *Garcia Marquez, Writer of Colombia* (New York, 1987).

Martin, Gerald. *Journeys through the Labyrinth, Latin American Fiction in the Twentieth Century* (London and New York, 1989).

Mejia, Adelaida Lopez. Burying the Dead: *Repetition in El otono del patriarca.* MLN, Vol. 107, No. 2, Hispanic Issue (Mar. , 1992), 298—320. US: Johns Hopkins University Press, 1992.

Marquez, Gabriel Garcia. *One Hundred Years of Solitude*, trans, Gregory Rabassa. New York: Avon Books, 1970.

McGuirk, Bernard and Richard Cardwell, ed. *Gabriel Garcia Marquez: New Readings*. Cambridge: Cambridge University Press, 1981.

Posada-Carbo, Eduardo. *Fiction as History: The Bananeras and Gabriel Garcia Marquez's One Hundred Years of Solitude*. Cambridge: Cambridge University Press, 1998, Journal of Latin American Studies, Vol. 30, No. 2.

Palencia-Roth, Michael. *The Art of Memory in Garcia Marquez and Vargas Llosa*. MLN, Vol. 105, No. 2, Hispanic Issue (Mar. , 1990), 351—366. US: The Johns Hopkins University Press, 1990.

Palencia-Roth, Michael. *Intertextualities: Three Metamorphoses of Myth in The Autumn of the Patriarch. See Gabriel Garcia Marquez and the Powers of Fiction*. Ed. Julio Ortega. Austin: The University of Texas Press, 1988.

Prieto, Rene. *Body of writing: figuring desire in Spanish American literature*. Durham and London: Duke University Press, 2000.

Rushdie, Salman. The Jaguar Smile. New York: Henry Holt and Company, Inc. 1997.

Rushdie, Salman. *East, West*. London: Jonathan Cape Ltd. 1994.

Soto, Roberto Herrera and Rafael Romero Castaneda. *La Zona bananera del Magdalena* (Bogota, 1979).

Taylor, Anne Marie. *Cien Anos de Soledad: History and the Novel*. Latin American Perspectives, 2, No. 3, 1975.

Wood, Michael. *G. G. Marquez: One Hundred Years of Solitude*. London: Cambridge University Press, 1990.

Wood, Michael. *Review of One Hundred Years of Solitude. In Critical Essay on Gabriel Garcia Marquez*. McMurray, George R. , ed. Boston: G. K. Hall, 1987.

Williams, Raymond L. *Gabriel Garcia Marquez*. Boston: Twayne, 1984.

参考文献

Zamora, Lois Parkinson. *Writing the Apocalypse*: *Historical Vision in Contemporary U. S and Latin American Fiction*. Cambridge: Cambridge University Press, 1989.

后　记

　　我从 1983 年读大学二年级时开始接触加西亚·马尔克斯的创作，读的是王永年先生的译文，后来又阅读了更多的作品和相关的评论，纯粹是出于兴趣。这种兴趣一旦不那么害怕自我牺牲，顺从于难免使它僵化的职业性工作的要求，那么有朝一日它也会变成一个研究性的课题，甚至会发展成为一种过于自信的讼词和辩论。从 1998 年在《外国文学评论》发表这个专题的论文算起，研究的积累将近十年，已经足够用来写一本书。但是，这本书什么时候写，是否有足够的动力写，对我来说似乎是个未知数。

　　2004 年，我报考郑克鲁先生的博士研究生，攻读外国文学翻译研究专业，因此机缘才在三年的时间里写了这部论著。选择这个课题做研究，也是由于导师的建议才决定下来的。我很感激郑克鲁先生的帮助和教导，使我最终得以完成这部论著。这些年里，先生所给予的爱护与恩泽，让我铭感难忘。我希望在以后的著述中将我受到的教益能够更好地体现出来。

　　此书的写作未免有些仓促，缺少细致的修改，还不能符合先生的期望和要求。如有观点和文献方面的错误和疏漏，当由作者本人负责。

　　这里还要提一提若干朋友的帮助。我在美国的学生李红梅，还有加拿大的朋友代瑞克·傅尼埃（Deryk Fournier），他们提供的文献资料对于本书的写作大有助益。我的学生徐丹提供神话学方面的书目，老朋友杨绍斌提供几种绝版的译本，给资料的收集提供了方便。还有协助我搜集文献资料的各位朋友和学生，本书得以完成，跟他们的支持是分不开的。

后 记

感谢上海师范大学的朱宪生、叶华年等先生在论文开题会上的批评和建议。感谢毕业论文答辩委员会主席、华东师范大学中文系的陈建华教授对于本文所做的肯定。

最后还要感谢吴秀明先生，正是在他的帮助之下，此书才得以顺利出版。

许志强

2008 年 5 月 30 日，杭州